이강백 희곡전집

이천사년부터 이천십사년까지의 작품들

여덟 번째 묶음

이강백 희곡전집

이천사년부터 이천십사년까지의 작품들

여덟 번째 묶음

평민사

이강백 희곡 전집
여덟 번째 묶음
차례

지은이의 머리글
2004년부터 2014년까지의 작품들에 대하여

이 책은 나의 여덟 번째 희곡집이다. 2004년부터 2014년까지 11년 동안 쓰고 공연한 장막 희곡 여섯 편을 담았다. 이렇게 모아놓고 보니 "보기에 참 좋았다." 인용한 이 말은 세상만물을 창조한 신께서 자신의 창조물을 둘러보고 감탄하셨다는 성경 창세기에서 따온 것이다. 내 생각에는 모든 창조물이 결점 없이 완전하여 감탄하신 건 아닌 것 같다. 각각 불완전함에도 모아놓고 보면 서로 결점이 보완되어 참 보기 좋은 조화현상이 빚어지기 때문이다. 꽃밭에서 많은 꽃들이 피어있는 것을 볼 때도 그렇다. 하얀 꽃은 붉지 않다는 결점이 있고, 붉은 꽃은 노랗지 않은 결점이 있으며, 노란 꽃은 희지 못한 결점이 있다. 그런데 모아놓고 보면 감탄할 만큼 조화현상이 빚어진다. 어떤 분은 반박할 것이다. 불량품들을 모아놓으면 조화현상이 생기지 않는다고. 옳다. 나도 그 반박에 동의한다.

「맨드라미꽃」은 〈아르코 예술극장 소극장〉에서 2005년 10월 19일부터 11월 6일까지 첫 공연을 하였고, 곧 이어 〈행복한 소극장〉에서 11월 9일부터 11월 20일까지 연장 공연하였다. 〈극단 골목길〉과 〈공연기획 이다〉의 공동 제작, 연출은 박근형 씨, 출연은 노옹 역 권병길 씨, 노파 역 고수희 씨, 애비 역 이경호 씨, 정민 역 최정우 씨, 영민 역 김영필 씨, 장팔 역 김세동 씨, 미스 박 역 황영희 씨, 주혜 역에는 주인영 씨였다. 그리고 재공연 때는 김삼규 씨와 심성효 씨가 더블 캐스트로 노옹 역을 맡았고, 엄효섭 씨가 가끔 영민과 장팔 역에 교체 출연하기도 했다.

「맨드라미꽃」의 무대 설명에 썼듯이, 야광 테이프를 바닥에 붙여 하숙집 좁은 방들을 표현한 것은, 영화 〈도그빌〉이 보여줬던 방법을 차용한 것이다. 벽도 없고 문도 없이 모든 방들이 평면도처럼 펼쳐져 보이고, 그곳에 사는 사람들이 모두 한눈에 노출되어 보이는 효과는 원래 연극적인 방법이다.

「맨드라미꽃」은 관객들이 많았다. 매일 거의 빈자리가 없었다. 박근형 씨는 「청춘예찬」 「선착장」 등 뛰어난 작품으로 관객들이 가장 선호하는 연출가이고, 오현실 씨는 연극계의 가장 능력 있는 기획자이다. 관객들이 많았던 것은 그러한 두 분의 영향력이 컸다고 본다.

「맨드라미꽃」 공연이 끝나고 내가 받은 질문은 '왜 썼느냐?' 였다. 연극 평론가 김윤철 씨도 그 질문을 했다. 한일연극교류협회가 마련한 심포지엄 〈한일 양국의 극작 양상과 극작가의 미래〉(2005년 11월 20일. 국립극장 별오름극장)에서 주제 발표자들이 토론할 때 김윤철 씨가 갑자기 나에게 주제 아닌 질문을 해서 무척 당황스러웠다. 그래서 나는 대한화훼협회가 맨드라미꽃을 잘 알 것이라고 어물쩍 농담을 해서 위기를 넘겼다. 그런데 심포지엄이 끝난 후 일본에서 온 쓰가와 이즈미(津川泉) 씨가 나에게 똑같은 질문을 했다. 서울에 와서 「맨드라미꽃」 공연을 봤는데, 지금까지의 내 작품과는 사뭇 다르다는 것이었다. 한국어에 능숙한 쓰가와 씨는 내 희곡전집을 구입해서 모두 읽었고 「느낌, 극락같은」과 「들판에서」를 일본어로 번역한 분이다. 그분의 질문에 대한화훼협회 어쩌구 하면서 농담으로 넘기지도 못해 아주 혼이 났다.

전혀 납득이 안 될 말이지만 「맨드라미꽃」의 등장인물 정민은 내 안에 있는 여성성(女性性)이 이상적으로 생각하는 남성(男性)이다. 그러니까 내가 여성이라면 이런 남성에게 매혹되겠다 하는 것이다. 정민이 사랑하는 여성 영란은 무대에 등장 않는 인물이다. 그런데 비가시적 영란을 대신하여 정민을 지켜보는 가시적 여성 주혜가 있다. 내 안에 있는 여성성은 일란성 쌍둥이다. 시선이 닿지 않는 곳에 있는 여성을 지고지순(至高至純)하게 사랑하는 남성에게 매혹된 가시적 여성, 그 두 여성은 다르면서도 같다. 이것이 정확한 표현인지는 모르겠다. 어쨌든 소설로 말하자면 사소설(私小說)처럼 느껴질 것이다. 물론 「맨드라미꽃」은 나의 실제 체험이 아니다.

나중에 나는 내가 하고 싶은 대답을 찾았다. 연극 평론가 김성희 씨가 『한국희곡』(2008년 여름호)에 쓴 글이다. 여기에 일부를 인용한다.

"이 극은 하숙집을 무대로, 허위로 가득 찬 삶 속에서 진정한 사랑은 무엇인가, 사랑은 구원이 될 수 있는가를 묻는 작품이다. 마당 한 구석에 눈에 띄지 않게 피어나는 꽃, 주목받지 못하는 꽃, 못 생겼지만 불타오르는 정열의 색깔을 가진 맨드라미꽃은 보답 받지 못하는 쓸쓸한 사랑을 상징하는 중심 메타포이다. (중략) 하숙집 인물들의 행위는 현실의 외양을 한 그로테스크 그 자체이며, 정민과 주혜를 제외한 주변 인물들은 속된 삶의 끔찍함이나 기미조차 느끼지 못하는 인물들로, 아버지의 등창처럼 추하고 속된 삶의 표상 그 자체이다. 정민은 이런 속된 인물들과 대조를 이루는 순수한 이상주의자이다. (중략) 이 극에서 그려진 사랑은 정민이 표상하는 이상적 사랑과 주혜가 표상하는 가망 없는 사랑이며, 이 극의 대립 축은 이상주의적 사랑과 속악한 삶이다. 주혜는 늘 정민의 방 언저리에서, 복도에서, 마루에서 서성이며 정민과 영민의 대화를 엿듣는다. (중략) 정민이 자살할 때 , 주혜는 여자는 많고, 자신도 옆에 있다고 소리쳐 보지만 이 또한 독백에 불과하다. 정민의 귀는 여전히 닫혀 있고 그의 모든 감각과 생각은 오직 미란을 향해서만 열려 있기 때문이다. (중략) 결말에서, 작가는 속된 삶의 위력을 다시 강조한다. 정민이 죽은 다음에도 삶은 여전히 계속된다. 명백히 사랑의 메타 포인 맨드라미가 사라지고, 그마저 풍문으로 남는다. 다른 이들은 맨드라미가 담장 곁에 피어있었다는 것을 모르기도 하고, 혹은 해바라기였다고 말한다."

「황색여관」은 국립극장 달오름극장에서 국립극단이 2007년 3월 22일부터 4월 8일까지 오태석 선생의 연출로 공연하였다. 여관 주인 역 오영수 씨, 아내 역 곽명화 씨, 주방장 역 이상직 씨, 처제 역 김지희 씨, 외판원 역 김재건 씨, 배선공 역 최상설 씨, 배관공 역 우상전 씨, 은퇴 공직자 역 김종구 씨, 변호사 역 서상원 씨, 사업가 역 한윤춘 씨, 대학생 역 노석채 씨, 자매 역 이혜경 씨와 권복순 씨, 무덤 파는 사람들 역 문영수 씨, 이문수 씨, 조은경 씨, 몸 파는 여자들 역 이승옥 씨, 남유선 씨, 이은희 씨, 그리고 노모 역은 백성희 선생이었다.

극작가인 나는 이상한 버릇이 있다. 모든 연출가와 공연을 하고 싶은 것이다. 그런데 오태석 선생과는 불가능하다고 생각했다. 오 선생은 극작가이며 연출가로서 그 둘을 겸해 가장 활발히 작업하는 분이다. 요즘은 연출과 극작을 함께 하는 것이 흔해졌지만, 오 선생이 아마 처음이 아닌가 생각될 정도이다. 더구나 오 선생은 다른 극작가의 희곡을 공연한 경우는 매우 드물다. 오 선생이 내 희곡을 공연하기로 약속한 것은 바닷가의 황혼 때문이다. 오 선생과 내가 재직한 서울예술대학 극작과는 해마다 신입생들의 오리엔테이션을 서해안 몽산포 리조트로 갔다. 2006년 2월 말, 오리엔테이션에 참가한 극작과 교수들은 몽산포 바닷가 횟집에서 저녁식사를 하고 있었다. 그때 하늘과 바다를 붉게 물들인 황혼은 너무 아름다워 비현실적이었다. 오 선생은 술을 많이 마신 상태는 아니었다. 국립극단 예술감독으로 위촉 받았는데 마음이 가볍지 않다고 했다. 나는 국립극단 창립 50주년 기념으로 「황색여관」을 쓰다가 중단하고 「마르고 닳도록」을 써서 냈던 것을 말하였다. 그 말을 들은 오 선생은 「황색여관」을 다 쓰면 연출하겠다고 약속했다. 나는 기뻤다. 동석한 극작과 교수들이 우리 둘에게 박수를 쳤다. 차라리 술에 취했더라면 오 선생이 그런 약속은 안 했으리라. 너무 아름다운 황혼 때문에 정신이 혼미했던 것이다.

오태석과 이강백이 만난 「황색여관」은 공연하기도 전에 연극계의 화제가 되었다. 온갖 신문들이 그것을 문화면의 머릿기사로 크게 다뤘다. 하지만 정작 「황색여관」의 공연을 보고는 그저 빈말이라도 좋다고 하는 사람이 없었다. 그 당시 국립극단 평가위원이었던 연극 평론가 안치운 씨는 「황색여관」 평가서에 "국민의 세금으로 운영하는 국립극단에서 이런 작품을 해서는 안 된다."고 실망과 분노를 격렬하게 나타냈다.

「황색여관」의 실패 원인은 희곡에 있다. 늙은 세대와 젊은 세대의 갈등이 이분법적으로 단순해서 설득력을 얻지 못했고, 대사는 거칠어서 듣기 거북하였으며, 서로 죽이고 죽는 광경이 끔찍하게 계속되었다. 극장에 온 관객들은 불쾌감을 견디려고 눈을 감은 채 무대를 쳐다보지 않았다.

「황색여관」이 공연되기 한 달 전쯤에 명망 있는 출판사인 〈범우사〉에서 연락이 왔다. 「황색여관」 희곡을 공연날에 맞춰 단행본으로 출판하겠다는 것이다. 그만큼 관심과 기대가 컸다는 증거이다. 내가 평생 쓰는 희곡들을 공연 다음 전집으로 출간하는 〈평민사〉의 양해를 받아 예외적으로 『황색여관』이 미리 나왔다. 극작가이며 연극 평론가 김명화 씨는 〈범우사〉 단행본(2007년 2월 20일 초판)에서 이렇게 작품해설을 썼다.

"투숙객들은 탐욕스럽고 타자에 대해 경멸하고 증오할 뿐 아무런 깨달음도 없으며, 살아남기 위해 누군가를 죽여 나간다. 그리하여 아침이, 희망이 오기도 전에 그들은 모두 죽는다. 그 죽음들은 모두 우스꽝스럽다. 그리고 그들의 죽음 뒤에도 찬란하고 투명한 아침은 오지 않는다. 그저 황색여관을 둘러싼 벌판에선 앞이 보이지 않는 황사 가루가 아침의 태양을 혼탁하게 가릴 뿐이다. (중략) 반면 작가는 미약한 희망의 가능성을 남겨 놓는데, 그것은 자기만 살아남기 위해 여관을 도망치는 소인배적 탈출이 아니라 비록 어렵더라도 살육의 난장을 저지하려는 대승적 차원의 어려운 가능성이다. 그 역할은 여관집 주인의 못생긴 처제가 맡았다. 그녀도 처음엔 죽음의 여관에서 도망치려 했지만 투숙객들 중 한 명만 살리면 여관을 자신에게 넘기겠다는 언니 부부의 꼬임에 빠져 여관에 남는다. 그녀는 묵묵히 여관의 잡일을 도맡고, 목욕탕에 있는 남자 손님에게 타월을 건넬 때면 부끄러워할 줄 아는 존재이며, 투숙객들을 살리기 위해 그들을 설득하고 달래고 그럼에도 불구하고 죽어가는 존재들 앞에서 무력감에 울음을 터트리는 사람이고, 다시 아침이 오면 어제 살리지 못한 한 명을 오늘은 살리겠다는 자발적인 각오로 여관에 다시 주저앉는, 쇠심줄처럼 고집 센 사람이다."

김명화 씨가 공연을 보기 전에 희곡을 읽고 쓴 글이지만, 오직 단 한 사람이나마 내 편을 들어준 것 같아 염치불구하고 길게 인용하였다.

그런데 이상한 일이 생겼다. 대실패로 끝난 「황색여관」이 대학극에서는 자주 공연된다는 것이다. 이 희곡집을 내는 올해(2015년)에도 고려대학교, 세종대학교, 전북대학교에서 공연하였다. 아마 희곡을 구하기 어려운 실정에 『황색여관』 단행본은 쉽게 구할 수 있기 때문이리라. 하지

만 오직 그 이유 만은 아닌 것 같다. 대학극에서 「황색여관」은 마치 「위
뷔대왕」을 공연하듯이, 야유와 조롱을 더욱 과장해서 보여준다. 예를
들면 칼에 찔린 상처에서 상식 밖의 엄청난 피가 쏟아져나와 죽는 사람
이 당혹해 한다거나, 이미 죽은 사람의 팔과 다리가 계속 움직여 관객의
눈에 보일 정도다. 포악(暴惡)한 왕 위뷔를 야유와 조롱의 대상으로 삼는
다는 것은 포악함을 야유하고 조롱하는 것이다. 그렇듯이 세대 간의 갈
등으로 죽이고 죽는 등장인물들을 희화(戲化)시켜 야유하고 조롱하는 것
은 세대 간의 갈등에 대한 야유와 조롱이다. 대학극의 배우들은 학생이
지 직업적인 전문 배우가 아니다. 그래서 「황색여관」의 대학극 출연자
들은 "나는 지금 연극하고 있소"를 전문 배우보다 더 잘 한다. 바로 그
것이 관객들에게 큰 영향을 준다. 끔찍한 장면들인데도 불쾌하지 않고
눈을 뜨고 보게 하는 것이다.

　세대 간의 갈등이 우리 사회가 직면한 가장 심각한 문제라고 여겼던
내가 「황색여관」의 대학극 공연으로 생각이 바뀌었다. 비록 야유와 조
롱이 문제의 해결 방안은 아니지만, 그 갈등을 해학적으로 풍자하는 젊
은 세대가 늙은 세대를 죽이는 일은 없으리라는 안도감이 생긴 것이다.

　이 희곡집에 실은 「황색여관」은 범우사 단행본과 조금 다르다. 공연
때 보니까 마지막 장면에서 사다리를 타고 이층에 올라가 전선 절단기
를 휘두르는 인물은 외판원이 아닌 배선공이어야 맞을 것 같았다. 대사
와 지문도 약간 고친 부분이 있지만 희곡 전체가 달라질 정도는 아니다.

　「죽기살기」는 2009년 5월 16일부터 5월 27일까지 〈아르코시티극장
대극장〉(현재 대학로예술극장 대극장)에서 〈극단 실험극장〉이 공연하였다.
제작은 이한승 씨가 맡았고, 연출은 송선호 씨, 무대미술 이유정 씨, 출
연한 배우는 육손 역 최원석 씨, 오두 역 반석진 씨, 박두 역 채희재 씨,

정두 역 정충구 씨, 만복 역 유정기 씨, 이층집 남자 역 채용병 씨, 이층집 여자 역 이은정 씨, 가구점 형제 역은 신안진 씨와 박 준씨, 어멈 역 우명순 씨, 선녀 역 박초롱 씨, 시청직원 역 김홍택 씨, 부녀회장 역 차유경 씨, 부녀회 총무 역 권동렬 씨, 부녀회원들 역에는 이송민 씨, 황현주 씨, 윤혜성 씨, 최유미 씨였다.

「죽기살기」는 엉뚱한 생각을 하다가 쓰게 된 희곡이다. 사람이 죄를 지어도 사죄할 방법이 마땅하지 않다는 것이 내 생각이다. 예를 들자면 저 유명한 고대 페르샤의 『함무라비 법전』에는 가장 마땅한 속죄 방법이 "눈에는 눈, 이에는 이"라고 했다. 그런데 A라는 사람이 B라는 사람을 죽였다. A를 죽여야 할 B는 죽어서 없다. B를 죽인 A는 누구에게 속죄해야 하는가? 현대 국가는 B를 죽인 A를 사형시키는 권한과 역할을 맡고 있다. 하지만 A의 생각은 다를 수 있다. 자신이 직접 속죄할 대상은 B의 유족이지, 추상적이며 간접적인 국가는 아니라는 것이다. 「죽기살기」의 주인공 육손은 그런 생각을 가진 인물이다. 그는 일하던 도축장에서 실수로 사람을 죽인다. 그는 법정에서 사형을 간절히 원하지만 무기징역형을 언도 받아 수감된다. 그러나 국가의 경축일 등 여러 가지 이유로 계속 감형되더니 10여 년 후 감옥에서 쫓겨 나온다. 육손은 자신이 속죄 받았다는 것을 실감할 수 없다. 그래서 그는 자신이 죽인 사람의 가족을 찾아가 직접 죽여달라고 간청한다. 하지만 가족은 아무도 그의 죽음을 바라지 않는다. 육손은 속죄할 방법이 없는 것이다. 신(神)이 있다고 믿던 때에는 신이 속죄해 주었다. 그런데 지금은 신의 존재가 불확실한 시대이다. 속죄할 수 없는 죄인은 어떻게 해야 하는가?

「죽기살기」 공연 결과는 만족스럽지 않았다. 대부분의 관객들은 이 연극을 보고 어떻게 받아 들여야 할지 난감해 했다. 주제가 무엇인지 파악하기 쉽지 않고, 주제를 알아도 공감하고 싶지 않은 것이다. 하지만 극히 소수의 관객들은 내가 의도한 주제와는 상관없이 「죽기살기」에 흥미를 느꼈다. 계간 문화잡지 『쿨투라CULTURA』 2010년 봄호에는 「죽기살기」에 대한 흥미로운 분석이 실려 있다. 〈쿨투라〉 문화 평론 신인상에 당선한 성유경 씨가 쓴 글인데, 심사위원 전원일치로 뽑은 원고지 70여 매 가량의 응모작이다. 일부를 이 책에 인용하고 싶어도 전체적인 맥락을 파악하지 않으면 의미가 살지 못할 것이다. 관심 있는 분은 성유경 씨의 「눈(眼)을 문(門)으로—이강백의 죽기살기론」을 읽어 주시기를 바란다.

2009년 「죽기살기」 공연이 끝난 뒤에 오랫동안 침묵의 시간이 있었다. 나는 왜 쓰는가 생각할 시간을 갖고 싶었다. 그러나 아무 것도 쓰지 않아야 깊은 생각을 할 것 같은데, 아무 것도 쓰지 않으면 아무 생각도 할 수 없었다. 결국 나는 왜 쓰는가를 생각하기 위해서 써야 했다. 그리하여 침묵의 시간은 절필의 시간이 아니었다.

2014년은 「챙!」 「즐거운 복희」 「날아다니는 돌」 세 작품을 연달아 공연하였다. 침묵의 5년 동안에 쓴 것이다. 집필 순서와 공연 순서는 달라졌다. 가장 나중에 썼던 「챙!」이 제일 먼저 공연되고, 첫 번째 썼던 「즐거운 복희」가 두 번째 공연을, 두 번째 썼던 「날아다니는 돌」이 세 번째 공연 순서가 됐다. 절필하지 않으면서 생각했다면 믿을 사람이 없겠지만, 그래도 나는 자성(自省)의 생각을 많이 했다. 첫째는 작품에 나타나는 나의 냉소적인 시선이 문제였다. 실제 나는 그렇지 않은데, 작품의 등장인물들은 거의 모두 세상을 삐딱하게 바라보고 있다. 둘째는 관객들을 가르치려고 하는 소위 교훈적 태도가 문제라고 생각했다. 잘난 척 뽐내는 자는 열등감을 극복 못한 것이라는데 내가 그런 인간인 것 같다.

하지만 세 살 버릇이 여든까지 간다고, 자성을 많이 한들 고쳐지겠는가…… 회의적이다.

「챙!」은 2014년 5월 8일부터 6월 8일까지 〈소극장 산울림〉에서 공연하였다. 연출은 임영웅 선생과 심재찬 씨 두 분이 했다. 그 무렵 건강 진단을 앞둔 임 선생이 만약 입원해야 할 사태에 대비하고자 연출가 심재찬 씨에게 도움을 청했다. 다행하게도 그런 사태는 아니라서, 내 생애 한 희곡을 두 분이 연출하는 전무후무한 일이 생겼다. 오케스트라 지휘자 박한종 역에는 한명구 씨, 심벌즈 연주자의 아내 이자림 역은 손봉숙 씨가 맡았다.

「챙!」은 관객들의 반응이 좋았다. 두 분 연출가 덕분이지만, 사람에 대한 따뜻한 심성이 느껴져 좋다는 것이다. 오케스트라의 심벌즈 연주자는 다른 악기 연주자에 비해 주목 받지 못한다. 심벌즈가 등장하는 교향곡이 많지 않기 때문이다. 드물게 등장해도 아주 잠시 뿐, 거의 대부분을 심벌즈는 침묵한다. 그러나 심벌즈 연주자는 그 침묵 속에서도 박자를 정확하게 헤아리면서 오케스트라 단원들과 모든 연주를 함께 하고 있다. 그리고 마침내 절정의 순간, 오랫동안 기다렸던 심벌즈가 "챙!" 울린다. 인생을 심벌즈로 비유한 이 연극은 절정의 순간이 있음을 믿는 사람들에게 위로와 격려가 되었다. 「챙!」 공연으로 확인한 것은 이 시대를 사는 사람들이 너무 많은 상처를 받아 아프다는 것이다. 그래서 작은 위안에도 진심으로 감동한다.

「챙!」에는 이인극과 일인극 두 가지 대본이 있다. 2015년 1월 말, 임영웅 선생이 나에게 전화로 말씀하기를 「챙!」을 한 사람이 등장하는 일인극 대본으로 만들어 달라고 했다. 박정자 선생, 손숙 선생, 윤석화 씨, 손봉숙 씨 등 일인극 시리즈를 계획하면서, 손봉숙 씨가 출연했던 「챙!」

의 개작이 가능하다고 생각하신 것 같다. 이인극 공동연출을 맡았던 심재찬 씨는 연습할 때 일인극으로 해도 좋겠다고 말한 바 있다. 어쨌든 나는 일인극 대본을 썼고 〈소극장 산울림〉에서 9월 1일부터 20일까지 공연하였다. 「챙!」의 일인극 대본은 『한국연극』(2015년 10월호)에 게재되었다.

「즐거운 복희」는 일곱 번이나 고쳐 쓴 희곡이다. 초고에는 주인공 복희를 등장시키지 않았다. 제목도 「하나를 둘러싼 여섯」이었다. 여섯 명의 인물이 등장해서 복희라는 인물을 만드는 과정을 보여 주려고 했다. 인간이 모여 사는 곳에서 '나'라는 존재는 나 혼자 만든 것이 아니다. 부모를 비롯한 가족의 기대가 만든 존재이기도 하고, 학교라든가 회사 등 사회적 요구에 의해 만든 존재이기도 하며, 국가의 정책이 만든 존재이기도 하다. 그렇게 만들어진 내가 '나' 자신과 갈등이 크지 않다면 즐겁고 행복할 수 있다. 하지만 갈등이 너무 크면 '나'는 괴롭고 슬픈 불행한 삶을 살게 된다.

「즐거운 복희」에서 복희를 만든 인물들은 팬션 운영자들인데 장군의 딸 복희가 언제나 슬퍼하기를 바라고 있다. 그래야 장군 묘소에 참배객들이 와서 팬션 손님으로 머물기 때문이다. 그러나 슬픈 복희는 즐거운 복희가 되고 싶다. 복희를 만든 인물들과 복희 사이에 갈등이 큰 것이다. 복희를 무대에 등장시키지 않고 쓴 초고를 여러 번 고친 이유는, 복희의 부재(不在)를 통해 복희의 존재(存在)를 부각시키려 했던 내 의도가 잘 나타나지 않기 때문이다. 결국 나는 복희가 등장하는 장면만을 따로 써서 막간극으로 넣었다. 부재 인물의 표현을 고민하면서 얻은 경험은 유익했다. 그 경험으로 나중에 쓴 「챙!」에서 등장 않는 비가시적 인물 함석진(심벌즈 연주자)을 표현할 수 있었다.

「즐거운 복희」는 〈남산예술센터〉와 〈극단 백수광부〉 공동제작으로 2014년 8월 26일부터 9월 21일까지 〈드라마센터〉에서 공연하였다. 연출가 이성열 씨가 연출을 맡았고, 김옥란 씨가 드라마터그를, 손호성 씨는 무대 미술을 맡았다. 유복희 역은 전수지 씨, 화가 역 이인철 씨, 백작 역 이호성 씨, 박이도 역 강 일 씨, 김봉민 역 유병훈 씨, 남진구 역 박완규 씨, 조영욱 역 박혁민 씨였다. 「즐거운 복희」 공연에는 행운이 따랐다. 2014년도 한국연극협회의 〈연극대상〉에서 작품상을 받았고, 손호성 씨가 무대미술상을 받았다. 서울연극협회의 〈연극인대상〉에서는 김창기 씨가 조명상을 수상하였다. 무대 미술상의 수상과 조명상 수상은 내가 받은 것처럼 기쁨이 컸다. 「즐거운 복희」 공연을 앞두고 기자 간담회가 있었는데, 나는 그 자리에서 「즐거운 복희」를 〈드라마센터〉에서 꼭 하고 싶은 이유들을 말했다. 내가 연극을 처음 시작한 곳이라는 의미도 있고, 「즐거운 복희」의 상징인 깊은 호수를 표현하려면, 관객석에서 아래로 내려다 보이는 드라마센터의 무대가 가장 적합한 곳이기 때문이다. 무대 미술상 수상자 손호성 씨와 조명상 수상자 김창기 씨가 그런 뜻을 충분히 살려주었다.

「날아다니는 돌」은 2014년 11월 7일부터 11월 16일까지 〈백성희장민호 극장〉에서 〈극단 백수광부〉 제작으로 공연하였다. 연출은 이성열 씨였고, 출연 배우는 숙부 역 오현경 선생, 박석 역 한명구 씨, 낭독자 및 이웃 남자 역 박수영 씨, 이기두 역 이명행 씨, 김혜란 역 이경미 씨, 진행자들 역 조국형 씨, 조 현 씨, 특별 출연에 피아니스트 김정선 씨였다.

이성열 씨는 풍부하면서도 넘치지 않으며 다양하면서도 균형 있게 절제하는 연출가이다. 「즐거운 복희」가 어둡다면 「날아다니는 돌」은 밝다. 한 연출가가 대조적인 두 작품을 거의 같은 시기에 무대 위로 올린다는 것은 위태로운 모험일 수 있다. 하지만 이성렬씨는 그런 걱정을 깨끗이 지워버렸다. 「날아다니는 돌」에 진행자들을 등장시킨 것은 그의 아이디어이다. 진행자들이 장면들을 자연스럽게 연결하였고, 여러 인물로 변화하며 대본에 없는 멋진 장면들을 만들었다. 「날아다니는 돌」의 지문에는 돌이 연주하는 피아노 소리가 들린다고 쓰여 있다. 그러나 실제 공연에는 그 피아노 소리를 녹음으로 할 것인지, 직접 연주할 것인지 선택해야 한다. 연출가 이성열 씨는 죽은 소리 녹음보다 살아있는 소리 생음을 택했다. 무대 전면 우측 밑에 피아노를 설치하고, 피아니스트 김정선 씨에게 연주를 부탁하였다. 극적 효과는 만점이었다. 관객들은 피아노 연주자를 보면서도 날아다니는 돌이 연주한다고 상상하며 들었다. 그때 연주한 곡은 베토벤 피아노 소나타 〈월광〉, 드뷔시 〈달빛〉, 라벨 〈소나티네 Op.3〉, 바흐 〈골드베르그 변주곡 BWV988〉, 바흐 〈파르티타 No.6 E minor BWV 830〉이다.

「날아다니는 돌」은 희극(喜劇)이다. 돌이 어떻게 날아다닐 수 있느냐, 근엄한 표정으로 묻지 않기 바란다. 그럴 수도 있구나, 짐짓 아량을 베풀고 보는 것이 이 연극을 즐기는 방법이다. 우리는 사실을 존중해야 한다. 하지만 사실의 세계는 협소하다. 연극은 인간에게 더 넓은 세계를 보여준다.

「날아다니는 돌」의 공연은 출연한 배우 모두가 빛났고 앙상블도 훌륭했다. 특히 오현경 선생은 배우의 품격을 보여줬다. 이생에서는 남자로 살았으므로 내생에는 여자로 살고 싶어 여자 옷을 입고 화장을 하며 죽음을 기다리는 숙부 역은, 남자 배우가 여장을 해야 하기 때문에 자칫 잘못하면 우스꽝스럽고 천박해 보일 우려가 높다. 그런데 오현경 선생은 참 우아했다. 모든 관객들이 감탄하며 박수를 쳤다. 오현경 선생이 숙부 역을 하였기에 「날아다니는 돌」은 재미와 품위를 아울러 갖춘 연극이 되었다고 해도 과언이 아니다.

　내가 쓴 여섯 편의 희곡들 중에서 결점 없는 것은 없다. 아마 생각이 얕아서 그럴 것이다. 소금물은 마시고 또 마셔도 갈증이 해소되지 않는다. 내 희곡이 그렇다. 쓰고 또 써도 자꾸만 목이 탄다. 그런 희곡들을 모아놓고 "보기에 참 좋았다"니… 이 여덟 번째 희곡집을 읽는 독자들에게 미안하고 감사한다.

맨드라미꽃

- **등장인물**

  노옹

  노파

  애비

  주혜

  정민

  영민

  미스 박

  장팔

- **시간**

  여름

- **장소**

  하숙집

- **일러두기**

  오래 된 한옥들이 밀집해 있는 곳. 하숙촌. 무대는 골목 안의 한 집. 이 집은 사랑채와 안채가 ㄱ자처럼 연결되어 있다. 관객석에서 정면으로 사랑채가 보인다. 하숙하는 사람들이 묵는 똑같은 크기의 방 셋이 나란히 붙어 있다. 무대 오른쪽으로 꺾어진 안채는 건넌방, 대청, 안방, 주방 겸 식당이다. 주방 겸 식당은 안채에 잇대어 지은 건물로서, 안방과 일직선이 되도록 짓지 않고 반쯤 뒤로 물려 지었다. 주방 겸 식당 옆을 돌아가면 안채 뒤쪽에 세면장, 화장실, 창고가 있지만 관객석에서 보이지 않는다. 대문은 사랑채 왼쪽에 있다. 대문 역시 관객석에서 보이지 않으나 등장인물들이 등퇴장하여 그곳이 대문이라는 것을 알 수 있다.

  이 하숙집을 무대 위에 지을 필요는 없다. 무대 바닥에 야광 테이프를 붙여 공간을 구획한다. 방과 방 사이에 벽을 세우거나 문을 달 필요도 없다. 다만 사랑채에는 똑같은 모양의 창문틀이 방마다 하나씩 뒤쪽 허공에 매달려 있다. 조명이 암전된 상태에서도 하숙집 방들의 윤곽이 나타난다.

소품들은 방의 특징을 보여주기 위해 필요하다. 안채의 주방 겸 식당에는 식탁과 의자가 있다. 안방에는 거울 달린 화장대, 건넌방에는 침대가 있다. 사랑채의 방 중에서 오른쪽 첫 번째 방에는 비키니 장롱, 가운데 방에는 테이프 녹음기 한 대가 있는데, 왼쪽 끝 방에는 아무 것도 없다.

무대 뒤쪽 창문틀이 매달린 곳에 조명이나 영상으로 아침, 낮, 저녁, 밤, 시간의 변화를 표현한다. 방문을 열고 닫거나 두드릴 때, 음향효과로써 소리를 낸다.

막이 오른다. 무대 조명, 밝아진다. 아침. 치매 걸린 노옹이 마당 둘레를 반복해서 뛰어 달린다. 주방 겸 식당에는 미스 박과 장팔이 식사를 한다. 그들은 가끔 마당의 노옹을 바라보지만 흔히 봤던 광경인 듯 별다른 반응이 없다. 사랑채 끝 방에는 정민이 웅크리고 앉아 있다. 안채 건넌방에는 애비가 침대 위에 누워 있고, 안방에는 노파가 화장대 앞에 앉아 정성스럽게 화장을 하고 있다.

노옹   나는 뛴다! 나는 뛴다!
　　　　나는 뛴다! 나는 뛴다!

노파, 안방에서 화장을 마치고 나온다.

노파   주혜야! 주혜야!

주혜	(목소리만 들린다.) 나, 여기 있어!
노파	어디……?
주혜	(소리) 화장실!
노파	나쁜 년, 담배 피우고 있지?
주혜	(소리) 아냐, 할머니!
노파	어서 나와!

주혜, 안채의 뒤쪽에서 나온다.

주혜	왜 소리는 질러?
노파	내가 소리 안 지르게 생겼냐? 할아버지 아침 운동할 때, 꼼짝 말고 지켜보랬지!
주혜	(노옹을 바라보며) 호호, 바지 벗었네…….
노파	우습냐? 우스워?
주혜	열여섯 번 돌 때까지는 보고 있었어. 정말이야. 서른 번 다 뛸 때까지 보려고 했었는데, 화장실이 급해서 갔지.
노파	그럼 쉰 번, 백 번도 넘었겠다. 영감, 그만 뛰시우!

노파, 노옹을 붙잡는다. 노옹은 노파를 뿌리치고 달리면서 외친다.

노옹	그만 뛰슈! 그만 뛰슈!
	그만 뛰슈! 그만 뛰슈!
주혜	할아버진 바지 입혀야 멈춰.
노파	그걸 아는 년이 실실 웃고만 있냐? 어서 바지 찾아와!

주혜, 바지를 찾으러 다닌다.

주혜	마루 밑에 감췄나, 지붕 위에 숨겼나…….
노파	(노옹에게) 제발 멈추시우!

노옹	멈추슈! 멈추슈!
	멈추슈! 멈추슈!
주혜	바지 없어.
노옹	바지 없어! 바지 없어!
	바지 없어! 바지 없어!
노파	어서 찾아!
노옹	어서 찾아! 어서 찾아!
	어서 찾아! 어서 찾아!

주방 겸 식당에서 미스 박이 나온다.

미스 박	이걸 어쩌지? 바지 찾아드리고 싶은데, 출근 시간이 늦어 서…….
노파	걱정 말고 어서 가우.
미스 박	그럼 다녀올게요.
주혜	잘 다녀와요.
미스 박	그래, 저녁에 봐.

미스 박, 대문으로 나간다. 주방 겸 식당에서 장팔이 식사를 마치고 일어선다. 그는 허리에 맨 혁대 양쪽에 권총처럼 생긴 호신용 가스총 을 찼다. 날렵하게 양쪽의 가스총을 뽑아 방아쇠에 손가락을 걸어 휘 르륵 돌리더니, 다시 혁대의 총집에 집어넣는다. 그리고는 옆 의자에 벗어두었던 웃옷을 입고 마당으로 나온다.

| 노파 | 식사 다 했수? |
| 장팔 | 네, 두 그릇 먹었습니다. (손목시계를 본다.) 이런, 벌써 여덟 시 네. 우리 보스 영감은 늙고 허약해서 겁이 많아요. 나 같은 듬 직한 보디가드가 없으면 벌벌 떠느라 아무 일도 못합니다. 바 지보다는 우리 보스가 중요해서…… 할머니, 다녀오겠습니다. |

노파   그러시우.
노옹   그러슈! 그러슈!
         그러슈! 그러슈!

         장팔, 대문으로 나간다.

노파   저 사람은 하숙비보다 밥을 더 먹어.
주혜   식성이 좋아, 뭐든지 안 가리고.
노파   우체국 여자 봐라. 깨질깨질, 먹는 둥 마는 둥 그냥 나가잖냐.
주혜   살찐다며 안 먹어, 미스 박 언니는.
노파   보디가드한테도 살 좀 빼라고 해!
주혜   할머니, 바지 찾았어!
노파   어디……?
주혜   여기, 대청마루 밑에!

         주혜, 대청마루 밑에서 둘둘 말려진 노옹의 바지를 꺼낸다. 노파와
         주혜는 노옹을 붙잡아 바지를 입힌다. 노옹은 달리기를 멈춘다.

노파   영감, 아침운동 했으니 허기지겠수. 밥 먹으러 갑시다.
노옹   밥 먹어! 밥 먹어!
         밥 먹어! 밥 먹어!

         노파, 노옹을 데리고 주방 겸 식당으로 들어간다. 주혜는 대청마루
         끝에 걸터앉는다. 허리춤에서 담배와 성냥을 꺼낸다. 주혜, 담배를 피
         운다. 사이. 노파가 식탁에 노옹의 음식을 차려주고 나온다.

노파   이젠 아예 대놓고 담배질이구나!
주혜   어, 할머니…….
노파   도대체 몇 살인데 벌써 담배냐?

주혜	손녀딸 나이도 몰라?
노파	모른다!
주혜	그럼 나도 몰라.
노파	나쁜 년!
주혜	스물다섯 살쯤 보인대, 내가.
노파	스물다섯? 누가 너더러 그런 소리를 해?
주혜	동네사람들 모두.
노파	눈깔이 삐었다!
주혜	할머니, 이리 와서 앉아. 담배 줄게.

노파, 주혜 옆에 앉는다. 주혜는 노파에게 담배를 준다.

주혜	할머니는 언제였어? 나보다 일찍 피웠지?
노파	입 닥쳐!
주혜	열두 살? 열세 살?
노파	나쁜 년, 담배가 무슨 자랑이냐?
주혜	속상할 땐 한 대 피우면 좋잖아.
노파	네가…… 속이 상해?
주혜	그럼 속상할 때가 많지. 하루 종일 밥 짓고, 설거지하고, 빨래하고…… 나도 할아버지처럼 치매 걸렸으면 좋겠어. 아니면 아빠같이 반신불수가 되든가!
노파	쓸데없는 소리 말고, 저기 좀 봐라!

노파, 턱으로 사랑채 끝 방을 가리킨다. 주혜, 그곳을 바라본다.

노파	저 끝 방 남자, 이상하지 않냐?
주혜	뭐가……?
노파	우리 집에 하숙한 지 사흘이 지났건만 밖으로 나오는 걸 못 봤다. 오늘 아침도 그렇잖냐. 마당이 난리법석인데, 방문도 열지

않더라. 네가 가서 말 좀 해.

주혜　무슨 말? 아침마다 바지 벗고 뛰는 할아버지 구경하라구?

노파　그게 아니라, 돈 달라고 말해.

주혜　돈은 할머니가 받았잖아. 선불이라면서 한 달치 하숙비를 받 구선.

노파　그 돈으로 외상 갚고, 쌀 사고…….

주혜　벌써 다 썼어?

노파　네 애비 약은 못 샀다. 그러니까 네가 돈 더 받아내.

주혜　(귀를 막으며) 듣기 싫어!

노파　난 늙었다. 넌 젊고 예뻐. 내가 받는 하숙비보다는 네가 이런 저런 짓거리로 뜯는 돈이 더 많아. 돈 줄 테니 뽀뽀하자는 놈, 노래방 가자는 놈, 심지어 함께 그 짓하자는 놈, 벼라 별 놈들 이 다 있지. 그건 네가 젊고 예뻐서 그런 거야. 나 같은 늙은이 에겐 아무도 관심 없어. 공짜로 빨래해달라는 놈은 있어도, 돈 주겠다는 놈은 없다구.

주혜　그래도 난 못해. 사흘밖에 안 된 사람한테 어떻게 돈 더 달라 고 말해?

노파　식사 때 맛있는 반찬 주면서 잘 꼬셔 봐.

주혜　오지도 않아, 식당에는.

노파　네가 직접 밥상 차려들고 가!

노파, 담뱃불을 비벼 끄고 안방으로 들어간다. 주혜, 담배연기가 허공 에서 사라지는 것을 바라본다. 사이. 주혜, 주방 겸 식당으로 간다. 노옹이 꾸벅꾸벅 졸고 있다. 주혜, 밥상을 차려들고 나온다. 그녀는 끝 방 앞으로 가서 방문을 두드린다. 정민, 웅크리고 앉은 채 방문을 열지 않는다.

주혜　저어…… 저기요…….

정민　(침묵)

주혜	식사 왔어요.
정민	(침묵)
주혜	아침 식사 하셔야죠!
정민	괜찮습니다.
주혜	안 하실 거예요?
정민	네.
주혜	빨래 있으면 주세요.
정민	(침묵)
주혜	있어요? 없어요?
정민	없습니다.

주혜, 밥상을 들고 우두커니 서 있다가 되돌아간다. 주방 겸 식당 앞,
주혜가 걸음을 멈추고 담 밑에 있는 맨드라미를 발견한다.

주혜	어어, 맨드라미…… 저게 언제 있었지?

주혜, 맨드라미꽃으로 다가간다.

주혜	그 참 신기하네…….

주혜, 맨드라미꽃을 살펴보면서 노파를 부른다.

주혜	할머니! 할머니!
노옹	(잠에서 깨어나 주혜를 따라한다.) 할머니! 할머니!
노파	(안방에서 응답한다.) 왜?
주혜	여기, 없던 것 있어!
노옹	없던 것 있어! 없던 것 있어!
노파	(소리) 뭐가 있다구?
주혜	맨드라미꽃!

노옹　　맨드라미꽃! 맨드라미꽃!

무대, 암전. 조명, 밝아진다. 낮. 노파와 주혜가 안채 대청마루에 앉아서 사랑채 끝 방을 바라본다. 끝 방, 정민이 누워 있다.

노파　　닷새째야, 닷새.
주혜　　응…….
노파　　어찌 된 거냐?
주혜　　밥은 안 먹어. 특별히 생선도 굽고 계란찜도 했는데…….
노파　　물은 먹겠지?
주혜　　글쎄…… 무슨 고민이 있는지 꼼짝도 안 해.
노파　　별 인간이 다 있다.
주혜　　응…….
노파　　그렇다고 넌 가만히 있냐? 무슨 수작이든 해야지!
주혜　　알았어. 지금 가볼게.

주혜, 마당을 가로질러 사랑채 끝 방으로 간다. 노파가 그 광경을 지켜본다. 주혜, 방문을 두드린다. 반응이 없다. 주혜는 조심스럽게 방문을 연다.

주혜　　죄송해요, 방문을 열어서…….
정민　　(일어나 앉는다.) 또 밥상입니까?
주혜　　하루 종일, 혼자 심심하시죠?
정민　　아뇨.
주혜　　화투 칠 줄 아세요?
정민　　(침묵)
주혜　　민화투, 육백, 고스톱…….
정민　　(고개를 가로젓는다.)
주혜　　그럼 배드민턴은요? 우리 둘이 쳐요. 자, 마당으로 나오세요!

정민　　아뇨.

대문 앞 골목, 정민을 부르는 영민의 목소리가 들린다.

영민　　(소리) 형! 형! 어느 집이야?
정민　　(벌떡 일어나 방문 앞으로 나온다.) 여기다, 여기!
주혜　　누가 오셨나 보네. (대문을 향해) 대문 안 잠겼으니 들어오세요!

영민, 집 안으로 들어온다.

영민　　골목 안에 하숙집들이 비슷비슷해서 한참 찾았지!
정민　　너 오기를 기다렸다! (주혜에게 영민을 소개한다.) 내 동생입니다.
주혜　　안녕하세요?
영민　　아, 안녕하십니까?
주혜　　두 분이 말씀 나누세요. 저는 나중에…….

주혜, 고개 숙여 인사하고 뒤돌아선다. 노파, 안방으로 들어간다. 주
혜는 주방 겸 식당으로 걸어간다.

영민　　누구야, 저 여자?
정민　　응, 이 하숙집 아가씨…….
영민　　예쁘게 생겼네. 하지만 형이 좋아할 타입은 아닌걸. 형은 예쁜
　　　　　여자보다 좀 특이한 여자를 좋아하잖아.
정민　　방으로 들어와, 어서.

정민과 영민, 끝 방으로 들어간다. 영민, 방 안을 유심히 둘러본다.

영민　　아주 작은 방이군. 벽지는 낡았고, 옷장도 침대도 없는…… 이
　　　　　건 너무 초라해.

정민　앉으렴, 어서.

영민　정말 너무 초라해서 비참한 느낌마저 들어.

정민　앉아, 서 있지 말구.

정민과 영민, 마주 있다. 주혜, 주방 겸 식당에서 나오더니 안채 뒤쪽으로 간다.

영민　형의 취향이 유별난 건 인정해. 그래도 그렇지, 이복 여동생을 사랑한다니 정말 놀랐어.

정민　미란 씨는 이복 여동생이 아니다. 정확하게 알고 말해라.

영민　물론 정확히는 아니지. 한때 아버지가 관계 맺은 여자의 딸이지만, 그런 관계 훨씬 전에 미란 씨가 태어났거든. 하지만 세상 사람들이 그걸 정확히 알까?

정민　(침묵)

영민　왜 말이 없어?

정민　미란 씨와 나…… 우리 둘이 결혼 승낙 받으려고 아버지를 만났던 날…….

영민　형의 충격이 컸겠네?

정민　응…….

영민　아버지 역시 엄청난 충격을 받으셨지. 더구나 이 일로 형이 집을 나갔으니, 분노가 활화산의 용암처럼 들끓어.

주혜, 안채의 뒤쪽과 사랑채 뒤쪽을 지나 끝 방 옆으로 나온다. 그녀는 살금살금 소리 내지 않고 다가가서 정민과 영민의 대화를 엿듣는다.

영민　지금 아버지가 가장 궁금히 여기시는 건, 이 일을 몇 명이나 알고 있는가야. 아는 사람이 많으면 화산 폭발의 규모가 커지고 적으면 폭발도 작아.

정민	아버지, 나, 너, 그리고 미란 씨와 미란 씨의 어머니…….
영민	다섯이야?
정민	돌아가신 우리 어머니도 어느 정도는 짐작하셨겠지.
영민	이 세상에 안 계신 분은 빼고, 또 누가 알지? 잘 생각해 봐. 친척들이나 친구들에게 미란 씨와의 결혼을 발설한 적 없어?
정민	왜, 그게 중요해?
영민	중요하지!
정민	왜?
영민	소문나면 안 되니까. 아버지와 관계했던 여자의 딸을 그 아들이 사랑한다, 이런 소문이 퍼질 경우 아버지의 사회적 체면이 뭐가 되겠어?
정민	중요한 건 체면이 아니라 사랑이야.
영민	형한테는 그렇지!
정민	(침묵)
영민	집엔 언제 들어갈 거야?
정민	(침묵)
영민	하긴 이렇게 나와서 버티는 것이 형의 전략이겠지. 버티면 버틸수록 싸움이 길어지고, 소문날까 두려운 아버지는 장기전을 치르기엔 부담이 크실 걸.
정민	넌 마치…… 무슨 해설자 같구나.
영민	어쨌든 내 역할은 양쪽을 오고가는 메신저야. 형이 이 하숙집 주소를 알려주면서 오라고 한 건, 내 역할이 필요해서지?
정민	그래, 넌 하나뿐인 내 동생이니까…….

영민, 호주머니에서 편지봉투를 꺼내 정민 앞에 놓는다.

영민	편지야, 미란 씨 편지. 형이 집 나간 뒤에 우체부가 왔어.
정민	(편지를 집어든다.) 봉투가 뜯겨져 있구나.
영민	내가 뜯어봤거든.

정민	어떻게 남의 편지를……?
영민	호기심 때문에 그랬지. 미안해, 형.
정민	(침묵)
영민	미안하다고 사과하잖아. 내용도 별 거 아냐. 형을 영원히 사랑한대. 아버지껜 이 편지 왔다는 말 안 했어.

정민, 봉투에서 편지를 꺼내 목독한다.

영민	코에 대고 맡아 봐.
정민	왜……?
영민	냄새가 좋아.
정민	(편지를 코에 대고 냄새를 맡는다.) 맞아, 이 향기. 미란 씨가 늘 쓰는 향수냄새…….
영민	형, 오늘은 이만 갈게.
정민	고맙다, 와 줘서.
영민	자주 올 텐데 뭘…….
정민	잘 가라.

영민, 방 밖으로 나온다. 주혜는 얼른 끝 방 뒤쪽으로 돌아가 숨는다. 무대, 암전. 밤. 불 꺼진 방마다 사람들이 어둠 속에 누워 있다. 사랑채의 가운데 방, 네모꼴 방바닥 면적에 조명이 비춰진다. 잠옷 입은 장팔, 녹음기를 작동시킨다. 테이프가 돌아가면서 똑같은 말을 세 번씩 반복한다. 장팔, 큰 소리로 따라한다.

녹음기	아이 엠 어 스쿨 보이
장팔	아이 엠 어 스쿨 보이!
녹음기	아이 엠 어 스쿨 보이
장팔	아이 엠 어 스쿨 보이!
녹음기	아이 엠 어 스쿨 보이

장팔   아이 엠 어 스쿨 보이!
녹음기 유 아 러 티처
장팔   유 아 러 티처!

끝 방, 누워 있는 정민이 몸을 뒤척인다.

녹음기 유 아 러 티처
장팔   유 아 러 티처!
녹음기 유 아 러 티처
장팔   유 아 러 티처!

첫 번째 방, 잠옷 입은 미스 박이 벌떡 일어나 전등을 켠다.

녹음기 디스 이즈 어 펜
장팔   디스 이즈 어 펜!
녹음기 디스 이즈 어 펜
장팔   디스 이즈 어 펜!
녹음기 댓 이즈 어 노트 북
장팔   댓 이즈 어 노트 북!

미스 박, 벽을 신경질적으로 두드린다.

미스 박 여봐요! 여봐요!
녹음기 댓 이즈 어 노트 북
장팔   댓 이즈 어 노트 북!
미스 박 여봐요, 조용히 해요!
녹음기 쉬 이즈 어 뷰티풀 걸
장팔   쉬 이즈 어 뷰티풀 걸!
미스 박 내 말 안 들려요?

녹음기　쉬 이즈 어 뷰티풀 걸

장팔　쉬 이즈 어 뷰티풀 걸!

미스 박　제발 조용히 해요!

장팔　네……?

　　　　미스 박, 방문을 열고 나와 장팔의 방문을 두드린다.

미스 박　여봐요! 이리 좀 나와요!

장팔　(녹음기의 작동을 멈춘다.) 무슨 일입니까……?

미스 박　밖으로 나오라구요!

　　　　장팔, 영문을 모르는 표정으로 문을 열고 나온다.

미스 박　도대체 왜 그래요? 이 밤중에 왜 시끄럽게 해서 잠을 깨워요?

장팔　난 영어 배워서 미국 갈 겁니다.

미스 박　낮에 배워요, 낮에!

장팔　낮엔 공부가 안 돼요. 조용한 밤에 해야 능률이 오릅니다.

미스 박　진짜 미치겠네!

장팔　우리나라는 좁고 답답합니다. 시원시원하게 넓은 미국에 가서 살아야죠. 미스 팍도 함께 갑시다. 나하고 결혼해서 함께 가면, 아메리칸 스타일로 행복하게 살 수 있습니다.

미스 박　이것 보세요, 장팔 씨!

장팔　네, 말씀하십시오.

미스 박　남 잠 못 자게 해놓고 미안하지도 않아요? (끝 방을 가리키며) 저 옆방도 못 잘 거예요!

　　　　장팔, 끝 방 방문 앞에 가까이 다가가서 귀를 기울인다. 정민, 가만히 앉아 있다.

장팔	잘 자는데요? 깨어 있으면 무슨 소리가 날 텐데, 아무 소리도 안 납니다. (미스 박 앞으로 되돌아오며) 아, 알겠습니다. 미스 팍이 올드미스라서, 성격이 예민하군요.
미스 박	난 올드미스가 아니에요! 그리고 미스 박이지, 미스 팍도 아니구요!
장팔	한국에서는 미스 박 그러지만, 미국에선 미스 팍이죠.
미스 박	이 남자 진짜 웃겨!
장팔	내가 웃깁니까?
미스 박	웃기잖아요!
장팔	그런데 웃지 않고 왜 화를 내십니까?
미스 박	장팔 씨, 제발 찬물 먹고 정신 차려요. 전당포 영감 보디가드나 하면 됐지, 무슨 미국에 가요, 미국을!
장팔	미스 팍, 내가 평생 전당포나 지킬 사람으로 보입니까? 진짜 쌍권총 차고, 대평원을 돌아다녀야 어울릴 사람입니다. 미스 팍, 우리 결혼합시다! 그래서 우리 미국으로 뜹시다!
미스 박	내가 결혼한다 그러면요, 허리에 찬 가스총 뽑아서 전당포 영감을 쏠 거죠?
장팔	네……?
미스 박	영감 기절시켜놓고, 값비싼 물건이랑 현금 털어서, 미국으로 뜰 거잖아요.
장팔	쉿, 누가 그런 소리를…….
미스 박	직접 본인이 말했어요.
장팔	내가요?
미스 박	나하고 포장마차에서 술 마신 날, 같이 미국 가서 살자면서, 그런 말 분명히 했잖아요.
장팔	아마 취했겠죠. 취한 사람 말을 믿습니까?
미스 박	그럼 그날 청혼도 술 취해서 했군요?
장팔	아…… 아뇨…….
미스 박	다시는 밤중에 영어공부 말아요. 또 시끄럽게 하면요, 그땐 진

짜 전당포 영감한테 이를 거예요.

장팔 미스 박, 치사하고 야비합니다!

미스 박 남 잠 못 자게 하는 것이 진짜 야비하죠!

장팔 좋습니다, 미스 박! 이를테면 이르십시오! 나도 우체국장한테 미스 박을 이를 테니까!

미스 박 내가 뭘 어쨌기에 일러요?

장팔 우체국에서 편지를 몰래 가져와 뜯어보는 게 누굽니까? 바로 미스 박입니다, 미스 박! 특히 연애편지는 콧소리로 읽으면서, 깔깔 까르르 웃기까지 합니다.

미스 박 이 남자, 진짜 생사람 잡네! 증거를 대요, 증거를!

장팔 옆방 사는 내가 증인입니다, 증인! 벽이 얇아서, 옷 갈아입는 소리도 들리는데, 편지 읽는 소리를 못 들을 줄 아십니까?

미스 박 기가 막혀! 진짜 기가 막혀! 그건 소설책이에요!

장팔 편지입니다, 편지!

미스 박 눈으로 확실히 봤어요?

장팔 귀로 들었습니다!

미스 박 귀는 눈이 아니잖아요!

장팔 눈만 보입니까? 귀도 들으면 보입니다!

미스 박 그건 상상이죠, 상상!

장팔 미스 박, 우리 결혼해서 미국 갑시다!

안채의 대청, 조명 비춘다. 안방에서 노파가 나와 미스 박과 장팔을 야단친다.

노파 뭣들 하는 거유, 잠들 안 자구?

장팔 네, 할머니…….

노파 할 말 있거든 내일 해, 내일!

장팔, 미스 박, 각자 자기 방으로 들어간다. 무대, 암전. 낮. 환한 햇빛. 주혜가 안채 뒤쪽에서 커다란 플라스틱 바구니에 세탁한 옷들을 가득 담아들고 주방 겸 식당 옆을 돌아 마당으로 나온다. 그녀는 마당에 빨래 건조대를 세우고 세탁물을 널어놓는다. 끝 방, 정민이 방문을 열고 나온다.

정민 저어…… 가게가 어디쯤 있습니까?
주혜 오늘은 밖에 나오셨네! 가게는, 뭘 사시려구요?
정민 일회용 면도기가 필요해서요.
주혜 빨래 널고 시장에 갈 건데요, 제가 사다 드리죠.
정민 고맙습니다.

정민, 지갑에서 만 원권 지폐를 꺼내 주혜에게 준다.

주혜 비누는요? 얼굴에 비누칠을 하셔야 수염이 잘 깎일 텐데?
정민 그렇군요, 비누도 부탁합니다.
주혜 거울도 있어야겠죠?
정민 거울이요……?
주혜 큰 건 아니고, 작은 손거울요. 거울로 보면서 깎아야지, 안 보고 깎으면 피나요.
정민 거울도 사다 주세요.

정민, 만 원권 지폐 한 장을 더 꺼내 주혜에게 준다.

주혜 우리 집 안방 벽장 속에는요, 파르르 날 선 면도칼도 있고, 은 손잡이 거울도 있고, 놋쇠로 만든 대야도 있어요. 우리 엄마가 나 어렸을 때, 거울을 보면서 면도칼로 손목을 그었죠. 놋대야에 피가 가득했어요. 우리 집에 하숙한 사람들은요, 내가 이런 말 하면 금방 보여 달라 조르는 거예요. 그럼 공짜는 안 되고, 돈을 받고 보여주죠. 어때요, 보고 싶지 않아요?

정민	글쎄요, 지금은…….
주혜	보고 싶거든 말씀하세요, 언제든지!
정민	얼마입니까, 구경 값이?
주혜	한 달치 하숙비죠.

정민, 끝 방으로 되돌아간다.

주혜	잠깐 여기 좀 보세요!
정민	(걸음을 멈추고 뒤돌아본다.)
주혜	오늘은 빨래가 많아요. 하나, 둘, 셋, 넷, 다섯…… 열일곱. 그런데요, 난 어떤 옷이 누구 것인지 눈을 감고도 맞출 수 있어요!

주혜, 건조대에 걸린 수건을 집어 머리에 감아 눈을 가린다.

주혜	우리 내기해요! 옷 하나에 만원씩, 내가 다 알아맞히면 십칠만 원 주세요. 만약 틀리면, 옷 하나에 종아리 한 대씩 때려요. (정민에게 더듬더듬 다가오며) 이 수건을 꼭꼭 묶어줘요, 풀어지지 않게!
정민	(침묵)
주혜	어서 묶어요!

정민, 주혜의 머리에 감긴 수건을 묶는다. 주혜는 더듬더듬 발을 더듬어 다시 빨래 건조대로 되돌아간다. 정민, 지켜본다. 주혜, 옷들을 하나하나 냄새 맡아 분간한다.

주혜	이건 할아버지 옷, 이건 할머니 옷. 흠흠…… 아무리 빨고 삶아도 할아버지 옷에서는 시큼한 냄새가 나고, 할머니는 요실금이어서 지린내가 나죠. 흠흠…… 고린내는 우리 아빠, 맨날

누워서 대변 소변 봐요. 이 옷은 우체국 미스 박 언니 것, 달짝지근 단내가 나고…… 흐릿한 담배 냄새나는 건 내 옷. 그리고 흠흠…… 노린내 비슷한 냄새는 전당포 보디가드 장팔 씨 옷이죠.

주혜가 빨래 건조대에 걸린 옷들을 냄새 맡아 가려내는 동안, 정민은 가슴에서 미란의 편지를 꺼내 냄새 맡는다.

주혜　자, 모두 맞췄어요!
정민　(침묵)
주혜　왜 아무 말 없죠?
정민　(침묵)
주혜　믿어지지 않아서 그런 거예요?
정민　아뇨. 난 믿을 수 있습니다.
주혜　그럼 주세요, 십칠만 원!

주혜, 눈을 가린 수건을 풀고 정민에게 다가온다. 정민은 편지를 가슴에 넣는다. 그리고 호주머니에서 지갑을 꺼내 만 원권 지폐를 열일곱 장 헤아려서 준다. 주혜, 돈을 받더니 한 장은 되돌려준다.

주혜　만 원은 안 받아요. 옷 하나는 틀렸거든요.
정민　누구 것인데요?
주혜　내 옷인데요, 알면서도 일부러 하나 틀렸죠. 내가 모두 맞추면, 돈만 내는 사람은 무슨 재미가 있겠어요? (옷자락을 걷어올려 종아리를 내보인다.) 자, 나를 한 대 때려요!
정민　안 때려도 됩니다.
주혜　하나 틀렸으니, 약속대로 한 대 맞아야죠!

주혜, 눈을 가렸던 수건을 정민에게 준다.

주혜	힘껏 때려요. 젖은 수건이어서 맞으면 아플 거예요!
정민	(침묵)
주혜	내가 맞춘 걸 믿는다면, 틀린 것도 믿어야죠. 자, 어서 때려요!

정민, 젖은 수건으로 주혜의 종아리를 때린다. 그러자 대문 쪽에서 박수 소리가 들린다.

영민	멋져, 형! 아주 멋있어!
정민	음…… 너 왔구나.
영민	(주혜에게) 어디 좀 봅시다. 맞은 자리가 벌겋군요.

주혜, 주방 겸 식당으로 달아난다.

정민	오해하진 말아라. 다른 뜻은 없다.
영민	오해는 안 해. 다만 놀랬지. 형이 여자를 때리다니, 그것도 돈을 주고!
정민	네가 온 용건이나 말하렴.
영민	짜릿했지, 때릴 때 느낌이?
정민	방으로 들어와.
영민	아니, 방 앞 마루가 좋겠어.

정민과 영민, 끝 방 마루에 나란히 앉는다.

영민	형한테 좋은 소식이야.
정민	뭔데?
영민	아버지가 미란 씨를 만나셨어. 나도 같은 자리에 있었지. 미란 씨는 정말 눈부시게 아름답더군. 하지만 아버지 앞에서 어찌나 겁을 먹고 벌벌 떠는지, 옆에 보고 있는 내가 민망했지. 아버지는 미란 씨에게, 가장 근본적인 질문을 하셨어.

정민	가장 근본적인……?
영민	미란 씨가 형하고 몇 번 잤느냐 그거였지. 대답은 함께 잔 적이 단 한 번도 없다였어. 형과 연애하면서 입을 맞추고 손은 잡았지만, 아직도 육체적으론 순결한 처녀라는 거야. 그런데 미란 씨 마음은 몽땅 형의 것이래. 결국 듣고 보니, 정신적인 플라토닉 러브였다, 그거잖아.
정민	(고개를 돌린 채 침묵한다.)
영민	형은 어때? 형도 플라토닉 러브를 인정해?
정민	(침묵)
영민	어쨌든 별것 아니구나, 아버지는 판단하셨지. 여러 번 잤어도 임신만 안 했으면 되는 건데, 자지도 않았다니 그게 무슨 문제가 되겠어. 그저 지금까지 일은 없는 셈치고, 형을 너그럽게 용서하시겠대. 축하해, 형! 형은 이제 집으로 돌아가게 됐어!

주혜, 주방 겸 식당에서 나와 안채 뒤로 간다. 발걸음 소리가 나지 않게 살금살금 걸어서 사랑채 뒤를 지나간다.

영민	우리 집안의 대를 이을 장남, 많은 재산의 상속자, 순식간에 잃었던 모든 권리가 원상회복됐다구! 그런데 왜 그래? 전혀 기뻐하지 않잖아?
정민	너라면 기쁘겠냐?
영민	무슨 소리야, 형?
정민	누가 너의 사랑은 별것 아니다, 없던 일로 하라면 기쁘겠어?
영민	글쎄…… 뭐…….
정민	미란 씨와 나, 우리 둘의 사랑은 운명이다. 아버지께 말씀드려. 난 결코 운명을 피하지 않겠다.
영민	(소리내어 웃는다.) 핫, 하하하!
정민	웃지 마라.
영민	운명이라고 과장해서 말하니까 우습잖아!

주혜, 살금살금 사랑채 뒤를 지나 끝 방 옆에서 멈춘다. 주혜는 정민과 영민의 말에 귀 기울인다.

영민 형은 너무 심각해서 탈이야. 어쩌다 사랑하고 보니까, 아버지 옛 여자의 딸이었다, 참 짓궂은 운명이지. 그런 짓궂은 운명과는 피하는 게 상책이야. 괜히 진지하게 덤벼들었다간 쌍코피만 터진다고.

정민 난 많이 생각했다. 아버지가 미란 씨와 나의 결혼을 승낙해 주신다면, 우린 아주 멀리 떠나가서 조용히 살겠다. 그럼 사람들이 모를 테니 소문나지도 않고, 아버지의 체면도 손상될 리 없지.

영민 좋아. 아버지께 형이 말한 대로 전할게. 하지만 승낙이 쉽지는 않을 걸?

정민 난 기다리고 있겠다.

영민 형, 얼마나 더 버틸 거야? 나는 형이 집을 나오면서 든든히 준비한 줄 알았어, 그런데 조사해 보니까, 갖고 나온 거라곤 겨우 손지갑뿐이더라구.

정민 네가 그걸 조사했어?

영민 내가 한 건 아냐, 아버지가 하셨지. 아버진 형의 장기전을 염려해서 그것부터 조사하셨어. 도대체 형의 작전은 뭐야? 이 하숙집에 배수진을 치고 사생결단을 내는 건가?

정민 (침묵)

영민 (두툼한 지갑을 꺼내며) 형, 돈 좀 줄까?

정민 아니, 괜찮다.

영민 나중에 갚아, 이자 많이 붙여서. (지갑의 돈을 꺼내 바닥에 놓는다.) 아까 보니까 하숙집 아가씨에게 형이 가진 돈을 다 털어주던걸. 그런데 참 눈치도 빨라. 그 아가씨 말이야, 형의 빈 지갑을 알아채고, 만원 한 장은 되돌려주더군. 그럼 잘 있어, 형. (일어서서 주먹을 불끈 쥐고 외친다.) 파이팅! 난 그래도 형 편이야!

정민 잠깐만. 나에게 온 편지 없든?

영민 이거 말해야 좋을지 모르겠는데…… 미란 씨는 지금 완전히 구금상태야. 미란 씨 어머니가 출입 금지시켰어. 편지는 물론 전화도 못하게 해.

정민 알았다, 가거라.

영민, 집 밖으로 나간다. 정민은 방에 들어가지 않는다. 주혜, 사랑채 뒤쪽으로 돌아가려다가 끝 방 옆 담 밑에 있는 맨드라미들을 발견한다.

주혜 어, 여기에도 맨드라미……?

주혜, 사랑채 뒤로 간다. 맨드라미꽃들이 줄지어 서 있다.

주혜 이상하네, 내가 지나온 곳마다 맨드라미가 있잖아.

주혜, 사랑채 뒤를 지나 안채 뒤에서 멈춘다. 그곳에도 맨드라미들이 줄지어 있다. 주혜, 놀란 표정이 역력하다. 주방 겸 식당 옆으로 돌아 나와 담 밑에 있는 맨드라미를 바라본다.

주혜 처음엔 이 맨드라미 하나였는데…… 내가 잘못 봤나?

노파, 안방에서 대청으로 나온다.

노파 주혜야! 주혜야!

주혜 (침묵)

노파 거기서 뭐하냐?

주혜 응, 그냥…….

노파	이리 와! 담배 한 대 줘!

주혜, 대청의 노파에게 다가간다.

주혜	할머니, 담배보다 더 좋은 것 줄게.
노파	좋은 거……?

주혜, 노파에게 돈을 꺼내준다.

주혜	끝 방 남자한테 종아리 맞고 받은 돈이야.
노파	이게 얼마냐?
주혜	십육만 원.
노파	거짓말!
주혜	받은 돈 전부 할머니 줬어!
노파	반절은 떼어먹었지?
주혜	처음엔 십칠만 원 받았어. 그런데, 만원은 되돌려줬지.
노파	만원은 왜?
주혜	뭔가 미안해서…….
노파	나쁜 년!
주혜	저 끝 방, 오늘도 동생이 다녀갔어.
노파	그 동생 자주도 온다.

건넌방에서 괴상한 신음소리가 들린다.

노파	네 애비 소리다. 가 봐라.
주혜	할머니가 가서 봐.
노파	네 애비야! 네가 가!
주혜	귀찮은 건 꼭 나를 시켜!

주혜, 건넌방으로 간다. 침대 위에 누워 있는 애비의 몸을 살펴본다. 노파는 대청에 앉아 받은 돈을 헤아린다.

주혜 아빠, 뭐가 불편해?
애비 으으— 으— 으윽—
주혜 말도 안 통하고…….
애비 으윽, 윽—

주혜, 이불을 들춘다. 애비는 바지를 입지 않고 기저귀를 찼다. 주혜가 외친다.

주혜 할머니!
노파 왜?
주혜 아빠 오줌 쌌어!
노파 네가 기저귀 갈아라!
주혜 싫어! 할머니 아들이잖아!
노파 너의 애비다!
주혜 싫다니까! 내 아들 기저귀라면 얼마든지 갈지만, 아빠 건 못 갈아!
노파 나쁜 년!
주혜 (건넌방에서 나온다.) 난 지금 시장 가야 해!

주혜, 대문 밖으로 나간다. 무대 암전. 저녁 무렵. 장팔과 미스 박, 주방 겸 식당에서 식사를 하며 말싸움을 벌인다.

미스 박 어젯밤 나한테 했던 말 진짜예요? 내가 옷 벗는 소리도 다 들린다면서요?
장팔 그럼요, 미스 박.
미스 박 진짜 기가 막혀! 벽에 구멍 뚫고 보는 거죠?

장팔	구멍 안 뚫어도 소리는 다 들립니다. 편지 읽는 소리도 들리고, 웃음소리도 들리고, 자다가 무서운 꿈꾸는지 악, 악, 비명도 들리죠.
미스 박	상상이에요, 상상!
장팔	상상이 아닙니다, 미스 팍.
미스 박	나는요, 편지도 안 읽고, 웃지도 않고, 자다가 비명도 안 질러요!

주혜, 안채 뒤쪽을 돌아 주방 겸 식당으로 들어온다.

| 주혜 | 두 분은 만나면 싸우네요. |
| 장팔 | 밥 한 그릇 더 주십시오. |

주혜, 보온밥통에서 밥을 퍼서 장팔에게 준다. 미스 박, 밥을 먹는 장팔을 노려본다. 주혜, 식탁에 앉아서 웃는 얼굴로 두 사람을 지켜본다.

미스 박	이거 보세요, 장팔 씨!
장팔	네……?
미스 박	하루 종일 심심하시죠?
장팔	심심하다뇨……?
미스 박	전당포 보디가드가 무슨 할 일이 있겠냐구요. 가스총 차고 앉아서, 이런 생각, 저런 생각, 온갖 공상이나 하고 있겠죠!
장팔	그런 말씀 마십시오, 미스 팍.
미스 박	전당포 털어서 미국 간다, 그건 공상 아니고 뭐예요?
장팔	공상이 아닙니다. 사내대장부의 원대한 포부지요!
미스 박	전당포 털면 어떻게 되는지 알아요? 미국 못 가요, 감옥에 가지!

미스 박, 식탁에서 벌떡 일어나 자기 방으로 간다. 장팔, 수저를 내려 놓고 한숨 쉰다.

장팔   미스 팍이 왜 저러는지 모르겠습니다.
주혜   그걸 모르세요?
장팔   결혼하자고 했더니, 그때부터 저렇게 신경질만 냅니다.
주혜   장팔 씨를 좋아하기 때문이죠.
장팔   나를 좋아해요? 오히려 싫어하는데요!
주혜   싫어하면 미스 박 언니가 다른 하숙집으로 옮겨갔지, 왜 여기 그대로 있겠어요?
장팔   글쎄요…… 미스 팍이 그럼 나한테 관심이 있는 겁니까?
주혜   관심 정도가 아니죠. 장팔 씨를 사랑하는 거라구요.
장팔   사랑하면 결혼을 승낙할 텐데, 전혀 대답이 없어요.
주혜   자꾸만 미국 간다니깐 대답 안 하죠.
장팔   난 미스 팍과 미국 가서 살고 싶습니다. 우리나라는 좁고 답답 하고…….
주혜   그 소린 제발 그만 좀 해요. 미스 박 언니는요, 장팔 씨가 미국 갈 돈 마련하려고 전당포 털까 봐 겁난 거예요. 그래서 결혼도 승낙 못 하구요.
장팔   아, 그런 겁니까……?
주혜   여자 마음을 아셔야죠!

장팔, 길게 한숨을 쉰다. 무대 암전. 낮. 노옹, 마당에서 우산을 펼쳐 든다.

노옹   비가 온다! 비가 온다!
        비가 온다! 비가 온다!

노옹, 마당을 뛰어다닌다.

노옹	비가 온다! 비가 온다!
	비가 온다! 비가 온다!

노파, 안방에서 마당으로 나온다.

노파	진정하슈, 영감!
노옹	비가 온다! 비가 온다!
	비가 온다! 비가 온다!

노파, 노옹을 붙잡는다. 노옹은 노파를 뿌리치고 대문 밖으로 뛰어 나간다. 노파, 주저앉는다. 주혜, 주방 겸 식당에서 설거지하다가 나온다.

노파	어찌나 빠른지 못 잡는다, 못 잡아!
주혜	할아버진 염려 말아. 아주 멀리 갔다가도 집을 잘 찾아 와. 혼자 시장에 가서 칼국수 먹고, 극장에 가서 영화 보고 온 적도 있잖아. 그럴 땐 제 정신이야, 제 정신!
노파	제 정신인 사람이 비 온다면서 외치고 다니겠냐?
주혜	할아버지가 비 온다면 비 와. 그게 이상하지? 일기예보는 틀릴 때도 있는데, 할아버지 예보는 언제나 정확해.

노파와 주혜, 하늘을 바라본다.

주혜	저것 봐, 할머니! 시커멓게 먹구름 몰려 와!
노파	소나기다, 소나기!
주혜	그럼 어쩌나, 저 끝 방에 빗물 샐 텐데…….
노파	어쩌기는, 잘 됐지! 물받이 그릇들을 빌려주고 돈 받아. 그릇 하나에 만원씩이다, 만원씩!
주혜	할머니가 빌려주고 받아!

노파   난 늙었지만, 넌 젊어!

주혜   또 그 소리!

노파   내가 젊을 땐 너무 예뻐서 얼굴 한 번 보여주고 천 냥 받고, 손목 한 번 잡혀주고 만 냥 받았어. 그때가 참 좋았지. 나, 할애비 찾으러 간다. 비 맞기 전에 데려와야지, 감기 걸려!

노파, 대문 밖으로 나간다. 번개 치고 천둥이 울린다. 주혜는 주방 겸 식당에 가서 빈 그릇들을 들고 나오더니 사랑채 끝 방으로 달려간다.

주혜   비가 와요!

정민   (방문을 열고 밖을 내다본다.) 음, 그렇군요.

주혜   비 오면요, 이 방 천정에서 빗물이 떨어져요. 저기하고, 또 저기…….

주혜, 방 안으로 들어가서 빗물 떨어질 자리에 그릇들을 놓는다. 정민, 천정과 그릇들을 번갈아 바라본다.

정민   괜찮은데요?

주혜   조금 있어야 떨어져요. 지붕의 깨진 기왓장 사이로 빗물이 스며든 다음에. 천천히 떨어지죠.

정민과 주혜, 나란히 앉아서 빗물 떨어지기를 기다린다. 사이. 바닥에 놓인 그릇마다 물 떨어지는 소리가 난다.

주혜   내 말이 맞죠?

정민   네.

주혜   그릇 하나에 만원씩 받으래요, 우리 할머니가.

정민   (침묵)

주혜   세 개니까 삼만 원.

정민	(침묵)
주혜	아무 말 없이…… 화 나셨네. 당장 다른 하숙집으로 옮길 생각이군요?
정민	아뇨. 난 이 방에 있겠습니다.
주혜	정말이죠?
정민	네.
주혜	슬퍼 보여요, 얼굴이…….
정민	(침묵)
주혜	꼭 우는 것 같아요.
정민	내 마음 속에 눈물 흘리는 사람이 있습니다.
주혜	(침묵)
정민	얼마라고 했습니까, 그릇 빌리는 값?
주혜	삼만 원요.
정민	(손지갑에서 만 원권 석 장을 꺼내 주혜 앞에 놓는다.)
주혜	하지만 미안해서…… 이건 안 받겠어요.
정민	미안할 것 없어요. 난 이 그릇들이 필요합니다.

주혜, 머뭇거리다가 돈을 받는다. 우산을 든 노옹이 집 안으로 뛰어 들어온다.

노옹	비가 온다! 비가 온다!
주혜	(노옹의 외치는 소리를 듣고 끝 방에서 나온다.) 할아버지!
노옹	비가 온다! 비가 온다!

노옹, 우산을 든 채 안방으로 뛰어 들어간다. 빗물에 흠뻑 젖은 노파, 가쁜 숨을 몰아쉬며 달려온다.

주혜	할머니, 방금 할아버지 들어왔어요!
노파	내가 헉헉, 데려왔다! 헉헉!

노파, 안방으로 들어간다. 주혜는 마당 가운데 서서 담 밑의 맨드라미를 바라본다. 안방에서 노파의 목소리가 들려온다.

노파   주혜야! 헉, 주혜야!
주혜   비 맞더니 맨드라미가 자랐어!
노파   너 미쳤냐? 비 맞지 말고 헉헉, 어서 방으로 들어와!
주혜   점점 더 커진다구!
노파   커지든 작아지든 헉헉, 감기 걸린다! 헉, 어서 들어와, 헉헉!

무대 조명, 암전한다. 밤. 안방. 다홍치마 녹색저고리를 차려입은 노파가 화장대 앞에 앉아 얼굴에 하얀 분을 바른다. 눈썹은 검게, 입술은 붉게 칠한다. 주혜가 구석에 웅크리고 앉아 있다. 노옹, 안방으로 들어온다.

노옹   배고파! 배고파!
노파   영감, 아까 저녁 먹었수.
노옹   배고파! 배고파!
노파   오늘은 그만 먹고 주무시우!

노파, 자신의 장딴지를 손바닥으로 탁탁 친다. 노옹, 노파에게 다가와서 장딴지를 베고 눕는다. 노파는 새끼손가락으로 노옹의 귀를 살살 긁어준다.

주혜   할아버지 주무시네.
노파   귀 긁어주면 금방 잠들어. 사람도, 고양이도, 개도 그래.
주혜   닭도……?
노파   닭? 닭은 왜?
주혜   음, 그냥 물어봤지…….

노파, 잠든 노옹의 머리 밑에서 장딴지를 빼낸다. 그리고 화장대 앞으로 돌아앉아 얼굴 화장을 계속한다. 노파, 거울에 비친 주혜를 바라본다.

노파 뭐냐, 네 꼴이?

주혜 (침묵)

노파 시무룩한 게, 심통 났냐?

주혜 (침묵)

노파 심통 났거든 담배나 한 대 피워라!

주혜 할머니…….

노파 말 해.

주혜 끝 방 남자한테서 받은 돈, 전부 돌려주고 싶어.

노파 나쁜 년!

주혜 돈 받으니까 미안하고…….

노파 뭐가 미안해?

주혜 할머니…….

노파 말 하라니까!

주혜 나, 끝 방 남자 사랑하나 봐.

노파 뭐?

주혜 사랑하니깐 돈 받기가 싫어. 무엇이든지 그냥 해 주고 싶어.

노파 너, 정신 빠졌구나!

주혜 남자 얼굴이 그렇게 슬픈 건 처음 봤어.

노파 정신 차려라, 정신 차려! 네 에미도 그랬지, 하숙하던 남자한테 푹 빠져서 정신 못 차리더니, 결국엔 면도칼로 손목 긋고 죽었어!

주혜 슬픈 얼굴을 보니깐…… 내 마음이 아파…….

노파 여기 있다, 그 돈! (다홍치마 속에서 돈을 꺼내 한 장씩 헤아리며) 하나, 둘, 셋, 넷…… 열여섯. 십육만 원은 네가 종아리 맞고 받은 돈이고…… 하나, 둘, 셋, 이 돈 삼만 원은 물받이 그릇 빌려주고 받은 거지. 자, 갖다 줘라! (돈을 주는 척 하다가 다시 치마 속에 집어넣는다.) 나쁜 년, 정신 차려! 한번 받은 돈은 절대로 못 줘!

노파, 얼굴 화장을 마치고, 화장대 서랍에서 기생 가발을 꺼내 머리에 쓴다.

노파 나, 간다!
주혜 갈 테면 돈 다 꺼내놓고 가.
노파 나쁜 년!
주혜 내가 모를 줄 알아? 할머니 지금 노름하러 가지?
노파 난 노름 안 해!
주혜 동네 사람들 다 알아. 골목 저쪽 중국인 집에서 마작한다구.
노파 차 마셔, 중국차. 점잖은 노인들이 모여서 차 마시며 옛날 이야기해.
주혜 거짓말!
노파 넌 집이나 잘 지켜. 네 애비 끙끙거리거든 기저귀 갈고, 할아버지 잠 깨면 귀 긁어드려!

노파, 나간다. 주혜는 웅크리고 앉아서 움직이지 않는다. 사이. 주혜, 잠자는 노옹을 흔들어 깨운다.

주혜 할아버지, 일어나! 일어나 봐, 어서!
노옹 (잠이 덜 깬 채 일어나 앉는다.)
주혜 할아버지, 배고파?
노옹 배고파! 배고파!
주혜 그럼 밥 차려 줄 테니까, 내가 묻는 말에 대답해 줘. 지금 난 사랑하는 남자가 있어. 그런데 그 남자는 어떤 여자를 사랑해. 그러니깐 나는 어떤 여자를 사랑하는 남자를 사랑하는 거야.

내가 왜 이러는지 나는 몰라!

노옹 나는 몰라! 나는 몰라!

주혜 할아버진 비 오는 것도 미리 다 알잖아! 그 남자는 그 여자를 사랑하고, 나는 그 남자를 사랑하고…… 이러다가 어떻게 되는 거야?

노옹 (침묵. 앉아서 꾸벅꾸벅 졸고 있다.)

주혜 그 남자가 그 여자만 사랑할까?

노옹 (침묵)

주혜 그 남자가 나를 사랑할까?

노옹 (침묵)

주혜 할아버지, 대답해 줘!

노옹 대답해 줘! 대답해 줘!

주혜 미치겠네…….

노옹 미치겠네! 미치겠네!

주혜 (손으로 방바닥을 탁탁 치며) 할아버지, 여기 누워!

노옹, 눕는다. 주혜, 손가락으로 노옹의 귀를 긁어준다. 노옹은 잠든다. 무대 암전. 낮. 사랑채 끝 방. 정민과 영민이 방 안에 앉아 있다. 천정에서 빗방울이 떨어진다.

영민 방 안에 웬 물그릇이야?

정민 응…… 어제 비 내렸다.

영민 어제 내린 빗물이 아직도 떨어져?

정민 (침묵)

영민 참 희한한 집이네.

정민 (침묵)

영민 형, 밥이나 먹어?

정민 왜……?

영민 무척 말랐어, 요즘.

정민   난 괜찮다.

주혜, 주방 겸 식당에서 쟁반에 찻잔을 담아들고 나온다. 그녀는 사랑채 끝 방으로 가서 정민과 영민 사이에 찻잔을 내려놓는다.

주혜   커피 드세요.
정민   헤즐넛인가…… 향이 좋습니다. 커피 값이 얼마입니까?
주혜   안 받아요, 돈.
정민   하지만 한 잔에 만 원씩, 커피 값은 받으십시오.
영민   커피 두 잔에 이만 원, 다방보다 비싸군! 돈은 내가 내지. (지갑에서 이만 원을 꺼낸다.) 아가씨가 예뻐서 비싼 건가?
정민   네 말버릇이 그게 뭐냐?
영민   아, 실례. (주혜에게 고개 숙이며) 점잖으신 숙녀께 죄송합니다.
주혜   오히려 제가…… 커피는 그냥 드세요.
영민   안 받으면 우리 형님 화내십니다. (주혜에게 돈을 내민다.) 우리 형제끼리 할 말이 있습니다. 잔은 나중에 가져가시죠.

주혜, 머뭇거리다가 돈을 받고 일어나서 방 밖으로 나간다. 안채 쪽으로 가려다가 멈추더니, 살금살금 끝 방 옆으로 돌아가서 정민과 영민의 대화를 엿듣는다.

영민   형, 있잖아…… 형이 아버지께 전해달라는 말, 그대로 전했어. 형과 미란 씨의 사랑은 운명이다, 결혼을 승낙해 달라, 그럼 이러쿵저러쿵 수군댈 사람들을 피해 어디론가 아주 멀리 가서 살겠다. 혹시, 빠진 것 있어?
정민   없다. 그랬더니 아버지는……?
영민   묵묵히 듣고 계셨어. 그리고는 심사숙고하시더군. 형은 사랑을 잃지 않고, 아버지는 체면을 잃지 않는 방법이긴 한데, 형이 아주 멀리 가는 것이 마음에 걸리셨나 봐. 오랜 숙고 끝에 아버지는 좀 더 나은 해결방법을 생각해 내셨지. (찻잔을 들고 커피를 마신다.) 남자들은 헤즐넛 싫어해. 여자들이나 좋아하지.

정민 듣고 싶다, 아버지의 방법을.

영민 응. 내가 검토해 보니까, 아버지 해결방법이 형 방법보다 훨씬 낫던데.

정민 어서 말하렴.

영민 그건 형이 어디론가 갈 것 없이, 사람들 모르게 미란 씨와 내 연관계를 맺는 거야. 즉, 공식적인 부부는 아니지만, 애첩이나 정부처럼 은밀한 그런 관계라구. 형, 왜 갑자기 얼굴 표정이 굳어져?

정민 (고개를 마당 쪽으로 돌리고 침묵한다.)

영민 옛날엔 왕도 그랬고 귀족들도 그랬어. 결혼하는 여자 따로 있고, 사랑하는 여자 따로 있다구. 옛날만이 아니야. 우리 아버지도 그렇잖아. 솔직히, 아버지가 어머니를 사랑해서 결혼한 건 아니지. 사랑은 숨겨둔 여자들과 했고, 미란 씨 어머닌 그 중 한 명이야.

정민 저기 봐라. 저쪽 담 밑에 맨드라미 있다.

영민 내가 실례되는 말을 했나? 아버지 방법을 설명하다 보니 좀 그렇게 됐네. 어쨌든 형, 아버지가 많이 양보하신 거야. 처음엔 무조건 안 된다, 도저히 용납할 수 없다고 하셨는데, 이젠 비공식적 관계는 묵인할 테니 유지해도 된다잖아.

정민 생긴 모양이 꼭 닭 벼슬 같은데, 색깔은 붉다!

영민 어디 뭐가 있다구?

정민 저기, 맨드라미!

영민 형, 괜히 말 돌리려고 그런 거지? (커피를 마시며) 아버지는 형을 지극히 사랑해. 어린 시절부터 늘 그랬어. 같은 형제인데, 형은 이쁨 받고 동생인 나는 미움 받지. 만약 내가 형처럼 아버지의 비위를 거슬렀다면 그것으로 내 인생은 끝장이야. 하지만 형은 달라. 형이 무슨 짓을 하든 아버지는 형에

	게 너그러우셔. 난 정말 질투가 나. 형이 부러워. 시기심이 생긴다구. 내가 왜 이렇게 흥분할까? 메신저 노릇을 잘 하려면 냉정해야지!
정민	(침묵)
영민	형, 커피 식는데 마셔.
정민	그래. (커피를 마신다.) 네가 전한 아버지의 방법을 듣고 보니…… 결혼은 인정해 줄 수 없다, 그 대신 관계는 묵인해 주마 그런데, 인정과 묵인은 너무 다른 거야.
영민	글쎄, 둘 다 같은 점도 있어. 형도 말했지? 미란 씨와 결혼해서는 어디론가 아주 멀리, 사람들이 모를 곳으로 가서 살겠다고. 그런데 아버지 말씀은, 형이 사람들 모르게 비공개적으로 미란 씨와 살라는 거지. 이러나저러나 남모르게 살기는 마찬가지잖아. 그럴 바에야 멀리 갈 것 없어. 이곳에서 사는 것이 훨씬 낫지.
정민	인정받는 사랑은 지옥에 가더라도 떳떳해. 하지만 인정받지 못한 사랑은 극락에 간들 어찌 고개 들 수 있겠냐? 아버지께 내 말을 전하렴. 우리 결혼을 인정해 주실 것, 그 이외에는 전혀 바랄 것이 없다고.
영민	형은 또 고집하는군.
정민	그대로 전해 줘, 내 말을.
영민	알았어, 그렇게.
정민	또 하나…… 이것 좀 부탁한다.

정민, 편지봉투를 꺼내 영민 앞에 놓는다.

영민	편지?
정민	네가 미란 씨에게 전해 다오. 우편으로 보낼 생각도 했다만, 갇힌 상태여서 받지 못할 테고…….
영민	미란 씨 집은 아무도 출입 안 시켜. 그런데 내가 어떻게 전해?

정민　　그래도 너라면 할 수 있겠지.

영민　　이것 참······.

정민　　네 수고는 잊지 않으마.

영민　　좋아. 형의 부탁인데 해야지.

영민, 편지를 웃옷 안주머니에 넣는다.

정민　　뜯어보지는 말아라.

영민　　난 절대 그런 비열한 짓 안 해. 아, 지난 번 편지······ 그건 어쩌다가 본 거야. 이젠 궁금할 것 없어. 안 봐도 내용이 뻔한 걸. "사랑하는 이여, 우리 소원은 반드시 이루어집니다. 희망을 잃지 마시오"라고 썼겠지.

정민　　바로 그렇다.

영민　　정말?

정민　　그렇다니까.

영민　　알았어, 형. 다음에 오지.

정민　　고맙다.

영민, 방 밖으로 나간다. 끝 방 옆에서 엿듣고 있던 주혜가 급히 사랑채 뒤쪽으로 피하려고 한다. 영민이 주혜를 붙잡는다.

영민　　쉿, 여기서 뭘 했어?

주혜　　아무······ 아무 것도 안 했어요.

영민　　엿듣고 있었지?

주혜　　아뇨.

영민　　그럼 뭘 했냐구?

주혜　　여기······ 맨드라미꽃 봤어요.

영민　　맨드라미?

주혜　　네.

| 영민 | 엉뚱한 소리 마. |

영민, 주혜의 얼굴을 두 손으로 움켜잡고 기습적으로 입 맞춘다.

영민	입술이 맛있군. 커피 다섯 잔 값 주지.
주혜	안 받아요!
영민	쉿, 받아. (지갑에서 만 원권 지폐 다섯 장을 꺼내 주혜 손에 쥐어준다.) 그리고 잘 들어. 우리 형하고 함께 자 봐. 그럼 내가 커피 오십 잔 값 줄게.

주혜, 영민이 준 돈을 뿌리친다. 돈이 바닥에 흩어진다. 영민은 빙긋 웃으며 태연하게 나간다. 주혜, 성난 모습으로 서 있다.
노파, 대문으로 들어온다. 어젯밤 나갈 때 옷차림과 가발 쓴 모습이다.

노파	주혜야! 주혜야!
주혜	(침묵)
노파	네 발 밑에 돈 떨어져 있다!
주혜	(침묵)
노파	주혜야, 얼른 주워 와!

노파, 대청에 가서 앉는다. 사이. 주혜, 돈을 주워 노파에게 갖다 준다.

노파	또 있지?
주혜	뭐?
노파	감춘 돈!
주혜	아, 커피 값…….

주혜, 커피 값으로 받았던 돈을 꺼내준다. 노파는 받은 돈을 헤아린다.

노파	겨우 칠만 원이냐?
주혜	이게 무슨 돈인지 알아?
노파	푼돈이다!
주혜	할머니! 어젯밤 노름해서 돈 다 잃었지?
노파	난 노름한 적 없다.
주혜	후회 안 해?
노파	후회라니……?
주혜	그 중국사람이 그렇게 좋아?
노파	너…… 무슨 소리냐?
주혜	좋아하는 사람한테 돈 잃어주니까 재미있겠지!
노파	나쁜 년!
주혜	난 괴로워. 좋아하는 사람 돈 받아내는 게 괴롭다구!
노파	나쁜 년!
주혜	정말 더 이상 못 하겠어!
노파	또 엄포냐?
주혜	할머니도 하숙비만 받아. 이것저것 더 뜯어내라고 하지 말구!
노파	하숙비만 받아서는 우리 식구 못 살아! 그리고 푼돈은 아무리 받아봤자 쓸모가 없어! 크게 목돈을 받아내라, 목돈을! 목돈이 있어야 비 새는 지붕도 고치고, 방에 도배도 해!

무대 암전. 조명, 서서히 밝아진다. 이른 아침. 방마다 사람들이 잠들어 있다. 노옹, 여러 가지 색깔과 무늬의 방석들을 머리에 이고 안방에서 대청으로 뛰어나온다.

노옹	아엠도 티리쵸! 유아도 스콜브이!
	아엠도 티리쵸! 유아도 스콜브이!

노파와 주혜, 잠을 깬다. 노파가 먼저 대청으로 나온다.

노파   아니, 이 양반이 왜 이러냐?

주혜   (안방에서 대청으로 나온다.) 일요일이야, 일요일! 다들 늦잠 자는 날인데, 할아버지 때문에 큰일 났네!

노옹   티리쵸! 티리쵸!
스콜브이! 스콜브이!

노옹, 노파와 주혜에게 방석을 하나씩 나눠준다. 그리고는 남은 방석들을 머리 위에 치켜들고 흔들며 춤추듯이 맴돈다.

노옹   아엠도 티리쵸! 유아도 스콜브이!
아엠도 티리쵸! 유아도 스콜브이!

노옹, 대청에서 마당으로 내려온다. 방석을 치켜들고 사랑채를 향해 뛰어간다. 방마다 문을 두드린다. 미스 박, 장팔, 정민, 방문을 열고 내다본다. 노옹은 그들을 끌어당겨 마당으로 나오게 하더니, 방석을 하나씩 나눠준다.

노옹   티리쵸! 티리쵸!
스콜브이! 스콜브이!

미스 박   여봐요, 장팔 씨!

장팔   네……?

미스 박   티리쵸, 스콜브이가 뭐예요?

장팔   글쎄요…… 모르겠습니다.

미스 박   영어공부하는 사람이 그것도 몰라요?

장팔   할아버지가 지금 영어하십니까?

미스 박   장팔 씨 녹음테이프 듣고 저러시는 거라구요!

노옹   (방석을 머리 위로 치켜들고 흔들면서) 티리쵸! 티리쵸!

노파	(노옹을 따라 방석을 흔든다.) 주혜야, 우리더러 따라 하란다! 티리쵸! 티리쵸!
주혜	(방석을 흔든다.) 티리쵸! 티리쵸! 미스 박 언니, 함께 해요!
미스 박	티리쵸! 티리쵸!
노옹	(방석을 가슴 좌우로 흔들며) 스콜브이! 스콜브이!
장팔	(노옹을 따라 하면서 정민에게) 이번엔 남자들 차례인가 봅니다. 스콜브이! 스콜브이!
정민	(방석을 좌우로 흔든다.) 스콜브이! 스콜브이!
노옹	아엠도 티리쵸! 아엠도 티리쵸!
여자들	티리쵸! 티리쵸!
노옹	유아도 스콜브이! 유아도 스콜브이!
남자들	스콜브이! 스콜브이!

노옹, 방석을 올렸다가 내렸다 하면서 마당을 맴돈다. 노파, 주혜, 미스 박, 장팔, 정민이 노옹의 뒤를 따라 마당을 맴돌며 같은 동작을 반복한다. 노옹의 외침과 동작은 점점 빨라진다. 뒤따르는 사람들 역시 점점 빠르게 맴돈다.

노옹	티리쵸! 티리쵸!
여자들	티리쵸! 티리쵸!
노옹	스콜브이! 스콜브이!
남자들	스콜브이! 스콜브이!
미스 박	(주혜에게) 뭔지는 모르지만 재미있네! 티리쵸! 티리쵸!
주혜	네, 재미있어요! 티리쵸! 티리쵸!
장팔	(정민에게) 목소리가 작습니다. 나처럼 크게 하세요. 스콜브이! 스콜브이!
정민	(소리 높여) 스콜브이! 스콜브이!

노옹, 대청 위에 뛰어올라 건넌방으로 들어간다.

노옹	유아도 스콜브이! 유아도 스콜브이!
주혜	할아버지, 그 방엔 가지 말아요!
노옹	(침대에 누워 있는 애비에게 외친다.) 스콜브이! 스콜브이!
노파	네 애비도 함께 놀자고 그런가 보다!
노옹	스콜브이! 스콜브이!
주혜	저러다간 끌어내겠어요!
노파	끌어내게 둬라. 네 애비, 오랜만에 바람 좀 쐬게!
장팔	제가 도와드릴까요?
노파	도와주면 좋지!
장팔	(정민에게) 같이 갑시다!

장팔과 정민, 건넌방으로 들어간다. 그들은 애비가 덮은 담요를 젖힌다. 그리고 침대 요를 들것처럼 들어올려서 애비를 마당으로 옮겨놓는다.

노파	하도 누워서 등창 났어. 이왕이면 몸을 뒤집어 놓구려.
주혜	내가 하죠.
노파	(주혜를 붙잡는다.) 넌 가만히 있어. 힘도 없으면서.

장팔과 정민, 애비를 뒤집어 눕힌다. 곪아터진 종기들로 가득 찬 애비의 등이 드러난다. 정민은 흠칫 놀라 바라본다.

노옹	아엠도 티리쵸! 유아도 스콜브이! 아엠도 티리쵸! 유아도 스콜브이!
노파	젊은 양반, 뭘 그리 쳐다보우?
정민	(침묵)
노파	하긴 이렇게 징그럽고 끔찍한 건 보기 드물지.
정민	(침묵)
노파	돈 내고 보우.

주혜 할머니!

노파 고름 질질 곪아터진 종기는 오천 원, 안 터진 종기는 삼천 원, 이제 막 새로 생긴 종기는 천 원. 이것저것 다 합쳐서 삼만오천 원. 아니, 이럴 수가? 구경 값을 너무 싸게 불렀어!

미스 박 징그러워요!

장팔 미스 박, 우린 보지 맙시다.

장팔, 미스 박, 각자 자기 방으로 들어간다. 주혜는 정민의 팔을 붙잡아 당긴다.

주혜 보지 말고 방으로 들어가세요.

정민 (침묵)

주혜 어서요!

노파 어쩔 거유? 돈 안 낼 거면 들어가구!

정민 (마당에 앉아서 애비의 등을 바라본다.) 저는 보겠습니다.

노파 잘 생각했수, 젊은 양반.

주혜 할머니!

노파 나쁜 년, 너 때문에 싸게 부른 거야!

노옹 아엠도 티리쵸! 유아도 스콜브이!
아엠도 티리쵸! 유아도 스콜브이!

노옹, 계속해서 외친다. 그러나 아무도 따라 하지 않는다. 무대, 암전한다. 저녁 무렵. 노파가 안채 대청마루에 앉아 있다. 주혜, 주방 겸 식당에서 밥상을 들고 나온다.

노파 주혜야, 나 좀 봐.

주혜 왜?

노파 (자기 옆에 와서 앉으라고 손짓하며) 할 말 있어.

주혜 지금 밥상 들고 가잖아.

노파	잠깐 앉아!

주혜, 노파 옆에 가서 앉는다.

노파	너도 알지?
주혜	뭘……?
노파	네 애비 등짝 구경 값 삼만오천 원은 푼돈이다, 푼돈. 네가 이 기회에 목돈을 받아 내. 참 끔찍하다, 언제 걸린 병이냐, 호기심이 발동해서 묻거든, 넌 이렇게 말해. 우리 집에는 그것보다 더한 구경거리가 있다고!
주혜	(일부러 슬프게 꾸민 목소리로) "우리 엄마는 면도칼로 손목의 동맥을 끊었는데요, 그 면도칼 보시겠어요?"
노파	바로 그거야, 그거!
주혜	"대야도 있어요. 엄마가 손을 담갔던 놋대야인데요, 피가 가득했죠."
노파	거울, 손거울도 있다!
주혜	"엄마는 죽어가면서 손거울로 얼굴을 봤어요. 면도칼, 손거울, 놋대야, 이렇게 한 세트랍니다. 자, 궁금하거든 돈 내고 보세요!"
노파	그래, 됐어! 밥상 들고 가서 그렇게 말해!
주혜	하지만 할머니, 사실은 다르잖아.
노파	뭐가 달라?
주혜	엄마는 안 죽었어!
노파	죽었다!
주혜	아빠가 저런 몹쓸 병에 걸려 있는 줄 모르고 시집 왔다가, 나를 낳고는 달아난 거야.
노파	네가 그걸 어떻게 알아?
주혜	동네 사람이 말해 준 걸.
노파	사람들 말 믿지 마라. 다 지어내서 하는 말이야. 네 엄마는 하

숙하던 남자한테 정신 팔렸다가, 그 남자 떠나니깐 목숨 끊고 죽었어. 면도칼, 손거울, 놋대야가 자살한 증거로 남아 있다!

주혜　거짓말! 그건 할머니가 꾸민 거야!

노파　나쁜 년!

주혜　엄마는 살아 있어!

노파　증거를 대라, 증거를!

주혜　(밥상을 들고 일어서며) 사실이 아닌 건 증거가 있지만, 사실인 건 증거가 없어!

노파　나쁜 년, 구경 값 비싸게 불러라! 네 애비 등짝은 너무 쌌다!

주혜, 마당을 건너 사랑채 끝 방으로 간다.

주혜　문 좀 여세요. 저녁 식사 왔어요.

정민　(방문을 연다.) 저는 안 먹겠습니다.

주혜　방안이 어두워요. 전등 켜야죠.

정민　네.

정민, 일어서서 전등을 켠다. 주혜, 방안으로 들어가 밥상을 내려놓는다.

주혜　저녁 드세요, 배고프지 않아도…….

정민　나중에 먹겠습니다.

주혜　아침에 본 것 때문에 먹을 마음이 없죠?

정민　네……?

주혜　세상에서 가장 징그러운 걸 보셨잖아요.

정민　그때문이 아닙니다. 요즘 통 식욕이 없어서요.

주혜, 밥상에 놓인 밥그릇의 뚜껑을 열어놓는다.

주혜	식기 전에 드세요. 가져 온 정성을 봐서…… .
정민	그럼…… 조금만…… .

정민, 식사를 한다.

주혜	난 아빠가 싫어요.
정민	(침묵)
주혜	싫은 정도가 아니라 아주 밉죠. 엄마를 속였어요.
정민	속이다뇨?
주혜	그런 흉측한 모습으로 엄마와 결혼했거든요.
정민	난 흉측하다는 생각은 못 했습니다. 얼마나 괴로울까…… 그런데 그 모습을 보면서, 오히려 내가 위안을 받았지요. 보아라, 저 지독한 고통에 비하면 내 고통은 작은 것이구나…… .
주혜	(침묵)
정민	(수저를 내려놓는다.) 이만 먹겠습니다.
주혜	겨우 서너 숟가락…… .
정민	그래도 많이 먹은 겁니다.

주혜, 뒤돌아 앉는다. 웃옷 뒤쪽 지퍼를 허리까지 내린다. 그녀는 자신의 등을 노출시켜 정민에게 보여준다.

주혜	위안이 될지 모르겠지만…… 제 등을 보세요.
정민	(침묵)
주혜	(지퍼를 올린다.) 앞으로는 한 그릇 다 드세요.

주혜, 밥상을 들고 나온다. 노파, 대청마루에 앉아서 주혜가 나오기를 기다리고 있다.

노파	주혜야! 주혜야!

주혜	(못 들은 체 주방 겸 식당으로 들어가려 한다.)
노파	도망가지 말고 이리 와!
주혜	설거지해야지!
노파	그건 됐다 해! 어서 와서 앉아!

주혜, 노파 옆에 가서 앉는다. 노파는 목소리를 낮춰 은근하게 묻는다.

노파	너, 말했냐?
주혜	무슨 말……?
노파	아까 꼭 하라는 말.
주혜	안 했어.
노파	안 해?
주혜	응.
노파	밥상 들고 가서 그럼 뭘 했냐?
주혜	밥은 몇 숟가락 안 먹어. 그래서 한 그릇 먹으라고 했지.
노파	그게 다냐?
주혜	응.
노파	나쁜 년!

주혜, 밥상을 들고 주방 겸 식당으로 들어간다.

노파	네가 말 안 하면, 내가 할 거야!
주혜	(침묵)
노파	내가 한다구!
주혜	(침묵)
노파	나도 입이 있어!

주혜, 정민이 먹다가 남긴 밥그릇을 들고 나온다. 노파, 주혜를 노여

운 표정으로 바라본다. 주혜는 담장 밑으로 가더니, 숟가락으로 밥을 떠서 맨드라미 뿌리에 묻어준다.

노파　너, 뭐하는 거냐?

주혜　맨드라미 밥 줘. (맨드라미에게 말한다.) 많이 먹고, 많이 커라.

노파　나쁜 년, 별 짓 다 하네!

주혜, 담장 밑 맨드라미마다 밥을 주며 안채 뒤로 돌아간다. 건넌방, 애비의 신음소리. 노파가 일어나 건넌방으로 들어간다. 사랑채 끝 방, 정민이 앉아 있다. 대문으로 미스 박과 장팔이 들어온다.

미스 박　난 결혼 안 해요, 절대 안 해!

장팔　왜 이러십니까, 미스 팍?

미스 박　나, 미스 박이지 미스 팍 아니에요!

미스 박, 자기 방으로 들어가 방문을 소리 나게 꽝 닫는다. 장팔, 미스 박의 방문 앞에 서서 애원한다.

장팔　미스 팍, 아니 미스 박! 우리가 레스토랑에서 스테이크 먹고 와인 마실 때는 분위기가 좋았습니다. 그렇게 아메리칸 스타일로 한 끼 먹는 데, 돈이 얼마나 드는지 아십니까?

미스 박　난 몰라요! 돈 낸 사람이 알겠죠!

장팔　무지무지하게 비쌉니다, 아메리칸 스타일은! 하지만 분위기는 베리 굿이었지요! 라이브 송인가, 직접 가수의 노래도 듣고…… 그랬는데, 갑자기 벌컥 신경질을 내면서 나간 이유가 뭡니까?

미스 박　(방문을 열고 말한다.) 이미 말했잖아요!

장팔　언제요?

미스 박　레스토랑에서도 말했고, 골목 안에서도 말했고, 아까 집에 들어오면서도 말했어요! 난 장팔 씨와 결혼 안 해요!

장팔   왜요?

미스 박   (다시 방문을 닫는다.) 절대로 안 한다구요!

장팔   미스 팍, 아니 미스 박, 도대체 왜 이러십니까? 난 미스 팍과 결혼하기 위해서 미국 가는 거 포기한 사람입니다. 사내대장부의 오랜 꿈을 포기했다고, 그러니 청혼을 받아달라고, 스테이크 먹고 와인 마시면서 고백했습니다. (방문 앞에 무릎을 꿇고 앉는다.) 미스 팍, 아니 미스 박, 다시 간절히 청혼합니다. 저는 이제 미국 안 갑니다. 저와 결혼해 주십시오!

미스 박   (방문을 열고 말한다.) 여봐요, 장팔 씨!

장팔   네!

미스 박   장팔 씨가 미국에 가든, 미국 안 가든, 나하고는 아무 상관없어요!

장팔   그게 왜 상관없습니까? 누가 나한테 충고하더군요. 미스 팍, 아니 미스 박이 나와 결혼 못하는 건, 내가 미국에 가려고 하기 때문이라구요. (허리띠 양쪽에 찼던 가스총을 뽑아 바닥에 놓는다.) 이젠 깨끗이 포기했습니다. 맹세합니다. 결코 미국 갈 생각은 안 하겠습니다. 염려 말고, 결혼해 주십시오!

미스 박   그런 충고를 누가 했죠?

장팔   우리 하숙집 아가씨요.

미스 박   주혜가……?

장팔   네. 여자 마음은 그런 거라면서요.

미스 박   주혜, 걔가 뭘 안다고!

장팔   미스 팍이, 아니 미스 박이 나를 분명히 사랑하고 있다는 겁니다.

미스 박   진짜 웃기네! 내 마음 나도 모르는데, 걔가 내 마음을 어떻게 알아요?

장팔   모릅니까……?

미스 박   몰라요, 나는!

미스 박, 방문을 꽝 닫는다. 장팔, 우두커니 앉아 있다가 자기 방으로 들어간다. 주혜는 사랑채 뒷담의 맨드라미에게 밥을 주고 끝 방 옆으로 돌아나온다. 주혜, 잠시 끝 방문 앞에서 걸음을 멈췄다가 지나간다. 무대 암전한다. 밤. 사랑채 끝 방. 정민이 누워 있다. 영민의 목소리가 어둠 속에서 들린다.

영민　(소리) 형!
정민　누구……?
영민　(소리) 나야, 나!
정민　영민이냐?
영민　(소리) 들어가도 돼?
정민　들어와.

정민, 일어나서 전등을 켠다. 영민, 방문을 열고 안으로 들어온다.

영민　안 자고 있었네.
정민　응. 앉아라.
영민　(정민과 마주 앉는다.) 지금 미란 씨 집에 형의 편지 심부름 갔다가 오는 길이야.
정민　이렇게 늦은 밤에?
영민　여긴 날 밝으면 오려고 했는데…… 형, 놀라지 마. 미란 씨가 죽었어.
정민　죽다니……?
영민　벌써 사흘 됐어. 장례식은 없이 간단히 화장을 했고…… (편지 봉투를 꺼내 정민 앞에 놓는다.) 미란 씨가 형에게 남긴 유서야.

정민, 편지를 응시한 채 가만히 있다.

영민　왜 안 읽어?

정민	(침묵)
영민	믿어지지 않아서?
정민	(침묵)
영민	형은 미란 씨 글씨체를 알잖아. 읽어보면 미란 씨 친필인지 아닌지 금방 알 걸. 아…… 봉투가 뜯겨 있는 건 내가 한 게 아냐. 미란 씨 어머니가 뜯어 보고, 그 다음 나한테 주면서 읽어보랬어.
정민	(침묵)
영민	절대로 거짓말이 아니니까 오해 말아.

정민, 편지봉투를 집어 들고 조심스럽게 냄새를 맡는다.

영민	미란 씨 냄새가 틀림없지?
정민	그렇구나…….

정민, 봉투에서 편지를 꺼내 목독한다.

영민	구절구절 눈물로 쓴 유서야. 형을 사랑하기 때문에, 형을 위해서, 형의 장래에 부담이 안 되려고, 스스로 목숨을 끊었댔어.
정민	그래, 그렇구나…….
영민	글씨체는 어때? 미란 씨가 직접 쓴 것 맞지?
정민	응…….
영민	여자는 이상하지? 여자는 죽으면서 조금도 원망 안 해. 오히려 진심으로 남자의 행복을 빌어준다구.
정민	그렇구나…….
영민	뭐야, 형? 그렇구나, 그 말밖엔 못 해?
정민	그렇구나…….
영민	이젠 어떻게 할 거야?
정민	넌…… 너는……?

영민	나?
정민	그래. 너라면 어떻게 할 거냐?
영민	난 이런 경우 잘 됐다고 좋아 할 걸.
정민	좋아한다……?
영민	문제가 깨끗이 해결됐잖아. 미란 씨가 죽었으니까, 아버지와 결혼 문제로 싸울 일도 없어졌고, 이런 허름한 하숙방에서 더 이상 버틸 필요도 없지.
정민	응, 그렇구나…….
영민	아버지도 무척 좋아하실 걸. 형, 어서 일어나! 당장 집으로 돌아가자구!
정민	난 여기에서…… 죽겠다.
영민	죽어?
정민	응.
영민	형이 죽는다구?
정민	응.
영민	정신 차려, 형! 지금 형 마음이야 괴롭고 아프겠지! 하지만 형이 미란 씨를 죽인 것도 아니고 죽으라고 강요한 것도 아냐. 미란 씨 죽음은 미란 씨 스스로 한 짓인데, 형이 뭣 때문에 죽어?
정민	미란 씨가 죽었다. 그러므로 나는 죽는다.
영민	그건 말도 안 돼!
정민	미란 씨는 죽었다. 그런데 나는 산다…… 그건 말이 되냐?
영민	형, 그럼 이건 어때? 미란 씨는 살아 있다. 그런데 형은 죽는다. 이런 경우는 말이 되겠어?
정민	너, 농담하냐?
영민	농담 아니고 진담이야. 형은 미란 씨 죽는 거 봤어? 시신을 화장했다지만, 화장터도 안 갔었잖아? 형이 눈으로 본 건, 겨우 종이에 쓴 글씨 몇 줄이라구!
정민	(침묵)

영민	물론 유서가 죽음의 증거일 수는 있지. 하지만 그렇다고 확실한 증거는 아냐. 미란 씨는 어머니의 강압에 못 이겨 형한테 가짜 유서를 쓸 수도 있고, 형을 진정 사랑하기에 결혼 반대하는 아버지와 싸우지 않도록 거짓 유서를 쓸 수도 있어. 세상일이란 다 그래. 믿을 것도 없고, 믿지 못할 것도 없지. 형, 미란 씨의 죽음이 확실하지도 않은데 형이 죽는 건 어리석은 짓이야. 이젠 내 말을 알아들었지?
정민	알아들었다.
영민	휴우, 다행이야!
정민	고맙다, 잘 설명해 줘서.
영민	괜찮아. 동생이 형한테 그 정도쯤은 해야지.
정민	네 말을 듣고 보니, 어쩌면 미란 씨가 살아 있을 가능성도 있겠구나. 만약 그렇다면 나는 죽겠다.
영민	뭐야, 형……?
정민	살아 있는 사람을 죽은 체하게 할 수는 없다. 그것은 사랑이 아니다. 사랑은, 내가 죽을지라도, 사랑하는 사람은 살아 있게 하는 것이지.
영민	미쳤군!
정민	(침묵)
영민	나는 형 같은 인간이 싫어!
정민	(침묵)
영민	혼자 고상한 척하기는!
정민	(침묵)
영민	죽고 싶거든 죽어! 형이 죽는 게, 차라리 나한테는 잘 됐지! (벌떡 일어나서 손목시계를 본다.) 어, 새벽 두 시야. 난 가겠어!
정민	그래, 그동안 수고 많았다.
영민	죽는다면서 안 죽기만 해 봐! 그때는 내가 형을 죽일 거야!
정민	잘 가라.

영민, 나간다. 사이. 정민은 전등을 끄고 어둠 속에 눕는다. 아침. 미스 박, 방에서 나온다. 그러자 기다렸다는 듯 장팔이 나온다. 주혜가 주방 겸 식당에서 아침 식탁을 차리고 있다.

장팔 미스 팍, 아니 미스 박, 지금 출근하십니까?

미스 박 네에. 옷 갈아입는 소리 들으셨잖아요.

장팔 (혁대에서 가스총을 꺼냈다가 다시 집어넣으며) 나도 지금 출근합니다.

미스 박 그런데요?

장팔 아침 식사하실 겁니까?

미스 박 아뇨. 어제 먹은 아메리칸 스타일이 과했거든요.

장팔 나도 오늘은 아침 안 먹겠습니다.

미스 박 왜요? 밥이라면 꼬박꼬박 드시는 분이?

장팔 안 먹는 게 아니고, 가슴이 아파 못 먹습니다. (한숨을 쉰다.) 미스 팍, 아니 미스 박 얼굴 보는 것도 오늘이 마지막 같아서요.

미스 박 마지막요……?

장팔 미스 팍, 아니 미스 박이 이 하숙집에 있는 건 나에 대한 관심 때문인데…… (한숨을 쉬며) 이젠 관심이 없으니, 다른 하숙집으로 옮기겠지요.

미스 박 걱정 마세요. 하숙 안 옮겨요.

장팔 아, 그럼 나에 대한 관심이 있군요!

미스 박 (대문을 향해 걸어간다.) 장팔 씨, 엉뚱한 공상 말고 전당포나 잘 지켜요!

장팔 (미스 박을 따라가며) 어제 분명히 말했습니다. 난 미국 안 갑니다!

주혜, 주방 겸 식당에서 나온다.

주혜 아침 식사 차려놨어요! 드시고 가셔야죠!

장팔과 미스 박, 대문 밖으로 나간다.

주혜   대답 없이 가 버리네!

노옹, 안채 뒤에서 주방 겸 식당 옆을 돌아 마당으로 나온다. 노옹은 양 손에 배드민턴 라켓을 잡고 휘두른다.

주혜   할아버지, 아침 운동 하세요?
노옹   운동해! 운동해!
주혜   배드민턴은 둘이 함께 치는 거예요. (노옹에게 다가가며) 그거 하나는 나를 주세요.

노옹, 라켓을 뺏기지 않으려고 더욱 거세게 휘두른다.

주혜   할아버지, 너무 휘두르면 팔 아파요!
노옹   팔 아파! 팔 아파!

노옹, 양손에 든 배드민턴 라켓을 풍차처럼 휘두르며 마당을 뛰어 달린다.

주혜   이젠 그만 해요, 할아버지!
노옹   그만 해! 그만 해!
주혜   팔 아파요! 그만 해요!
노옹   팔 아파! 팔 아파!

사랑채 끝 방, 정민이 방문을 열고 나온다. 마당을 뛰어 달리는 노옹, 갑자기 배드민턴 라켓을 떨어뜨린다.

노옹   팔 아파! 팔 아파!

팔 아파! 팔 아파!

노옹, 오른손으로 왼손을 부여잡고 고통스럽게 비명을 지르며 안채로 뛰어간다.

정민 혹시 팔을 다치신 건 아닐까요?
주혜 글쎄요…….
정민 오늘은 식당에서 밥을 먹겠습니다.
주혜 (반색을 하며) 정말요?
정민 네.
주혜 오세요, 어서!

주혜는 정민을 데리고 주방 겸 식당으로 들어간다. 정민, 식탁에 앉는다. 주혜, 식탁 위에 차려진 음식을 치우려고 한다.

주혜 잠깐만요. 새로 음식을 차릴게요.
정민 괜찮습니다. (수저를 들고 밥을 먹는다.) 번거롭게 그럴 것 없어요.
주혜 잠깐이면 되는데…….
정민 한 그릇 다 먹겠습니다.
주혜 어머, 정말요?
정민 네.

주혜, 식탁의 맞은편 의자에 앉아 식사하는 정민을 흐뭇하게 바라본다. 노파가 안방에서 대청으로 나온다.

노파 주혜야! 주혜야!
주혜 (대답 않는다.)
노파 주혜야, 어디 있냐?

정민	할머니께서 부르십니다.
주혜	쉿— 그냥 식사하세요.
노파	주혜야! 주혜야!

노파, 마당으로 나와서 집 안을 둘러본다. 그리고는 주방 겸 식당으로 들어온다.

노파	주혜야, 네 할아버지 왜 저러냐?
주혜	몰라요.
노파	몰라? 팔 아프다고 소리소리 질러!
주혜	난 모르니까, 할머니는 저리 가요!
노파	(정민에게) 젊은 양반!
정민	저…… 저 말씀입니까?
노파	마침 여기 있었군. 내가 할 말이 있어 그러는데…… (정민에게 가까이 다가온다.) 그게 뭐냐면……귀 좀 빌려주겠수?

노파, 정민의 귀에 대고 속삭인다.

정민	이미 들었는데요.
노파	들었어?
정민	네.
노파	언제……?
정민	며칠 됐습니다.
노파	주혜가 말했수?
정민	네.
노파	돈 내고 보라는 말도?
정민	네.
노파	(주혜에게) 흥, 말해놓고는 말 안 했다구?
주혜	할머니, 왜 그래요?

노파	젊은 양반한테 물어 봐!
주혜	(정민에게) 무슨 일이죠?
정민	면도칼, 손거울, 놋대야 말씀을 하셨습니다.
주혜	할머니는 참……!
노파	나쁜 년!

노옹, 안방에서 팔을 붙잡고 비명 지른다. 노파, 주방 겸 식당에서 나와 안방으로 들어간다.

정민	물 한 잔 주시겠습니까?
주혜	네.

주혜, 정민에게 유리컵에 든 물을 갖다 준다. 정민, 물 한 컵을 남기지 않고 마신다.

주혜	갈증이 심했나 봐요.
정민	네.
주혜	물 더 갖다드려요?
정민	이 한 잔이 나에겐…… 마지막입니다.
주혜	마지막이라뇨?
정민	그동안 고마웠습니다.
주혜	무슨 말씀이죠?
정민	(침묵)
주혜	우리 하숙집에서 나갈 분처럼 말씀하시네!
정민	(침묵)
주혜	설마 나가는 건 아니죠?

안방에서 노옹과 노파가 나온다. 노옹은 오른손으로 왼손을 붙잡고 비명을 지른다. 노파는 면도칼과 손거울이 담긴 놋대야를 대청마루에

놓는다.

노옹　팔 아파! 팔 아파!
　　　　팔 아파! 팔 아파!

노파　주혜야, 네 할아버지 데리고 병원 간다!

주혜　병원에요?

노파　엄살인 줄 알았는데, 그게 아냐! 팔이 퉁퉁 붓는 게, 뼈가 삐었거나 부러졌어!

노옹　팔 아파! 팔 아파!
　　　　팔 아파! 팔 아파!

노파　주혜야, 대청마루에 그거 꺼내 놨다! 공짜는 안 돼! 젊은 양반한테 돈 많이 받고 구경시켜!

노파, 비명을 지르는 노옹을 데리고 대문 밖으로 나간다. 정민, 지갑을 꺼내 주혜 앞에 놓는다.

정민　보고 싶군요. 면도칼, 손거울, 놋대야…….

주혜　돈 받고는 안 보여줘요!

정민　부탁합니다.

주혜　정 그러시면 공짜로 보여드리죠!

정민　이 지갑 받으십시오. 난 더 이상 필요 없습니다.

정민, 식탁에서 일어나 주방 겸 식당 밖으로 나온다. 주혜가 정민을 따라 나온다.

주혜　오늘 뭔가 이상해요!

정민　(침묵)

주혜　도대체 왜 그러는 거예요?

정민, 대청의 놋대야 옆에 앉는다. 주혜, 놋대야를 뒤로 밀어놓고 정민과 나란히 앉는다.

주혜	말씀하세요, 답답해요!
정민	나는…… 죽습니다.
주혜	죽어요?
정민	네.
주혜	왜…… 죽어요?
정민	(침묵)
주혜	난 알아요! 사랑하는 여자 때문이죠?
정민	(침묵)
주혜	그 여자 때문에 잠도 못 자고, 밥도 못 먹고, 고민 많이 했잖아요!
정민	(침묵)
주혜	그 여자하고는 안 됐군요?
정민	네…….
주혜	그래도 죽는 건 바보짓이죠. 세상에는 여자들이 많고 많아요.
정민	(침묵)
주혜	바로 옆에 나도 있어요.
정민	하지만…… 세상엔 바꿀 수 없는 것도 있습니다.

주혜, 담배와 성냥을 꺼낸다.

주혜	난 속상할 땐 담배 피워요. 한 대 하시겠어요?
정민	아뇨.
주혜	사람이 바라는 대로 다 되면 좋죠. 하지만 모든 게 잘 안 되잖아요. 어긋나고, 깨지고, 흩어지고…… (담배에 성냥을 붙여 피운다.) 피워요, 이렇게. 울적한 기분이 달라져요.
정민	지금 난 울적하지 않습니다.

주혜, 담배연기를 허공 위로 길게 내뿜는다. 정민, 주혜가 뒤쪽으로 밀어놓은 놋대야를 끌어당겨서 자기 무릎 위에 올려놓는다.

주혜	그냥 구경만 하세요.
정민	(놋대야에서 손잡이가 달린 거울을 꺼낸다.)
주혜	엄마 거울이에요. 우리 엄마는 손목을 긋기 전에 거울로 얼굴을 보았죠. 그리고는 이렇게 말했답니다. "다행이구나, 죽을 때 보기 흉한 얼굴이 아니어서……"
정민	(거울을 들고 자신의 얼굴을 비추어본다.) 정말 다행입니다, 마지막 내 얼굴이 흉하지 않아서.
주혜	우리 집에 하숙했던 사람들은 돈 내고 그 거울을 봤어요. 하지만 얼른 고개를 돌리더군요. 자기 얼굴 보기가 두려웠겠죠.
정민	(놋대야에서 면도칼을 꺼내 살펴본다.) 면도칼이 녹슬지 않았군요.
주혜	조심하세요. 슬쩍 스쳐도 잘라져요.
정민	(놋대야를 손끝으로 어루만진다.) 놋대야도 반들반들 윤이 나고…….
주혜	그러나 다 꾸민 이야기랍니다, 우리 엄마 죽었다는 건. 할머니가 하숙하는 사람 돈 뜯어내려고, 일부러 재미있게 꾸민 거예요. (가사는 없이 음정만을 부른다.) 음 - 으음 - 음음 - 으음 - 엄마가 좋아하던 노랜데요, 가사는 잊었어요. 엄마가 죽었으면 죽은 모습이 내 기억에 있을 텐데…… 없어요, 기억이. 음음 - 으으음 - 우리 엄마는 살아 있죠. 이 세상 어딘가에 분명히…… 음음 - 음 - 으음 - (정민을 와락 껴안는다.) 죽지 말아요, 제발!
정민	(침묵)
주혜	사랑해요! 사랑해요!
정민	(침묵)
주혜	꾸민 이야기처럼 죽지 말아요!

정민, 면도칼을 오른손에 쥐고 왼손의 동맥을 끊는다. 뿜어나오는 붉은 피. 정민은 놋대야에 왼손을 담근다. 피가 점점 차오른다. 주혜는 이를 꼭 악물고 음정만 계속해서 부른다.

주혜   음- 음- 음-
         으음- 음-

정민, 의식을 잃는다. 주혜, 쓰러지려는 정민을 꼭 부둥켜안는다. 사이. 무대 암전한다. 노파의 목소리가 어둠 속에서 들린다.

노파   (소리) 스물여덟…… 스물아홉…… 서른! 이젠 그만 뛰시우!
노옹   그만 뛰슈! 그만 뛰슈!
         그만 뛰슈! 그만 뛰슈!

조명, 밝아진다. 아침. 노옹이 깁스한 왼손을 헝겊 띠로 묶어 목에 걸고 마당을 뛰어다닌다.

노파   영감, 서른 번 다 뛰었수!

노파, 노옹을 붙잡아 데리고 주방 겸 식당으로 들어간다. 미스 박과 장팔, 식탁에 마주 앉아 아침 식사를 하고 있다. 노파, 노옹을 식탁에 앉힌다. 주혜가 세탁한 옷들을 바구니에 담아들고 안채 뒤에서 나온다. 주방 겸 식당 옆을 돌아나오던 주혜, 담 밑을 보더니 멈춰선다.

주혜   할머니! 할머니!
노파   왜?
주혜   이리 나와 봐! 맨드라미가 없어!
노파   뭐가 없다구?
주혜   맨드라미꽃!

노파	있거나, 없거나, 난 모른다!

주혜, 세탁물 바구니를 내려놓고 안채 뒤로 가서 담 밑을 바라본다. 걸음걸음마다 줄지어 있던 맨드라미가 없다. 주혜, 놀란다. 다급히 안채 뒤를 지나 사랑채 뒤로 가서 담 밑을 바라본다. 거기에도 맨드라미는 없다. 주혜, 사랑채 뒤에서 끝 방 옆을 돌아 마당으로 나온다.

주혜	할머니가 맨드라미 다 뽑아버렸지?
노파	나쁜 년, 내가 미쳤다고 뽑아?
주혜	그럼 할아버지가 했어?
노파	할아버진 팔 아파서 못 한다!
노옹	팔 아파! 팔 아파!
노파	영감은 밥이나 드시우!

주혜, 주방 겸 식당으로 들어온다.

장팔	난 맨드라미 보지도 못했습니다. 미스 팍, 아니 미스 박은 보셨습니까?
미스 박	본 것 같아요, 나는.
장팔	아, 그래요?
미스 박	저 담 밑에 있었죠. 꽃 모양이 둥글고, 색깔이 노란 색, 키가 굉장히 컸어요.
장팔	모양과 색깔이 그렇다면…… 그건 분명히 해바라기입니다.
미스 박	맞아요. 내가 본 건 해바라기예요.
주혜	우리 집엔 맨드라미뿐이었죠. 미스 박 언니가 잘못 봤어요.
노옹	잘못 봤어! 잘못 봤어!
	잘못 봤어! 잘못 봤어!
미스 박	아냐. 주혜 씨가 잘못 봤겠지!
노옹	잘못 봤어! 잘못 봤어!

　　　　잘못 봤어! 잘못 봤어!

노파　　영감, 조용히 밥 드시우!

　　　　주혜, 주방 겸 식당에서 마당으로 나온다. 잠시 우두커니 서 있다. 노파, 주혜를 바라보며 혀를 찬다.

노파　　주혜야, 너 넋 빠졌냐?

주혜　　(침묵)

노파　　우두커니 서 있지만 말고, 끝 방이나 깨끗이 치워라! 오늘 새로 하숙할 사람 온다!

　　　　주혜, 사랑채 끝 방으로 들어간다. 방 안에 물받이 그릇 세 개가 놓여 있다. 천정에서 빗방울이 떨어져 그릇마다 소리를 낸다. 주혜, 앉아서 소리를 듣는다. 무대 조명, 서서히 암전한다.

　　　　– 막 –

황색여관

· **등장인물**
  여관주인
  아내
  처제
  주방장
  은퇴공직자
  변호사
  사업가
  배선공
  배관공
  외판원
  대학생
  노모
  자매
  무덤 파는 남자 1, 2, 3, 4
  몸 파는 여자 1, 2, 3

· **시간**
  이른 봄, 황사 바람이 불어오는 날

· **장소**
  허허벌판 가운데 있는 여관

· **무대**
  황색여관. 2층 구조의 건물. 처음 지었을 때는 단층이었으
  나 나중에 위층을 불균형하게 증축하였다. 지붕 위에 「황
  색여관」이라는 전광등 간판이 없다면 이 건물은 허름한 창
  고 또는 가축사육장으로 보일 것이다.
  황색여관에는 비싼 방과 싼 방 두 종류가 있다. 비싼 방은
  싼 방에 비해 넓고 수세식 변기와 욕조를 갖춘 화장실이

있다. 싼 방은 좁고 화장실이 없다. 그래서 싼 방의 손님들은 공동 화장실과 공동 목욕탕을 사용해야 한다.

공동 화장실과 공동 목욕탕은 아래층 왼쪽 끝에 있고, 싼 방들이 잇대어져 있으며, 오른쪽 끝에 음식물을 조리하는 주방이 있다. 주방 옆에는 위층으로 올라가는 계단이 놓여 있고, 위층에는 비싼 방들이 나란히 붙어 있다.

여관의 현관문은 무대 전면 왼쪽에 있다. 현관문을 들어오면 황색여관의 내부가 된다. 즉, 로비 겸 식당으로 쓰이는 넓은 공간이 이 연극의 주 무대가 되는 것이다. 여관 주인과 아내의 방, 처제의 방은 식당 밑 지하에 있다. 주인과 아내, 처제는 식당 바닥에 설치된 맨홀 뚜껑 같은 것을 열고 아래로 내려가며, 올라올 때는 닫았던 뚜껑을 밀어젖히고 나온다. 주방장은 방이 없으며, 그는 주방에서 기거한다.

프롤로그

이른 봄. 황사바람이 극심하게 불어오는 날. 희뿌연한 아침. 여관 주인, 지하방의 뚜껑을 열고 얼굴을 내민다.

주 인   거기…… 산 사람 없소?

사이.

주 인   없어, 아무도?

사이.

주 인   살았거든 대답해!

사이.

주 인   좆같이 조용하군.

여관 주인, 지하방에서 올라온다.

주 인   이 역겨운 피비린내…… 여관에 들어왔으면 점잖게 잠이나 잘 것이지, 왜 밤새껏 다투다가 죽는지 모르겠어. (주위를 둘러본다.) 시체가 즐비하군. 식탁 밑에, 계단 위에, 저 위층 난간 위에…… 화장실과 방 안에는 더 많겠지. (지하 방 밑을 향해) 마누라, 어서 올라와! 시계, 반지, 돈지갑을 챙기자구!

아 내   (소리) 오늘은 당신 혼자 해요!

주 인 나 혼자……?

아 내 (소리) 난 피곤해요!

주 인 좋아! 안 나오면 주방장을 부르고 처제도 부르겠어!

아내, 지하방에서 올라온다.

아 내 아이구, 지겨워! 주방장을 믿어요? 내 동생도? 고양이한테 생선 맡기는 꼴이지, 그것들이 비싼 건 다 훔쳐요!

주 인 그러니까 우리가 해야지. 당신은 위층, 나는 아래층!

여관 주인, 아래층 방문들을 열고 시체를 끌어낸다. 아내, 위층으로 올라가 방마다 다닌다. 주방장, 외출복을 말쑥하게 차려입고 커다란 여행용 가방을 끌면서 주방에서 나온다. 그는 잠시 멈춰 서서 기침을 한다.

주방장 흠흠, 목구멍이 칼칼하네.

주 인 어, 주방장……?

주방장 오늘도 황사가 극심한데요!

주 인 자네, 그게 뭐야?

주방장 이 여행용 가방요? 내가 여기 올 때 갖고 왔던 겁니다. 육, 칠 년 됐나 이젠 떠나려구요.

주 인 뭐……? 갑자기 가버리면 누가 손님 음식을 만들어?

주방장 아침 먹을 손님 없어요, 다 죽어서.

주 인 저녁땐 다시 손님들이 오잖아!

주방장 새 주방장을 고용하시죠.

주 인 좆같군, 정말!

주방장, 처제의 지하방 입구에 가서 뚜껑을 연다.

주방장	준비됐어?
처 제	(소리) 네.
주방장	가자구!

처제, 단정하게 차려입은 모습으로 지하방에서 올라온다.

처 제	안녕하세요, 형부.
주 인	그러니까…… 둘이 함께 달아나는 거야?
처 제	그럼 안녕히 계세요…….
주 인	(위층을 향해) 여보, 마누라! 마누라!

위층 난간, 아내가 나타난다.

아 내	이 지갑 좀 봐요! 돈이 잔뜩 들어있어요!
주 인	내려와!
아 내	다른 것도 찾아야죠!
주 인	당신 동생 이상해! 내려오라구, 어서!

아내, 아래층으로 내려온다.

아 내	너…… 미쳤냐? 하루 종일 일할 년 옷차림이 희한하다! 당장 갈아입어, 헌옷으로!
처 제	난 가요, 언니.
아 내	가……?
주 인	둘이 바람났어!
아 내	나쁜 년! 방 청소를 나더러 하라는 거야? 화장실 변기도 내가 씻고, 침대보, 식탁보 온갖 빨래도 내가? (손에 든 지갑에서 돈을 꺼내 내밀며) 준다, 줘! 그동안 밀린 봉급 다 줄 테니까 일이나 열심히 해!

처 제	아뇨. 언니한테 봉급 같은 건 받을 생각 안했어요.
주방장	우린 결혼해서 음식점을 차릴 겁니다. 난 음식 만들고, 이 사람은 주문 받고······.
아 내	무슨 돈으로 음식점을 차려?
주 인	글쎄 말야. 주방장 봉급이 좆같은데?
주방장	내 봉급으론 어림없죠. 하지만 밤마다 싸우는 손님들한테 식칼 빌려주고 받은 돈이 꽤 됐거든요.
아 내	(처제를 붙잡는다.) 넌 가지마! 저 음흉한 주방장이 너처럼 못생긴 건 사랑 안 해!
처 제	알아요.
아 내	그냥 공짜로 부려먹으려는 거야, 너를 데려가서!
처 제	(아내의 손을 떼어내며) 알아요, 언니.
아 내	아는 년이 따라가?
처 제	그래도 가야죠. 여긴 사람이 죽어요, 매일매일!
주방장	(여행용 가방을 들고 문을 향해 간다.) 인사 끝났으니 갑시다.
아 내	당장 붙잡아요. 주방장도 없고, 일할 년도 없으면, 여관을 어떻게 운영해요?
주 인	여봐, 주방장!
주방장	(뒤돌아보며) 네······?
주 인	자네 음식 솜씨는 진짜 좆같아!
주방장	그래요?
주 인	어디 가서 음식점 차려야 실컷 파리만 날리고, 좆 빠지게 고생만 할 걸.
주방장	고맙습니다, 염려해주셔서.
주 인	자넬 위해서, 또 처제를 위해서 하는 말이야! 우리가 지금껏 처제한테 봉급 한 번 안 줬던 건, 언젠가 이 여관을 물려주려고 그런 거라구!
아 내	저년은 둔해서 그걸 몰라요!
주 인	우린 재산 물려줄 자식이 없어. 피붙이라곤 처제뿐이지. 주방

장, 알아들어? 자네가 처제와 함께 여기 있으면 여관이 생긴
다구!

주방장 참, 흥미로운 말씀이군요. 그런데 지금 당장 주는 것도 아니
고, 언젠가 먼훗날에나 준다니 사양하겠습니다.

주 인 여관 운영이 쉬운 줄 알아? 노하우가 있어야 해, 노하우가! 지
금부터 우리가 하는 걸 보면서 노하우를 배워!

처 제 그동안 너무 많이 봤어요.

아 내 멍청한 년! 네가 뭘 많이 봐?

처 제 형부와 언니가 하는 걸요. 손님들이 싸우다가 죽도록 그냥 뒀
어요.

아 내 그건 손님 탓이지 우리 탓 아냐!

처 제 그래도 죽지 않게 싸움을 말려야죠.

주 인 요즘 손님들 성질이 아주 좆같아서 말리면 더 싸워! 처제가 싸
움을 말려봐! 손님 열 명만 살리면 이 여관 당장 준다, 줘!

주방장 열 명이라뇨? (처제에게) 그건 불가능해. 포기하고 가자구.

주 인 좋아, 다섯 명!

주방장 다섯 명도 불가능합니다.

주 인 그럼 세 명만 살려!

처 제 형부, 언니, 잘 있어요!

주방장과 처제, 여관 문을 향해 걸어간다.

아 내 저것들이 잔뜩 약만 올리고 가네!

주 인 정말 좆같군. 한 명이다, 한 명!

주방장 한 명……? (걸음을 멈추고 처제에게) 들었어? 한 명이라는데?

처 제 어서 가요.

주방장 잠깐…… 한 명만 살리면 여관을 당장 준다잖아?

아 내 오늘밤 우린 간섭 안할 테니, 너희 하고 싶은 대로 해!

주방장 확실히 약속하는 겁니까?

주 인	물론이지!
주방장	가방 내려놔. 우리 한번 해보자구.

주방장과 처제, 가방을 내려 놓는다. 무덤 파는 남자들, 삽과 곡괭이를 들고 손수레를 끌며 여관 안으로 들어온다.

무남들	왔습니다! 오늘도 왔어요!
주 인	어……? 몇 신데 오는 거야?
무남 1	열두 시입니다, 열두 시!
주 인	벌써 그렇게 됐나?

무덤 파는 남자들, 손수레에 시체들을 싣는다.

아 내	시체에 손대지마! 아직 물건을 챙기지 못했어!
무남 2	그건 곤란한데요.
아 내	뭐가 곤란해?
무남 2	손대지 않고는 시체를 치울 수가 없죠.
주 인	나중에 치워.
무남 3	그것도 곤란한데요. 시체 묻는 구덩이를 파야하는데요, 지금부터 서둘러도, 저녁 늦게까지 파야해요.
주 인	알았으니 싣고 가! 우리도 저녁에 손님 받으려면 할 일이 많아!
무남들	저희 품삯 좀 올려주세요.
주 인	그건 또 무슨 소리야?
무남 1	무덤 파고 받는 돈이 너무 적어요.
무남 4	술 한 잔 마시면 남는 게 없죠.
주 인	좆같은 소리하고 있네. 너희들, 시체를 뒤져봐. 오늘은 횡재하는 날이야!

무덤 파는 남자들, 시체 실은 손수레를 끌고 나간다. 무대 조명, 암전한다.

1막

저녁 무렵. 지붕 위의 「황색여관」 네온사인이 켜져 있다. 자동차 소리가 들렸다가 멈춘다. 공직 은퇴자, 여관 안으로 들어온다. 주인과 아내가 그를 맞이한다.

주 인 어서 오십쇼!

은퇴자 (온몸에 묻은 모래먼지를 털며) 안개보다 지독하군, 황사가⋯⋯.

주 인 정말 좆같죠! 갈 길은 먼데 날 저물어 캄캄하고, 모래 바람에 눈은 못 뜨고, 코는 막히고, 목은 마르고, 배는 고프고, 이럴 땐 여관이 최곱니다!

아 내 (숙박부를 펼쳐들고 연필을 꺼내며) 손님 이름은요?

은퇴자 (여관 내부를 둘러본다.) 그런데 여관이 어찌 좀⋯⋯.

아 내 주소도 말씀하세요.

은퇴자 다른 여관이나 호텔은 없습니까, 이 근처에?

주 인 여기, 좆같은 여관 하나뿐입니다!

여관 문 앞에 자동차 멈추는 소리가 들린다. 사업가, 들어온다.

사업가 뭐가 보여야 다니지!

주 인 갈 길은 먼데 날은 저물어 캄캄하고, 모래 바람에 눈은 못 뜨고, 정말 좆같죠!

아내, 사업가에게 공직 은퇴자 옆에 와서 서도록 손짓한다.

아　내　우리 여관은 비싼 방과 싼 방 두 종류가 있어요. 비싼 방엔 화장실과 욕조가 있죠. 싼 방은 공동 화장실과 공동 목욕탕을 사용해요.

사업가　(여관 내부를 둘러본다.) 잠깐만요…….

주　인　뭘 망설여요? 사방 팔십 킬로 이내엔 묵을 곳이 없는데!

위층, 변호사가 방문을 열고 아래층을 향해 소리 지른다.

변호사　내 방에 좀 와요! 화장실 변기가 막혔어요!

주　인　처제! 처제!

아래층, 처제가 청소하던 방에서 대걸레를 들고 나온다.

주　인　빨리 위층에 가봐! 방금 들어온 손님이 똥을 쌌는지 변기가 꽉 막혔데!

처제, 계단 앞에 대걸레를 세워두고 다급하게 위층으로 올라간다. 공직 은퇴자와 사업가, 난감한 표정으로 서로를 바라본다.

은퇴자　어찌하시겠소?

사업가　글쎄요, 묵는 수밖엔…….

은퇴자　(아내에게) 난 비싼 방이요.

사업가　나두요.

아　내　숙박부에 이름을 써도 좋고 안 써도 좋아요. 하지만 갖고 계신 귀중품은 꼭 저희에게 맡겨주세요. 도난당할 염려 없이, 저희가 안전하게 보관해드려요.

은퇴자 (큼직한 가방을 맡기며) 내일 아침 돌려주시오.

아 내 걱정 마세요. (사업가에게) 손님 가방은요?

사업가 이건 내가 갖고 있겠습니다.

아 내 보석이나 현금인가요?

사업가 귀중한 서류들이죠, 분실하면 안 되는.

주 인 그럼 우리한테 맡기시지!

사업가 (서류가방을 어깨 밑에 꼭 끼며) 아뇨. 내가 직접 보관합니다.

은퇴자 비싼 방은 어디요?

주 인 나를 따라오십쇼!

여관주인, 공직 은퇴자와 사업가를 데리고 위층으로 올라간다. 아내,
지하방 뚜껑을 열고 공직 은퇴자의 가방을 밀어 넣는다. 변호사, 위
층으로 올라오는 공직 은퇴자를 보고 반가워한다.

변호사 아니, 장관님……!

은퇴자 허허! 은퇴한 지 오랜 나를 알아보시는군!

변호사 여긴 웬일이십니까?

은퇴자 어쩌다가 하룻밤 묵게 됐소. 그런데 변호사께선……?

변호사 저도 어쩌다가 이렇게 됐습니다.

주 인 (변호사의 옆방들을 가리킨다.) 자, 들어가시오, 손님들!

은퇴자 (변호사에게) 그럼, 식사할 때 봅시다.

변호사 네!

공직 은퇴자, 사업가 각각 방으로 들어간다. 여관 주인, 아래층으로
내려온다. 변호사는 방문 앞에서 서성거린다. 처제, 나온다.

처 제 다 됐어요.

변호사 지독했지, 냄새가? (호주머니에서 돈을 꺼내준다.) 팁이요.

처 제	(계단으로 내려가며) 괜찮아요.
변호사	성깔 좀 있게 생겼군.

변호사, 방으로 들어간다. 공동 목욕탕에서 외판원이 외친다.

외판원	(소리) 여봐요!
주 인	뭡니까?
외판원	(소리) 목욕탕에 수건 없어요!
주 인	처제!
처 제	네, 가요!
주 인	공동 목욕탕 손님, 수건 갖다 줘!

처제, 계단 밑 물품함에서 수건들을 수북이 꺼내들고 공동 목욕탕 앞으로 달려간다.

처 제	여기, 갖다놨어요!
외판원	(소리) 문 열고 줘요!

처제, 얼굴을 돌리고 목욕탕 안에 수건들을 넣어준다. 그리고 다급하게 계단 앞으로 되돌아와 대걸레를 집어 든다.

아 내	아직도 방 청소냐?
처 제	피투성이에요, 방바닥이.
아 내	식당 바닥은 모래투성이다!
처 제	(청소할 방으로 들어가며) 곧 닦고 나올게요.
아 내	식탁보도 갈아야해!
주 인	아까 그 반지 봤어?
아 내	가방 맡긴 늙은 남자요?
주 인	그래.

아 내	봤죠. 유별나게 컸어요.
주 인	뭔가 굉장한 보석반지야.

배선공과 배관공, 여관 안으로 들어온다. 배선공은 공사할 때 사용하는 접이식 사다리와 공구함을 들고 있다.

배선공	방 있습니까?
주 인	물론이요!
아 내	비싼 방과 싼 방이 있어요. 어떤 방을 드릴까요?
배선공	싼 방 하나 주세요.
아 내	방 하나만?
배선공	네. 우린 함께 잘 겁니다.
주 인	둘이서 함께 잔다고? 당신들 동성애자요?
배관공	기가 막혀……! 기가 막혀……!
배선공	돈이 없어 그래요. 공사현장에 가야하는데 길을 잃고…… 엉뚱한 곳에서 하룻밤 보내야 해요.
주 인	방 하나에 손님 한 명, 그게 우리 여관의 원칙이요!
배관공	기가 막혀…….
배선공	방 두 개, 따로따로 줘요!
아 내	(숙박부를 내밀며) 손님 이름은 써도 좋고 안 써도 좋아요. 하지만 귀중품은 반드시 맡기세요.
배선공	(사다리와 공구함을 내려놓으며) 이것 좀 맡깁시다.
아 내	귀중품 아닌 건 안 받아요.
주 인	나를 따라 오시오!

주인, 배선공과 배관공을 아래층 방으로 데려간다. 외판원, 젖은 수건을 들고 공동 목욕탕에서 나온다.

외판원	무슨 놈의 목욕탕 물이 얼음처럼 차요!

주 인	공동 목욕탕엔 더운 물 안 나와요.
외판원	싼 방 손님이라고 푸대접하는 겁니까?
주 인	(배선공과 배관공에게) 미리 말해드리지. 용변은 저쪽 공동 화장실, 그 옆은 공동 목욕탕이오.
외판원	찬물에 목욕 말아요! 감기 걸려!
주 인	좋은 충고요. 그냥 대충 손이나 씻어요.
배관공	기가 막혀…….
주 인	(외판원의 옆방들을 가리키며) 여기가 손님들 방이오.

배선공과 배관공, 각자 방으로 들어간다. 배선공의 사다리가 문지방에 걸린다.

외판원	방이 좁은데, 사다리를……?
배선공	(억지로 끌고 들어가며) 이건 내 귀중품이에요!

처제, 대걸레를 들고 나와서 식당 바닥을 닦는다. 노모와 자매가 여관 안으로 들어온다.

주 인	어서 오십쇼!
노 모	(뒷걸음질 치며) 여긴 싫다. 너무 누추해…….
동 생	우리 다른 곳으로 가요.
언 니	(주인에게) 미안하지만, 택시 좀 불러줘요.
주 인	택시……?
언 니	네.
주 인	택시는 없고, 장의차는 있지. 그거라도 불러드릴까?

노모와 자매, 황급히 나간다.

주 인	저 여자들, 오늘 밤 벌판을 헤매다니다가 죽겠군!

아　내　　그냥 둬요, 죽든 말든!

대학생, 배낭을 메고 들어온다. 손에 지도를 들고 있다.

학　생　　황색여관…… 지도하곤 달라요.
주　인　　지도는 어떤데……?
학　생　　도시 한복판이죠. 건물들이 많고, 지하철이 다녀요.
주　인　　여긴 허허벌판이야.
학　생　　하루 종일 보이는 건 없고…… 그래도 운이 좋았죠. 흐릿하게
　　　　　황색여관 네온사인을 봤거든요.
아　내　　싼 방 줄까? 비싼 방 줄까?
학　생　　네……?
주　인　　대답 안 해도 뻔해. 배낭여행중인 학생은 싼 방이라구.
학　생　　제가 학생인줄 어떻게 아셨어요?
주　인　　척보면 알지. (아래층 방 하나를 가리키며) 저 방으로 들어가!

대학생, 주인이 가리켜 준 방으로 들어간다. 주방장, 주방에서 나온
다.

주방장　　식사준비 다 됐어요.
주　인　　손님들을 불러야겠군!
아　내　　(처제에게) 식탁보 더럽다. 식사하기 전에 어서 갈아!
처　제　　지금 갈아요!

처제, 계단 밑 물품함에서 새 식탁보를 꺼내온다. 주방장, 처제를 도
와 새식탁보를 덮는다.

처　제　　고마워요.
주방장　　뭘, 이 정도는. (낮은 목소리로) 오늘 밤 어떻게 하든 한 사람 살

리자구.

주　인　(위 아래층을 향해 외친다.) 저녁식사! 저녁식사! 모두들 식당으로 오십쇼! 빨리 빨리 오십쇼!

위층과 아래층 손님들, 방문을 열고 나와서 어리둥절한 표정으로 여관 주인을 바라본다.

주　인　우리 여관에선 저녁식사가 단 한번 있습니다! 두 번 다시는 없으니까, 굶기 싫거든 빨리들 오십쇼!
사업가　방으로는 안 갖다 줍니까?
주　인　식사는 식당에서 한다, 그게 우리 여관의 원칙이요!
은퇴자　이거 참……!
변호사　내려들 가시지요.
배선공　(배관공에게) 가자구, 배고픈데.

위층과 아래층 손님들, 식탁으로 모여든다.

주　인　앉아요, 앉아!
은퇴자　우린 이쪽에 앉읍시다.

위층 손님들, 식탁 왼쪽을 차지한다. 아래층 손님들은 반대편 오른쪽에 앉는다.

주　인　(주방장을 가리키며) 여러분, 우리 여관 주방장이요!
주방장　안녕하십니까! 오늘 저녁 식사 메뉴는 A코스와 B코스가 있습니다. 먼저 A코스는 소갈비찜, 닭고기 볶음, 바닷가재와 새우, 거기에 송이버섯 구이가 곁들여 나옵니다. B코스는 김치에 고추장 넣은 간단한 비빔밥입니다. 자, 주문하세요!

대학생, 뒤늦게 방에서 나온다.

주 인　학생, 빨리 와서 앉아!
학 생　네.

학생, 식탁의 왼쪽에 앉는다. 위층 손님들이 못마땅한 표정이다.

변호사　더럽게, 씻지도 않고…….
학 생　저는 아무거나 주세요.
주방장　아무거나……?
학 생　뭐든지 잘 먹거든요.
주 인　A코스는 비싸. 싼 B코스 먹어.
학 생　B코스가 뭐죠?
주방장　비빔밥.
학 생　네, 좋아요.
변호사　A코스!
은퇴자　A코스!
사업가　A코스, 나도!
주방장　(식탁 오른쪽을 향해) 그쪽 손님들은요?
외판원　글쎄요…….
배선공　(배관공에게) 우린 비빔밥 먹자구.
주방장　B코스 둘!
외판원　설렁탕이나 냉면 없어요?
주방장　없습니다.
외판원　그럼 B코스.

여관 주인과 아내, 식탁 가운데 자리에 나란히 앉는다.

주 인　우리도 A코스! 처제는……?

처 제	전 나중에 먹죠.
아 내	그래, 넌 음식 날라야지!

주방장, 처제, 주방으로 들어간다.

주 인	(아내의 귀에 대고 큰소리로) 이거, 손님들한테 말해도 될까?
아 내	뭔데요?
주 인	우리 주방장 음식 솜씨.
아 내	말하지 마세요.
주 인	왜?
아 내	듣고 기절할 걸요.
주 인	아니야, 결국은 알 텐데 말하는 게 낫겠어. (식탁을 둘러보며) 손님 여러분, 단단히 각오하십쇼. 먹어보면 아시겠지만, 우리 주방장 음식 솜씨가 아주 좆같아요!

주방장과 처제, 이동식 운반대에 음식들을 싣고 온다.

주방장	내 흉 봤죠?
주 인	뭐, 사실인 걸.
주방장	나도 자존심이 있어요.

주방장과 처제, 식탁의 손님들에게 음식을 내놓는다.

주방장	드세요, 누구 말이 맞는지.
은퇴자	(음식을 먹으며) 글쎄…… 먹을 만한데…….
학 생	맛있어요!
배관공	기가 막혀!
주 인	그냥 꿀꺽 삼키지 말고 꼭꼭 씹어 음미하시라! 씹으면 씹을수록 좆같은 맛이야, 좆같은 맛!

사업가	(숟가락을 내려놓는다.) 못 먹겠군, 도저히.
변호사	저런 몰상식한 자들…….
은퇴자	누구 말이요?
변호사	(식탁 오른쪽을 턱으로 가리키며) 저쪽이요. 마치 짐승처럼 게걸 스럽게도 먹는군요.
은퇴자	음…… 나도 식욕이 떨어졌소.
주 인	식욕 없을 땐 먹는 것보다 마시는 게 낫죠!
은퇴자	마시는 거라면……?
주 인	(아내에게) 마누라, 대답해드려!
아 내	우리 여관엔 싼 술은 없고 아주 비싼 술만 있어요. 진짜 서양 위스키, 12년짜리도 아니고, 18년짜리도 아닌, 최고급 21년짜 리가 있죠.
사업가	정말이요?
변호사	설마 이런 곳에……?
아 내	(의자에서 일어나며) 어느 걸 드릴까요?
사업가	21년짜리로 한 병 주시오!
주 인	잘 선택하셨소! (식탁 오른쪽 사람들에게) 물어보나마나 그쪽은 비싼 술 마실 사람 없겠지!
처 제	술은 이쪽도 안 돼요!
주 인	왜 그래……?
처 제	술 취하면 싸워요!
아 내	넌 참견하지 마!

아내, 지하방 입구로 간다. 처제가 아내 앞으로 가로 막는다.

처 제	언니, 오늘 밤은 술 팔지 마세요!
아 내	걱정마라! (두 손을 부딪쳐 손뼉을 치며) 이것 봐. 양쪽이 부딪쳐 야 소리가 나는 거야. 그런데 한쪽이 술 마시고 덤벼도, 다른 한쪽이 술 안 마신 채 멀쩡하면 괜찮아! (한 손만을 허공에 치며)

서로 부딪치지 않는데 무슨 싸움날 일이 있겠냐!

아내, 지하방 뚜껑을 열고 들어간다.

변호사 저기가 술 창고입니까?
주 인 우리 부부방이요.
사업가 가서 봐도 될까요?
주 인 보십쇼, 궁금하면.

사업가, 지하방 입구로 가서 안을 들여다본다. 아내, 술병을 위로 올려준다. 사업가, 술병을 받아들고 살핀다.

사업가 진짜 금딱지, 21년짜립니다!
아 내 얼음과 잔도 받아요!

아내, 얼음통과 술잔들을 담은 바구니를 위로 올려준다.

사업가 그 안에 별게 다 있군!

아내, 지하방에서 올라와 뚜껑을 닫는다. 사업가, 계단으로 올라가며 식탁을 향해 말한다.

사업가 위층 손님들은 올라오세요. 내 방에서 한 잔 하십시다!
변호사 (공직 은퇴자에게) 우릴 초대하는데요?
은퇴자 갑시다, 그럼.

변호사와 은퇴자, 위층으로 올라가 사업가의 방으로 들어간다. 외판원, 불쾌한 표정으로 묻는다.

외판원   21년짜리 위스키는 얼마죠?

아 내   묻지 말아요. 사먹지도 않을 거면서.

배선공   다른 술은 없습니까?

주 인   없다고 이미 말했소.

외판원, 침묵한다.

배선공   정말 소주나 막걸리 없어요?

주 인   당신들, 밥 다 먹었거든 방으로 들어가시오!

아래층 손님들, 각자 방으로 들어간다. 처제, 여관 주인과 아내에게
항의한다.

처 제   이건 약속과 달라요! 저희에게 모든 걸 맡긴다고 했잖아요! 그
런데 형부와 언니는 왜 마음대로 하는 거죠?

주 인   여봐, 주방장!

주방장   네. 말씀하세요.

주 인   자네 생각은 어때? 지금 처제는 무슨 큰 문제라도 있는 듯 야
단법석인데, 도대체 난 모르겠어. 손님들이 서로 싸웠나? 좆
같이 싸우다가 죽었냐구?

주방장   아뇨.

주 인   오늘밤은 아주 조용해! 식사가 끝나자 다들 방으로 들어갔어!
이젠 할 일도 없는데, 누워서 잠이나 자겠지!

아 내   여보, 우리가 너무 성급했어요. 열 명만 죽지 않으면 여관을
주겠다 약속한 건…….

주방장   숫자는 정확히 하셔야죠.

아 내   그래, 다섯 명만…….

주방장   한 명입니다, 단 한 명.

아 내   글쎄 말야, 한 명! 그런데도 저년은 불평불만이야!

처 제	제발 형부와 언니도 방에 들어가 주무세요.
아 내	여보, 들었어요? 우리더러 잠이나 자라는군요!
주 인	당신은 잠버릇이 아주 나빠. 드르륵 드르륵 이빨을 갈면서, 두 손으로 머리카락을 쥐어뜯지. 아침에 일어나면 뜯어놓은 머리 카락이 수북해! 곧 대머리가 될 거라구!
아 내	쉿! 그만 일어나요!

여관 주인과 아내, 식탁의자에서 일어난다.

아 내	넌 안 잘 거냐?
처 제	여기 있겠어요, 밤새껏.
아 내	밤새껏……?
처 제	아무 일 없도록 지켜야죠.
아 내	몽유병 환자는 안자는 게 낫지! 잠들면, 자기가 무슨 짓을 하 는지 모르거든!

여관주인과 아내, 지하방으로 내려간다. 잠시 침묵. 주방장이 처제에 게 묻는다.

주방장	당신, 몽유병이야?
처 제	아뇨.
주방장	아닌데 그런 소릴 왜 하지?
처 제	언니 성격 아시잖아요.
주방장	하긴 고약하지. 더 늙으면 머리카락 다 빠진 마귀할멈이 될 거 야.
처 제	(침묵)
주방장	굉장히 심각한 표정이군.
처 제	걱정이 되어 그래요. 매일 저녁 식사 때마다 봤지만요, 오늘도 봤어요. 비빔밥 먹던 손님들 표정을요. 모두 굳은 표정이었죠.

사람이란 그렇거든요. 먹는 것을 차별당할 때, 기분 나쁘고, 속상하고, 화가 나죠. 그런데다 술까지…… 술은 마시는 사람 감정만 아니라 못 마시는 사람 감정도 부채질해요.

주방장 너무 걱정할 것 없어. 손님들 반절이 죽어도 괜찮아.

처 제 (침묵)

주방장 거의 다 죽어도 괜찮고…….

처 제 (침묵)

주방장 한 명만 살면 이 여관은 우리 거야.

처 제 피곤할 텐데 주무세요.

주방장 피곤하지, 하루 종일. (이동식 운반대에 음식 그릇들을 옮겨 실으며) 아직도 일이 안 끝났어.

처 제 그릇은 둬요. 내가 씻죠.

주방장 아니, 오늘은 내가 하지.

처 제 고마워요.

주방장, 주방으로 들어간다. 사이. 아래층 대학생의 방문이 열린다. 책을 든 대학생이 나온다.

학 생 화장실…… 어디 있죠?

처 제 네……?

학 생 화장실이요!

처 제 (공동화장실 쪽을 가리키며) 저기, 저쪽.

대학생, 급히 화장실로 간다. 처제, 걱정스런 표정으로 서성거린다. 화장실의 변기에서 물 내리는 소리가 들린다. 대학생, 나온다. 그는 책을 펼쳐들고 읽으면서 처제 앞을 지나간다.

처 제 잠깐만요…….

학 생 (멈춰 선다.) 저요?

처 제	음식 먹고 배 아파요?
학 생	아뇨.
처 제	복통약 필요하면 말하세요.
학 생	아, 습관입니다. 화장실에 앉아서 책을 읽으면 머릿속으로 잘 들어오거든요. (들고 있는 책을 보여주며) 이거, 아주 심오한 책이죠. 인간의 존재란 무엇인가, 굉장히 어렵지만 흥미 있어요.
처 제	다른 손님들도 그런 책을 보면 좋겠군요.
학 생	내 배낭 속엔 책 많아요. 손님마다 한 권씩 빌려 드릴까요?

위층, 사업가의 방문이 열린다. 공직 은퇴자와 변호사가 나온다.

은퇴자	좋은 술 잘 마셨소. 편히 주무시오.
사업가	안녕히 주무십시오!
변호사	좋은 꿈꾸시기를!
사업가	고맙습니다!

공직 은퇴자, 변호사, 각자 방으로 들어간다.

학 생	빌려줘도 소용없겠어요. 이젠 다들 잘 테니까요.

대학생, 자기 방으로 들어간다. 사이. 갑자기 요란스런 북소리가 들려온다. 무덤 파는 남자들이 여관 안으로 들어온다. 그들은 광대처럼 얼굴에 분칠을 하고 알록달록한 옷을 입었다. 북을 두드리며 노래하고 춤을 춘다.

무남들	기나긴밤 여관방에 잠못자고 누운사람 우두커니 앉은사람 심심하다 싱숭맹숭

그리웁다 옛님생각
눈물나고 콧물난다
왔구나, 왔어! 우리가 왔어!

처 제　누구세요? 낭신들…….

무남들　나오세요! 다들 나오세요!
왔구나, 왔어! 우리가 왔어!

위층, 아래층, 방문들이 열리며 손님들이 고개를 내민다. 지하방 뚜껑
이 열리며 주인과 아내가 올라온다.

주 인　좆같이 뭐야? 어떤 놈들이 이 밤중에 난리를 쳐?

무남들　저희들입죠, 헤헤.

무남 1　아, 얼굴에 분칠했더니 몰라보시네!

무남 2　무덤 파는 품삯이 너무 적어서요. 손님들한테 재주 보여드리
고 구경값 좀 받으려고요.

주 인　구경값 받거든 반절 내놔! 자릿세야!

무덤 파는 남자들, 노래 부르며 무덤 파서 시체 묻는 동작을 한다.

무남들　옹헤야! 옹헤야!
하루종일 쉬지않고
옹헤야! 옹헤야!
비지땀을 흘리면서
옹헤야! 옹헤야!
무덤판다 잘도판다
옹헤야! 옹헤야!
이놈묻고 저놈묻고
옹헤야! 옹헤야!
구더기밥 잘도된다

옹헤야! 옹헤야!
닭아닭아 울지마라
옹헤야! 옹헤야!
날밝으면 다죽는다
옹헤야! 옹헤야!

손님들, 황당한 모습이다. 대학생, 혼자 박수를 친다.

학 생 브라보! 멋있어요!
주 인 정말 좆같군! 재주가 겨우 그거야?
무남 1 마술도 합니다!
주 인 이번엔 잘해봐. 그래야 구경값 받지!
무남 1 손님 여러분, 마술입니다, 신기한 마술이요!

무덤 파는 남자들, 셋이 나란히 서서 두 팔을 앞으로 뻗는다.

무남 1 제가 수리수리 마수리— 주문을 외우고, 얍— 하고 기합을 넣으면, 이 사람들 손에서 계란이 나옵니다!
주 인 계란이 나온다고?
무남 1 (북을 두드리며) 손님 여러분, 가까이 오세요! 그렇게 멀리 있지 말고, 가까이 오셔서 신기한 마술을 보십시오!
주 인 어서들 와요! 가까이들 오셔서 보십쇼!

주인, 독촉한다. 손님들이 가까이 모여든다. 무덤 파는 남자1, 동료들의 빈손을 확인케 한다.

무남 1 여러분, 손을 보세요. 빈손 맞죠? 이젠 손을 오므려 주먹 쥡니다.

무덤 파는 남자들 셋, 주먹 쥔다. 무덤 파는 남자 1이 주먹 쥔 손을
향해 차례대로 주문을 외우며 기합을 넣는다.

무남 1　수리수리 마수리– 얏–!
무남들　꼬꼬댁! 꼬끼오!

무덤 파는 남자들 셋, 차례대로 주먹 쥔 손을 편다. 계란이 하나씩 들
어있다. 대학생, 열광적인 박수를 친다.

학 생　브라보! 브라보!
무남 1　(모자를 벗어 손님들에게 돌리며) 자, 구경값 걷습니다!

손님들과 섞여서 구경하던 주방장, 모자를 가로챈다.

주방장　속임수야, 속임수!
주 인　어, 주방장……?
주방장　내가 봤어요. 소매 속에 감춘 계란을 슬쩍 꺼내는 걸 봤다구
　　　　　요.
무남 1　속임수가 아니에요!
무남들　진짭니다! 진짜 마술!
주 인　(모자를 무덤 파는 남자들에게 내밀며) 너희들, 그 계란 이 모자에
　　　　　담아! 그리고 빈손으로 다시 해봐!
무남들　(모자에 계란을 담는다.) 그거야 쉽죠.
주 인　계란은 안 돼. 병아리도 좋고, 암탉도 좋고, 수탉도 좋으니까,
　　　　　닭을 한 마리씩 꺼내!
무남들　하지만 닭은…….
주 인　손님들 눈 속여 돈 뜯을 생각했다면 오산이야. 너희들은 평소
　　　　　하던 짓이나해. 괜히 서툰 짓 하지 말고 열심히 무덤이나 파라
　　　　　구. 알았어?

무남들	네…….
주방장	알았거든 썩 꺼져!
무남들	네…….
주 인	왜 머뭇거려?
무남 1	모자하고 계란은 돌려주세요.
주 인	이건 압수야!

무덤 파는 남자들, 노래로서 항의한다.

무남들	옹헤야! 옹헤야!
	하루종일 쉬지않고
	옹헤야! 옹헤야!
	비지땀을 흘리면서
	옹헤야! 옹헤야!
	무덤판다 잘도판다
	옹헤야! 옹헤야!
학 생	(박수치며) 브라보! 브라보! 멋있어요!
주방장	노래 그만하고 어서 꺼져!

무덤 파는 남자들, 쫓겨나듯 퇴장한다.

주 인	여봐, 학생. 브라보만 외치지 말고 구경값 좀 내지 그랬어?
학 생	저는 책밖엔 없어요.
주 인	그럼 책이라도 줘야지!
학 생	뭐 줄 수는 있지만…… 그들이 읽을까요?
주 인	책을 꼭 읽는 데만 쓰나? 불쏘시개로 쓸 수도 있고, 코 푸는 휴지로 쓸 수도 있어!
학 생	여기 있는 분들도 구경값 안냈어요. 그런데 왜 저만 야단치죠?

주방장	학생 혼자 열광했거든. 손님들 얼굴을 봐. 시큰둥한 표정, 못마땅한 표정, 어이없다는 표정, 다들 그렇잖아.
학 생	(주위를 둘러보더니 고개 숙인다.) 저 혼자 그런 줄도 모르고…… 방에 들어가 책이나 읽겠습니다.

대학생, 자기 방으로 들어간다.

아 내	주방장 때문에 분위기 망쳤어. 속임수다 그런 소리만 안했어도 좋았을 거야.
주방장	그래도 공짜로 계란이 생겼으니 나쁠 건 없죠. 손님 여러분, 조금만 기다려요. 계란 삶아 먹읍시다!

주방장, 계란을 들고 주방으로 들어간다.

처 제	형부는 알고 있었죠?
주 인	내가 뭘……?
처 제	오늘 밤 그들이 올 것을요.
주 인	아, 아니야.
처 제	잡아떼지 마세요. 구경값 반절씩 나눠 갖자고, 형부가 그들한테 말했잖아요.
주 인	내가 미리 알았더라면, 돈부터 받고 들어오게 했을 거야!
처 제	(손님들에게) 죄송해요. 잠시 소란스러워서…… 하지만 다시는 그런 일 없을 거예요. 안심하시고 방에 들어가 주무세요.
은퇴자	글쎄, 지금 기분으로는 못잘 것 같소. 옹헤야 하면서 무덤을 파는데, 웃을 수도 없고, 울 수도 없고…….
변호사	나도 그렇습니다. 기분 좋게 마신 술이 확 깨면서, 오던 잠이 달아났어요.
사업가	우리 한 잔씩 다시 합시다!
은퇴자	그게 좋겠소!

사업가	이번 술값도 내가 냅니다!
변호사	이거 참, 번번이 고맙군요!
사업가	(여관주인의 아내에게) 21년짜리로 한 병 주세요!
아 내	네, 갖다 드리죠!
처 제	안돼요, 술은!
아 내	(처제의 말을 무시하고 지하방의 뚜껑을 연다.)
처 제	형부, 언니 좀 말려요!
주 인	(지하방 뚜껑을 닫는다.) 금주령이야, 좆같이!
사업가	금주령……? 아까 저녁 식사 때는 됐는데, 지금은 안 되는 이유가 뭡니까?
처 제	참으세요, 오늘밤은. 내일 아침엔 얼마든지 드실 수 있어요.
변호사	난 변호사입니다. 법률적으로 열여덟 살 이상이면 시간의 제한 없이 술을 마셔도 됩니다.
아 내	(처제에게) 법률적으로는 된다잖아!
처 제	안돼요, 절대로!
은퇴자	무슨 고집인지 모르겠군. 기분전환으로 가볍게 한 잔 하겠다는 거요, 우리는.
처 제	처음엔 한 잔으로 시작하죠. 그랬다가 두 잔, 석 잔…… 나중엔 술이 사람을 마셔요. 그리고는 술 안 마신 사람에게 시비를 걸죠.
사업가	듣자하니 이상하네. 우리가 그런 몰상식한 짓을 할 것 같소?
외판원	충분히 그럴 염려가 있습니다.
사업가	뭐요……?
외판원	솔직하게 말씀드리죠. 술 마시는 분들이야 기분 좋겠지만, 못 마시는 사람들 기분은 나쁘거든요.
변호사	제법 말씀을 잘 하시는군. 직업이 뭐요?
외판원	정수기 외판원이죠.
변호사	정수기 외판원?
외판원	건강을 위해 구입하세요. 수돗물을 깨끗하게 걸러먹는 정수

기, 10개월 할부로 드립니다.

배선공 (사업가에게) 돈 많은 분 같은데 우리에게도 술 한 잔 사시죠.

사업가 난 부동산 사업가요. 싼 땅을 사서 개발해 비싸게 팔고 있소. 하지만 내가 아무리 돈을 잘 벌어노 당신들한테는 술을 사고 싶지 않아. 왜냐…… 왜냐하면…… (소리 내어 웃으며) 하하하, 21년짜리 위스키는 당신들이 먹기엔 아깝기 때문이요!

배선공 우리를 비웃고 있군!

배관공 기가 막혀……!

주 인 분위기가 좆같이 썰렁해! (주방을 향해 외친다.) 주방장, 뭐해? 삶은 계란 가져와!

주방장, 냄비를 들고 나온다.

주방장 이건 계란이 아닙니다.

주 인 아니면 뭐야?

주방장 둥그런 돌멩이죠! (냄비를 식탁 위에 놓는다.) 끓여도 끓여도 삶 아지지 않아요!

주 인 (냄비 속에 든 것을 꺼내 식탁에 두드린다.) 이거 진짜 좆같은 돌멩 이네!

변호사 배가 출출해서 삶은 계란 먹고 싶었는데…….

은퇴자 되는 일이 없군, 오늘 밤은.

아 내 아직 실망마세요. 술보다 좋고, 삶은 계란보다 좋은 게 있거 든요.

사업가 그게 뭡니까?

아 내 여자에요, 여자. 매일 밤 우리 여관엔 예쁜 여자들이 몸 팔려 고 온답니다.

처 제 언니, 안 돼요!

아 내 안 된다, 안 된다, 넌 모든 걸 안 된다고만 하는구나. 여긴 여 관이야. 감옥이나 수도원이 아니라구. 손님이 죄수냐? 손님이 머리 깎고 도 닦아? 여관에서 손님은 술도 마실 수 있고, 섹스도 할 수 있어.

처 제 그래서 사람이 죽어도 괜찮다는 거예요?

아 내 내가 언제 괜찮다고 했냐?

처 제 방금 그랬잖아요.

아 내 오해마라, 내 말을. 이것도 못하게 하고, 저것도 못하게 하면 문제가 생겨. 오히려 적당히 하게 둬야 탈이 없지.

처 제 난 언니 속셈을 잘 알아요. 손님들이 이것저것 해야 돈을 벌거든요. 심지어 언니는 몸 파는 여자들을 불러들여 화대 반절을 빼앗아 갖죠.

아 내 장소 사용료다, 그건. 우리 여관 아니면 그 여자들이 어디서 몸을 팔겠냐?

주 인 맞아. 당연히 자릿세는 내놔야지!

아 내 (손님들에게) 그 여자들은 정말 불쌍해요. 이 허허벌판엔 마땅한 일자리가 없죠. 그래도 우리 여관이 있어서 굶어죽지는 않는답니다. (처제를 가리키며) 저년은 남을 동정할 줄 몰라요. 생각이 꽉 막혀서 안 된다고 할 뿐이죠. 하지만 우리 여관 손님들은 달라요. 불쌍한 여자들을 가련히 여기시고 사랑해주실 거예요.

주 인 당신 아주 감동적이었어! 어때? 처제도 감동받았지?

처 제 언니가 뭐라고 하든, 난 여자들을 돌려보내겠어요.

아 내 그게 네 마음대로 될까? 손님들이 싫어하면 여자들은 제 발로 돌아가. 하지만 손님들이 좋아하는데 왜 가겠냐? 여관에선 손님들 생각이 가장 중요해. 그런데 넌 너의 똥고집대로 하려고 그래?

처 제 형부가 언니 간섭 좀 막아주세요! 모든 걸 나에게 맡긴다 했으면 간섭을 말아야죠.

주 인 (아내에게) 당신은 가만히 있어. 그리고 처제도 가만 있으라구. 이건 손님들의 현명하신 판단에 맡기는 게 좋아. (손님들에게)

방에 들어가실 분은 가시고, 여기 계실 분은 계시고, 알아서들
하십쇼!

은퇴자 (손목시계를 보며) 가만있자…… 눈이 침침해서…… 지금 몇 시
요?

변호사 (자신의 손목시계를 본다.) 이제 겨우 9시 40분입니다.

아 내 10시쯤엔 오니까, 얼마 안 남았군요.

손님들, 하나둘씩 식탁 의자에 앉는다. 주방장, 냄비 속의 계란을 꺼
내더니 식탁에 탁탁 두드려 껍질을 깬다. 손님들의 시선이 주방장에
게 쏠린다.

주 인 어어…… 주방장, 그게 뭐야?

주방장 계란입니다.

주 인 마술이군, 마술!

주방장 (껍질 벗긴 계란을 먹으며) 아뇨. 나 먹으려고 진짜 계란 하나를
삶았죠. 여러분, 먹고 싶죠? 돌멩이는 냄비 속에 많아요. 그거
라도 하나씩 꺼내 드세요!

무대 조명, 암전한다.

2막

여관 손님들, 식탁 의자에 앉아 있다. 변호사와 외판원, 거의 동시에 팔을 치켜들고 손목시계를 바라본다.

변호사 왜 자꾸만 시계를 봅니까?

외판원 선생께서는요?

변호사 나는 기다리는 사람이 있지만, 그쪽은 없을 텐데…….

외판원 나도 기다립니다.

변호사 그래요?

배선공 (옷소매를 걷고 손목을 바라본다.) 음…….

사업가 시계도 없으면서, 뭘 보는 거지?

은퇴자 난 눈이 침침해서…… (여관 주인의 아내에게 팔을 내밀며) 실례지만, 내 시계 좀 봐주겠소?

아 내 (은퇴자의 손목시계를 본다.) 10시 35분이네요.

사업가 내 시계는 10시 37분입니다.

변호사 10시 36분이죠, 내 시계는.

외판원 다들 나보단 느리군요. 내 시곈 10시 42분입니다.

사업가 그건 너무 빠른 것 같군.

외판원 빠른 게 좋은 겁니다. 1분이 1년, 10분이 10년처럼 지루하게 느껴질 때는.

배선공 정말 답답하군. 시계가 없으니까 더 답답해.

배관공 기가 막혀……!

변호사 도대체 어찌된 거죠? 여자들이 10시쯤 온다더니 11시가 됐는데도 나타나지 않습니다!

아 내 조금만 더 기다려요.

변호사 혹시 문 밖에서 못 들어오게 막는 건 아닙니까?

아 내	막는다니, 누가요?
변호사	똥고집이…… 안보입니다.
아 내	그년은 화가 나서 자기 방으로 들어갔어요.
주 인	빙에 들어박혀 잘 웁니다, 좆같이!
아 내	울면서 중얼중얼 기도를 하죠.
은퇴자	기도를……?
아 내	신은 안 믿는데, 기도는 열심히 하죠.
은퇴자	그거 참 희한하오!

대학생, 방에서 나온다. 그는 책을 든 채, 목독하면서 공동화장실을 향해 걸어간다.

배선공	지금 화장실에 사람 있어요!
학 생	네……?
배선공	화장실에 주방장 있다구요.
주 인	삶은 계란 혼자 먹더니만, 그게 배탈 났거든!

공동 화장실의 수세식 변기 물 내리는 소리가 들린다. 주방장, 나온다. 학생, 들어가지 않고 망설인다.

주방장	괜찮아, 들어가도.
학 생	냄새가…….
주방장	냄새 안나. 난 변비거든. 인상 쓰면서 앉아만 있다가 나온 거라구.

대학생, 공동 화장실로 들어간다.

주 인	배탈 난 게 아냐? 그럼 왜 그렇게 오래 있었어?
주방장	변비니까 오래 있었죠. 어, 손님들이 그대로 앉아 계시네? 얼

굴을 잔뜩 찌푸린 모습이니 꼭 뭘 못 싼 것 같군요.

주 인   쓸데없는 소리!

아 내   내 동생한테나 가보시지. 기도하면서 울고 있거든.

주방장   (식탁의자에 앉으며) 가봐야 소용없어요.

주 인   왜……?

주방장   울 때는 무슨 말을 해도 안 들어요. 더구나 기도할 때는……
난 그냥 주방에 들어가 있겠습니다.

주방장, 주방으로 들어간다.

은퇴자   내가 생각해봤소. 여자들이 왜 안 올까…… 황사 때문이요, 황
사. 낮에도 짙은 안개 속 같은데, 밤에는 완전히 눈을 가려 안
보일 거요.

변호사   (손목시계를 바라본다.) 지금은 11시입니다.

외판원   11시 6분이죠, 내 시계는.

사업가   괜히 시간만 낭비했군. 다들 일어납시다!

아 내   틀림없이 와요. 눈은 안 보여도 코가 있거든요. 돈 많은 손님
냄새 맡는 코가!

여관 문이 열린다. 홑이불 같은 천으로 온몸을 둘둘 감싼 여자 세 명
이 들어온다.

아 내   보세요! 기다리던 여자들이 왔어요!

주 인   어딜 헤매다 이제 오는 거야?

여자들   죄송해요…….

여자들, 온몸에 감쌌던 천을 풀어헤친다. 황사가루가 뿌옇게 휘날
린다.

사업가	온몸이 모래투성이군!
아 내	씻으면 깨끗해요.
변호사	자세히 봐야 알겠는데. 여자들이 어떻게 생겼는지…….
아 내	(여자들에게 손짓한다.) 가까이 와, 손님들 쪽으로!

여자들 식탁으로 다가온다. 손님들이 여자들을 살펴본다.

변호사	자세히 보니까 저 여잔 젊고, 또 저 여자는 어리고…… 저 여자는 늙었군.
아 내	잘 보셨어요. 저 가운데가 어린 소녀에요.
변호사	소녀라면 법적으로 미성년자인데…….
사업가	여자를 꼭 법적으로 봐야합니까? 예쁘냐, 밉냐, 미적 관점으로 봐야지!
변호사	(외판원에게) 그쪽은 여자를 어떤 관점으로 봅니까?
외판원	우린 사실 그대로 봅니다.
배선공	(배관공에게) 자넨 누가 제일 예뻐?
배관공	(어린 여자를 가리키며) 기가 막혀!
사업가	저 어린애는 내가 점찍었어!
배관공	기가 막혀! 기가 막혀!
아 내	(손뼉을 치며) 손님들, 제 말씀 좀 들으세요!
주 인	들어요, 들어! 우리 마누라가 할 말이 있다는군!
아 내	부디 이 여자들에게 동정과 자비를 베푸세요. 이 여자들은 불쌍하고 가련해요. 허허벌판 황무지에서 부양할 가족들은 많은데, 일거리는 없고, 먹을 것도 없어요. 그나마 다행인 건, 여기 이렇게 우리 여관이 있다는 거예요.
사업가	아까 그 말은 들은 것 같은데…….
변호사	들었어요, 분명히.
배선공	(배관공에게) 자네도 들었지?
배관공	기가 막혀! 기가 막혀!

아 내	이미 들었다고 시큰둥하면 안돼요. 이젠 직접 들어보세요. 제가 했던 말이 아주 실감날 걸요. (여자들에게 묻는다.) 손님들께 말씀드려. 각자 먹여 살리는 가족이 몇 명이야?
어린여자	저는요…… 오빠가 두 명, 동생 세 명…… 엄마는 아파요.
젊은여자	저의 아빠 죽었어요. 엄마도 죽었구요. 하지만 언니와 동생이 많아요.
늙은여자	전 대가족이에요. 할머니, 할아버지, 남편, 자식이 일곱. 거기에 남편의 동생 둘까지 합쳐서 그래요.
사업가	남편은 뭘 해? 그냥 놀고 먹나?
늙은여자	무덤을 파죠. 하지만 그 일 가지곤 입에 풀칠도 못해요.
외판원	정말 불쌍하군!
변호사	우리가 저 불쌍한 여자들을 어떻게 도와줄 수 있는지 의논해봅시다.
은퇴자	그걸 의논하려면 조용한 곳이 필요한데…….
사업가	(계단 밑을 가리키며) 저쪽이 어떻습니까?
변호사	좋아요. 우리가 갑시다.

사업가, 공직 은퇴자, 변호사, 식탁에서 일어나 계단 밑으로 간다.

배선공	뭐야? 저 사람들만 가네?
배관공	기가 막혀……!
외판원	우리도 따라가서 의논합시다.
아 내	저쪽은 저쪽대로, 이쪽은 이쪽대로 하세요.
늙은여자	우선 물 좀 주세요, 물. 어찌나 황사가 심한지 목구멍에 모래가 가득 찼어요.
주 인	(주방을 향해 외친다.) 여봐, 주방장!

주방장, 주방에서 얼굴을 내민다.

주방장	부르셨습니까?
주 인	여기 물 좀 갖다 줘!
주방장	알았어요.

주방장, 들어간다. 외판원, 여자들에게 식탁을 가리킨다.

외판원	앉아요. 서 있지만 말구.
여자들	(머뭇거린다.) 네…….
아 내	손님이 앉으라면 앉아!

여자들, 식탁 의자에 앉는다. 주방장이 주전자와 잔들을 쟁반에 담아 들고 나온다.

주방장	아예 주전자 채 가져왔습니다.
외판원	마셔요, 물.
여자들	네…….

여자들, 주전자의 물을 잔에 따라 마신다. 배관공, 일어나서 어린 여자에게 다가간다.

배선공	(외판원에게) 내 친구가 저 여자에게 반했나봐요. 눈도 예쁘고, 코도 예쁘고, 입술도 예쁘고…….
배관공	기가 막혀! 기가 막혀!

대학생, 화장실에서 나온다.

주방장	화장실에서 살다가 나오는군.
학 생	이 책 다 읽었어요. 결론이 기막혀요!
배관공	기가 막혀! 기가 막혀!

배선공	학생, 이리 와서 예쁜 여자를 봐요. 예쁜 여자가 있어.
학 생	(식탁으로 다가온다.) 새로 오신 손님들인가요?
늙은여자	우린 몸 팔러 왔어요. (학생 얼굴을 어루만지며) 도련님은 참 잘 생기셨네. 오늘밤 나하고 어때요?
아 내	가만있어, 꼬리치지 말구!
외판원	(자기 옆 의자를 가리키며) 학생, 여기 앉아요. 마침 의논할 게 있으니까.
학 생	(외판원 옆에 앉는다.)
외판원	(학생의 귀에 대고 낮은 목소리로) 비상금 있어요?
학 생	비상금……?
외판원	숨겨둔 돈 있냐구요.
학 생	갑자기 돈은…… 왜요?
외판원	있다, 없다, 그것만 말해요.
학 생	어디 뒀더라…… 어떤 책 속에 넣어둔 것 같은데, 생각해보구요.

계단 밑에서 머리를 맞대고 의논하던 사업가, 공직 은퇴자, 변호사가 식탁으로 되돌아온다.

변호사	우린 의논을 끝냈습니다. 세상이 각박할수록 더욱 힘껏 불쌍한 사람들을 돕자는데 의견이 일치했지요. 그래서 우리는 여자 둘을 돕기로 했습니다. 처음엔 여자 셋 모두를 우리가 맡아 돕는 것이 어떠냐, 그런 의견이 있었지만, 우리가 모두 독차지할 경우 다른 손님들이 기분을 불쾌하게 만들 우려가 있기에, 저 늙은 여자는 양보하기로 했습니다.
외판원	그러니까 뭡니까, 당신들 남자 셋이 젊은 여자 둘만 차지하겠다 그거군요?
변호사	(주인에게) 비싼 방 있지요? 목욕탕 갖춘 방 말입니다.
주 인	물론이요, 위층에.

변호사	우선 여자들은 목욕부터 해야겠지요. 그동안 우리 셋은 누가 먼저 그 방에 들어가느냐, 순서를 정할 겁니다.
사업가	순서는 무슨 순서요? 셋이 한꺼번에 들어가면 되는 거지!
은퇴자	넌 불리할 텐데, 한꺼번은…….
사업가	걱정 마십시오, 더 재밌으니!
변호사	(아내에게) 돈은 누구에게 지불해야 합니까? 여자들한테? 아니면 여관 주인께……?
아 내	나에게 주세요. 내가 반절씩 나눌 테니까.
변호사	우리 셋이 공동으로 거둔 자선금, 여기 있어요. 물론 이 안에는 방 하나 빌린 것도 포함되어 있습니다.

변호사, 두툼한 돈다발을 아내에게 준다. 여관 주인, 어린 여자와 젊은 여자에게 말한다.

주 인	나를 따라오라구. 비싼 방, 위층에 있어.
변호사	자, 그럼 우린 올라갑시다.
아 내	(머뭇거리는 여자들에게) 뭣들 해? 손님들이 올라가자면 올라가야지!
외판원	잠깐만! (학생에게) 어떤 책인지 비상금 생각났어요?
학 생	만 원짜리 몇 장을 넣어두긴 했는데…… 그게 아직 생각나질 않아요.
외판원	사람 죽이는군, 완전히!

여관 주인, 위층 손님들, 여자 둘, 위층으로 올라간다. 여관 주인은 여자들을 위층 끝 방에 들여보낸다. 위층 손님들은 각자 방으로 들어간다. 주인, 아래층으로 내려온다. 외판원, 식탁을 주먹으로 내리치며 벌떡 일어선다.

| 외판원 | 이건 말도 안 돼! |

주방장	아이구, 물 주전자 엎어질 뻔했네!
아 내	왜 큰소리를 치죠?
외판원	(분노하여 식탁을 맴돈다.) 도대체 이런 법이 어디 있습니까!
주 인	법? 법이라면 변호사한테 물어보구려.
외판원	뻔뻔스러운 놈, 입에 침도 안 바른 채 그놈은 이렇게 말했어요! "우리가 모두 독차지할 수 있지만, 저 늙은 여자는 양보하겠다……" (늙은 여자 앞에 멈춰 선다.) 그런 모욕적인 소릴 듣고 가만있어요? 벌떡 일어나 그놈 뺨따귀를 후려쳐야죠!
늙은여자	뺨을 때려요……?
외판원	지금이라도 쫓아가서 쳐요!
늙은여자	그 양반 말씀 듣고 저는 가슴이 뭉클했어요. 늙은 저를 여러분이 사랑하도록 부탁하셨거든요.
주 인	매우 간절하게 부탁했어!
늙은여자	그렇게 간절히 부탁했는데, 여러분이 저를 사랑 안 하시면 그분 심정이 어떻겠어요? 무척 섭섭하게 느끼겠죠.
외판원	미치겠군! 미치겠어!

외판원, 가슴을 치며 식탁 주위를 맴돈다.

학 생	난 뭐가 뭔지 모르겠어요. 화장실에서 책을 읽고 나왔더니, 엄청난 일이 벌어진 것 같은데…… 누가 설명 좀 해주세요.
배선공	한마디로 말해주지. 눈도 예쁘고, 코도 예쁘고, 입술도 예쁜 여자를 빼앗겼어!
배관공	기가 막혀! 기가 막혀!
외판원	내가 분노하는 이유는 설명이 필요 없어! (위층을 가리키며) 직접 눈으로 봐, 저 광경을!

위층 손님들, 파자마를 입고 각자 방에서 나와 여자들의 방으로 들어간다.

외판원 파자마로 갈아입었군, 모두! 어떤 놈은 급했는지 단추도 안 잠궜어! 늑대들처럼 침을 질질 흘리며 우루루 몰려가서는 그 어리고 젊은 양들을 사정없이 물어뜯겠지! 미치겠군, 미치겠어! 다 저 모양이야, 늙은 것들은! 윤리도 없고, 도덕도 없어! 나이 들면서 몽땅 다 썩었다구!

학 생 나이 많다고 다 그렇지는 않죠. 우리 아버지는 점잖으신 분입니다. 언제나 품위 있어서 가족의 존경을 받습니다.

외판원 집에서는 점잖지! 우리 아버지도 그랬으니까! 하지만 집 밖으로 나오면 인간이 확 달라져! 염치고 뭐고 전혀 가리는 게 없다고! 자기 아버지는 예외라고 착각하지 마!

위층 끝 방, 웃음과 교성이 뒤섞여 들린다. 아래층, 처제가 지하방의 뚜껑을 열고 올라온다.

주 인 나왔어, 처제가…….

아 내 또 골치 아프겠군요, 저 똥고집 때문에. (처제에게) 눈이 퉁퉁 부었다, 너. 적당히 울지, 너무 많이 울었구나!

외판원 (식탁 주위를 돌며) 미치겠네! 미치겠어!

주 인 처제가 이 사람 좀 진정시켜.

아 내 우린 달래느라 지쳤다. (식탁 의자에서 일어나며) 이젠 방에 들어가 쉬고 싶어. (주인에게) 여보, 일어나요. 당신도 쉬셔야죠.

주 인 그래, 좆같이 피곤해.

아 내 (늙은 여자에게) 돈 받으면 반절 줘, 떼먹지 말고.

늙은여자 드리고 말구요, 마님.

주인과 아내, 지하방으로 내려간다. 처제, 식탁의 빈 의자를 끌어내 외판원 앞에 놓는다. 맴돌던 외판원이 의자에 가로막혀 멈춘다.

외판원 미쳐! 미쳐!

처 제	여기, 앉으세요.
외판원	미쳐! 내가 미친다구!
처 제	차분히 앉아서 말로 해요.
외판원	난 할 말 없어요!
처 제	미칠 지경인데, 왜 할 말이 없겠어요? 속 시원히 다 말씀하세요.
주방장	(배선공에게 처제를 가리키며) 잘 봐요. 아까하곤 다르죠?
배선공	다르다뇨……?
주방장	안 된다, 안 된다, 뭐든지 안 된다고만 하더니 이젠 할 말을 다 하라는군요.

외판원, 의자에 털썩 주저앉아 가쁜 숨을 몰아쉬며 말한다.

외판원	난 늙은 놈들이 싫어요! 내가 외판원이라서 잘 압니다. 새로 나온 물건을 들고 이 집, 저 집 다녀보면, 늙은이들은 설명을 듣기도 전에 머리부터 흔들어요! 새것이 옛것보다 좋은 게 하나도 없다니, 늙은이는 아주 보수 꼴통이죠! 특히 돈 좀 있는 늙은이는 더 지독해요. 개가 와서 짖어도 내다는 볼 텐데, 그 돈 많은 것들은 인간이 개보다 못한지 쳐다도 안 봐요. 가난한 사람들은 그렇지 않습니다. 비록 돈이 없어서 사지는 못해도, 새로 나온 물건에 관심을 보이고 내 설명을 귀담아 듣죠. 나에게 문을 열어 주는 건 가난한 젊은이지 돈 많은 늙은이가 아닙니다! 늙은이들은 나이가 많을수록 고집 세고, 돈이 많을수록 오만하고, 지위가 높을수록 악랄하죠!
배선공	맞아! 늙은 것들은 모두 다 그래!
배관공	기가 막혀! 기가 막혀!
학 생	우리 아버지는 아닌데…….
배선공	입 닥쳐! 똑같이 나쁜 놈들이야!
처 제	그렇군요, 듣고 보니……. 하지만 사람이란 누구나 다 늙어요.

외판원 무슨 엉뚱한 소립니까, 지금?

처 제 언제나 젊을 수는 없죠. 그러니깐 늙은 자기 모습을 상상해보세요. 젊은 시절엔 가난했지만 나이 들면서 돈도 많이 벌고, 젊은 시절 멸시를 당했지만, 늙어서는 명예도 생기고 지위도 높아진 자기 자신을요.

외판원 미치겠네! 난 그런 건 생각 안 합니다!

처 제 입장 바꿔 생각하세요. 젊을 때만 생각하지 말고, 늙은 때도 생각해야 이해가 되고, 화도 풀려요.

외판원 난 그렇게 못해요! (의자에서 벌떡 일어나 이층을 가리키며) 입장 바꿔 생각할 놈들은 저기 있습니다! 충고를 하려거든 저 늙은 놈들한테나 하세요!

처 제 난 말할 거예요. 위층 손님들에게도 제발 젊은 시절을 생각해보라구요.

외판원 그럼 지금 당장 올라가서 해요! 너희는 젊은 시절 없었냐, 어찌 너희가 그때를 잊고 젊은이를 멸시하느냐, 이렇게 꾸짖고 야단쳐요!

배선공 나쁜 놈들! 아무도 꾸짖지 않으니까 못된 짓만 하는 거야!

배관공 기가 막혀! 기가 막혀!

외판원 왜 망설이죠? 못하겠거든 우리에게 맡겨요. 우리가 당장 올라가서 말할 테니…….

배선공 올라갑시다, 올라가!

처 제 (계단을 향해 올라가며) 내가 가죠!

주방장 (뛰어가서 처제를 붙잡는다.) 갈 것 없어, 지금은! 벌거벗은 젊은 여자 둘에 알몸뚱이 늙은 남자 셋이 뒤엉켜있는데, 무슨 말을 해도 들을 형편이 아냐.

처 제 지금이 아니라면 언제 말하죠?

주방장 (처제를 끌고 내려온다.) 글쎄…… 그건 나도 몰라.

외판원 미치겠군! 미치겠군!

주방장 (외판원이 앉았던 의자를 식탁 옆으로 옮기며) 우선 이 의자를 치우

	고…… (외판원에게) 계속 돌겠소? 물이라도 마시면서 쉴 거요?
외판원	난 올라갑니다, 올라가!
주방장	당신 올라가서 그들이 하고 있는 짓 보면 진짜 확 미쳐요! (식탁으로 외판원을 데려간다.) 차라리 물마시고 진정하는 게 낫지.

외판원, 식탁 의자에 앉는다. 주방장, 주전자에 든 물을 잔에 부어준다. 외판원, 벌컥벌컥 마신다.

외판원	상상만 해도 너무너무 열 받아!
늙은여자	열 받을 땐 물 가지곤 안돼요. 몸으로 식혀야지.
학 생	비상금 생각났어요! 어떤 책에 뒀는지 이젠 생각났다구요!
늙은여자	(대학생의 손을 잡아 일으켜 세우며) 도련님, 방으로 가요.
배관공	기가 막혀! 기가 막혀!
주방장	(배관공에게 물을 따라 주며) 자, 이 물 마시고 방으로 들어가요. (배선공에게도 물을 주며) 당신도 아무 생각 말고 잠이나 자요.

늙은 여자, 대학생과 함께 방으로 들어간다. 배선공, 배관공, 물을 마신 다음, 각자 방으로 들어간다. 외판원, 일어나 자기 방으로 들어가며 부르짖는다.

외판원	미쳐! 내가 미쳐!
주방장	(처제에게) 왜 그렇게 서 있어?
처 제	(침묵)
주방장	내 말 들려?
처 제	들려…….
주방장	당신 태도가 많이 달라졌어. 무조건 안 된다더니, 이젠 방법을 바꾼 거야?
처 제	이렇게도 해보고, 저렇게도 해봐야죠.
주방장	하지만 효과가 있을지는 의문이야. 아까 젊은 사람들, 당신이

설득했지만 반발하던 걸.

처 제 나를 좀 도와줘요. 도와줄 사람은 당신밖에 없어요.

주방장 도와줬잖아. 방금 전에도 아래층 사람들이 위층으로 올라가지 못하게, 내가 막았다구. 그냥 두었다면 큰일 낫겠지. 난장판이 벌어지면서 몇 사람 죽었을 거야.

처 제 지금 몇 시죠?

주방장 (손목시계를 본다.) 음, 자정 넘어 12시 15분.

처 제 다행이에요. 아직 죽은 사람이 없어서. 12시 다음은 1시…… 2시…… 3시…… 4시…… 5시…… 6시…… 6시엔 해가 뜨겠죠.

주방장 6시면 일러. 7시가 되어야 해가 뜬다고. 황사 때문에 해가 떠봐야 흐릿하겠지만…… 그런데 잠 안자고 버틸 거야?

처 제 오늘 밤은 잠 안 자요.

주방장 혼자 울면서 단단히 결심했군. (식탁 위에 놓여 있는 대학생의 책을 집어들고) 이거 학생이 놓고 갔어. 무슨 책인지 궁금해. 여기 와서 읽어 봐.

처 제 당신이 읽어요.

주방장 난 글자 몰라!

처제, 식탁에 가서 앉는다. 주방장이 처제에게 책을 건네준다.

처 제 어딜 읽죠?

주방장 아무데나 펼치는 대로.

처 제 (책을 펼쳐들고 읽는다.) 우리의 일상적인 희망은…… 언제나 자기 동일성에 이르는 것이다. 이것은…… 자기 소외가 극복된 것을 의미한다. 자기 동일성이란…… 인식론적으로나 존재론적으로…… 자기 소외가 극복되고…… 자기 자신과 통합된 것을 말한다…… 너무 어렵군요.

위층 끝 방, 파자마 바지만 입은 사업가가 다급하게 나온다. 그는 자기 방으로 뛰어간다.

주방장   어, 저 사람 왜 나왔지?

처 제   자기 방으로 들어갔어요. 뭣 때문일까요?

주방장   글쎄…… 우린 책이나 읽지.

처 제   (책을 읽는다.) 그런데 인간은…… 어째서 자기 소외적 인간이며 어째서 영원한 자기 동일성에 이르지 못하는가…… 이젠 더 못 읽겠어요. 방금 전, 저 사람이 신경 쓰여서…….

위층, 사업가가 방문을 열어젖힌다.

사업가   내 가방 없어졌다! (계단을 뛰어내려온다.) 내 서류가방, 내 귀중한 가방이 없어졌어!

처 제   (책을 떨어뜨리며 일어선다.) 가방이요……?

사업가   집 문서, 토지 문서, 몽땅 다 없어졌어!

주방장   잘 찾아보신 겁니까?

사업가   없다니까! 뭔가 갑자기 의심스런 느낌이 들어서, 내 방으로 달려가 확인하고 또 확인했다구!

주방장   아무도 이 여관을 나가지 않았는데, 가방만 없어지다니…… 그거 이상하군요.

사업가   내 말이 그 말이요! (아래층 방들을 가리키며) 저놈들이야, 저놈들! 내 가방을 훔쳐갈 놈들은 저놈들밖엔 없어!

처 제   괜히 증거도 없이 그런 말씀마세요.

사업가   증거는 저놈들이 갖고 있어! 저놈들이 내 서류가방을 갖고 있다구!

사업가, 아래층 방들마다 뛰어다니며 방문을 두드린다.

사업가　이 도둑놈들아, 내 가방 내놔!

아래층, 방문들이 열린다. 외판원, 배선공, 배관공이 성난 모습으로 나온다.

외판원　우리를 도둑이라니!
배관공　기가 막혀! 기가 막혀!
사업가　내 가방 내놔, 이 나쁜 놈들아!
배선공　난 당신 가방 보지도 못했어!
처　제　잠깐만요, 그 가방은 언니가 갖고 있을 거예요.
사업가　난 맡기지 않았어!
처　제　제가 확인해보죠.

처제, 여관 주인 부부의 지하방 입구에 가서 뚜껑을 연다.

처　제　언니, 가방 들고 나와!
아　내　(소리) 나 자는데 웬 소란이냐?
처　제　웬 소란인지 언니가 잘 알잖아! 어서 서류가방 돌려줘!

지하방 밑에서 여러 가지 가방들이 던져져 올라온다.

아　내　(소리) 자, 가방이다! 난 맡아서 보관할 뿐, 훔치진 않아!
주　인　(소리) 우리 마누라를 도둑 취급하면 섭섭하지!
아　내　(소리) 다 던져줬다! 가방 주인더러 직접 찾아보라고 그래!

사업가, 가방들 속에서 자기의 서류가방을 찾아낸다.

사업가　내 가방이야! 그런데…… 왜 여기 있지?
주　인　(소리) 맡겼으니 있지, 그게 저절로 걸어왔겠소?

아 내	잘 보관해줬더니 고맙다라는 소리는 안 하네.
사업가	내가 맡겼었나……? 가방 속을 봐야겠군.

사업가, 가방을 열고 서류들을 꺼내 확인한다.

사업가	땅 문서가 열하나, 집 문서 아홉…… 있군, 빠짐없이 다 있어. (지하방 밑을 향해 사과한다.) 미안합니다, 정말 미안해요. 내가 맡겨놓고는 깜빡 했군요. 이 가방은 내가 가져가겠습니다.
아 내	(소리) 마음대로 하세요. 가져가든가 맡기든가, 결국은 마찬가지죠.

사업가, 서류 가방을 들고 계단으로 올라간다.

외판원	여봐요, 우리한테는 미안하단 말 안 해요?
사업가	(못 들은 척 계단을 올라가 자기 방으로 들어간다.)
배선공	사과도 않고 그냥 가다니, 저런 나쁜 놈!
배관공	기가 막혀!
아 내	(지하방에서 얼굴을 내민다. 처제에게) 너, 이것들 내 방 속에 집어넣어!
처 제	언니…….
아 내	너 때문에 다 꺼내놨잖아!
처 제	알았어요. 내가 집어넣죠.

여관 주인의 아내, 지하방 밑으로 들어간다. 처제가 흩어져 있는 가방들을 하나씩 옮겨 지하방 밑으로 집어넣는다.

주방장	내가 도와주지.
처 제	괜찮아요.

주방장, 처제를 도와서 가방들을 지하방 밑에 집어넣는다. 외판원, 배선광, 배관공에서 가깝게 오도록 손짓한다.

외판원 우리가 좋은 일 좀 합시다. 내가 망 볼 테니 당신들은 위층으로 올라가 그놈 가방을 뺏어요. 그 속에든 땅 문서, 집문서 봤죠? 순진하고 가난한 사람들을 속여서 헐값으로 샀을 겁니다. 가방을 빼앗아 문서들을 꺼내 몽땅 찢어버립시다!
배선공 그런 나쁜 놈은 혼을 내야 해요. (배관공에게) 자, 올라 가자구!
배관공 기가 막혀! 기가 막혀!

배선공과 배관공, 위층으로 올라간다. 외판원, 가방들을 지하방에 집어넣는 처제와 주방장의 동태를 살핀다. 배선공과 배관공, 사업가의 방문을 밀고 들어간다. 사이. 대학생의 방문이 열린다. 늙은 여자가 나와서 배선공의 방문을 두드린다.

늙은여자 다음 차례, 문 열어요.
외판원 쉿…… 그 사람 자요.
늙은여자 (배관공의 방문을 두드린다.) 나, 왔어요!
외판원 그 사람도 잡니다.
늙은여자 자다니, 그럴 리가……?

늙은 여자, 배관공의 방문을 열려고 한다. 외판원이 늙은 여자를 제지시킨다.

외판원 저기, 내 방에 들어가 있어요.
늙은여자 나 혼자요?
외판원 나도 곧 갈 테니 기다려요.
늙은여자 시간 없어요. 빨리 해요.

늙은 여자, 외판원의 방으로 들어간다. 사업가의 방에서 배선공과 배관공이 나와서 다급하게 계단을 내려온다.

배선공　가방 빼앗아 문서들을 발기발기 찢었죠!

배관공　기가 막혀! 기가 막혀!

외판원　잘 했어요.

배선공　그런데 그놈이 반항해서…… 몇 대 때렸더니 얌전히 있더군요.

배관공　기가 막혀! 기가 막혀!

외판원　어서 방으로 들어가요.

배선공과 배관공, 외판원, 각자 방으로 들어간다. 여관 주인의 지하방, 주인과 아내가 고개를 내민다.

주 인　처제, 수고했어.

아 내　그런 소리 말아요! (처제에게) 넌 쓸데없이 수고한 거야!

주인과 아내, 지하방 뚜껑을 닫는다. 주방장, 식탁으로 가서 의자에 앉는다. 처제, 바닥에 떨어져 있는 학생의 책을 집어 든다. 위층 끝 방, 변호사가 나온다. 그는 아래층을 향해 묻는다.

변호사　위층 손님 못 봤어요?

주방장　어떤 손님이요?

변호사　사업가요. 뭘 찾으러 나가더니 돌아오질 않아요.

주방장　아, 그 손님은 자기 방에 계십니다.

변호사, 사업가의 방으로 가서 문을 두드린다.

변호사　뭘 하십니까? 빨리 나오세요!

위층 끝 방, 여자들이 나온다. 공직 은퇴자가 여자들을 붙잡는다.

은퇴자 벌써 가면 안 돼!
변호사 방 안에 없어요?
은퇴자 더 놀아, 재미있게!

변호사, 사업가의 방문을 연다. 머리가 온통 피범벅인 사업가, 방문 밖으로 나오더니 털썩 주저앉는다.

변호사 어…… 여봐요!

변호사, 주저앉은 사업가를 일으켜 세운다. 그러나 사업가는 힘없이 쓰러진다.

변호사 죽었다! 사람이 죽었어!

여자들, 비명을 지르며 계단을 뛰어 내려온다. 외판원의 방문이 열린다. 늙은 여자가 나온다. 외판원이 방안에서 소리 지른다.

외판원 왜 하다말고 가는 거야?
늙은여자 우린 갈 시간이에요!

여자들, 여관 밖으로 달려 나간다. 무대 조명, 암전한다.

3막

공직 은퇴자와 변호사, 겁에 질린 모습으로 식탁 의자에 나란히 앉아 있다. 주방장, 그들을 보호하듯이 곁에 서서 지킨다. 처제, 은퇴자와 변호사의 맞은편에 앉아서 침묵하고 있다.

변호사 살인입니다, 살인……!

은퇴자 몸이 떨려…… 나 혼자는…… 방에 있지 못하겠소.

변호사 나도 혼자 있기 두려워 나왔어요.

은퇴자 여긴 괜찮을지 몰라…….

주방장 염려 마십쇼. 제가 지켜드리고 있잖습니까?

변호사 우린 알아요, 누가 죽었는지. (아래층 방들을 가리키며) 저놈들입니다, 저놈들. 잔인하게 머리가 깨지도록 내리쳐서 죽인 겁니다.

은퇴자 방 안이 온통 피야, 피…….

변호사 저놈들은 우리도 죽일 거예요!

은퇴자 이걸 어쩌지……? 난 손이 떨리고, 발이 떨려서…… 달아날 수가 없어.

주방장 달아나면 더 위험하죠. 캄캄한 밤, 황사바람은 불고, 아무것도 안보입니다.

변호사 그렇다고 여기 있다가는 목숨이 위험합니다.

은퇴자 옳은 말씀이오. 우리도 살기 위한 대책이 필요하오. 그런데…… 무슨 대책이 있소?

처 제 겁먹지 마세요. 겁먹으면 괜히 더 무섭고 두려운 거예요.

은퇴자 무슨 대책이 있느냐고 물었소!

처 제 젊은 시절을 생각하세요.

변호사 네……?

은퇴자	누구의 젊은 시절을……?
처 제	젊었던 자기 모습을 생각하고, 자기가 겪은 일들을 생각하세요.
변호사	그게 무슨 말씀인지……?
처 제	그래야 지금 젊은 사람들을 이해하고, 마음이 통해서, 서로 죽지 않고 살 수 있어요.
은퇴자	젊은 시절…… 젊은 시절이라…….
변호사	이런 위급할 때, 한가하게 옛 시절이 생각나요?
은퇴자	생각났소. 난 젊은 시절, 행실이 바른 청년이었어. 겸손하고…… 정직하고…….
변호사	물론 나도 그랬지요! 부지런히 일 많이 했어요!
은퇴자	요즘 젊은 놈들은 건방져!
변호사	달라도 너무 달라요! 요즘 젊은 것들은 불평 불만이 가득할 뿐…… 옛날의 우리하곤 전혀 달라요!
처 제	다르다고 생각하면 죽어요. 같다고, 똑같다고 생각해야 살죠.
변호사	같은 게 없다니까요! 우린 젊었을 때 스스로 노력하는 인간이었어요. 모든 걸 땀 흘려서 얻은 겁니다. 그 예로 나를 보세요! 난 가난한 부모한테 받은 것 하나 없었어요. 학교도 내 힘으로 돈 벌어 다녔죠. 그러면서 열심히 공부하였고, 마침내 고등고시에 합격, 유능한 변호사가 됐습니다. 그런데 우리 아들을 보세요! 우리 아들놈은 빈둥빈둥 놀기만 해요. 제발 너도 뭣 좀 해라, 내가 타이르면 어쩌는지 아세요? 나를 비웃는 얼굴로 쳐다봅니다. 열심히 공부해서 변호사 됐다고 자랑마라, 기껏 하는 짓이 부정 부패한 놈들 재판할 때 편들어 주는 것밖엔 없잖느냐, 그런 냉소적 표정이죠!
은퇴자	아주 버릇이 없어, 버릇이! 젊은 놈들은 오히려 우리를 꾸짖어! 부(富)는 착취, 권세는 모략, 사회적 명성은 술수, 모든 걸 그런 식으로 얻은 줄 알아! 젊은 놈들, 무서워. 우리를 완전히 죄인 취급해!

공직 은퇴자, 식탁 위의 주전자를 끌어당긴다.

은퇴자 어찌나 무서운지…… 바싹바싹 목이 말라…… (떨리는 손으로 주전자 뚜껑을 열고 들여다보며) 이거 물인가 술인가……?

주방장 물입니다. 잔을 가져오죠.

은퇴자 여기 잔 있는데…….

주방장 이미 사용한 겁니다.

은퇴자 저놈들이 마신 잔이군. 잔은 필요 없소. 난 이 주전자의 물 안 마실 테니까…….

은퇴자, 주전자 뚜껑을 닫고 밀어놓는다.

변호사 이 세상을 만든 건 우리입니다. 우리가 인생을 바쳐 만든 거예요. 그런데 젊은 놈들은 세상을 위해 무엇을 했죠? 아무것도 안했어요!

은퇴자 그렇소. 아무것도 안한 놈들이 깨끗한 척, 순수한 척, 우리를 추악하다 비난하는 거요.

변호사 우린 너무 억울하고 분해요!

은퇴자 우리가 이제 살면 얼마나 살겠소? 기껏 몇 십 년 살다가 이 세상을 떠날거요. 결국 모든 건 젊은 놈들이 차지할 텐데, 성미 급한 그놈들은 당장 내놓아라, 난리를 쳐!

변호사 그게 요즘 젊은 놈들의 행태죠!

은퇴자 그건 강도 짓이요, 강도 짓!

주방장 듣자하니 지겹군. (처제에게) 당신도 지겹지?

변호사 지겹다니요?

주방장 어젯밤에도 같은 말을 들었거든요.

은퇴자 어젯밤에도?

주방장 그젯밤에도, 엊그제 밤에도. 젊은 사람도 같은 말만 되풀이하고, 늙은 사람도 같은 말만 반복하니깐, 듣기 지겨워서 견딜

수가 없어요. (일어나서 주방으로 걸어가며) 난 들어갑니다.

변호사   아니, 가버리면 우린 어떻게 해요?

은퇴자   우릴 계속 보호해 주시오!

주방장   각자 방에 들어가서 주무시죠.

변호사   난 겁나서 못 잡니다!

은퇴자   떨려…… 온몸이 떨려…….

주방장, 주방으로 들어간다. 공직 은퇴자와 변호사, 둘이 떨며 처제에게 사정한다.

변호사   저 사람 좀 데려와요!

은퇴자   제발 부탁이요!

변호사   지켜 줄 사람이 없으면 우린 죽어요!

처 제   제가 있어요.

은퇴자   당신 같은 여잔 연약해서 쓸모가 없어!

주방장, 큼직한 식칼 두 개를 들고 나온다.

주방장   자, 이건 쓸모가 있지요.

처 제   칼은 안 돼요!

주방장, 공직 은퇴자와 변호사에게 다가간다. 그는 식탁 위에 음식재료가 있는 듯이, 식칼로써 요리하는 동작을 보여준다.

주방장   고기를 다지고, 생선을 자르고, 야채를 썰고…… 주방에서 쓰는 식칼인데, 호신용으로 아주 그만이죠.

처 제   나를 도와준다는 약속, 잊었어요?

주방장   잊을 리가 있나!

처 제   제발, 식칼은…… 이건 나를 돕는 게 아니에요!

주방장	이들을 안심시켜 방에 들어가게 하는 것이 당신을 돕는 거라구. (공직 은퇴자와 변호사에게) 하나씩 골라요, 마음에 드는 걸로. 이걸 갖고 있으면, 안심이 됩니다.
변호사	고맙군요, 지금 같은 때에!
은퇴자	정말 고맙소!

공직 은퇴자와 변호사, 각자 식칼을 하나씩 골라잡는다.

주방장	호신용입니다, 호신용. 다른 용도로는 절대 사용하지 마세요.
은퇴자	물론이요.
주방장	칼 빌리는 값은 내셔야 합니다.
변호사	당연히 내야죠. 얼마입니까?
주방장	시계를 주세요.
변호사	시계요……?
주방장	손목에 찬 시계, 꽤 비싼 것 같은데요?
변호사	명품입니다. 몇 천만 원짜리에요!
주방장	아침에 식칼을 돌려주세요. 그럼 나도 시계를 돌려드리죠.
변호사	돌려준다…… 확실합니까?
주방장	살아있다면 확실합니다.

변호사, 손목시계를 풀어 주방장에게 준다.

은퇴자	나도 시계를 맡기겠소.
주방장	아니요. 반지를 주세요.
은퇴자	내 반지……?
주방장	특이하게 생겼습니다…… 반지 모양이.
은퇴자	손가락에서 빠지질 않소.
주방장	잡아 빼요. 힘껏.
은퇴자	힘껏 해도 안 돼. (지갑에서 수표를 꺼낸다.) 대신 수표를 주겠소.

	엄청난 고액 수표니까 아침에 꼭 되돌려 줘야하오.
주방장	(수표를 받는다.) 식칼이나 잊지 말고 돌려주시죠.
변호사	그럼 아침에 봅시다.

공직 은퇴자와 변호사, 식칼을 들고 위층으로 올라간다.

| 은퇴자 | 피곤해. 잠을 자고 싶소. |
| 변호사 | 나도요. |

공직 은퇴자, 변호사, 각자 방으로 들어간다. 마치 기다렸다는 듯이
아래 층 방문들이 열리며 외판원, 배선공, 배관공이 나온다. 그들은
주방장에게 몰려와 격렬하게 항의한다.

외판원	그들에게 식칼을 주다니! 살인 도굽니다, 도구!
배관공	기가 막혀! 기가 막혀!
배선공	우린 다 죽게 됐어요, 그 칼로!
주방장	염려 말아요. 오직 호신용으로만 쓰겠다는 다짐을 받았어요.
외판원	그 따위 다짐 같은 건 필요 없어요!
배관공	기가 막혀!
외판원	우리에게도 칼을 줘요!
배선공	칼! 칼!
주방장	저쪽은 두 명인데 이쪽은 네 명입니다. 당신들이 숫자적으로 훨씬 유리해요.
외판원	그들은 무기를 가졌고, 우린 없죠! 우리가 훨씬 불리합니다!
주방장	그런가…… 다시 생각해보니까 그 말이 옳군요. 이건 내 경험인데, 양쪽의 균형이 맞아야 평화롭죠.
처 제	당신은 언제나 균형을 맞췄죠! 하지만 결과는 모두 죽음이었어요!
주방장	그건…… 균형이 안 맞아 그런 거야.

배선공	칼! 칼!
외판원	어서 우리에게도 칼을 줘요!
처 제	안돼요, 칼은! 더구나 당신들은 이미 사람을 죽였어요!
외판원	그건 실수였어요. (배선공과 배관공에게) 솔직히, 사실을 말해요. 의도적으로 죽인 건 아니잖아요?
배선공	우린 가방만 들고 나오려고 했죠. 하지만 그놈이 격렬하게 반항하더군요. 묵직한 유리 재떨이를 집어 들고 마구 휘둘렀어요!
배관공	기가 막혀……!
배선공	난 턱을 얻어맞고 정신이 없었는데, 내 친구가 용감하게 유리 재떨이를 빼앗아 그놈을 힘껏 내려쳤죠!
주방장	그러니까 당신 친구가 그 사람을 죽였군.
배선공	네. 묵직한 재떨이가 박살이 났습니다, 머리통과 함께.
배관공	(고개를 내저으며) 기가 막혀……!
주방장	자긴 안 했다는데?
배관공	(손으로 배선공을 가리킨다.) 기가 막혀!
배선공	네가 그랬잖아! 나한테 뒤집어 씌우지 마!
배관공	기가 막혀…… (억울해서 가슴을 친다.) 기…… 가…… 막…… 혀……

배관공, 식탁 위에 있는 주전자의 물을 잔에 따라 마신다.

| 배선공 | 하지만 네 잘못은 아니야! 네가 그놈을 가만뒀더라면, 그놈이 우리를 죽였겠지! |

배관공, 고통스럽게 목을 쥐어 잡더니 울컥 피를 토한다.

외판원	어…… 왜 저러지?
처 제	피! 피를 토했어요!

배관공은 바닥에 쓰러져 경련을 일으킨다.

주방장 독살이군, 독살!

처 제 당신이…… 어떻게 좀 살려 봐요…….

주방장 살긴 틀렸어.

주방장, 식탁으로 가서 주전자의 뚜껑을 열고 살펴본다.

주방장 거품이 부글부글…… 냄새도 이상해. 분명히 독을 탔어.

외판원 누가 이런 짓을 했죠?

주방장 (양쪽 팔목에 찬 손목시계를 바라보며) 두 번째 사람 죽은 시각, 2시 35분, 2시 38분…… 어느 시계가 맞는 건지 모르겠네.

외판원 대답 안 해도 알아요. 위층의 저놈들입니다!

배선공 저놈들이 내 친구를 죽였어!

외판원 바닥에 시체가 있으니까 보기 흉해요. 우선, 식탁 밑으로 치워 둡시다.

외판원과 배선공, 죽은 배선공을 식탁 밑으로 옮겨 놓는다.

외판원 이런 때 학생은 뭘 하고 있는 거야?

배선공 제일 젊은 놈이……!

외판원 가서 데려와요.

배선공, 학생 방으로 가서 문을 두드린다.

배선공 학생, 나와!

학 생 (소리) 안 나가요…….

배선공 어서 나와! 안 나오면 문을 부술 거야!

대학생, 문을 열고 얼굴을 내민다.

배선공	늙은 여자한테 동정을 잃었나, 창피해서 못 나와?
학 생	아니요. 그 여자는 손으로만 했어요.
배선공	(대학생을 끌어낸다.) 사람이 죽었어! 빨리 나와!
외판원	우린 살아야 해! 이런 때일수록 힘을 합쳐 살아야한다구. (주방장에게) 우리에게도 식칼을 줘요!
배선공	칼! 칼! 칼!

여관 주인 부부의 방, 뚜껑이 열린다. 주인과 아내가 나온다.

주 인	좆같이 시끄럽군!
아 내	시끄러워 잠을 깼어. (처제에게) 넌 뭐냐, 꼭 똥 씹은 얼굴이구나!
처 제	죽었어요…….
아 내	몇 명이나?
처 제	(침묵한다.)
주방장	두 명이요.
아 내	겨우 둘……? 앞으로 한참 더 시끄럽겠네.
처 제	언니…… 형부…… 나 좀 도와줘요.
아 내	도와달라구? 우린 간섭 안 해!
주 인	주방장!
주방장	네?
주 인	식탁 밑을 봐! 시체 다리가 쑥 나와 있잖아!
아 내	(처제에게) 식탁 정리는 네가 해야지!
주 인	요즘 숙박객은 너무 교양 없어! 모두 다 내쫓고 싶은데, 차마 그러지는 못 하겠고……!
아 내	참아요, 참아! (여관 주인의 팔을 잡고 지하방으로 이끌며) 우리가 참아야죠.

여관 주인과 아내, 지하방으로 들어간다. 주방장, 식탁 밑의 죽은 배관공 다리를 발로 툭툭 차서 집어넣는다.

주방장 괜히 나만 욕먹었군.

학 생 우리도 교양 없다고 욕먹었어요.

주방장 그러니까 조용히 합시다.

외판원 조용히 할 테니 칼을 줘요!

배선공 칼! 칼!

외판원 우리도 방어용으로 쓸 겁니다!

주방장 또 시끄럽게 떠드는군. (처제에게) 방어용이라는데 빌려줄까?

처 제 (침묵)

주방장 빌려줘야 조용해져.

처 제 (침묵)

주방장 왜 대답 안 해?

처 제 지금 생각중이에요. 좋은 방법이 없을까…….

주방장 좋은 방법?

처 제 아무리 생각해도 식칼은 위험해요. 오히려 지금은, 빌려준 것 도 되돌려 받아야죠.

주방장 그건 안 될걸.

처 제 서로 협약을 맺으면요? 해치지 않겠다고 종이에 쓰고, 서명을 해서 문서로 만드는 거예요. (주방장과 자신을 가리키며) 당신과 나는 보증을 하고요.

주방장 글쎄, 그런 방법은 처음인데…… (외판원과 배선공에게) 당신들 의견은 어때요?

외판원 협약 내용이 뭡니까? 우리한테 식칼을 빌려주지 않는 대신에, 저쪽에 빌려준 것도 회수한다…….

처 제 네, 바로 그거에요!

외판원 좋습니다, 좋아요! 어떤 방법이든 저쪽 칼을 없애는 건 좋죠!

처 제 (학생에게) 종이와 연필을 가져오세요.

학 생	연필은 없고, 볼펜 있습니다.

대학생, 자기 방으로 들어간다.

주방장	역시 젊은 사람들은 달라. 마음의 문을 열고 쉽게 받아들이네. 하지만 늙은이들은 완고해서 반대할지 몰라.
외판원	협약이 효력 있으려면 저쪽도 찬성해야죠!

대학생, 종이와 볼펜을 갖고 나온다.

처 제	식탁에 앉아서 내가 부르는 대로 써 줘요. "첫째, 우리는 상대방을 절대 해치지 않는다."
학 생	(받아쓰며) ……절대 해치지 않는다.
처 제	"둘째, 우리는 칼 같은 흉기는 절대 갖지 않는다."
학 생	……절대 갖지 않는다.
주방장	마지막 이런 조항을 넣자구. "셋째, 이 협약은 아침까지 유효하다" 왜냐하면, 영원히 지키라는 건 무리야. 겨우 서너 시간, 아침이 될 때까지만 잘 지키라고 그래.
학 생	아침까지 유효하다. 다 썼어요.
외판원	아래층을 대표해서 내가 서명하죠.

외판원, 식탁 의자에 앉아 서명한다.

주방장	멋지게 휘갈겼군!
외판원	이젠 위층이 서명할 차렙니다. 대표를 나오도록 하세요.
처 제	내가 데려오죠.
주방장	변호사에게 말해봐. 직업상 당신 말을 알아들을 거야.

처제, 계단을 올라간다. 그녀는 변호사의 방문을 두드린다.

변호사	(소리) 누…… 누구요?
처 제	저예요.
변호사	(방문을 약간만 열고 밖을 향해) 무슨 일입니까?
처 제	말씀드릴게 있어서 왔어요. 죄송하지만, 잠깐 들어가도 될까요?

변호사, 처제를 들어오게 한 다음 재빨리 문을 닫는다. 아래층, 배선 공이 불만을 터뜨린다.

배선공	난 싫어! 반댑니다!
외판원	쉿, 조용히!
배선공	차라리 칼이 낫지, 저런 종이 따윈 아무 소용없어요!
외판원	제발 떠들지 말아요. 나한테도 생각이 있으니까.

외판원, 배선공을 구석으로 데려가 귀에 입을 대고 속삭인다.

주방장	학생, 떨고 있잖아?
학 생	이 식탁 밑에…… 시체 있어요.
주방장	(식탁 위에 있는 책을 집어주며) 이 위엔 학생 책이 있지. 내용이 되게 어려워. 아까 뭐라고 들었는데, 한마디도 이해 못했어.

위층 변호사의 방문이 열린다. 변호사와 처제가 나온다. 처제, 위층 복도 난간에서 아래층에 있는 주방장에게 말한다.

처 제	이분이 하실 말씀이 있대요.
변호사	보증인이 있다는데, 그렇습니까?
주방장	네. (처제와 자신을 가리키며) 우리 둘이요.
변호사	서로 협약을 맺고 하룻밤 편안하게 잠 좀 자자, 좋습니다, 좋아요. 하지만 핵심은 보증이죠. 보증이 확실해야 협약이고 뭐

고 믿을 수 있는데, 어떻게 보증을 하겠다는 것인지 구체적으로 말해보세요.

주방장 글쎄요…… 그러니까…….

변호사 내가 원하는 건 이런 겁니다. 계단을 완전히 가로막고, 밤새껏 보증인들이 지켜주기 바랍니다.

주방장 계단을 가로막고 지켜요?

변호사 그래야 아래층에서 위층으로 못 올라올 것 아닙니까?

주방장 아, 알겠습니다. 위층에서 아래층으로도 내려오지 못 할거구요.

변호사 그런 확실한 보증이 아니라면, 난 서명 않겠습니다.

주방장 확실히 보증하죠, 우리가. 계단에 의자를 쌓아올려 아무도 못 다니게 하겠습니다. (처제에게) 그분 모시고 내려와요.

처제, 변호사 아래층으로 내려온다. 변호사가 식탁 위에 놓인 협약서를 읽어본다.

변호사 누가 이미 서명을 하였군.

외판원 납니다.

변호사 (협약서에 서명한다.) 나도 했소.

외판원 아주 멋있게 하셨군요. 자, 한 가지 물어봅시다. (주전자를 들어 올리며) 누가 이 주전자에 독을 탔죠?

변호사 독이라니……? 나는 몰라.

외판원 거짓말!

변호사 (의자에서 일어나며) 이 사람이 왜 이래?

외판원과 배선공, 변호사를 붙잡아 의자에 주저앉힌다.

처 제 놓아줘요!

외판원 사실대로 말하면 놓아주지!

배선공, 변호사의 바지 혁대를 풀어 손을 의자 뒤로 묶는다.

외판원 솔직히 말해!
변호사 난 아니라니까!
외판원 좋아, 말하게 해주지!

외판원, 변호사의 머리채를 붙잡고 뒤로 잡아당긴다. 얼굴이 젖혀지
면서 입이 벌어진다. 외판원, 주전자를 변호사의 입 위로 들어올린다.

배선공 부어버려!
변호사 아냐! 아냐, 나는! 내 옆방 사람 짓이야!
외판원 옆방?
변호사 독이 있어, 반지에!
배선공 이 새끼가 우리한테 반말하네!
변호사 보석 뚜껑을 열면…… 독약 가루가 있소.
외판원 거짓말!
변호사 사실이오, 사실! 우리 셋이 위스키 마실 때, 그 양반이 반지를
자랑했소. 로마 여행 가서 산 골동품이라면서…… 로마제국
시절엔 독살하는 일이 많았거든. 정적을 초대해서, 음식에 독
약을 슬쩍 넣어 죽였소.
외판원 암살용 반지였군! 당신, 그걸 알면서도 주전자에 독을 타게
됐어?
변호사 난…… 몰랐소…….
배선공 이놈도 그놈과 똑같은 놈이야!
처 제 제발 놓아줘요! 여기, 협약서가 있잖아요!
배선공 이런 개새끼는 죽여야 해!
학 생 그만해요, 그만!
외판원 (변호사 입에 주전자의 물을 붓는다.) 죽어라, 죽어!

변호사, 몸부림친다. 울컥울컥 피를 토한다. 대학생, 충격을 받고 망연자실한다.

학 생   난 가요, 갑니다…… 더 이상은 못 있겠어요…….
주방장   간다구? 어디로?

대학생, 여관 문을 향해 걸어간다.

주방장   여봐, 학생!

대학생, 여관 문 밖으로 나간다.

주방장   지금 밖으로 나가면 안 좋을 텐데…… 가버렸네.

외판원, 죽은 변호사의 머리채를 놓는다.

주방장   당신들이 한 짓, 당신들이 치워요.
배선공   그냥 둡시다!
주방장   욕먹어요, 그냥 두면!
외판원   누가 우리를 욕해요?
주방장   여관 주인.
외판원   여관 주인이 우리를 욕하면 안 되죠. (죽은 변호사를 가리키며) 진짜 욕먹을 놈은 바로 이 놈입니다! 법이다, 정의다, 입으로만 떠들면서 온갖 나쁜 짓은 다 했거든요.
배선공   이런 나쁜 놈을 죽였으니 우린 칭찬받아야죠!
주방장   (처제에게) 이 사람들 좀 봐. 제정신이 아니야.
처 제   당신은 왜 가만있었죠?
주방장   내가 뭐……?
처 제   못하게, 말렸어야 했어요!

주방장	말려도 소용없어, 이 사람들. 당신이 그토록 애써 만든 협약서도 아무 소용 없잖아?
외판원	이젠 한 놈 남았군!
배선공	올라가서 끝냅시다. 그래야 안심하고 잘 수 있어요.
외판원	나한테 맡겨요, 그 늙은 놈은!

외판원, 계단을 서너 칸씩 성큼성큼 올라간다.

배선공	칼 조심해요.
외판원	난 그놈보다 젊어서 힘이 세요!

외판원, 주먹으로 공직 은퇴자의 방문을 쾅쾅 두드린다.

외판원	문 열어, 어서! 문 열라구!
은퇴자	(소리) 누구야?
외판원	너에게 죽음을 판매하려고 외판원이 오셨다!

공직 은퇴자의 방문이 벌컥 열린다. 공직 은퇴자, 식칼로 외판원의 가슴을 찌른다.

은퇴자	죽을 놈은 너다, 이놈아!
외판원	윽……!

외판원, 기습적인 공격을 받고 쓰러진다. 공직 은퇴자, 외판원의 가슴에 박힌 식칼을 뽑아 높이 치켜들고 아래층을 향해 외친다.

은퇴자	어떤 놈이야, 다음은? 올라와! 내가 단칼에 죽여주지!

공직 은퇴자, 자기 방으로 들어가 문을 탁 소리 나게 닫는다.

주방장	대단해! (처제와 배선공을 번갈아 바라보며) 새파랗게 질렸군, 얼굴들이.
처 제	설마…… 죽었어요?
주방장	심장을 정통으로 찔렸어.
처 제	(계단으로 올라가려 하며) 가봐야겠어요.
주방장	(처제를 붙잡는다.) 갈 것 없어. 저 쏟아지는 엄청난 피를 보라구!

처제, 주방장을 뿌리치고 계단을 올라간다. 그러나 다 올라가지 못하고 중간에서 주저앉는다. 주방장, 처제를 부축해서 내려와 식탁 의자에 앉힌다.

주방장	너무 실망하지 마. 위층에 한 명, 아래층에 한 명, 아직도 두 명이나 살아있잖아. (양팔에 찬 손목시계를 바라보며) 어느 시계가 맞는 건지 모르겠네. 3시 51분, 3시 54분…… 어쨌든 두어 시간만 더 버텨보자구. 그리고 이건 내 생각인데…… 남은 사람은 아침까지 살아 있을 확률이 높아. 이쪽이나 저쪽이나 아주 지독한 놈만 남았거든. 희망을 가져. 하나만 살아도 이 여관은 우리 거야!

여관 문이 열린다. 황사 바람이 휙 불어온다. 온몸이 누렇게 모래가루로 뒤덮인 대학생이 주춤주춤 들어온다.

주방장	셋이야, 셋! 학생이 돌아왔어!
학 생	아무것도…… 없어요. 하늘도 없고, 땅도 없고…… 오직 어둠뿐이에요.

배선공, 대학생에게 다가간다.

배선공	난 너 같은 놈은 용서 못해. 우리가 목숨 걸고 싸울 때, 넌 슬 그머니 도망쳤어. (위층의 공직 은퇴자 방을 가리키며) 이제 네가 할 일은 오직 하나, 위층으로 올라가 저놈을 죽여!
처 제	그게 무슨 소리예요? (대학생을 데리고 가며) 방에 들어가 가만 히 있어요.
배선공	(대학생 앞을 가로 막는다.) 도망친 것도 비열한데, 돌아와서 가 만히 있겠다? 그건 진짜 더 비열한 짓이야! 죽여! 우리 원수를 죽여서 네 명예를 찾으라구!
학 생	잠깐…… 생각해보구요…….
배선공	뭘 생각해? 당장 용감하게 행동해야지!

대학생, 공동 화장실 쪽으로 뒷걸음질 친다.

처 제	방으로 가요!
학 생	화장실…… 화장실…….
주방장	저 학생은 걸핏하면 화장실이야.

대학생, 공동 화장실로 들어간다. 잠시 후. 수세식 화장실 물 내리는 소리가 들린다.

처 제	(배선공에게) 살인을 강요하지 말아요.
배선공	강요 아닙니다. 의무죠.
처 제	학생은 사람 죽는 게 싫어서 나갔던 거예요. 그런데 되돌아오 자 그 싫어하는 걸 강요하다니…… 제발 그러지 마세요!
배선공	난 여기가 좋은 줄 알아요? 구역질 날 만큼 싫어요, 나도! 하 지만 살아남으려면, 이쪽이냐 저쪽이냐, 태도가 분명해야죠!
주방장	입씨름할 것 없어. 학생은 죽었다구.
처 제	죽다뇨……?
배선공	농담이겠죠?

주방장   들어봐, 화장실의 저 물소리, 끊임없이 흘러……. 난 소리만 듣고도 알아. 우리 여관 수세식 변기는 구식이거든. 물통이 변기 위에 높게 달려있지. 학생은 물통의 물 내리는 줄에 목을 매달았어. 그래서 물통에서 좔좔좔…… 계속해서 물이 흘러내리는 거라구.

처제, 공동 화장실로 들어간다. 외마디 비명을 지른다. 수세식 변기의 물통에서 넘치는 물이 화장실로 밖으로 흘러나온다. 배선공, 자기 방으로 들어간다. 사이. 배선공은 접이식 사다리와 공구함을 들고 나온다.

주방장   사다리는 왜……?
배선공   쓸데가 있죠.
주방장   아, 목매단 학생을 내리려고?
배선공   아뇨.
주방장   그게 아니라면 무엇에 쓸 거요?
배선공   위층에 올라가려구요.

배선공, 공구함에서 전선 절단기를 꺼내든다.

배선공   건물 밖에서 창문을 깨부수고 들어갈 겁니다.
주방장   기습공격이군.
배선공   난 자고 싶어요, 빨리 끝내고.

배선공, 어깨에 사다리를 메고 여관 문 밖으로 나간다. 처제, 공동 화장실에서 망연자실한 모습으로 나온다. 주방장, 식탁 의자를 들고 처제에게 다 가가서 앉힌다.

주방장   지금 시간이…… (양 손에 찬 두 개의 손목시계를 번갈아 보며) 4

시 20분,4시 23분. 이런 시간을 뭐라고 해야 하나…… 밤도 아니고, 새벽도 아니고…… 더구나 아침은 아니지.

여관 밖, 유리창이 부서지는 소리가 들려온다. 공직 은퇴자의 방이 소란해진다. 잠시 후, 방문이 열린다. 배선공, 피 묻은 절단기를 휘두르며 의기양양하게 외친다.

배선공   내가 죽였어! 마지막 놈을 내가 처치했다구!

배선공, 계단으로 내려오다가 중간에서 경련을 일으키며 주저앉는다.

배선공   음…… 이게 뭐야? 왜 이렇게 온몸이 뒤틀려? 나쁜 놈…… 개, 개새끼…… 식칼에…… 독…… 독을 묻혔군! 칼…… 칼날이…… 내 어깨를 살짝 스쳤을 뿐인데…… 늙은 개새끼…… 더러운 놈…… 난…… 움직일 수가…… 으…… 음……!

배선공, 계단 아래로 굴러 떨어진다.

주방장   죽었어, 모두.
처 제   (침묵)
주방장   한 사람도 남김없이…….

무대 조명, 암전한다.

에필로그

아침, 거센 황사바람이 분다.
희뿌연한 햇빛. 여관 주인, 지하방의 뚜껑을 열고 얼굴을 내민다.

주 인 거기…… 산 사람 없소?

사이.

주 인 없어, 아무도?

사이.

주 인 살았거든 대답해!

사이.

주 인 좆같이 조용하군.

여관주인, 지하방에서 올라온다.

주 인 이 역겨운 피비린내…… 여관에 들어왔으면 점잖게 잠이나 잘
것이지, 왜 밤새껏 다투다가 죽는지 모르겠어. (주위를 둘러본
다.) 시체가 즐비하군. 식탁 밑에, 계단 위에…… 화장실과 방
안에는 더 많겠지. (지하방 밑을 향해) 여보, 마누라! 시계, 반지,
손지갑을 챙기자구!
아 내 혼자 해요!

주　인　어서 올라와!
아　내　(소리) 아침마다 지겨워서 그래요!
주　인　나도 지겨워!

아내, 지하방에서 올라온다.

아　내　아이구, 졸려…….
주　인　어젯밤은 잠을 못 잤어.

주방장, 외출복 차림으로 여행용 가방을 끌고 주방에서 나온다.

주방장　안녕히 주무셨어요?
주　인　어, 주방장. 아침 일찍 웬일이야?
주방장　오늘은 갑니다.
주　인　좆같군!

주방장, 처제의 지하방으로 가서 뚜껑을 연다.

주방장　나야, 나!
처　제　(소리) 네.
주방장　가자구!

처제, 헌 옷차림으로 대걸레를 들고 올라온다.

처　제　난 안 가요.
주방장　안 가……?
처　제　(대걸레로 식탁 바닥을 닦으며) 어제는 한 사람도 못 살렸어요. 하지만 오늘은 꼭 살릴 거예요.
주방장　오늘은 살리겠다…… 그게 될까?

주　인　주방장, 우리 처제 성격 몰라?

아　내　저년은 똥고집이야!

주방장　그럼 나도…… 그냥 갈 수는 없지.

주방장, 여행용 가방을 끌고 주방으로 들어간다. 무덤 파는 남자들, 삽과 곡괭이를 들고 손수레를 끌며 여관 안으로 들어온다.

무남들　자, 오늘도 우리가 왔어요!

주　인　어? 몇 신데 벌써 오는 거야?

무남들　늦지도 않고, 빠르지도 않게, 언제나 오는 시간에 딱 맞춰 왔습니다!

아　내　시체에 손대지 마! 아직 물건을 챙기지도 않았어!

무남들　(손뼉치며 합창한다.)
　　　　못 찾겠다
　　　　꾀꼬리 꾀꼬리
　　　　나는야 술래
　　　　못 찾겠다
　　　　꾀꼬리 꾀꼬리
　　　　나는야 술래

무덤 파는 남자들, 위층 아래층 곳곳에서 시체들을 찾아내 손수레에 싣는다.

무남들　옹헤야! 옹헤야!
　　　　하루종일 쉬지않고
　　　　옹헤야! 옹헤야!
　　　　비지땀을 흘리면서
　　　　옹헤야! 옹헤야!
　　　　무덤판다 잘도판다

옹헤야! 옹헤야!

무덤 파는 남자들, 시체 실은 손수레를 이끌고 여관 밖으로 나간다.
무대조명, 암전한다.

– 막 –

죽기살기

· **등장인물**
　육손
　오두
　정두
　박두
　만복
　이층집 남자
　이층집 여자
　형제가구점 형
　형제가구점 아우
　어멈
　선녀
　시청직원
　부녀회장
　부녀회원들

· **시간**
　현대

· **장소**
　도살장 길

제 1막

큰길(大路)에서 꺾어져 들어오는 작은 길(小路). 무대 왼쪽, 길 입구에 이층집과 가로등이 마주 서 있다. 가로등에는 「도살장 길」이라는 표지판이 붙어있다. 길이 끝나는 막다른 곳에 도살장이 있으나 객석에서는 보이지 않는다. 한때 번성했던 도살장은 살인사건이 있은 후 폐쇄되었다. 길가를 따라 도살장 일꾼들의 숙소, 식당, 창고, 마구간 등 여러 건물들이 있었는데, 지금은 마구간이 남아있을 뿐 주택으로 개축되었다.

무대 오른쪽, 마구간이 있다. 도축용 가축들이 도살 순서를 기다리며 머물던 그곳은 어린이 놀이용 목마들의 보관 장소가 되었다. 목마는 마치 흔들의자처럼 앞뒤로 움직인다. 또한 이동하기에 편리하도록 바퀴가 달려있다.

이제 가축들과 사람들이 다니지 않는 도살장 길은 한산하다. 길 주변의 건물들도 쇠락한 모습이다. 이런 분위기와는 어울리지 않게, 붉은색 페인트로 칠한 화분 받침대가 길 입구의 이층집 밑에 놓여있다. 삼단 형태로 만든 화분 받침대에는 여러 가지 꽃들이 피어있다.

1장

오두, 정두, 박두, 마구간 앞에 내놓은 목마들을 타고 있다. 동그란 색안경을 쓴 그들은 맹인용 지팡이로 목마들을 두드리며 빨리 달리기를 재촉한다.

오두   야호! 달려라, 달려!

박두   신나게 달려! 번개처럼 달려!

정두	야호! 야호!
오두	야호! 산 넘고 강 건너 달려!
박두	달려라, 달려! 바람처럼 달려!
정두	야호! 그런데…… 누가 우리를 쳐다보고 있어!
오두	달려! 달려! 이 세상 끝까지 달리는 거야!
정두	잠깐, 도대체 누구지?
박두	야호! 야호!
정두	자네들은 못 느껴? 온몸에 달라붙는 이 끈적끈적한 시선…….
박두	우린 장님일세. 누가 우리를 보는지 알 수 없네!
정두	느낌이 있잖는가, 느낌!
박두	글쎄…… 만약 누가 우리를 본다고 해도, 우린 그 누구를 볼 수 없지. 그러니까 결국은 서로 못 보는 거나 마찬가지야.
오두	자네 말이 맞아! 달려라, 달려!
정두	그건 말이 안 돼! 우리는 그 누구를 못 보지만, 그 누구는 우리를 볼 수 있어! 결국은 서로 보는 것과 같다구.
오두	자네 말도 맞군! 야호, 달려라!

박두, 정두, 목마를 멈춘다.

정두	난 기분 나빠 못 타겠어!
박두	나도 그만 타겠네!
오두	왜들 이러는가?
정두	둘 다 맞다니…… 태도를 분명히 하게!
오두	어제 아침엔 둘 다 틀리다고 했더니 화를 내더군. 그래서 오늘 아침은 둘 다 맞다고 한 걸세. 야호! 야호! 달려라, 달려!
박두·정두	자네 혼자 열심히 타게!

박두, 정두, 목마에서 내린다. 만복, 마구간에서 나온다.

만복	안녕하십니까!
오두	어, 만복이······.
만복	어찌 어르신들 분위기가 이상하군요.
박두	응, 그럴 일 있네.
정두	오늘은 세상 끝까지 못 갔어.
만복	더 타시지요. 어르신들 말 타는 값은 안 받습니다.
정두	고맙지만 그만 탈거야.
오두	(목마에서 내려온다.) 이 골목 저 골목 다니면서 아이들이나 태우게. 그래야 돈을 벌어 먹고 살지.
만복	그럼 다녀오겠습니다.
오두·박두·정두	잘 다녀오게.

만복, 목마들을 끌고 큰길 쪽으로 나간다. 오두, 정두, 박두, 침묵. 오두, 어색한 듯 헛기침을 한다.

정두	이것도 맞고, 저것도 맞다, 난 그런 인간이 제일 싫어.
박두	나도 그런 인간은 안 좋아.
오두	아직도 이러는가? 그렇다면 우리 자리로 가서 오늘 아침에 생긴 문제를 논의하세.

오두, 박두, 정두, 지팡이로 길바닥을 두드리며 골목 입구를 향해 더듬더듬 걸어간다. 지팡이에 화분 받침대가 걸린다. 그들은 받침대 위의 화분들을 확인하더니 아래로 내려놓는다.

정두	성질도 참 고약하지! 여기에 꼭 화분을 올려놓거든!
박두	글쎄 말이야, 우리가 하루 종일 앉아있는 자리인데!

오두, 박두, 정두, 화분 받침대 위에 나란히 올라앉는다.

오두	오늘 문제를 정리하면 다음과 같네. 우리는 누군가를 볼 수 없으므로 누군가도 우리를 볼 수 없다, 이건 상대적 관점일세.
박두	상대적 관점?
오두	그런데, 우리는 누군가를 보지 못해도 누군가는 우리를 볼 수 있다, 이건 주관적 관점일세.
정두	내 관점은 주관적…… 그래서?
오두	또 하나의 관점이 있는데, 초월적 관점이지. 초월적 관점은, 상대적 관점과 주관적 관점 중에 결코 어느 한쪽을 편들지 않네.
정두	그게 바로 자네 관점이군?
오두	음, 그렇지.
박두	잘난 척 하지 마! 우리 셋은 눈이 멀었어. 상대적 관점이든, 주관적 관점이든, 초월적 관점이든, 안 보이는 건 마찬가지야!
정두	지금 우리 문제는 관점의 차이가 아냐. 누가 우리를 쳐다보고 있느냐, 없느냐, 그거라고! 결국 이 문제를 해결하려면 보이는 눈이 필요해!

박두, 정두, 주춤주춤 일어나 화분 받침대 위 칸에 올라선다. 그들은 지팡이를 높이 들고 이층집의 창문을 두드린다. 이층남자, 창문을 열고 얼굴을 내민다.

이층남자	이번엔 무슨 문제입니까?
정두	있다, 없다, 존재의 문제요!
박두	우린 조금 전에 운동 삼아 말을 타고 있었소.
이층남자	네. 아침마다 목마를 타시잖아요. "야호! 야호! 달려라, 달려!" 시끄럽게 떠들면서요.
정두	미안하오. 그런데 누군가 우리를 쳐다보는 느낌이 들었소. 어찌나 그 시선이 끈적끈적한지…… 도대체 누구요? 누가 그토록 집요하게 우리를 보고 있소?
박두	누가 있기는…… 아무도 없지!

이층남자 우선 망원경으로 살펴보구요.

이층남자, 목에 걸린 쌍안경으로 도살장 길 안쪽부터 살펴본다.

박두·정두 있소? 없소?
이층남자 지금 샅샅이 살펴보고 있습니다.
박두 꽤 시간이 걸릴 것 같군.
정두 난 다리가 아퍼.

박두, 정두, 화분 받침대에 앉는다. 이층남자, 망원경으로 길 중간쯤
을 살펴본다.

정두 지금쯤은 판단이 될 텐데…….
박두 느긋하게 기다려.
오두 자네들이 초월적 관점을 무시하는 건 큰 잘못일세.
박두·정두 또 잘난 척 해!

이층남자, 길 입구 쪽을 살펴본다. 육손, 골목 입구 「도살장 길」 표지
판이 붙은 가로등 옆에 서 있다. 그는 어깨에 허름한 배낭을 걸친 모
습이다.

이층남자 있습니다!
정두 들었지? 있다잖아!
박두 그럴 리가…….
이층남자 바로 저기, 길 입구에 있어요!
오두 그냥 지나가는 사람이겠지!
이층남자 길 안을 기웃거리더니, 뭔가 결심한 듯 뚜벅뚜벅 걸어옵니다.
박두 아까 우리가 말 타던 때는 없었어.
정두 아냐, 그때도 있었어!

육손, 화분 받침대 앞을 지나 길 안쪽 막다른 곳으로 걸어간다.

이층남자 한 걸음, 또 한 걸음, 도살장 쪽으로 걸어갑니다.

오두 거긴 왜 가지? 소 잡고 돼지 잡던 곳이었는데…….

정두 가끔은 닭과 오리도 잡았지.

박두 말, 양, 염소도 잡았어.

오두 다 지나간 옛날이지.

정두 도대체 누굴까? (이층남자를 향해) 어떻소, 생긴 모습이?

이층남자 늙은 남자입니다, 머리가 희끗희끗한. 하지만 다부진 어깨와 꼿꼿한 허리…… 젊은 시절엔 힘깨나 쓴 것 같군요.

박두 힘깨나…… 옛날 도살장에서 일했던 사람인가?

오두 그럼 우리가 알 텐데?

정두 이름이 뭐냐고 물으시오!

이층남자 이름을 묻기엔 늦었어요. 도살장 안으로 들어갔습니다.

박두 이상하군. 텅 빈 곳으로 들어가 뭘 하려고?

오두 악취만 진동할걸! 바람 부는 날엔 지독한 악취가 저 큰길까지 퍼져.

이층남자 비 오는 날이 더 심하죠. 비가 오면 도살장에서 흘러나온 빗물이 꼭 시뻘건 핏물처럼 보입니다.

박두 그건 핏물이 아니라 녹물이오. 도살장 양철지붕이 녹슬었소. 오랫동안 페인트칠도 안하고 그냥 두어서, 비가 오면 시뻘건 녹물이 길로 흘러내리오.

정두 자넨 보지도 못하면서 본 것처럼 말하는군. 내 느낌엔 분명히 핏물이야!

오두 둘 다 조용히 해, 지금은. (이층남자를 향해) 도살장을 계속해서 살펴보시오!

이층남자 네, 보고 있습니다.

오두, 박두, 정두, 침묵한다.

이층남자 아, 그 남자가 나옵니다!

오두·박두·정두 이쪽으로 오고 있소?

이층남자 아뇨, 문 앞에 주저앉는군요.

오두·박두·정두 지금은 앉아있다……?

이층남자 네. 이 망원경, 성능이 아주 좋아요. 얼굴 표정까지 선명하게 보입니다.

정두 얼굴 표정까지 보인다면 누군지 알겠군. (이층남자를 향해) 그 남자, 누구요?

이층남자 난 모릅니다.

박두 모른다……?

정두 우린 못 보니까 모르지만 당신은 보면서도 모르오?

이층남자 보는 것에도 한계가 있죠. 저 남자가 누구인지, 이름이 무엇인지, 왜 도살장에 들어갔다가 나왔는지, 나는 보았지만 알 수가 없습니다. 다만 한 가지 말씀드리죠. 지금 곧 화분 받침대에서 내려가는 것이 좋겠습니다. 부녀회장과 부녀회원들이 몰려오고 있거든요.

박두 우리한테 또 잔소리를 퍼붓겠지!

정두 여자들 잔소리는 정말 듣기 싫어!

오두 잠시 피하자구!

이층남자, 창문을 닫는다. 오두, 박두, 정두, 화분 받침대에서 내려온다. 그들은 지팡이를 두드리며 재빠르게 집과 집 사이 빈틈으로 사라진다. 부녀회장과 부녀회원들, 집집마다 문을 열고 나와서 화분 받침대 쪽으로 몰려온다.

부녀회원들 또 내려놨네, 화분들을!

부녀회장 내가 미쳐요, 미쳐!

부녀회원들 쫓아가서 붙잡을까요?

부녀회장 이미 사라졌어!

부녀회원들 올려놓으면 내려놓고, 또 올려놓으면 내려놓고, 정말 미치 겠네!

부녀회원들, 바닥에 내려져있는 화분들을 받침대 위로 올려놓는다.

부녀회원 가 하루 종일 지킬 수도 없고, 이걸 어쩌지?
부녀회원 나 도대체 무슨 심보야? 다른 곳도 있는데 꼭 이 위에만 올라 앉아!
부녀회원 다 이 화분 받침대가 자기들 것인 줄 아나봐!
부녀회장 우리 거야, 받침대는! 아름다운 길 선발대회에서 일등하려고 우리 부녀회가 성금 모아 만들었잖아!
부녀회원 라 이런 때 시청에서 심사 나오면 어떻게 해요?
부녀회원 마 꼴등이지 뭐!
부녀회장 내가 미쳐요!
부녀회원들 회장님도 미치고, 우리도 미쳐요!

이층건물, 창문이 열린다. 이층여자가 고개를 내민다.

이층여자 안녕하세요, 부녀회장님!
부녀회장 누구시더라……?
이층여자 나를 모르시겠어요?
부녀회장 몰라.
이층여자 부녀회원 여러분, 나를 아시죠?
부녀회원들 몰라요.
이층여자 호호, 알면서도 왜 모른다 하실까……?
부녀회장 우린 부녀회원 아니면 몰라!
이층여자 난 회원이 아니어도 부녀회 고민을 잘 알아요. 우리 도시의 다 른 곳은 집값도 오르고 땅값도 오르는데, 이곳은 도리어 자꾸 만 떨어져요. 그래서 부녀회가 팔 벗고 나선 거죠. 아름다운 길 선발대회에서 도살장 길이 일등상 받으면, 시장님한테서 상금 받아서 좋고, 집값 땅값 올라 좋을 텐데, 미역국만 계속 먹었으니 얼마나 속상할까요. 금년엔 꼭 일등상 받으려고 길 입구에 화분 받침대를 만들었지만, 어르신들이 화분들을 내려놓고는 올라앉았어요. 하루 종일 지킬 수도 없고, 정말 미칠 지경이죠.

부녀회장 (부녀회원들에게) 우리 사정을 너무 잘 알잖아?

부녀회원들 저 여자 말을 믿지 마세요, 회장님.

이층여자 내가 고민을 해결해드리죠. 화분 받침대 옆에 소파를 놓는 거예요.

부녀회장 소파를……?

이층여자 네, 아주 부드럽고 푹신푹신한 소파를요. 그럼 어르신들이 딱딱한 받침대 대신 부드러운 소파에 앉겠죠.

부녀회장 맞아, 바로 그거야!

부녀회원들 믿지 마세요, 회장님!

부녀회장 우린 왜 그 생각을 못했지?

이층여자 싸구려 비닐 소파는 안돼요. 진짜 가죽으로 만든 최고급 소파를 놓으세요.

이층집 창문, 이층남자가 나타난다.

이층남자 당신은 쓸데없는 충고를 하는군. (망원경으로 도살장 쪽을 바라보며) 문제는 저 도살장이야. 저 흉물스런 도살장 때문에 사람들 인식이 나쁘거든. (부녀회장에게) 상 받을 욕심은 포기하세요. 불가능한 건 빨리 포기해야 좋습니다.

부녀회장 우리 부녀회에 불가능이란 없어요!

부녀회원들 (구호를 외치듯이) 불가능은 없다! 불가능은 없다!

부녀회장 자, 소파 사러 가자구!

부녀회장과 부녀회원들, 큰길 쪽으로 나간다. 이층남자, 망원경으로 부녀회장과 부녀회원들을 바라본다.

이층남자 정말 소피 시러 가는데! 큰길 건너 모퉁이를 돌아…… 형제가 구점이야. 「반액대매출」현수막이 걸려있어.

이층여자 호호, 부녀회장 속여먹기가 이렇게 쉽다니…… 망원경 좀 줘요.

이층남자 왜?

이층여자 내가 직접 봐야죠.

이층남자, 이층여자에게 망원경을 준다.

이층남자 가구점 말고 저쪽을 봐.

이층여자 저쪽 어디요?

이층남자 도살장! 어떤 남자가 앉아있는 게 보이지?

이층여자 네, 보여요.

이층남자 잘 봐. 아는 사람이야?

이층여자 아뇨…….

이층남자 아까 부녀회장 왔을 때 물어볼 걸.

이층여자 부녀회장도 모르죠.

이층남자 그래?

이층여자 저 남자는 부녀회원이 아니잖아요.

이층남자 하긴 그렇군.

이층여자 전혀 움직이질 않는군요. (사이) 슬퍼요.

이층남자 뭐가 슬퍼……?

이층여자 쓸쓸하고…….

이층남자 도대체 뭘 보고 있어?

이층여자 저 사람 얼굴요.

이층남자 (이층여자가 보고 있는 망원경을 빼앗으며) 당신은 이상해. 누군지 보랬더니 얼굴 감상만 하고 있어.

이층여자 당신이 이상하죠. 난 가구점 보려고 했는데, 저 사람을 보라고 했잖아요!

이층남자와 이층여자, 창문을 닫는다.

2장

형제가구점의 형과 아우, 소파를 들고 큰길 쪽에서 등장한다.

아우 형, 난 이 도살장 길이 싫어.
형 나도 싫어.
아우 어린 시절이 생각나. 의붓아버지한테 얻어맞고 울던 때가……
형 얼른 놓고 가자구. 부녀회장 말씀이, 화분 받침대 옆에 두랬어.

형과 아우, 화분 받침대 옆에 소파를 내려놓는다.

아우 형은 이해가 돼? 이런 고급 소파는 집 안에 들여놓는 거야. 그런데 길바닥에 두라니…… 비가 오면 어쩌지?
형 그야 흠뻑 젖겠지.
아우 반액 받고 판 것도 가슴 아픈데, 도살장 길바닥에 두고 가려니까 걸음이 안 떨어져. (소파를 어루만지며 슬픈 어조로 말한다.) 미안하다, 소파야. 부디 잘 있거라!
형 사람이든 물건이든 헤어질 땐 냉정해야 돼. (소파를 향해 무뚝뚝하게 말한다.) 너하고는 영원히 작별이다!
아우 형은 너무 냉정해.
형 냉정하지 않으면 이 세상을 살아갈 수 없어.

형과 아우, 도살장 길 밖으로 나간다.

3장

만복, 목마들을 이끌고 돌아온다. 저녁 무렵. 가로등이 켜진다. 만복은 마구간으로 가서 목마들을 나란히 세워놓는다.

만복　수많은 길을 뛰고, 달리고, 힘들었지? 수고했다. 밤엔 푹 쉬어라.

육손　(도살장 쪽에서) 여보시오!

만복　네……?

만복, 소리 나는 쪽을 바라본다. 육손, 마구간으로 다가온다.

육손　말 좀 묻겠소. 도살장이 언제 저렇게 폐허가 됐소?

만복　저는 잘 모릅니다. 이사온 지 몇 해 안 됐거든요.

육손　여기가 너무 변했구려. 내 기억엔 이 길 양쪽으로 일꾼들 숙소, 창고, 식당이 있었는데…….

만복　제가 들은 이야기로는…… 도살장에서 살인사건이 있었대요.

육손　흐음…….

만복　그래서 이곳은 집값이 싸요. 나 같은 가난뱅이에겐 좋죠. 이 건물도 헐값으로 사서, 목마들의 마구간으로 쓰고 있습니다.

육손　내가 살인자요.

만복　네……?

육손　내가 도살장에서 사람을 죽였소.

만복　저…… 정말입니까?

육손　난 살인죄로 십칠 년 동안 감옥살이를 하였소. 그리고 나오자 마자 이곳으로 온 거요. 온종일 도살장 앞에 앉아서 누군가 나를 알아보기를 기다렸소. 하지만 아무도 없더군. 옛 도살장에서 함께 일했던 사람들은 모두 다 떠나버렸는지……

만복 있습니다, 아직도.

육손 아, 있다니 다행이오!

만복 매일 아침 제 목마를 타는 어르신들이 있는데요, 그분들이 도살장에서 일하셨어요.

육손 가족은? 가족도 이곳에 있소?

만복 가족이라뇨……?

육손 내가 죽인 사람의 유가족 말이오. 부인과 어린 아들, 딸이 이곳에 살았었소.

만복 글쎄요, 저는…….

육손 난 그 가족을 꼭 만나고 싶소. 죽음에는 죽음, 빚을 갚으러 온 거요.

만복, 당황한 표정으로 육손을 바라본다.

만복 혹시…… 식사는 하셨습니까?

육손 (침묵)

만복 온종일 앉아 계셨다면 드신 것이 없겠군요.

육손 괜찮소, 안 먹어도…….

만복 마구간 안에 제 방이 있어요. 저는 혼자 삽니다. 밥도 제가 해먹고…… 저와 함께 저녁 식사를 하시지요.

육손 (침묵)

만복 반찬은 없지만 사양 마십시오.

육손 고맙소.

만복과 육손, 마구간 안쪽으로 들어간다. 사이. 가로등 불빛이 꺼진다.

4장

오두, 박두, 정두, 집과 집 사이 빈틈에서 나온다. 아침. 그들은 목마들이 있는 마구간으로 가려다가 멈칫거린다.

오두 오늘 아침은 어찌 말 타기가 꺼려지는군.
정두 내 느낌은, 분명히 누가 있어.
박두 난 그런 느낌 없네.
정두 있다니까, 오늘도!
박두 없다고. 어젯밤 가버렸어.
오두 있든, 없든, 오늘은 말 타기를 포기하고 우리 자리로 가세.

오두, 박두, 정두, 지팡이를 두드리며 길 입구 쪽으로 간다. 그들의 지팡이에 소파가 걸린다. 그들은 정체를 알기 위해 손으로 더듬는다.

박두 어, 이게 뭐야?
오두 무슨 가구 같은데……?
박두 침대 아닐까?
정두 식탁이네, 식탁.
박두 식탁은 딱딱한데, 이건 부드러워.
정두 그렇군. 이건 부드러운 식탁이야.
박두 부드러운 침대는 있어도 부드러운 식탁은 없어.
오두 (소파에 앉는다.) 이건 침대도 아니고 식탁도 아니야! 소파일세! 앉아봐, 다들. 굉장히 푹신푹신하군!

박두, 정두, 소파에 앉는다.

박두 이런 건 우리 집에도 있네. 난 졸릴 때 침대로 써.
정두 난 식사할 때 음식을 올려놓지.

오두	우리 집에서는 손자들이 말 대신 타.
박두·정두	말 대신 탄다고?
오두	그럼, 이렇게. (소파에 앉아 말을 타듯 덜썩거리며) 야호! 야호! 달려라, 달려!
박두·정두	(함께 덜썩거린다.) 달려라, 달려!
오두	세상 끝까지 달려라!

박두, 정두, 덜썩거림을 멈춘다.

오두	왜들 멈추나?
박두	목마는 재미있는데, 소파는 재미없어.
정두	사람들이 흉볼 거야. 소파에서 말을 타는 건 버릇없는 애들이 하는 짓이거든.
오두	미안하네. 우리 자리로 가는 게 낫겠어.

오두, 박두, 정두, 소파에서 일어나 화분 받침대 쪽으로 간다.

박두	또 부녀회에서 화분들을 올려놨군!
정두	고약한 것들!
박두	여긴 우리 자리야! 절대로 양보 못해!
정두	당장 옮겨!
오두	화분들을 소파에 옮겨놓자고!

오두, 박두, 정두, 화분들을 하나씩 소파에 옮겨놓는다.
사이.
그들은 만족한 표정으로 화분 받침대 위에 올라앉는다.

오두	꽃들은 소파를 좋아할 거야.
정두	물론이지. 꽃은 아름답거든. 부드럽고 푹신푹신한 곳에 있어

야 어울려.

박두 그럼 우린 뭐지?

정두 뭐라니……?

박두 딱딱한 이곳에 앉아있는 우린 뭐냐고?

정두 우리도 꽃처럼 아름다워.

박두 그걸 어떻게 알아? 우리가 꽃처럼 아름답다…… 도대체 그걸 어떻게 알 수 있어?

정두 난 느낌으로 아네. 난 장미꽃일세, 장미꽃.

오두 어떤 시인이 이렇게 말했지. "꽃이 아름다운 건 침묵하고 있기 때문이다." 난 여기 앉아서, 하루 종일 침묵하고 있겠네.

정두 자넨 해바라기야. (박두에게) 자네도 꽃이 되라구.

박두 난 싫어!

정두 나팔꽃이나 접시꽃은 어때?

박두 싫다니까!

이층남자, 창문을 열고 고개를 내민다.

이층남자 오늘은 무슨 문제입니까?

오두 창문을 닫으시오!

이층남자 네……?

오두 우리가 침묵하는데 창문을 열다니…… 어서 닫으시오!

이층남자 난 언제든지 창문을 열 권리가 있는데요?

정두 오늘 우리는 꽃이 되었소.

박두 나는 절대로 꽃이 아냐!

정두 입 다물고 가만있게. 그럼 꽃이 되는 거야.

박두 싫어, 싫다니까! (이층남자를 향해) 당신 눈엔 어떻소? 우리가 장미꽃이나 해바라기로 보이오?

이층남자 내가 보기엔…… 아닙니다.

오두 하지만 눈으로 본다고 다 알 수는 없지! 어제도 그랬어. 골목 저쪽, 도살장 앞에 있는 남자가 누군지, 눈으로 보고서도 알 수 없었거든. (이층남자를 향해) 나는 더 이상 당신의 눈을 믿지 않기로 했소!

이층여자, 창문 밖으로 고개를 불쑥 내민다.

이층여자 네, 옳은 말씀이에요.
이층남자 여보…… 무슨 소리야?
이층여자 가끔 눈은 쓸모가 없죠. 특히 어둠 속에서는요, 고성능 망원경도 소용없어요.

이층여자, 일 미터가 넘는 기다란 깔때기를 창문 밖으로 내밀고 귀에 댄다.

이층여자 그럴 땐 눈보다는 귀가 낫죠. 난 분명히 들었어요. 어젯밤 마구간에서 들려오던 두 사람의 목소리…… 한 사람은 목마의 마부예요. 다른 한 사람은 살인자였죠.
오두·박두·정두 뭐 살인자……?
이층여자 자기 입으로 그랬어요. 십칠 년 전 도살장에서 사람을 죽였대요.
오두 십칠 년 전……?
이층여자 네.
오두 그럼 육손이 아닌가……?
정두 맞아, 육손! 그때 사람을 죽인 건 손가락 여섯 개 육손이야!
박두 하지만 육손이는 무기징역형을 받았어. 평생 감옥에서 지낼 육손이가 맞다면…… 탈옥했군!
정두 내 느낌은, 탈옥이 아냐!
박두 아니라니?
정두 탈옥이라면 여기 올 리가 없네. 아무도 모를 곳으로 가지!

오두　　그건 그래. 혹시 자유롭게 석방 된 건가?

박두　　무기수가 석방됐다…… 그게 가능해?

이층여자　그 남자는 말했어요. 자기가 죽인 사람의 가족을 만나러 왔다구요.

이층남자　거짓말!

이층여자　거짓말이라뇨?

이층남자　당신은 듣지도 않은 말을 지어낸 거야!

이층여자　내 보청기는 성능이 너무 좋아서 개미 기어가는 소리도 다 들려요. 당신은 어때요? 저기 길바닥에 기어가는 개미떼가 보여요?

이층남자　(망원경으로 이층여자가 가리키는 곳을 바라본다.) 개미는 한 마리도 없어!

오두　　내 귀엔 발자국 소리가 들리는군!

정두　　내 귀에도!

박두　　나도 들려!

오두, 박두, 정두, 소리를 잘 듣기 위해 귓바퀴에 손을 오므려댄다. 형제가구점의 형과 아우, 큰길 쪽에서 도살장 길로 들어온다.

형　　넌 마음 약해서 탈이야!

아우　형, 소파 때문에 잠을 못 잤어.

형　　저기 봐라. 소파가 그대로 있잖아.

아우, 소파를 향해 달려가 무릎을 꿇는다.

아우　오 하늘님, 감사합니다! 전 소파를 이 골목에 버려두고 어젯밤 한잠도 못 잤습니다! 그랬는데, 하늘님께서 이 소파를 특별히 보호하시고, 아름다운 꽃들로 치장하셨습니다!

형　　어쨌든 특별히 사용되고 있군.

아우	처음에 형은 냉담했지! 소파가 팔렸으니, 고객이 원하는 곳에 두면 된다고. 난 밤새껏 기도했어. 하늘님께 이 소파를 지켜주시기를 간절히 기도했어!
형	알았어, 알았다니까. 화분 올려놓는 특별한 게 됐으니까 이젠 안심하고 돌아가자.
오두	어째 목소리가 낯익네. 누구신가……?
이층남자	형제가구점 점원입니다.
박두	형제가구점의 형과 아우……?
이층여자	네.
형 · 아우	안녕하십니까!
오두	마침 잘 왔네. 자네들을 찾는 사람이 있어.
아우	가구 살 사람인가요?
형	반액세일이죠. 아주 쌉니다!
오두	가구 때문은 아닐세.
형 · 아우	그럼 뭐죠?
정두	내 느낌은, 미리 말 안 하는 게 좋겠어.
박두	미리 말하는 게 낫지!
형	궁금합니다. 말해주세요.
오두	놀라지 말게. 자네들의 아버지를 죽인 자가 돌아왔네.
아우	형…….
형	가만 있어봐.
아우	내가 그랬지? 반드시 돌아온다고…….
형	침착해. 그래, 네 말대로 왔구나!
이층여자	우르르, 우르르, 이건 또 무슨 소릴까?
이층남자	어르신들, 어서 몸을 피하세요! 부녀회장과 부녀회원들이 몰려나옵니다!
오두	난 여기 꼼짝 않고 있겠소.
정두	그래, 꽃처럼.
박두	(지팡이를 짚고 일어서며) 난 꽃이 아니야! 가겠어!

부녀회장과 부녀회원들, 몰려나온다. 그녀들은 화분 받침대를 에워싼다. 박두, 달아나지 못한다.

부녀회원들 붙잡았다, 오늘은!

부녀회장 어서 내려와요! 이 받침대는 우리 부녀회가 만든 거예요!

오두·박두·정두 (침묵)

부녀회장 내 말 잘 들어요! 금년엔 아름다운 길 선발대회에서 꼭 일등상을 받아야 해요!

오두·박두·정두 (침묵)

부녀회장 들은 체도 안 해!

부녀회원들 화분들이 없어요!

부녀회장 이 양반들이…… 화분들을 어떻게 한 거예요?

오두 쉿, 우리가 꽃이오.

부녀회원들 어…… 소파로 옮겨놨네!

부녀회장 미쳐요, 내가 미쳐!

만복, 마구간에서 목마들을 이끌고 나온다.

이층남자 만복씨가 목마를 끌고 나옵니다!

만복 여기 다들 계시는군요.

오두 여보게, 잠깐 멈춰.

만복 네.

정두 그 사람, 자네 마구간에 있지?

박두 우리도 다 알아. 그는 살인자야.

오두 여기, 그 살인자가 만나고 싶어 하는 가족이 있네.

만복 하지만 지금은…….

오두 뭘 망설이는가?

만복 어젯밤 그분과 함께 지냈는데요, 오랫동안 감옥에 계셔서 그런지, 뭔가 심각한 말씀만 하십니다.

박두	심각하다……?
만복	네. 제 생각엔 그분은 안정이 필요해요.
정두	그럼 지금 만나는 건 안 되겠군.
아우	아뇨, 지금 당장 만나야 해요!
형	결국 만날 텐데 뒤로 미룰 건 없죠!
오두	들었는가, 만복이? 가족이 저렇게 적극적인데, 못 만나게 할 수는 없지.
정두·박두	어서 가서 데려오게!

만복, 목마들을 세워둔 채 마구간으로 되돌아간다. 부녀회장과 부녀회원들, 어리둥절한 모습이다.

부녀회장	이게 도대체 무슨 일이야……?
이층여자	그냥 편히 앉아서 구경하시면 저절로 알게 돼요.
부녀회장	앉을 데가 있어야 앉지.
이층여자	소파가 있잖아요.
부녀회장	그래, 소파에 앉자구!

부녀회장과 부녀회원들, 소파 위에 올려져 있는 화분들을 내려놓고 앉는다.

이층여자	소파가 작군요, 회장님과 회원들이 다 앉기에는.
부녀회장	바짝바짝 붙어 앉아.
부녀회원들	숨이 막혀요…… (소파에서 일어나며) 우린 차라리 서 있겠어요.
이층남자	(망원경으로 마구간을 바라본다.) 옵니다! 그 남자가 오고 있어요!

육손, 만복, 마구간에서 나온다. 육손은 배낭을 어깨에 멘다. 오두, 화분 받침대에서 내려온다.

오두	육손인가……?
육손	누구시오?
오두	날세, 오두. 도살장에서 소 돼지 잡던 나를 기억하겠지?
육손	아…… 오두!
오두	여기 박두도 있고, 정두도 있네.
박두	오랜만일세!
정두	반갑네, 반가워!
육손	잘 있었는가! 그런데…… 자네들은 몰라보게 변했군!
오두	그럴 걸세. 우린 눈이 멀었거든.
박두	자네가 왔는데도 난 못 보니까 몰랐어.
정두	난 느낌으로 알았지, 누군가 왔다는 걸. 하지만 육손이 자네일 줄은 몰랐네.
육손	나 역시 몰랐네. 어제 이 앞을 지나가며 자네들을 봤는데…… 어쩌다가 자네들 눈이 이렇게 됐는가?

오두, 박두, 정두, 맹인용 색안경을 벗는다. 눈동자 없이 온통 눈자위가 하얗다. 육손, 동정하는 표정으로 그들을 바라본다.

오두	눈에 잔뜩 안개가 꼈지!
정두	녹내장인지, 백내장인지, 의사들도 못 고쳐!
박두	업보라네, 업보! 짐승들을 너무 많이 죽여서 벌 받은 거라고 어떤 점쟁이가 말하더군!
오두	자네 때문에 도살장이 망했네!
박두	도살장에서 잡은 고기, 그게 사람 고기라고 소문났거든!
육손	사람 고기……?
정두	아무리 해명해도 믿지 않더군!
오두	그래도 우리는 고기를 먹는다네.
정두	육손이, 자네도 고기 먹겠지?
육손	아니…… 난 채식하네.

박두	뭐, 채식을 해?
정두	왜 고기를 안 먹나? 자네도 모든 고기가 사람 고기 같은가?
육손	(침묵)
오두	어쨌든 자네 때문에 도살장은 망했고, 일꾼들은 떠나 버렸고, 눈 먼 우리만 남아있네.
부녀회장	도살장만 망한 줄 알아요? 집값 땅값이 폭삭 내려앉더니, 다시는 올라가지 않죠!
부녀회원들	이곳은 가난한 동네가 됐다구요!
오두	들었지? 모두들 원성이 자자하네!
육손	미안하네, 미안해.
오두	미안하다고 말로만 사과해서 될 일인가?
육손	죽음이지, 죽음! 내가 죽음으로 갚으러 왔네! 유가족은 어디 계시오?
형·아우	여기 있는데요…….
오두	자네가 죽인 김두의 아들 형제라네.
육손	이젠 어엿한 어른이 되었구려. 어떻게 살고 있는지 궁금하였소.
정두	가구점을 하면서 잘 살아.
육손	(배낭에서 큼직한 칼을 꺼낸다.) 이건 도살장에서 쓰는 칼이오. 내가 당신 아버지를 죽였던 칼도 이런 칼이었소. 미안하오, 진심으로! 나는 이 칼로 내 목숨을 끊겠소!
부녀회원들	(비명을 지른다.) 으악, 회장님! 무서워요!
부녀회장	다들 눈을 감아. 눈 감고 보지 말라구!
아우	형, 이분이 흥분하셨어!
형	진정하세요, 제발!
육손	난 죽음의 빚을 갚아야 하오! 재판 받을 때, 나는 나를 사형시켜 달라고 요구하였소! 나는 사람을 잘못 죽였다, 사람 죽인 나를 살려둬서는 안된다…… 그런데 멍청한 판사는 내가 죄를 뉘우쳐서 그런 거라고 오해하고는 사형 아닌 무기 징역형을

내렸소!

오두·박두·정두   그건 우리도 알아. 재판장에 갔었거든.

육손   더 어처구니없는 일은 감옥에서 일어났소. 내가 원하지도 않았는데, 경축일마다 나를 자꾸만 감형시켰소. 무기징역에서 30년으로, 다시 25년으로, 또 20년으로, 그것마저 17년으로 끝내버렸소. 마지막엔 참지 못해 소장실로 뛰어갔지! 내가 진짜 죽여야 할 사람을 죽인 것이 아니다, 내 손가락이 여섯 개라고 놀려대는 놈이 있어서 칼을 휘둘렀는데, 그놈은 슬쩍 피하고 엉뚱한 옆 사람이 칼에 맞아 죽었다! 이 얼마나 잘못된 일인가, 이런 나를 자꾸만 감형시키지 말고, 감옥에서 죽게 해달라!

오두   그랬더니 소장님이 뭐라던가?

육손   아주 거만하게 말하더군. 감형을 거부하는 것은 국가에 대한 모독이다! 모독…… 모독이라니…… 감옥에서 쫓겨 나오면서, 나는 굳게 다짐하였소. 더 이상 국가에 기대할 것 없다. 나에 대한 처벌은 내가 한다…… 그런데 오늘 내가 죽인 사람의 아들들을 만나서 정말 다행이오! (한 손으로 칼을 들고 다른 손으로는 가슴을 풀어헤친다.) 난 기쁘게 죽겠소!

부녀회원들   으악, 무서워요!

부녀회장   눈을 꼭 감고 보지 말라니까!

형   미안하지만…… 왜 죽으려고 하는지 납득이 안 돼요. (아우에게) 너는 어때?

아우   나도 이해가 안 돼.

육손   왜 안 된다는 거요? 지금까지 자세히 설명했잖소!

형   솔직히 말하면, 우리 아버지가 아니거든요.

육손   아니라고……?

형   의붓아버지죠. 우리하곤 피 한 방울도 섞이지 않았어요.

육손   설마 그럴 리가…….

형   (오두에게 다가간다.) 말씀 좀 해주세요. 우리 집안 사정을 잘 아

	시잖아요.
오두	자네 부모는 이혼했지. 친아버지가 엄청난 술고래였거든.
형	우리가 어렸을 때죠. 나는 열두 살, 내 동생은 아홉 살. 어머니는 우리 의견도 묻지 않고 재혼했어요.
박두·정두	그자도 지독한 술고래였어!
형	이중인격자예요, 의붓아버지는. 어머니가 보면 우리를 사랑하는 척 하면서, 안 보면 구박했죠. 그러다가 어머니가 자기 딸을 낳자 아주 노골적으로 우리를 싫어했어요.
아우	발로 차고, 주먹으로 때리고……
형	온갖 욕설을 퍼붓고, 며칠씩 밥을 굶겼죠.
아우	의붓아버지가 우리를 얼마나 학대했는지, 증인들이 있어요.
정두	그럼 내가 알고말구!
오두	정말 고약한 자였어!
박두	짐승보다 못한 인간이었지!
육손	어째서 나만 몰랐을까……?
정두	자넨 관심 없어, 남의 사생활에는.
박두	그래도 불쌍한 아이들에겐 관심을 가져야지!
아우	우린 의붓아버지가 죽기를 바랐어요. 밤마다 잠들기 전에, 하늘을 향해 엎드려 기도했죠.
형	오, 하늘님! 저희 소원을 들어주십시오!
아우	그런데 기적이 일어난 겁니다!
형	아무리 기도해도 응답이 없더니, 어느 날 갑자기 도살장에서 칼에 맞아 죽은 거죠!
아우	저는 또 간절히 기도했어요. 우리가 커서 어른이 되면, 포악한 의붓아버지를 죽인 은인을 만날 수 있게 해달라고요. 오늘, 다시 한 번 기적이 일어났어요! (육손에게 엎드려 절한다.) 감사합니다! 고맙습니다! (형에게) 형, 우리의 은인께 어서 엎드려 절해!
형	(육손에게 엎드려 절한다.) 감사합니다! 우린 그때 어려서 감사하

다는 말씀을 못했습니다!

육손 제발 나를 놀리지 마시오!

아우 저는 은인께서 언젠가 꼭 돌아오리라 믿었습니다!

육손 당신들은 내가 찾던 가족이 아니요!

이층여자 가족 맞아요!

이층남자 형, 동생, 맞습니다!

육손 난 결코 떠나지 않겠소! 그리고 반드시, 진짜 가족을 만나 이
곳에서 죽을 거요!

육손, 칼을 배낭에 넣고 어깨에 멘다. 그는 도살장 쪽으로 걸어간다.
이층남자, 망원경으로 바라본다.

이층남자 몹시 화가 나서 뚜벅뚜벅 도살장 안으로 들어갑니다!

만복 이것 참…… 어떻게 하지……?

오두 만복이, 자넨 어서 돈 벌러 가게!

만복 아뇨. 그분한테 가봐야겠어요.

만복, 육손의 뒤를 쫓아간다.

부녀회원들 무서워요! 끔찍해요!

부녀회장 다들 눈 감고 있으랬잖아! 우린 못 본 거야! 아무것도 못 봤으
니까 무슨 일이 있었는지 말하면 안돼! 괜히 다른 동네 사람들
한테 말했다간 소문만 나빠져. 집값, 땅값 더 떨어진다구!

부녀회원들 우린 아무것도 안 봤어요!

부녀회원들, 손으로 눈을 가리고 고개를 흔든다.

제 2막

무대 왼쪽에 있던 이층집이 무대 가운데로 옮겨져 있다. 창 밑의 화분 받침대, 소파 등도 이층집과 함께 옮겨졌다. 이층집이 옮겨진 폭만큼 이층집 왼쪽의 큰길 풍경을 볼 수 있다. 원근법으로 그려진 풍경에는 가까이 형제가구점도 있고, 저 멀리 고층빌딩과 시청건물도 있다. 무대 오른쪽 끝에 있던 마구간과 목마들은 관객석에서 보이지 않는다.

1장

비가 내린다. 텅 빈 도살장 길. 이층남자와 이층여자, 창문을 열고 비 내리는 길을 바라본다.

이층남자 어제도 비, 오늘도 비…….

이층여자 (침묵)

이층남자 며칠째 내리는 거야?

이층여자 (침묵)

이층남자 당신, 내 말 안 들려?

이층여자 십칠 년 전, 난 뭘 했을까…… 창 밖에는 비가 내리고…… 당신은 없었죠. 나 혼자 쓸쓸히, 비 오는 광경을 바라봤어요. 그때 당신은 술집에 있었거나, 다른 여자와 함께 호텔에 있었겠죠.

이층남자 나도 생각나. 십칠 년 전에 비가 내렸지. 난 창 밖을 바라보았어. 길에는 아무도 없었고…… 나 혼자 외로웠어. 그때 당신은 노래방에 있었거나, 다른 남자와 함께 여관에 있었겠지.

이층여자 뭐라구요?

이층남자 아냐, 아무 소리도 안 했어!

이층여자 산다는 게 허무해요.

이층남자 ……왜 그래?

이층여자 죽는 것도 허무하구요.

이층남자 난 그런 생각 안 해.

이층여자 생각해봐요. 뭔가 멋있게 살아야 죽는 것도 멋있죠.

이층남자 비 때문이야. 당신 기분이 무척 우울해졌어.

이층남자와 이층여자, 창문을 닫는다.

2장

오두, 박두, 정두, 우산을 들고 나타난다. 그들은 서로 마주친다.

오두 이게 누구지……?

박두·정두 날세, 나!

오두 벌써 장마철인가…… 지루하게 비가 오는군.

박두 글쎄, 닷새나 계속 오다니…… 난 지루함을 견디려고 육손이를 생각했네.

정두 내 느낌은 아흐레째 비야! 지루하고 지루해서 육손이만 생각했지.

오두 난 육손이가 싫어. 그래서 단 하루도 생각 안했네.

정두 자넨 육손이를 싫어했지. 도대체 그 싫은 이유가 뭔가?

오두 손가락이 여섯 개라서 싫어!

박두 그게 무슨 흉인가? 태어날 때 그런 걸…….

오두 어쨌든 싫어! 소도 발가락이 하나 더 달린 건 싫고, 돼지도, 닭도, 하나 더 있는 건 싫다고! 그런 이상한 짐승을 도살할 땐 기

	분이 안 좋아. 자네들은 대단하군. 비 오는 동안 손가락 여섯 개 육손이만 생각했다니…….
정두	아흐레 동안 생각했어.
박두	아흐레는 아냐, 닷새지!
정두	내 느낌이 맞아!
박두	난 확실한 증거가 있네!
오두	음…… 뭔가?
박두	(바지 호주머니를 벌리며) 자, 내 바지 호주머니 속에 든 동전을 꺼내 봐. 비 오는 날마다 동전 한 개씩을 넣어뒀으니까, 모두 몇 개인지 꺼내보면 알 수가 있지.
오두	(박두의 호주머니에서 동전을 꺼내 헤아린다.) 하나, 둘, 셋, 넷, 다섯. 다섯 개니까 닷새 동안 비가 온 거군.
정두	그건 믿을 수 없어!
박두	왜……?
정두	내가 넣은 게 아니거든!
박두	자넨 자네가 직접 한 것만 믿나?
정두	물론이지!
박두	그럼 지금 내리는 비는? 자네가 직접 하늘에서 뿌리지 않는데, 어떻게 비라고 믿어?
정두	내가 직접 비를 맞고 있으니까 믿지!
오두	다투지 말게. 가장 합리적인 방법이 있네. 아흐레와 닷새를 합치면 열나흘, 열나흘을 둘로 나누면 이레. 그동안 비는 이레째, 즉 칠 일간 내린 걸세.
박두	말도 안돼. 내 동전 내놔!
정두	또 잘난 척 하는군!

박두, 정두, 지팡이로 두드리며 이층집 쪽으로 간다.

박두	차라리 이층집 남자에게 묻자구!

정두　그래, 좋아!

박두, 정두, 지팡이로 화분 받침대를 확인한다.

정두　조심하게. 화분들이 있어.
박두　자네도 조심해.

박두, 정두, 화분들 사이로 조심스럽게 발을 디디며 받침대 위로 올라간다. 그들은 지팡이로 이층집 창문을 두드린다. 이층남자, 창문을 열며 내다본다.

이층남자　아, 잘 오셨습니다! 이번엔 무슨 문제죠?
박두　날씨에 관한 문제요.
정두　오늘까지 며칠째 비가 오는 거요?
이층남자　나도 그게 궁금해서 달력을 봤는데요, 비가 시작된 날 표시는 안 했고, 다른 걸 했더군요.
박두·정두　다른 거라니……?
이층남자　도살장에서 사람 죽인 남자가 온 날이 지난 주 금요일입니다. 빨간 색연필로 동그라미를 해놨어요.
박두　그날은 맑았는데?
이층남자　네. 비는 그 다음날인가…… 다음날부터 왔다면 오늘이 화요일이니까, 토, 일, 월, 화…… 나흘 됐습니다.
박두　나흘이라고? 닷새야!
정두　무슨 소리를, 아흐레라니까!
이층남자　싸우지 마세요. 그러다가 받침대 아래로 떨어지면 다치십니다!
오두　둘 다 내려와! 싸워도 안전하게 내려와서 싸워!

박두, 정두, 조심스럽게 화분 받침대 아래로 내려온다. 오두, 이층집 쪽으로 다가간다.

오두　망원경으로 도살장을 보시오! 지금 육손이는 뭘 하고 있소?

이층남자　(망원경으로 바라본다.) 없습니다.

오두　없다고……?

정두　설마 그럴 리가?

박두　우리 몰래 달아났군!

이층남자　달아났으면 내가 봤죠. 난 언제나 망원경으로 이 길을 지켜보고 있거든요.

오두　달아난 건 아니다, 그런데 없다…… 아, 알겠어. 비 오는 동안 육손이는 만복이의 마구간으로 들어간 거야. (이층집 창문을 향해) 그들이 무슨 말을 하였소? 부인의 보청기가 아주 성능이 좋아 다 들릴 텐데?

이층남자　그거 쓸모없어요, 비올 때는.

이층여자, 기다란 깔때기를 들고 창문으로 다가온다.

이층여자　내 보청기가 쓸모없다뇨?

이층남자　빗소리가 요란해서 다른 소리는 안 들리잖아.

이층여자　지금은 어떤지 들어보죠. (기다란 깔때기를 마구간 쪽으로 향하고 귀에 댄다.) 도란도란, 마구간에서 두 사람의 목소리가 들려요.

오두　그것 봐, 내 짐작이 맞지!

이층여자　비가 그쳤으니 밖으로 나가자고 하는군요.

박두　어…… 비가 그쳤다고?

정두　내 느낌은, 아직도 빗방울이 떨어지는데…….

오두　(우산을 접는다.) 뭐 이 정도면 그친 거야.

오두, 접은 우산을 다리 사이에 끼워 넣고 말 타는 시늉을 한다.

오두	야호! 달려라, 달려! 자네들도 어서 나처럼 말을 타게!
박두·정두	어떻게……?
오두	우산을 접어 다리 사이에 끼워! 야호! 야호!
정두	그런데 갑자기 왜 말을 타지?
오두	관심 없는 척 하려고!
정두	관심 없는 척……?
오두	흥분 상태였잖아, 육손이는. 우린 관심 없다는 듯해야 좋고! 야호! 야호! 달려라! 신나게 달려!

박두, 정두, 우산을 접어서 다리 사이에 끼워 넣고 발을 구른다.

박두	달려라! 바람처럼 달려!
정두	야호! 달려!
오두	오늘은 세상 끝까지 달리는 거야!

오두, 박두, 정두, 우산으로 말 타는 시늉을 하면서 이리저리 돌아다닌다. 이층남자와 이층여자, 걱정스러운 표정으로 그들을 바라본다.

이층남자	헐떡헐떡 숨도 가쁘고, 어지러워서 비틀거려.
이층여자	저러다가 곧 쓰러지겠어요.

오두, 박두, 정두, 차례대로 소파에 걸려 넘어진다.

오두	헉, 드디어 다 왔네!
박두	여기가 헉헉…… 어디지?
오두	바다야, 바다! 육지 끝…… 바다!
정두	우린 지금…… 헉, 바다 속에 헉헉, 빠진 거군!
박두	(소파를 더듬으며) 이건 소파인데…… 헉헉…… 바닷물에 푹 젖은 소파가 있어…….

오두, 박두, 정두, 소파 위에 올라앉는다. 그들은 가쁜 숨을 몰아쉰다.
육손, 만복, 마구간에서 나온다.

만복　　안녕하세요. 요즘은 왜 말 타러 안 오십니까?

오두　　거긴 육손이 있어서…… 헉…….

육손　　나 때문에……?

오두　　자네는 안정을 헉, 해야 해.

박두　　이젠 헉…… 흥분 좀 삭혔나?

육손　　난 흥분한 적 없네!

정두　　헉, 헉, 아직 안정이 헉, 안 됐군.

만복　　어르신들 얼굴이 창백합니다. 어디 아프신가요?

오두　　걱정 말게, 헉…… 약간 어지럽고…….

정두　　헉, 헉, 숨이 가빠…….

박두　　헉헉…… 한참 달렸더니…… 헉, 목이 말라…….

이층여자　(아래쪽을 향해) 마실 것 좀 드릴까요?

이층남자　여보, 나도 줘.

이층여자　홍차나 커피를 드리죠!

이층남자　나는 커피!

오두　　육손이 자네는……?

육손　　난 괜찮네.

오두　　홍차 마시게. 여긴 헉, 헉, 모두 홍차요!

만복　　(이층여자를 향해) 차를 주시면 내가 받아오겠습니다.

이층여자　그럼 이층으로 올라오세요.

만복, 길 입구를 돌아 이층집 현관으로 들어간다. 이층여자, 창문에서
사라진다. 육손, 소파 앞을 왔다 갔다 한다.

정두　　여보게, 육손이. 난 비 오는 아흐레 동안…… 헉헉, 오직 자네
　　　　　만을 생각했네.

박두	난 닷새 동안 헉, 자네만을 헉, 생각했어!
오두	이런…… 관심 없는 척 하랬더니…… 헉헉…….
육손	고맙네, 나를 생각해줘서.
정두	아흐레 동안 생각했지만 헉…… 한 가지 중대한 의문이 풀리지 않더군. 헉헉…… 자네가 사람을 죽인 날…… 난 그 자리에 있었네. 물론 오두도, 박두도 있었고…… 헉…… 많은 일꾼들이 있었지. 우린 모두 자네를 육손이라고 불렀어. 헉…… 우린 이름을 부른 거야. 자네 손가락이 여섯 개라고 헉헉…… 놀린 게 아니라구. 그런데 그날은…… 자넨 몹시 화를 냈어. 헉헉…… 참 이상해…… 우린 그냥…… 헉…… 언제나 부르듯이 자네 이름을 불렀는데 헉, 자넨 칼을 휘둘러 사람을 죽였어…….
육손	그게 의문인가?
정두	헉…… 헉…….
육손	그날 아침을 기억하나? 나는 출근하자마자 많은 일꾼들 앞에서 내 오른손 엄지에 달린 손가락을 잘랐네. 그리고는 말했지. 난 이제 손가락이 다섯 개다! 여섯 개가 아니니까 더 이상 놀려대지 말라!
정두	그럼 헉, 기억하지!
박두	그런데도 우린 여전히 헉, 자네를 육손이라고 불렀어. 왜냐하면…… 본명인지 별명인지, 헉…… 우리는 그 이름밖엔 몰랐거든.
정두	자넨 헉, 점심때도…… 화를 안냈어. 저녁 늦게 헉…… 퇴근 전에…… 갑자기 미친 듯이 화를 내며…… 헉, 사람을 죽였지!
육손	난 미친 게 아냐. 정상이었네. 많은 사람들이 육손이라고 불러도, 내 이름을 부르는 건지, 날 놀리는 건지 구분할 수 있을 만큼 정신이 뚜렷했지. 육손이, 육손이, 육손이, 다들 내 이름을 불렀는데, 단 한 명이 나를 육손이라고 놀려대더군!
박두	헉, 다 똑같은 것 아닌가?

육손	똑같이 불러도 어감이 달라! 믿어지지 않거든 나를 불러보게!
박두	육손이!
정두	육손이!
오두	육손이!
육손	자네 둘은 내 이름을 불렀네. 하지만 오두, 자네는…… 여전히 나를 손가락 여섯 개 달린 놈이라고 비웃으며 별명을 부르는군!
오두	헉, 그럴 리가……!
육손	나를 속이려 말게! 그날도 자네의 그런 비웃는 태도 때문에 난 격분해서 칼을 휘둘렀네. 그런데…… 자넨 아주 잽싸게 피했지.
오두	아냐, 헉!
육손	자네 대신 칼에 맞은 사람은 김두였어.
오두	그래서 헉…… 아직도 나를 죽이고 싶겠군!
육손	그런 감정 없네, 지금은.

이층집 창문. 이층여자가 이층남자에게 커피를 갖다 준다.

이층여자	당신 커피예요.
이층남자	고마워.
이층여자	(아래를 향해) 홍차는 조금만 기다리세요.

이층여자, 창문에서 사라진다.

박두	육손이, 난 헉, 닷새 동안 생각했네.
육손	자넨 무슨 의문이 있는가?
박두	생각하고 또 생각했는데, 헉헉, 자네가 여기 다시 온 이유를 모르겠어. 십칠 년 징역살이를 했으나 충분하지 않다, 그래서 죽으려 왔다…… 헉, 하지만 그게 진실일까? 육손이, 자넨 절

에서 도 닦는 스님도 아니고 헉, 교회 목사, 성당 신부도 아닐세. 헉헉…… 그런 분들이야 죄 짓는 게 송구하고, 무슨 벌을 받아도 부족하다 하실 걸세. 하지만 헉, 자넨 누구인가? 우리가 아는 자네는 도살장에서 소와 돼지를 잡았네. 헉헉…… 한 칼에 멱을 따고, 살과 뼈를 갈라내며, 온몸에 흥건히 피를 적셨지. 그런 자네가 갑자기 나타나 목숨을 내놓겠다니…… 헉헉…… 생각하고 또 생각해도…… 헉…… 그 이유를 알 수가 없네.

만복, 대나무 바구니를 들고 이층집 현관에서 나온다.

만복 홍차 가져왔습니다.

만복, 대나무 바구니에서 찻잔과 주전자를 꺼낸다. 그는 찻잔을 나눠주고 주전자의 홍차를 따른다.

만복 조심하세요. 찻물이 뜨거워요.
육손 나도 자네들과 함께 앉고 싶군.
오두 앉게, 헉…… 그러나 푹 젖은 소파일세.

오두, 박두, 정두, 자리를 좁혀서 육손이 앉도록 한다. 그들은 홍차를 마신다. 이층여자, 창문에서 나타난다.

이층여자 지금까지 무슨 말을 하던가요?
이층남자 심각해.
이층여자 심각하다뇨……?
이층남자 들어봐.

이층여자, 아래를 향해 귀 기울인다.

박두 솔직히 말해주게, 헉. 자네 돌아온 진짜 이유가 뭔가?

육손 나는 감옥에서 언제나 지하 독방에 갇혀 지냈네.

박두 헉, 지하 독방……?

육손 왜 감형시키느냐 소란을 피웠기 때문이지. 난 낮인지 밤인지 분간 못할 그곳에서 내가 살아온 삶을 생각했었네. 그런데 삶을 생각하면 죽음이 떠오르고, 죽음을 생각하면 삶이 떠오르고…… 그게 따로따로가 아닌 한 몸처럼 같은 것이더군.

이층여자 무슨 말인지 모르겠어요.

이층남자 좀 더 듣자구.

육손 어느 날인가, 그날도 나는 생각에 잠겨 있었는데…… 지하 독방의 단단한 벽이 유리처럼 투명해졌네. 하늘도 보이고 땅도 보였지. 하늘에는 내가 죽인 온갖 가축들이 가득 차 있었고, 땅의 한복판에는 내가 죽인 사람이 있었네.

이층여자 꿈을 꾼 걸까요?

이층남자 글쎄, 환상을 보았나……?

육손 그러자 나는, 내가 사람을 잘못 죽였듯이 온갖 가축들을 잘못 죽였음을 깨달았네. 소가 나를 욕하지 않았고, 돼지가 나를 비웃지 않았으며, 오리와 닭이 나를 손가락 여섯 개라고 놀리지 않았는데, 나는 아무 잘못 없는 그들을 죽인 걸세.

오두 감옥이란 헉, 그런 곳이지. 오래 갇혀 있으면 헉헉, ……현실 감이 없어져. 그래서 생각하는 게 비현실적인 꿈같고, 헉, 환상 같지.

육손 나는 내가 잘못 죽인 그들에게 진심으로 속죄하고 싶었네. 그래서 기꺼이 내 목숨을 바쳤지. 그러자 그들이 다시 살아났네! 모두 다시 살아나 기쁨에 넘쳐 춤을 추고 노래를 불렀네!

육손, 소파에서 일어나 길 가운데로 나온다. 그는 손뼉을 치며 춤을 춘다.

박두 헉헉…… 육손이 지금 뭘 하고 있나?

만복 춤을 춥니다.

오두·정두 춤을 춰……?

만복 네.

오두 육손이가 헉, 환상에 사로 잡혔군!

만복 하늘을 보세요! 무지개가 떴어요.

오두·박두·정두 무지개라니……?

만복 정말 아름답습니다!

오두 만복이, 자네도 환상을 보는가?

이층남자, 망원경으로 하늘의 일곱 색깔 무지개를 바라본다.

이층남자 보입니다, 보여요! 하늘에 무지개가 떴어요!

이층여자, 기다란 깔때기를 무지개 쪽으로 대고 듣는다.

이층여자 들려요, 무지개의 영롱한 음악소리가!

육손, 계속해서 춤을 춘다. 오두, 박두, 정두, 소파에서 일어난다.

오두 우린 헉헉, 그만 일어나지.

정두 보이는 것도 없고, 헉…….

박두 헉헉…… 들리는 것도 없어.

오두, 박두, 정두, 지팡이를 두드리며 집과 집 사이 빈틈으로 사라진다.

3장

시청직원, 서류가방을 들고 큰길에서 나타난다. 그는 가방에서 두툼한 서류철을 꺼내더니, 도살장 길 입구의 화분 받침대 꽃들을 살피면서 무엇인가를 기록한다. 이층집 창문이 열린다. 이층남자, 고개를 내민다.

이층남자 저, 실례지만 뭘 하십니까?

시청직원 시청에서 나왔어요. 아름다운 길 선발대회 심사 담당자입니다.

이층남자 (방안을 향해) 여보, 이리와 봐! 시청에서 심사 나오셨어!

이층여자 (창문 앞으로 다가온다.) 어머나, 지난 해 오셨던 그분이시네!

시청직원 아직 승진을 못했죠. 한 계급만 올랐어도 책상에 앉아서 보고를 받지, 이렇게 직접 거리마다 돌아다니지는 않거든요. 자, 그럼 안녕히 계시기를!

이층여자 아니, 잠깐만요. 벌써 심사 끝났어요?

시청직원 네. 도살장 길, 금년에는 화분 받침대를 새로 설치했군요. 심사규정에 의하면 화분 받침대는 흔한 것이어서 점수가 높지 않죠. 아주 큰 받침대가 50점, 중간은 30점, 작은 건 20점입니다. 그리고 활짝 꽃 핀 화분은 10점, 꽃 안 핀 화분은 5점, 시들거나 벌레 먹은 화분은 0점. 그래서 계산해보니까 175점. 500점 만점에 175점은 결코 좋은 점수가 아닙니다.

이층남자 소파는 몇 점입니까?

시청직원 소파라뇨……?

이층남자 거기, 화분 받침대 옆 소파요. 어르신들 편히 앉도록 부녀회에서 특별히 구입한 겁니다.

시청직원 벤치는 심사규정에 있지만, 소파는 없습니다.

이층여자 왜 없죠? 벤치나 소파나 사람이 앉기는 마찬가지인데, 벤치는 점수 주고 소파는 안 준다면 규정이 잘못된 것 아니에요?

시청직원 글쎄요…… 언젠가는 길거리에 벤치 대신 소파를 놓는 시대가 오겠죠. 그럼 그때 심사규정이 고쳐질 겁니다. 어쨌든 현행 규정에 의하면 가장 높은 점수는 분수입니다. 지난 해 일등상은 음악분수를 설치한 성내동 돌담길이 차지했어요.

이층남자 금년은 어디가 일등 할까요?

시청직원 아직은 모릅니다. 최종 심사 발표는 시장님이 하시는데, 발표 직전에 시장님 부인께서 순위를 바꾸는 경우도 있거든요. 여기 도살장 길은 해마다 탈락했지만, 시장님 부인께 잘 부탁해 보세요. 금년엔 일등을 하게 될지 누가 압니까?

시청직원, 떠난다.

이층남자 아주 귀중한 정보야. 당신이 부녀회장에게 전화해서 알려줘.

이층여자 난 그 여자 전화번호 몰라요.

이층남자 모르기는……. 아, 그래. 부녀회장 명함을 받은 적이 있어. (방 안으로 들어가며) 내가 전화하지!

이층여자 당신은 부녀회원도 아닌데 참 열성이네요!

이층여자, 창문을 닫는다.

4장

형제가구점 형과 아우, 도살장 길로 들어온다. 그들은 빗물에 흠뻑 젖은 소파 앞에 멈춘다. 아우, 충격 받은 표정이다.

아우 이건 비극이야, 비극! 소파가 꼭 물에 빠진 시체 같아!

형 그렇구나, 내가 봐도…….

아우 형, 왜 이런 비극이 일어났지? 세상의 모든 소파들은 멀쩡한

	데, 왜 우리 소파만이 이렇게 처참한 꼴이 됐느냐고!
형	비 때문이지. 하늘님이 하시는 일은 사람 힘으론 못 막아.
아우	아냐, 우린 할 수 있었어. 천막을 치던가, 비닐로 덮어주던가, 아예 우리 가구점으로 옮겨놓던가, 방법이야 많잖아.
형	그래…… 네 심정은 알아. 하지만 이 소파는 우리가 판 거야. 팔면 끝이라구. 물에 빠지든, 불에 타든, 판 다음엔 우리하곤 아무 상관없어.
아우	이젠 형하고는 동업 안 해!
형	그건 무슨 소리냐?
아우	나는 가구를 만들고, 형은 팔고, 이런 동업은 안 한다구! 형은 내 심정을 몰라. 가구를 만든다는 것, 그건 내 분신을 만드는 것과 똑같은 거야. 형은 팔기만 하니까, 내 분신이 어떻게 되든 아무 관심 없지!
형	(아우를 껴안으며) 미안하다, 미안해…… 네 슬픔이 그 정도였구나…… 너, 여행 어떠냐?
아우	여행?
형	며칠간 만사 잊고 여행을 갔다 오렴. 그럼 기분 전환이 되겠지.
아우	고마워, 형!

만복, 마구간 쪽에서 목마들을 끌고 나온다. 그는 형제가구점의 형과 아우 옆을 지나간다.

만복	날씨가 참 좋습니다.
아우	잠깐만요!
만복	(목마들을 멈춰 세운다.)
아우	우리 은인께선 안녕하신가요? 그 후 한 번도 뵙지를 못해서…….
만복	네, 잘 계십니다. 하지만 죽겠다는 말씀은 계속 하시지요.
아우	형, 난 여행 안 가!

형	갔다 와, 어디든지. 바다도 좋고, 산도 좋고, 아예 더 멀리 외국도 좋아.
아우	여행은 돈 많이 들 걸. 차라리 그 돈으로 잔치하는 게 낫지!
형	잔치……?
아우	응, 우리 은인의 환영잔치를 안했잖아.
형	글쎄…… 그건 좀…….
아우	형은 반대야?
형	여행은 가방 들고 훌쩍 떠나면 되지만…… 잔치는 복잡해. 음식도 만들어야 하고, 장소도 꾸며야 하고…….
아우	복잡할 것 없어! 음식은 간단히 바비큐를 하면 돼. 그리고 잔치 장소는…… 여기 이 길에서 하자구!
형	이 길에서……?
아우	우리 가구점 식탁과 의자들, 그걸 잠시 갖다 놓으면 되거든!
형	그랬다가 비가 오면 어쩌지?
아우	그만 둬! 형은 너무 냉정해!
형	난 날씨 걱정한 것뿐이야.
아우	일 년 삼백육십오일, 비만 오는 거야?
형	뭐, 가끔은…… 맑은 날도 있겠지.
아우	(만복에게) 우리 은인께 말씀 전해주세요. 맑게 개인 날, 환영잔치를 한다고요. 장소는 바로 이 길에서, 여기 사는 사람들 모두 초대해서 할 겁니다!
형	그런데 그분이 좋아할까요? 시끄럽고, 귀찮은 게 잔치라서…….
만복	좋아하시겠죠, 아마. 그렇지 않아도 그분을 위해서 뭔가 즐거운 일이 있으면 했는데, 환영잔치는 정말 생각 잘하셨어요.
아우	저녁 돌아올 때 우리 가구점에 들리세요! 환영잔치 초청장을 인쇄해 놓을 테니까, 은인께 직접 드리면서 말씀하면 거절 못하실 겁니다.
만복	알겠습니다.

만복, 목마들을 끌고 길 밖으로 나간다. 아우, 두 손을 모아 치켜들고 하늘을 향해 기도한다.

아우 하늘님, 감사합니다!
형 갑자기 왜 그러냐?
아우 나에게 기가 막힌 생각을 주셨잖아!
형 소파를 봐라! 너에게 그런 생각을 준 건 저 물 먹은 소파다!

형제가구점의 형, 길 밖으로 나간다. 아우, 뒤따라가며 휘파람을 분다.

5장

부녀회장과 부녀회원들, 이층집 아래 화분 받침대 앞으로 모여든다. 부녀회장, 빨간 리본을 맨 작은 화분을 들고 있다. 그녀는 이층집 창문을 향해 외친다.

부녀회장 창문을 열어요!
부녀회원들 (부녀회장을 따라 외친다.) 창문을 열어요! 창문을 열어요!

이층남자와 이층여자, 창문을 열고 내다본다.

부녀회장 귀중한 정보를 알려주셔서 감사해요.
부녀회원들 감사해요! 감사해요!
부녀회장 우리 부녀회에는 감사의 표시로 조그만 선물을 가져왔어요.
이층남자 (망원경으로 화분을 바라보며) 난초 화분이군요!
부녀회장 이층창문에 놓으면 잘 어울릴 거예요.
이층여자 거기, 화분 받침대에 두세요!

이층남자 당신 왜 그래……?

이층여자 세상에서 가장 흔한 선물이 난초 화분이에요! 더구나 우리 집은 창문 밑에 화분들이 많은데, 또 화분이라니…… 차라리 생선 한 마리가 낫죠!

부녀회장 (부녀회원들을 책망한다.) 내가 이걸 살 때 말렸어야지…….

부녀회원들 말릴 틈이 없었어요.

이층여자 그 난초 화분요, 시장님 부인께 갖다 드려요!

이층남자 시장님 부인과는 만날 약속을 하셨습니까?

부녀회장 아뇨. 오늘이라도 무작정 찾아가려구요.

이층남자 그렇게 불쑥 가면 안 됩니다. 금년엔 꼭 일등상을 받게 해 달라 부탁하는 건데, 정중히 알리고 가셔야죠. 그리고 선물도 난초 화분 아닌 다른 걸로 하시구요.

부녀회장 (부녀회원들에게) 다른 거라면…… 뭐가 좋지?

부녀회원들 글쎄요…….

부녀회장 생선은 어때?

부녀회원들 비린내가 지독할 텐데요…….

부녀회장 난초도 안 되고, 생선도 안 되고…… 미치겠네!

이층여자 (이층남자에게) 답답해서 못 보겠어요. 당신이 좋은 걸 말해줘요.

이층남자 난 몰라. 하지만 시청직원은 알겠지. (부녀회장에게) 시청에 가서 심사담당자에게 물어보세요. 시장님 부인께 부탁하라는 정보를 그 담당자가 알려줬으니까, 무엇을 좋아하는 지도 가르쳐 줄 겁니다.

부녀회장 정말 고맙군요, 여러 가지로 조언해 주셔서!

부녀회원들 고맙습니다! 고마워요!

부녀회장 자, 시청으로 가자구!

부녀회원들 네, 회장님!

부녀회장 금년 일등상은 우리 거야!

부녀회장과 부녀회원들, 시청을 향해 큰길로 행진해간다. 어멈, 큰길 멀리서부터 고함을 지르며 달려온다. 부녀회장과 부녀회원들, 어멈의 기세에 눌려 도살장 길로 뒷걸음질 친다.

어멈　　어서 나와! 내 남편 죽인 놈, 어서 썩 나오지 못해? (부녀회장과 부녀회원들에게) 너희들, 부녀회는 뭣 하는 거야? 내 남편 죽인 놈이 돌아왔거든 즉각 나한테 알려줘지!

부녀회장　오해하지 말아요, 우리 부녀회는 회원에게만 알려요.

어멈　　나, 소문 듣고 왔어! 어디야? 내 남편 죽인 놈이 지금 어디 숨어 있냐구!

이층여자　저쪽을 보세요.

어멈　　(이층여자가 가리키는 쪽을 바라본다.) 저쪽은 도살장이잖아!

이층여자　도살장 가기 전 왼쪽에 마구간이 보이죠?

어멈　　그래, 보여!

이층여자　그곳에 가면 있어요.

어멈　　(두 팔을 걷어붙이며) 잘됐군, 잘됐어. 육손이 이놈, 내가 당장 가서 죽여 버릴 거야!

부녀회원들　무서워요! 겁이 나요!

부녀회장　나도 저 여자는 무서워!

부녀회원들　회장님, 우린 어떻게 하죠? 다리가 떨려서 시청엔 못 가겠어요!

부녀회장　나도 지금은 못 가!

어멈　　너희들은 꼼짝 말고 구경이나 해!

오두, 박두, 정두, 지팡이를 두드리며 집과 집 사이 빈틈에서 나타난다.

오두　　왜 이렇게 소란한가?

박두　　글쎄, 약장수가 왔나? 아니면 굿판이……?

정두　　낮잠을 못자겠네, 시끄러워서.

이층남자   이제 곧 굉장한 일이 벌어집니다.

오두   무슨 일이……?

어멈   내가 원수 갚으러 왔소!

박두   누구지, 이 걸쭉한 목소리는……?

정두   옛날엔 자주 들었던 것 같은데…….

오두   혹시…… 김두 마누라 아니오?

어멈   바로 맞췄소. 억울하게 죽은 김두의 마누라요!

어멈, 마구간 쪽으로 달려가며 고함을 지른다.

어멈   육손아, 이 나쁜 놈아, 어서 나와! 비겁하게 숨어있지 말고 어서 나오라구!

어멈, 육손의 멱살을 움켜잡고 마구간 쪽에서 나온다.

어멈   이 몹쓸 놈! 내 남편을 죽인 놈!

육손   잘 오셨소. 나를 죽여주신다면…… 내가 바라는 바요.

어멈   뭐가 어째?

육손, 배낭에서 칼을 꺼내 어멈에게 준다.

육손   받으시오, 이 칼을.

어멈   오냐, 죽여주마!

어멈, 칼을 받아 허공에 휘두른다.

어멈   야, 이놈아! 무릎 꿇어!

육손   (무릎 꿇고 앉는다.)

어멈   머리 숙여!

육손	(머리를 숙인다.)
어멈	목을 길게 빼, 움추리지 말구!
육손	(목을 길게 내민다.)
오두	눈이 안 보여 답답하군. 지금 어떤 상황인가……?
이층남자	칼을 높이 쳐듭니다!
부녀회원들	무서워요! 무서워요!
부녀회장	눈 감아! 눈 감으면 안 무서워!
어멈	단칼에 내려 칠거야!
이층남자	내려칩니다!
부녀회원들	(비명을 지른다.) 으악, 회장님!
부녀회장	다들 눈 감으라구!
부녀회원들	아뇨! 이번엔 눈 뜨고 보겠어요!

어멈, 높이 치켜들었던 칼을 육손의 목에 닿도록 내렸다가 다시 치켜
든다.

이층남자	다시 칼을 들어 목을 겨냥합니다.
정두	여보게, 육손이.
육손	왜……?
정두	지금 기분이 어떤가?
육손	난 기쁘네.
박두	진심으로 기쁜가?
육손	진심일세.
어멈	이런 놈이 있나! 기쁘다면서 내 약을 올려?
육손	어찌 그럴 리가 있겠소? 오직 송구한 마음으로 죽기를 바랄 뿐이오!
어멈	육손아, 넌 내가 얼마나 고생했는지 알아? 청천하늘에 날벼락이지, 멀쩡한 남편 죽어 먹고 살 길 막막한데, 사방팔방 둘러 봐도 돈 나올 구멍이 없어! 신작로길 걷다가 자동차에 치어 죽

어도 보상금이 나오고, 철로길 건너다가 기차에 부딪혀 죽어도 위로금이 나오건만, 우리 남편은 도살장에서 소 돼지 잡는 칼에 맞아 죽었는데도 돈 한 푼이 안 나와! 가련하다 이 내 신세, 집 팔아먹고, 세간 팔아먹고, 나중에는 딸까지 사창가에 팔아먹었어!

부녀회장 어머나, 세상에!

부녀회원들 불쌍해요! 딸까지 팔다니!

부녀회장 하지만 돈 잘 버는 아들들이 있잖아?

어멈 그놈들은 야박해! 딸은 달라. 어찌나 마음 착한지 선녀야, 선녀! 이 에미 고생한다고 꼬박꼬박 돈을 갖다 주지! (육손을 바라본다.) 그래, 지금 심정 같아서는 네 목을 탁 쳐버리고 싶다만…… 참는다, 참아! 꾸욱 참고 살려줄 테니, 내 남편 죽인 보상금으로 천만 원만 내놔!

박두 육손이에게 천만 원이 있을까……?

오두 아마 그렇게 많은 돈은 없을 걸.

이층남자 야단났군. 이런 때에 만복씨라도 있으면 좀 깎자고 애원할 텐데.

이층여자 어르신들이 깎아 달라 흥정 해봐요.

오두 여봐요, 김두 마누라. 싸움은 말리고 흥정은 붙이라했소. 조금 깎아주시오.

어멈 절대 못 깎아! 천만 원을 줘야 포주한테 팔린 딸을 되찾을 수 있다구!

박두·정두 깎읍시다, 깎아. 반절로 뚝 깎으시오.

어멈 (화가 나서 칼을 휘두르며) 뭐가 어째? 너희들 모두 이 칼에 죽고 싶냐?

오두 우리 흥정은 실패했네!

육손 (어멈에게) 난 돈이 없소. 있다면 저승에 갖고 가지도 못할 것, 흔쾌히 다 드렸을 거요.

어멈 좋아! 삼백 깎을 테니 칠백 줘!

육손	제발 나를 죽여주시오.
어멈	옛다, 인심 썼다! 오백을 깎아주마!
육손	(침묵)
어멈	말해봐! 얼마를 더 깎아주랴?
육손	깨끗하게, 그냥 죽여주시오!
부녀회장	저 의연한 모습을 봐!
부녀회원들	우리도 보고 있어요!
부녀회장	진짜 남자야. 진짜 남자는 저렇다구!
부녀회원들	멋져요! 존경해요!
어멈	그냥 죽여 달라? 야, 이놈아, 넌 염치도 없냐? 돈 내놓고 살려 달라 빌어야 할 놈이 공짜로 죽여 달라 떼를 써?
오두	정말 염치가 없군!
정두	나 같으면 그런 소리 못해.
박두	부끄러운 줄 알아야지!
부녀회장	저런 혈뜯는 말을 함부로 하다니…….
부녀회원들	비교가 되네요, 너무 한심해서!
육손	나는 감사하며 기쁘게 죽겠소. 어서 목을 쳐주시오!
어멈	에라, 이 몹쓸 놈아! 잘 먹고 잘 살아라! (칼을 내던지며 울부짖는다.) 애통하다! 절통하다! 내 남편 죽인 놈이 돈 한 푼 안 준단다! 아이구, 박복해라! 내 팔자가 지지리도 복이 없구나!

어멈, 울부짖으며 도살장 길을 나간다.

제 3막

무대 가운데의 이층집이 무대 앞으로 옮겨져 있다. 지금까지 관객들에게 정면으로 보였던 이층집 창문이 오른쪽 측면이 되었고, 왼쪽 측면의 현관문이 정면에 보인다. 즉, 이층집이 90도 각도로 바뀐 것이다. 화분 받침대와 소파도 오른쪽 측면에 놓여있다. 그래서 관객들은 무대 앞 입구부터 무대 뒤쪽 막다른 곳까지 직선 형태로 도살장 길을 볼 수 있다. 만약 무대 깊이가 짧을 경우, 이층집을 45도 각도로 비스듬히 틀어 놓아 도살장 길을 사선 형태로 만든다. 가로등이 켜지는 저녁 무렵에는, 무대 조명이 무대 바닥에 정방형으로 기다랗게 빛을 비춰 길을 나타낸다.

1장

도살장 길. 오두, 박두, 정두, 집과 집 사이 빈틈에서 지팡이를 두드리며 나타난다. 그들은 사각봉투에서 카드 모양의 초청장을 꺼낸다. 그들은 눈에 보이는 듯이 초청장의 내용을 읽는다.

박두 "친애하는 박두 귀하. 금일 저녁 육손의 환영잔치에 참석해주시기를 바랍니다. 형제가구점 올림."

정두 귀하라고 했나, 자네를?

박두 귀하가 어때서?

정두 내가 받은 초청장은 존칭이 달라. (초청장을 정중하게 읽는다.) "존경하는 정두 각하."

박두 뭐, 각하?

정두 "각하께서 공사다망하심에도 잠시 시간을 내어 참석해주시면 감사하겠습니다." 어때, 격이 다르지?

오두   "위대하신 오두 폐하."

정두   폐하……?

박두   폐하는 황제 아닌가?

오두   "폐하께 엎드려 간청하나이다. 육손의 환영잔치에 친림하여 주시오면 무한한 영광이겠나이다."

박두, 오두의 초청장을 빼앗아 읽는다.

박두   "도살장 길에 사는 오두 씨, 형제가구점 주최 육손의 환영잔치에 참석 바랍니다."

정두   그냥 단순히, 오두 씨라고 했군!

오두   됐네, 됐어. 눈에 보이지도 않는 초청장, 존칭이야 아무려면 어떤가?

정두   자네가 너무 잘난 체 했잖아!

박두   각하도 잘난 척 한 거야. 나처럼 교양 있는 사람은 스스로를 겸손하게 낮춘다네!

오두   지극히 겸손하신 귀하께서는 오늘 저녁 어찌할 건가?

박두   어찌하다니……?

오두   참석인지? 아니면 불참?

박두   글쎄…… 아직 결정 못 했어.

오두   존경하는 각하께선?

정두   존칭을 붙여서 말하니까 재미있군. 음, 내 생각은…… 육손이를 우리가 친구로 받아들일 것인지, 그것부터 검토해 봐야겠지. 위대하신 폐하의 생각은?

오두   나도 동감일세. 육손이를 받아들일 마음 없이, 그저 음식이나 얻어먹으려고 잔치에 참석하는 건 황제의 품위에 어긋나거든. 자, 그럼 우리 모두 삼 분간 침묵하세.

박두   갑자기 침묵은 왜……?

오두 침묵 속에서 신중히 생각해. 육손이를 우리 친구로 받아들일 것인가, 말 것인가…… 참고 삼아 알려주는데, 오늘 저녁 잔치는 바비큐라네.

정두 이미 알고 있네. 초청장 받을 때 메뉴가 뭐냐고 물었더니, 형제가구점 형과 아우 대답이, 소갈비랑 돼지 삼겹살이래!

박두 오랜만에 고기를 실컷 먹겠군!

오두, 박두, 정두 한동안 침묵한다.

오두 생각 다했는가?

박두·정두 조금만 더…….

오두, 박두, 정두 침묵한다.

오두 이젠 다 했지?

박두·정두 음…….

오두 누가 먼저 말할까?

정두 폐하께서 먼저 말하게.

오두 난 오랜 심사숙고 끝에 육손이를 받아들이기로 했네. 단, 조건이 있지. 우리처럼 살아야한다는 거야. 죽으면 시체가 될 테고, 우리가 시체를 친구 삼을 수는 없는 것 아닌가?

정두 그건 그래.

박두 나도 조건이 있어. 우리와 함께 목마도 타고, 화분 받침대에 나란히 앉으려면, 육손이는 우리처럼 눈이 멀어야해. 같은 처지가 되지 않고서는 진정한 친구가 될 수 없거든.

정두 그건 그래.

오두 그냥 그렇다 말고, 존경하는 각하의 의견은?

정두 난 매우 신중히 생각했지. 우리가 육손이를 받아들이는 조건은, 고기를 먹어야 한다는 거네. 우리도 고기 먹잖아? 육손이

	가 채식만 고집하는 건 절대로 용납 못해!
오두	좋아. 모두 원칙적이며 보편적인 조건들이군. 첫째, 살아야한다. 둘째, 눈이 멀어야한다. 셋째, 육식을 해야 한다!
박두	그런데 육손이가 우리의 조건을 거부한다면……?
오두	나는 황제로서 추방명령을 내리겠네. 각하는?
정두	즉각 떠나도록 해야겠지!
박두	점잖은 내가 이런 말은 하고 싶지 않은데, 육손이 온 다음부터 부녀회 여자들이 이상해졌어. 육손이는 영웅 취급하고, 우리는 아주 한심한 존재로 여긴다구.
정두	여자들이란 변덕이 심해!
오두	어쨌든 오늘 저녁 잔치에 가서, 육손이에게 우리의 세 가지 조건을 제시하자구!
박두	그냥 빈손으로 갈 것인가?
정두	아니, 환영선물을 갖고 가야겠지.
오두	뭐가 좋을까?
정두	지팡이, 색안경은 어때? 육손이한테 필요할걸!
박두	그거 싸게 파는 가게를 난 아네!
정두	나도 알아!
오두	우리 단골가게?
박두·정두	그래!
오두	지금 당장 선물 사러 가세!

오두, 박두, 정두, 지팡이를 두드리며 큰길 쪽으로 나간다. 자동차들의 급정거 소리, 경적 울리는 소리가 들려온다. 이층집 창문이 열린다. 이층여자, 창문 밖으로 고개를 내밀고 두리번거린다.

이층여자	당신, 이리와 봐요!
이층남자	(목소리) 왜……?
이층여자	큰길에서 요란한 소리가 들려요!

이층남자 (창문 앞으로 와서 망원경으로 바라본다.) 저기, 자동차들이 난리 났군! 어르신들이 신호등을 무시하고 길을 건너가셔!

이층여자 그러다가 사고 나겠어요.

이층남자 저런! 저런!

이층여자 망원경을 줘요, 나도 좀 보게!

이층남자 당신은 보청기로 들으면 되잖아! 오, 저런! 큰길 건너 또 큰 길…… 어딜 가시려고 저 난리지?

이층여자 당신이나 실컷 보세요!

이층여자, 안으로 들어간다. 만복, 마구간에서 목마 한 필을 끌고 나온다. 그는 무거운 발걸음으로 느릿느릿 걸어간다. 이층남자, 만복을 바라본다.

이층남자 오늘도 목마 끌고 나가는군요.

만복 네…….

이층남자 식구가 한 명 늘었으니 돈도 더 벌어야할 텐데, 어찌 목마를 하나만 끌고 갑니까?

만복 (침묵)

이층남자 대답도 않네. 걷는 것도 힘이 없고…… 혹시 아파요?

만복 아뇨…….

이층남자 그럼 병든 사람마냥 왜 그렇게 힘이 없어요?

만복, 한숨을 쉬며 걸음을 멈춘다.

만복 마음이 아파요, 마음이…… 그분이 모욕당한 걸 생각하면요.

이층남자 만복씨는 그때 없어서 못 봤죠? 내가 다시 흉내 내겠습니다. (어멈의 목소리를 흉내 내며) "야, 이놈아! 공짜로 죽여 달라고 떼를 써? 넌 염치도 없냐? 에라, 이 뻔뻔스러운 놈아! 잘 먹고 잘 살아라!" 하하, 으하하하! 웃느라고 성대모사가 잘 안됐어요!

만복   (침묵)

이층남자   내가 웃어서 기분 상했어요?

만복   (침묵)

이층남자   미안합니다.

만복   (침묵)

이층남자   일하러 안 갈 겁니까?

만복   가긴 가야죠. 하지만 오늘은…… 선녀를 데리러 갑니다.

이층남자   선녀요?

만복   그분이 말씀하셨어요. 오늘 저녁 환영잔치에 선녀를 데려와야 한다, 안 데려오면 잔치에 참석 않겠다…….

이층남자   선녀가 어디 있죠?

만복   역전 골목길요.

이층남자   역전 골목길……? 거긴 창녀들이 있는 곳 아닙니까?

만복   붉은 등이 켜진 그 골목길에 목마를 끌고 가면, 선녀는 기다렸다는 듯이 올라타요. 그 모습이 얼마나 어여쁜지…… 지나가는 사람들도 걸음을 멈추고 바라봐요. 그럴 때, 선녀 태운 내 목마는 마치 하늘을 훨훨 날아다니는 것 같아요.

이층남자   저런, 그 선녀가…… 내가 웃으며 목소리를 흉내 낸 여자의 딸이군요?

만복   네…….

이층남자   목마 타고 하늘을 훨훨 날아다닌다…… 사랑하면 그렇게 보이죠.

만복   (침묵)

이층남자   만복씨, 선녀를 사랑합니까?

만복   네…….

이층남자   선녀도 만복씨를 사랑해요?

만복   (침묵)

이층남자   대답 않네. 짝사랑인가…….

만복   어느 날, ……갑자기 소나기가 쏟아졌어요. 선녀는 나를 자기 방으로 데려갔죠. 선녀의 방에는 이상한 그림들이 있었어요. 어린 남자, 젊은 남자, 늙은 남자…… 여러 가지 모습이 그려져 있었죠. 선녀가 말했어요. 누구든지 원한다면, 자기는 상대를 가리지 않고 사랑할 수 있다구요.

이층남자　어쨌든 뭐, 사랑이란 즐거운 거죠.

만복　하지만 나는 두려워요…….

이층남자　두렵다니요……?

만복　선녀는 누구나 원하는 대로 해줘요. 사랑해달라면 사랑하듯이…… 죽여 달라면 죽일 겁니다.

이층남자　지나친 걱정입니다. 사랑과 죽음은 전혀 달라요.

만복　선녀가 그걸 구분할까요?

이층남자　바보 아니면 구분하겠죠!

만복　난 불안해요. 지금까지 내가 만난 사람 중에서, 나는 그분을 가장 존경합니다. 비록 난 공부한 게 없고, 책도 많이 못 읽었지만, 어떤 사람을 존경해야 하는지는 알아요. 그분에겐 진심이 있어요. 자신의 잘못을 깨닫고, 반드시 잘못한 것을 갚으려 하고, 그저 말로만이 아니라 실제 행동을 그렇게 하죠. 아, 그분은 죽으면 안돼요!

이층남자　부럽군요, 존경할 사람이 있다는 게. 난 없어요. 여기 이층에서 망원경으로만 봐서 그런지, 모든 사람들이 다 그렇고 그래요.

만복　오늘 저녁, 환영잔치에서 그분은 죽을 겁니다! 선녀에게 죽거나, 스스로 죽거나, 틀림없이 죽을 거예요!

이층남자, 망원경으로 먼 곳을 바라본다.

이층남자　저 시청의 시계탑 좀 봐! 벌써 열두 시 삼십 분이군!

이층여자　(목소리) 여보, 점심 먹어요!

이층남자　(만복에게) 괜히 고민 말고 선녀 데리러 가요! 더 머뭇거리고 있다간 아침이 낮 되듯이, 낮이 곧 저녁 됩니다!

이층남자, 창문을 닫는다. 사이. 만복, 한숨을 쉬면서 한 걸음, 한 걸음, 천천히 목마를 끌고 나간다.

2장

큰길 쪽에서 자동차 경적 소리, 운전자의 고함 소리가 요란하게 들린다. 오두, 박두, 정두, 한 사람씩 지팡이를 두드리며 도살장 길로 들어온다.

오두 다들 무사히 왔는가?
박두 나는 괜찮네.
정두 나도.
오두 육손이 줄 선물은 내가 갖고 있네. 그럼 저녁 잔치 때 다시 만나세.

오두, 박두, 정두, 벽 틈으로 사라진다.

3장

형제가구점의 형과 아우, 바퀴 달린 가구운반대를 끌고 당기며 큰길에서 들어온다. 가구운반대에는 의자와 탁자, 조립식 식탁, 바비큐 그릴, 두루마리처럼 말린 붉은 양탄자 등이 잔뜩 실려 있다.

아우 형, 힘들지?
형 응…… 힘들구나.

아우	형은 잠시 쉬고 있어.
형	고맙다.
아우	그런데 지금 가장 중요한 게 뭔지 알아?
형	몰라…….
아우	먼저 바닥에 붉은 양탄자를 깔아 놓는 거야. 그리고는 오늘 잔치의 주인공, 우리 은인께서 앉으실 의자를 놓는 거지.

아우, 가구운반대에서 둘둘 말린 붉은 양탄자를 꺼내더니 길바닥에 기다랗게 펼친다.

아우	아주 멋져! 붉은 양탄자를 깔아놓으니까 분위기가 확 다른데!
형	아주 아주 멋져!
아우	너무 환상적이야!
형	너무 너무 환상적이야!
아우	형, 왜 그래?
형	내가 뭐……?
아우	비꼬는 것 같잖아?
형	오해 마. 다음은 뭐냐, 할 일이?
아우	잠깐 생각해보구. 오늘 저녁 환영잔치에…… (길 안쪽을 가리키며) 우리 은인께서 마구간에서 나오셔서, 양탄자를 밟고…… (길 입구 쪽을 가리키며) 이쪽으로 걸어가실 거야. 그렇다면 앉으실 의자는 입구 이쪽에 놓아야겠군.
형	(가구운반대에서 의자를 내린다.) 의자! 의자!
아우	형!
형	왜……?
아우	다시 생각해보니까 은인 의자는 저쪽이 좋겠어. 입구는 큰길의 지나다니는 사람들 때문에 어수선하거든.

형과 아우, 둘이서 의자를 길 안쪽으로 옮긴다. 의자는 등받이가 높

다랗다. 그들은 의자를 양탄자 위에 길 입구를 향해 정면으로 놓는
다.

아우	이쪽이 좋긴 한데…… 은인께서 양탄자 밟고 걷는 건 못하시 겠네.
형	그럼 다시 저쪽에 옮겨놓을까?
아우	글쎄…….
형	말만 해. 난 네가 시키는 대로 할 테니.
아우	이게 낫겠어. 탁자를 갖다 놓자구.

형과 아우, 가구 운반대로 간다. 그들은 탁자를 들고 와서 의자 앞에
놓는다.

아우	촛대가 빠졌어.
형	촛대! 촛대!

형, 가구운반대로 달려가 커다란 촛대 두 개를 가져온다. 아우, 촛대
를 탁자 좌우에 놓는다.

아우	의자, 탁자, 촛대가 아주 잘 어울려!
형	아주 아주 잘 어울려!
아우	은인께서도 무척 좋아하실 거야!
형	무척 무척 좋아하실 거야!
아우	형, 솔직히 말해!
형	솔직히……?
아우	아까부터 과장된 말투가 수상해. 뭔가 감추는 게 있지?
형	아냐, 없어!
아우	가장 중요한 은인의 자리를 정했으니 다음은 축하객들 자리인 데…… 어르신들은 소파가 좋겠어.

형	소파! 소파!

형과 아우, 소파 있는 곳으로 간다. 그들은 소파를 손으로 어루만진다.

형	겉은 말랐군. 이 정도면 앉을 수 있어.
아우	속은 아직도 젖어있겠지…….

형과 아우, 소파를 옮겨다가 양탄자 측면에 놓는다.

형	부녀회장 자리는? 부녀회원들도 초대했잖아?
아우	다들 환성을 지르더군! 덕분에 부녀회에서 접시라든가 그릇들을 빌릴 수 있게 됐어!
형	(이층집을 가리키며) 너는 저 이층집 부부도 초대했지?
아우	당연하지!
형	불청객도 올 거야!
아우	불청객?
형	우리 어머니!
아우	여길 왜 와, 어머니가?
형	이미 한 번 다녀가셨지!
아우	정말……?
형	실제로 본 사람이 그러더라, 굉장한 난장판이었다고. 다시 오면 완전히 쑥대밭을 만들 거다. 어머니 성질에, 아들들이 남편 죽인 원수의 환영잔치를 벌린다면 가만 두겠냐?
아우	이제야 형의 본심이 드러나는군.
형	난 걱정 되서 그런다.
아우	그래서 오늘 잔치를 포기하자는 거야?
형	넌 어머니가 두렵지 않냐?
아우	두려워. 이복동생을 낳고서는 어머니 성질이 사나워졌지. 하

지만 나는 어머니가 죽었으면 좋겠다고 기도한 적 없어!

형 나도 그런 기도는 안 했다!

아우 오직 의붓아버지만 죽게 해달라고 기도했지! (흐느껴 울며) 그럼 어머니, 형, 나, 이복동생, 우리 넷이 행복하게 살 줄 알았는데…….

형 울지 마라. 다 큰 남자는 울면 안돼.

아우 어쨌든 잔치는 할 거야!

아우, 가구운반대로 가서 접는 의자들을 내린다.

아우 난 축하객들 의자를 놓을 테니까, 형은 바비큐 화로를 설치해 줘.

아우, 접는 의자들을 펼쳐서 양탄자 측면에 일렬로 놓는다. 형, 가구운반대로 간다. 그는 바비큐 화로들을 내려놓고 망설인다.

형 이건 어디에 놓지?

아우 형 마음대로!

형, 화분 받침대 옆에 바비큐 화로들을 나란히 설치한다. 아우, 열 개의 의자들을 계속해서 늘어놓는다. 형, 가구운반대에서 조립식 식탁을 내린다. 그는 식탁 상판에 다리들을 끼워 넣는다.

아우 다 놨어, 의자들은!

형 왜 양쪽으로 놓지 않구?

아우 사람 다니라고 한쪽은 비워뒀어.

형과 아우, 조립한 식탁을 들어서 바비큐 화로 옆으로 옮겨 놓는다.

| 아우 | 바비큐 뷔페! (식탁 위에 놓인 가상의 접시를 집어 드는 시늉을 하며) 이렇게 식탁 위 접시를 들고, (바비큐 화로에 간다.) 구워진 고기를 담은 다음에 (일렬로 놓여진 의자들을 가리키며) 저 의자에 가서 먹는 거지! 우리 은인께는 내가 직접 갖다 드릴 거야! |
| 형 | 그래, 그건 네가 해. |

형, 가구운반대로 간다.

형	옮겨놓을 게 또 있다. 바비큐 숯 상자, 맥주 상자, 소주 상자…… 그런데 이 작은 상자는 뭐냐?
아우	궁금하면 열어봐.
형	(작은 상자를 열어본다.) 어, 괴상하다!
아우	하나는 형 것, 또 하나는 내 것, 잔치 중간에 깜짝 놀라게 하려고 준비했지.

형, 작은 상자에서 라텍스 고무로 만든 당나귀 머리 모양의 가면을 꺼낸다. 그는 당나귀 가면을 얼굴 전체에 쓴다.

| 형 | 히이잉! 히이잉! |
| 아우 | 당나귀야, 당나귀! |

형과 아우, 가구운반대의 상자들을 식탁 밑으로 옮겨 놓는다. 형, 당나귀 가면을 벗는다.

형	이젠 준비가 다 됐으니, 정육점에 주문한 고기를 가져와야겠다.
아우	형 혼자 갔다 와.
형	너는?
아우	난 갈 데가 있어.

형　어디를······?

아우　어머니한테. 절대로 여기 오면 안 된다고 할 거야!

형　어머니가 네 말을 들어줄까?

아우　당나귀 탈을 쓰고 가서 말하면 들어주겠지. 그래도 어머니가 온다면, 난 어머니의 아들이 아니라 당나귀의 아들이야!

　　　아우, 당나귀 가면을 쓴다.

아우　히이잉! 히이잉!

형　나도 이걸 쓰고 정육점에 가야겠군!

　　　형, 당나귀 가면을 다시 쓴다. 아우, 일부러 발로 땅을 탁탁 치며 뛰어간다. 형, 가구운반대를 밀면서 길 밖으로 나간다.

4장

　　　부녀회원들, 잔치에 쓸 그릇들을 들고 집에서 나온다. 그녀들은 얼핏 형과 아우를 보고 놀란다.

부녀회원 가　우리가 방금 뭘 봤죠?

부녀회원 나　사람일까요? 짐승일까요?

부녀회원 다　분명히 짐승이에요. 이 세상에 머리가 그렇게 길쭉한 사람은 없거든요!

부녀회원 나　맞아요! 당나귀처럼 머리도 기다랗고, 귀도 길었어요!

부녀회원 라　사람이죠, 사람!

부녀회원 마　사람처럼 두 발로 걸어가던 걸요!

　　　부녀회원들, 바비큐 화로 옆 식탁 위에 그릇들을 내려놓고 주위를 둘러본다.

부녀회원들 어머나, 벌써 잔치 준비를 다 했네!
부녀회원 나 왜 이렇게 가슴이 두근거릴까! 처음엔 살인자라서 무서웠지만, 지금은 오히려 그게 더 매력 있어요.
부녀회원들 요즘 남자다운 남자가 없잖아요.
부녀회원 라 다들 약아빠져서 아무 책임도 안 지려하구…… 목숨을 내놓겠다, 그 순간 난 완전히 반했다구요.
부녀회원들 우리 모두 반했죠!
부녀회원 가 나 좀 보세요. 환영잔치에 예쁘게 보이려고 미장원에 다녀왔는데요. 내 모습 어때요?
부녀회원들 정말 예뻐요!
부녀회원 마 (옷자락을 잡고 한바퀴 빙그르 돌며) 나는요? 백화점에서 새 옷을 샀어요.
부녀회원들 참 아름답네요! 잘 어울려요!
부녀회원 다 난 노래를 준비했어요.
부녀회원들 노래요……?
부녀회원 다 환영의 노래죠. 잠도 안자고 연습한 걸요!
부녀회원 가 그런데 우리 회장님이 노래 부르는 걸 허락할까요?
부녀회원들 아, 우리 회장님이 안 계시네…… 미장원에 가셨나, 옷 사러 가셨나……?
부녀회원 나 저기 회장님 오셔요! 마치 우리 말을 들은 것처럼!

부녀회장, 시청직원과 함께 들어온다.

부녀회장 나, 시청에 갔다 오는 거야! 그동안 헛걸음만 했었는데, 오늘은 운 좋게도 담당자를 만났다구! 자, 박수쳐요! 바로 이분이 아름다운 길 선발대회 심사 담당자셔!
시청직원 (몹시 당황하며) 박수치지 마세요, 제발!

부녀회장	어서 쳐, 힘껏!
부녀회원들	(박수를 친다.)
시청직원	나는…… 박수 받으러 온 게 아니구요, 오해를 풀려고 왔어요. 도대체 누굽니까? 시장님 부인께 뇌물을 줘야 일등을 한다고 말한 사람이 있다는데, 그게 누구냐구요!
부녀회장	바로 저기 있어요. (이층집 창문을 향해 외친다.) 창문을 열어요!
부녀회원들	(다함께 외친다.) 창문을 열어요!

이층남자와 이층여자, 창문을 열고 내다본다.

이층남자	아, 벌써 잔치에 모였군요!
시청직원	당신입니까? 당신이 시장님 부인께 뇌물을 줘야한다고 그랬어요?
이층남자	무슨 말씀이신지……?
부녀회장	(이층남자에게) 우리에게 귀중한 정보를 주셨잖아요. 도살장 길이 일등상 받으려면 시장님 부인께 청탁해야 한다구요.
이층남자	(시청직원에게) 그 정보는 당신이 직접 말한 겁니다.
시청직원	난 부탁하라고 했지, 청탁하라고는 안했어요!
이층여자	부탁이나 청탁이나 그게 그거죠!
부녀회장	그리고 이런 조언을 하셨어요. 시장님 부인을 만나러 무작정 가서는 안 된다, 가장 좋아할 뇌물을 드려라, 그것이 무엇인지는 시청담당자가 잘 알 것이다…… (부녀회원들에게) 어때, 틀린 건 없지?
부녀회원들	틀림없어요, 회장님!
이층남자	난 선물이라고 했지, 뇌물이라고는 안했습니다.
시청직원	선물이나 뇌물이나 그게 그거죠!
이층여자	그게 그거라니, 남의 말을 따라하지 마세요!
시청직원	큰일 났네! 시장님이 아시면 어쩌나? (손바닥을 칼처럼 세워 자신의 목을 치며) 당장 내 목을 자를 겁니다!

이층여자 목 잘리는 것두요, 따라하면 안돼요!

시청직원 (가까운 의자에 쓰러지듯 앉으며) 아이구, 어지러워…… 물 한 잔만 주세요.

부녀회장 물? 물 좀 찾아봐!

부녀회원들, 식탁 밑 상자들을 열어본다.

부녀회원들 물은 없고 술은 있어요.

부녀회장 술이나 물이나 그게 그거지!

이층여자 (항의하듯이) 회장님도 따라하시네!

부녀회원들, 식탁 밑 술 상자에서 소주와 맥주를 꺼내 커다란 그릇에 붓는다. 부녀회장, 술 담긴 그릇을 시청직원에게 갖다 준다. 시청직원, 벌컥벌컥 마신다.

부녀회장 어쨌든 금년엔 꼭 일등상을 받아야 해요. 화분 받침대와 소파, 부녀회가 돈을 많이 썼거든요. (시청직원 옆 의자에 앉는다.) 나에게만 살짝 가르쳐줘요. 시장님 부인이 가장 좋아하시는 게 뭐죠?

시청직원 바싹바싹 속이 타네!

부녀회장 한 잔 더 드릴까요?

시청직원 네, 주세요!

부녀회장 (부녀회원들에게 가서) 한 잔 더!

부녀회원들, 소주와 맥주를 큰 그릇에 가득 붓는다. 부녀회장, 술 담긴 그릇을 시청직원에게 갖다 준다. 시청직원, 벌컥벌컥 마신다.

시청직원 우리 시장님 부인께서 가장 좋아하는 건 뭐냐, 백마입니다, 백마! 지난해 봄, 시장님은 부인과 함께 경마장에 가셨어요. 그때 부인께선 달리는 백마, 눈처럼 새하얀 말을 보시고 반한 겁니다. 부르르 몸을 떠시더니 벌떡 일어나 외치셨지요. "백마다! 백마! 난 백마를 갖고 싶어요!" 하지만 시장님은 못 들은 척하셨습니다. 백마는 자동차보다 몇 배나 비싸거든요.

부녀회장 그렇게…… 비싸요?

시청직원 네, 굉장히 비싸죠. 시장님 부인께 백마를 갖다 드리세요. 그럼 반드시 일등할 겁니다. 그런데…… 내가 왜 이러지? 절대로 해서는 안 될 소리를 나불나불 잘도 하고 있네. 에라, 모르겠다! 한 잔 더 줘요!

부녀회장 여기, 한 잔 더!

부녀회원들, 소주와 맥주를 큰 그릇에 가득 부어 시청직원에게 갖다준다. 시청직원, 벌컥벌컥 마신다. 백마가 요란한 말발굽 소리를 내며 도살장 쪽에서 나타나 길 입구로 달려간다. 시청직원, 벌떡 일어선다.

시청직원 백마다, 백마!

부녀회장 백마……?

시청직원 백마가 달려간다!

부녀회장 내 눈엔 안 보이는데…….

부녀회원들 우리 눈에도 안 보여요.

부녀회장 이 양반이 술 석 잔 마시더니 헛것을 봤어!

시청직원 (갑자기 정신을 잃고 쓰러진다.)

부녀회장 여봐요, 여봐요…… 정신을 잃었군!

부녀회장과 부녀회원들, 쓰러진 시청직원을 일으켜서 의자에 앉혀 놓는다. 이층남자, 망원경으로 큰길 쪽을 바라본다.

이층남자 보입니다, 보여요!

이층여자 백마예요?

이층남자 아니, 당나귀야!

부녀회장과 부녀회원들, 길 입구를 바라본다. 형제가구점의 형, 고기가 든 아이스박스를 등에 짊어지고 들어온다.

부녀회원들 우리가 아까 봤던 거야!
형 히이잉! 히이잉!
부녀회원들 짐승이에요? 사람이에요?
형 (당나귀 가면을 벗으며) 형제가구점의 형입니다.
부녀회원 나 난 짐승인 줄 알았어요!
형 정육점 주인도 나를 보고 놀랬죠. 하지만 금방 사람인 걸 알고는 웃더군요. (아이스박스를 바비큐 화로 옆에 내려놓으며) 오늘 잔치에 쓸 고기 갖고 왔어요.
부녀회장 (아이스박스를 열어본다.) 무슨 고기에요?
형 소갈비, 등심, 돼지 삼겹살, 곱창, 여러 가지죠.
부녀회장 말고기는 없어요? 백마라면 한 마리 다 내가 먹을 텐데요!
형 몹시 시장하시군요?
부녀회장 마음이 허탈해서 그래요. 금년에도 상 받기는 틀렸거든요.
부녀회원들 회장님, 우리 마음도 허무해요!
부녀회장 이럴 때는 잔뜩 먹어야해!
형 하지만 기다려요. 내 동생이 있어야 잔치를 시작합니다.
이층남자 이미 잔치 시작했습니다. 저기, 저 남자를 보세요. 벌써 취해서 정신을 잃었어요.
부녀회장 어서 구워요, 고기를!
형 불을 피워야 굽죠!

형, 바비큐 화로의 숯에 가스 점화기로 불을 붙인다. 그는 불이 붙자 석쇠 위에 고기를 얹는다.

| 형 | 쇠고기, 돼지고기, 따로따로 나눠 굽습니다. |

부녀회장과 부녀회원들 접시를 들고 바비큐 화로 주위에 모여든다.

부녀회원 나	어느 쪽이 쇠고기예요?
부녀회원 라	당연히 갈비가 있는 쪽이죠.
부녀회장	먹어, 쇠고기는 덜 익어도 먹는다구!

부녀회장과 부녀회원들 서로 다투듯이 고기를 접시에 담아 서서 먹는다. 형, 계속해서 보충한다.

이층여자	꼭 아귀들 같네!
이층남자	작년에도 못 받고 금년에도 못 받고…… 사람이 허탈하면 저렇게 되는 거야.
형	(이층남자와 이층여자에게) 아래로 내려오세요!
이층여자	요즘 내 마음이 허전해요.
이층남자	내 마음도 텅 비었어.
이층여자	난 고기 먹고 싶어요!
이층남자	나도 고기 먹을 거야!

이층남자와 이층여자, 창문에서 사라진다. 부녀회원들, 부녀회장에게 술을 권한다.

부녀회원들	회장님, 술을 드세요.
부녀회장	다들 마셔! 고기 먹을 땐 술을 마셔야 해!
형	돼지고기도 잘 익었습니다.
부녀회원들	돼지고기엔 소주가 최고예요.
부녀회장	소주도 마시고 맥주도 마셔!

이층남자와 이층여자, 현관으로 나온다. 그들은 바비큐 화로 양쪽의 고기를 접시에 수북하게 담더니 시청직원 옆 의자에 가서 앉는다.

이층여자　고기 먹는다고 허전한 마음이 채워질까요?
이층남자　글쎄…… 먹어보면 알겠지.

이층남자와 이층여자, 고기를 먹는다.

이층여자　어때요, 당신?
이층남자　온몸에 활기가 넘치고, 마음이 뿌듯해!
이층여자　나도 활기차고 뿌듯해요!
이층남자　그래서 사람들이 고기를 먹는군!

오두, 박두, 정두, 지팡이를 두드리며 나타난다.

오두　아, 내 코를 끌어당기는 이 유혹적인 냄새는 무엇인가?
박두　몰라서 묻나? 고기 굽는 냄새야!
정두　온 천지가 이 냄새로 가득 찼네!
박두　괘씸하군! 고기를 구웠거든 우리한테 알려야지!
정두　우리를 무시하다니, 이럴 수가 있나?
박두　난 집으로 돌아가겠네!
오두　그럼 후회할걸. 괘씸해도 참고 먹는 게 낫지!

오두, 박두, 정두, 코를 킁킁거리며 냄새를 맡아 고기 굽는 곳을 찾아 간다. 그들은 가다가 늘어놓은 의자에 부딪힌다.

박두　곳곳에 장애물을 설치해놨군!
정두　일부러 이렇게 한 거야, 우리를 막으려고!

오두, 박두, 정두, 바비큐 화로 앞으로 다가온다.

형	어르신들 오셨습니까!
오두	우리가 너무 늦게 온 건 아닌가?
박두	우리에겐 알리지도 않다니, 유감일세!
정두	고기는 벌써 다 먹었겠군!
부녀회원들	아직 많아요!
형	잡수시고, 또 잡수세요!

부녀회원들, 고기를 접시에 담아준다. 오두, 박두, 정두, 부녀회장과 부녀회원들 속에 끼어서 고기를 먹는다.

5장

황혼. 짙어지는 어둠. 가로등 불이 켜진다. 형제가구점의 아우, 큰길 쪽에서 걸어온다.

아우	형, 나 왔어!
형	왜 이제야 오냐?
아우	어머니 때문에 늦었지. 잔치한다니까 노발대발 내 머리를 붙잡고는 당나귀 탈을 벗겼어. 그리고는 안 주는 거야. 아무리 돌려 달라고 사정을 해도…….
형	어머니는 그래. 빼앗은 건 절대로 안 줘.
아우	옷장, 화장대, 식탁도 빼앗겼어. 그 대신 어머니는 이곳에 오지 않기로 했지.
형	너무 많이 줬다! 동업자인 내 허락도 없이!
아우	미안해, 형…….
형	이젠 네가 고기 구워라!

형, 성이 나서 바비큐 화로에서 물러선다. 아우, 주위를 둘러본다.

아우	그런데 우리 은인은? 잔치의 주인공이 안보이잖아?
오두	육손이가 없다구……?
아우	네.
정두	우린 벌써 나온 줄 알았지.
아우	그럼 형, 은인을 모시지도 않고 잔치부터 한 거야?
형	넌 늦게 와서 내 탓을 해? 여기, 물어봐라! 나 혼자 얼마나 바빴는지 말해줄 거다!
아우	형 탓하는 게 아냐. 그래도 그렇지, 가장 중요한 은인을 빼놓다니…… 여러분, 의자에 앉으세요! 제가 오늘 잔치의 주인공을 모셔오겠습니다!

아우, 마구간으로 달려간다.

박두	의자……?
정두	의자가 어디 있지?
형	어르신들 자리는 소파입니다.

형, 오두와 박두와 정두를 데리고 가서 소파에 앉힌다.

형	다른 분들은 자유롭게 앉으세요!
부녀회장	(소파 바로 옆 의자에 앉으며) 우린 한 줄로 나란히 앉지.
부녀회원들	네, 회장님.
오두	잠깐…… 육손이 줄 선물을 깜빡했네.
박두·정두	어서 가져오게!

오두, 소파에서 일어나 벽 틈으로 사라진다. 형, 탁자 위의 두 촛대에 불을 붙인다.

| 부녀회장 | 역시 주인공 자리는 달라! |

부녀회원들 붉은 양탄자도 깔고, 촛불도 켜고, 잔치가 멋있어요!

시청직원, 눈을 뜬다. 그는 술 취한 목소리로 옆자리의 이층남자에게 묻는다.

시청직원 여기가…… 어딥니까?
이층남자 도살장 길입니다.
시청직원 도살장 길……?
이층남자 전혀 기억이 없으십니까?
시청직원 네, 전혀…….
이층여자 술이 덜 깼나 봐요.

아우, 육손과 함께 마구간에서 나온다.

아우 자 여러분! 오늘 잔치의 주인공이 나오십니다! 뜨거운 박수로 맞아주세요!

참석자들, 박수친다. 아우, 육손을 양탄자에 놓인 등받이 높은 의자로 안내한다.

아우 이 의자에 앉으십시오. 저희 형제가구점이 은인을 위해 특별히 만든 겁니다.
육손 난…… 저 소파에 앉겠네.
정두 육손이, 여긴 우리 자리야!
박두 자넨 자네 자리에 앉게!
부녀회원들 여기, 부녀회 자리에 오세요!
부녀회장 사양 말고 오세요!
아우 (육손에게) 부탁합니다. 이 의자에 앉으시지요!

육손, 곤혹스런 표정으로 등받이 높은 의자에 앉는다. 그는 칼이 든
배낭을 탁자 위에 올려놓는다.

아우 저는 지금 너무나 가슴이 벅찹니다. 의붓아버지의 학대와 억
압에서 저희 형제를 해방시켜주신 은인께 무어라고 감사해야
할지…… 형, 이리 와서 말 좀 해.

형 (육손 옆으로 다가온다.) 그러니까…… 저희 형제는…… 그 은혜
에 조금이라도 보답하고자 환영잔치를 마련했습니다. 바쁘신
대도 이렇게 많이 참석해주셔서 감사합니다. 즐거운 시간 되
십시오!

아우 형, 잘했어!

참석자들, 박수를 친다.

부녀회원 다 (의자에서 일어선다.) 제가 환영 노래를 부르겠어요!

부녀회장 혼자서?

부녀회원 다 네.

부녀회장 안돼, 독창은. 우리 부녀회는 합창을 불러야지!

부녀회원들 하지만 합창 연습은 안한걸요.

부녀회장 그럼 구호를 외쳐! 다들 일어나. (육손을 향하여 외친다.) 환영해
요! 환영해요! 열렬히 환영해요!

부녀회원들 (일어나서 외친다.) 환영해요! 환영해요! 열렬히 환영해요!

부녀회장과 부녀회원들, 의자에 앉는다.

형 우리 은인 시장하시겠다. 네가 직접 고기 구워드린다면서?

아우 맞아, 그랬지! (육손에게 묻는다.) 무슨 고기를 좋아하세요? 금방
구워오겠습니다.

육손 난 고기 안 먹네.

오두　(목소리) 육손이, 자넨 고기 먹어야 해!

오두, 맹인용 지팡이와 색안경을 들고 벽 틈에서 나온다.

오두　우리가 자네를 친구로 받아들이는 세 가지 조건이 있는데, 그 중 첫 번째가 육식을 하는 걸세.

정두　우린 채식주의자가 싫어. 괜히 자기만 잘난 척 하면서 고기 먹는 사람을 경멸하거든.

박두　그래서는 우리 친구가 될 수 없지!

오두　두 번째 조건이 있네. 자네가 우리의 진정한 친구가 되려면, 우리처럼 눈이 멀어야 한다는 거네.

박두　같은 처지가 되어야 서로를 잘 알지.

정두　속담에도 과부 사정은 과부가, 홀아비 심정은 홀아비가 안다고 했어!

오두　우리는 자네를 위해서 맹인용 지팡이와 색안경을 선물로 준비했네. 이걸 육손이에게 갖다 주게.

형, 오두에게서 맹인용 지팡이와 색안경을 받아 탁자 위에 놓는다.

오두　마지막 세 번째 조건은, 자넨 살아야한다는 걸세!

정두　살아야 친구를 하지, 죽으면 시체인데 어떻게 친구를 하나?

박두　그건 말하나마나지!

오두　어떤가, 육손이? 세 가지 조건이 너무나 상식적인 것 아닌가? 아참, 중요한 걸 빼놓았군. 만약 자네가 우리의 조건을 거부한다면, 우리도 자네를 거부하겠네!

정두　즉각 이곳을 떠나주게!

박두　추방일세, 추방!

오두, 소파를 더듬더듬 찾아가서 앉는다.

육손 옛 시절이 그립군. 자네들과 친하게 지냈던 때가…… 함께 어울려 웃고, 떠들고, 고기도 먹고, 술도 마셨네. 재미있는 영화도 봤고, 신기한 서커스도 구경하고, 예쁜 여자들과 즐겁게 춤도 추고…… 나 혼자 한 건 없어. 모두 자네들과 함께 했지. 그랬는데…… 지금은…… 나 혼자 떨어져있군. 다시 친구가 되는 세 가지 조건을 잘 들었네. 하지만 어쩌겠는가? 지금 나는 옛 시절의 내가 아닐세. 그때는 오직 사는 것만 생각했지, 죽는 건 생각 못했네.

정두 육손이, 음식을 골고루 먹게! 채식만 하면 우울증에 걸려서 오직 죽는 생각만 한다네!

박두 채식도 문제지만 눈을 뜨고 있는 것도 문제일세!

오두 맞아! 안 봐도 될 것을 보고 있으니 쓸 데 없는 생각을 하는 거지!

형 (아우에게) 넌 어서 고기를 구워오렴.

아우 형도 같이 구워. 형은 쇠고기, 나는 돼지고기. 하지만 아무 것도 안 드시면 어떻게 해?

형 꼭 드시도록 해야지! 우리 은인을 굶길 수는 없어!

형과 아우, 바비큐 화로에 가서 고기를 굽는다.

이층여자 소리가 들려요, 내 귀에!

이층남자 무슨 소리……?

이층여자 (기다란 깔때기를 귀에 대고 듣는다.) 저 큰길에서, 점점 가까이 다가오고 있어요!

이층남자 언제 보청기를 가져왔지?

이층여자 당신은 망원경을 갖고 왔잖아요.

이층남자, 의자 위로 올라서서 망원경으로 큰길 쪽을 바라본다.

이층남자	내 눈에도 보여! 모두들 저쪽을 보세요! 선녀가 목마를 타고 옵니다!

만복, 목마를 끌고 한 걸음 한 걸음 도살장 길로 들어온다. 목마에는 선녀가 타고 있다. 선녀, 형과 아우에게 웃으며 손을 흔든다.

선녀	큰오빠, 안녕하세요! 작은오빠, 안녕하세요!
형	아니, 쟤가 여긴 왜 왔지?
아우	난 초청 안했어!
형	집안 망신이다!
선녀	(참석자들에게 손을 흔들며) 안녕하세요, 여러분! 즐거운 밤이에요!
부녀회장	저 웃는 것 좀 봐! 남자들이 미치겠네!
부녀회원들	우리도 미쳐요!
시청직원	어디서 많이 봤는데…… 어디서 봤더라……?
이층여자	전혀 생각이 안 나세요?
시청직원	네, 전혀…….
이층남자	술이 덜 깨셨군!

만복, 양탄자 중간에 목마를 세운다. 그는 육손에게 말한다.

만복	부탁하신 선녀를 데려왔습니다.
육손	정말 고맙네!
선녀	저를 만나자는 분이 당신인가요?
육손	그렇소, 바로 나요.
선녀	가까이 오세요, 저에게!

육손, 의자에서 일어나 선녀에게 가까이 다가간다. 선녀, 목마를 탄 채 육손의 얼굴을 끌어당겨 양쪽 뺨에 입 맞춘다.

선녀	사랑해요! 사랑해요!
육손	나는 살인자요. 그대의 아버지를 죽인…… 그걸 알고도 사랑한다는 거요?
선녀	네, 말 타고 오면서 다 들었어요!
육손	간절히, 나는 그대 손에 죽기를 기다렸소.
정두	육손의 목소리가 파르르 떨려.
육손	그대는 나의 희망, 마지막 하나 남은 희망이요.
선녀	가엾어라. 제가 마지막 희망이라니…….
육손	이 세상의 옳고 그름은 무엇이오? 예를 들어, 돈을 빌렸거든 갚아야 옳고, 갚지 않으면 그른 것이오. 하물며 사람 목숨은 세상에서 가장 귀한 것, 어찌 사람 죽인 내가 살아야 옳겠소? 그런데 국가는 나를 사형시키지 않았고, 평생 감옥에 가둬두지도 않았소. 그래서 나는 유족을 만나러 돌아온 거요. 유족이 보는 앞에서 죽음을 죽음으로 갚으리라…… 하지만 그건 어처구니없는 짓, 친아들이 아니라는 사실 앞에 엉뚱한 웃음거리가 되었소. 난 얼마나 당황했는지…… 쥐구멍이 있다면 들어갔을 거요!
선녀	정말 가엾군요. 살다보면 운명의 짓궂은 장난일 때가 많죠.
육손	그러나 어찌 그게 운명 탓이겠소. 행운도 불운도 나 자신이 만드는 것, 결국 내 책임이기 때문이오. 솔직히 고백하면, 엉뚱한 웃음거리가 되고서야 나는 나 자신을 곰곰이 돌이켜보았소. 오직 나만이 옳다는 건 지극히 독선적이지 않는가, 사람들은 그런 오만함이 싫어 비웃는구나…… 난 깊이 반성하였소.
선녀	당신은 참 겸손하시네요. 난 오만한 남자보다 겸손한 남자를 더 사랑해요!
부녀회원들	우리도 그래요! 남자들은 그걸 몰라!
오두	육손이가 겸손하다구?
정두	농담이겠지!
박두	여보시오! 육손이는 잘못이 있으니까 반성을 하고, 우린 잘못

이 없으니까 반성을 안 해요!

육손 그렇소. 나는 잘못이 많은 사람이오. 살인을 하였고, 짐승을 도살했소. 그들은 아무 잘못 없이 죽임을 당한 거요. 난 그들의 억울한 죽음을 보상하고 싶었소. 그래서 나는 기꺼이, 그대의 어머니에게 죽여 달라 내 목을 내밀었소. 하지만 그건 한 푼 어치 값어치도 없는 짓, 또 한 번의 웃음거리, 뻔뻔스러운 놈이라고 욕만 먹었소.

선녀 죄송해요. 어머니는 고생을 많이 하셔서 성격이 거칠답니다. 이 딸이 어머니 대신 사과할게요.

육손 아니요, 사과는 오히려 내가 해야 하오. 나는 내 죽음의 의미를 그대 어머니께 설명하지 않았소. 내가 죽인 사람과 짐승들 앞에, 내 목숨을 제물로 바치는 것, 그래야 그들의 분노와 슬픔이 사라지고, 하늘과 땅에서 환호하며 기쁨의 노래를 부르리라…… 하지만 욕만 실컷 듣고, 나는 깊은 절망 속으로 떨어졌소.

육손, 탁자로 가서 배낭 속의 칼을 꺼내든다. 그는 선녀에게 되돌아온다.

육손 그대는 나의 마지막 희망이오. 제발 나를 죽여주오!

선녀 아, 눈물이 나네요. 얼마나 괴로우면 죽여 달라 하실까…….

육손 (선녀에게 칼을 내민다.) 그대는 내 마음을 아는구려.

선녀 (칼을 받는다.) 이 칼, 너무 무겁군요! 하지만 제가 사랑의 힘으로 받겠어요!

육손 고맙소. 어서 나를 죽이시오!

선녀 저는 사랑밖엔 할 줄 몰라요. 사랑이 제 직업이거든요. 여기 와서 보니까 제 손님들이 많군요. 저는 하루에도 수십 번씩 온갖 남자들과 사랑을 한답니다. (시청 직원을 가리키며) 특히 저기 계신 분, 저분은 단골손님이죠. 그런데 저분은 이상한 버릇이 있어요. 저하고 사랑하면서 시장 욕을 하는 거예요. 시장이 자기를 승진시켜 주지 않는다면서, 죽여라 죽여, 울며불며 소리질러요. 그러나 사랑으로 만족한 다음엔 언제 그랬냐는 듯이 조용해지죠.

시청직원 오해 마세요. 여러분! 나는 나 자신을 죽여 달라고 한 것이지, 시장을 죽이라고 한 건 아닙니다!

선녀 맞아요. 저 단골손님은 시장 욕을 하면서도 자기를 죽여 달라 했죠. 어느 날 밤에는 시장님이 저에게 오셨어요. 무능한 시청 직원 때문에 죽겠다면서, 확실히 좀 죽여 달라 애원하시더군요. 누구나 저를 찾아 온 손님들은 다 그렇게 말해요. 죽여, 죽여 줘, 그 말은 사랑해, 사랑해 줘, 그런 뜻이랍니다.

육손 제발 부탁이요! 어서 죽여 주시오!

선녀 가엾어라! 얼마나 사랑 받고 싶었으면 이렇게 보채실까! 걱정 마세요. 제가 당신을 죽을 만큼 사랑해 드리겠어요!

어멈, 당나귀 가면을 쓰고 골목 안으로 들어온다. 형제가구점의 형, 아우에게 말한다.

형 어머니다! 어머니가 왔어!

아우 어디……?

형 저기, 당나귀 탈!

아우 맞아, 어머니야! 안 온다고 약속하더니, 왜 왔지?

어멈, 거친 몸짓으로 선녀에게 다가간다.

어멈 가자, 가!

선녀 엄마, 화내지 마세요. 도망친 게 아니에요. 잠시 목마 타고 잔치에 놀러왔어요.

형 포주가 어머니에게 잡아오라고 했군!

어멈, 목마에 달린 끈을 잡아당긴다. 선녀, 목마에 탄 채 끌려가며 참석자들에게 손을 흔든다.

선녀 안녕, 즐거운 밤이었어요!
부녀회원들 (선녀의 말투를 흉내 내며 손을 흔든다.) 안녕, 즐거운 밤이었어요!
만복 고맙습니다. 존경하는 분을 살려주셔서!
선녀 (육손에게) 당신을 사랑해요!
오두 난 아무도 사랑 안 해!
박두 뭐가 보여야 사랑을 하지!
정두 안 보여도 사랑은 느낌으로 할 수 있다구!
선녀 여러분, 사랑해요! 모두 모두 사랑해요!
시청직원 (의자에서 벌떡 일어나 손을 흔든다.) 사랑해요, 사랑해!
이층남자·이층여자 이 양반 이제야 술 깨셨군!

어멈과 선녀, 도살장 길 밖으로 나간다. 육손, 등받이 높은 의자에 돌아가서 앉는다.

형 고기 잘 익었다. 우리 은인께 갖다 드리자.
아우 난 돼지고기, 형은 쇠고기.

형과 아우, 각각 고기를 접시에 담아 육손 앞의 탁자 위에 놓는다.

형 시장하실 텐데 드시죠.
아우 지금 드셔야 맛있습니다.
형 어서 드세요.
아우 식으면 맛없어요.

육손, 고기를 두 손으로 집어 입에 가득 넣는다. 그는 구역질을 하면서도 고기를 뱉지 않고 삼킨다.

오두 육손이, 고기 먹는가?

육손 윽…… 윽…… 먹고 있네.

박두 구역질난다고 뱉으면 안 돼!

정두 꿀꺽꿀꺽 삼켜!

육손 윽…… 난 고기 먹었고…… 윽…… 나는 살아있네. 자네들의 친구 되는 세 가지 조건 중에…… 윽, 두 가지는 해냈으니…… 이제 눈 못 보는 것 하나 남았군…….

육손, 의자에서 일어선다. 그는 촛대를 집어 자신의 두 눈을 찌른다. 부녀회장과 부녀회원들, 비명을 지른다.

에필로그

무대 가운데, 조명이 한정된 부분을 비춘다. 만복, 마구간에서 목마들을 끌어내 조명 아래 나란히 세워놓는다. 마지막 네 번째 목마는 천천히, 나오지 않으려는 것을 억지로 끌어내듯이, 매우 힘들게 끌어낸다. 만복, 마구간 안으로 들어간다. 오두, 박두, 정두, 육손, 맹인용 지팡이를 두드리며 나온다. 그들은 목마 위에 올라탄다. 육손의 두 눈은 피 묻은 붕대로 감겨있다.

오두   야호! 달려라, 달려!
박두   신나게 달려! 번개처럼 달려!
육손   (절규하듯이) 야호! 야호!
정두   산 넘고 강 건너 달려!
육손   야호! 야호!
박두   달려라, 달려! 바람처럼 달려!
오두   야호! 이 세상 끝까지 달려라!
육손   야호! 야호!

이층집 창문이 열린다. 이층남자와 이층여자, 밖을 내다본다.

이층여자   예전엔 아침에만 목마를 타더니 요즘은 밤에도 타는군요.
이층남자   친구들한테 말 타기를 배우는 거야. (망원경으로 육손을 바라본다.) 아주 열심이군, 땀을 뻘뻘 흘리면서.
이층여자   (기다란 깔때기를 귀에 대고) 내 귀엔 육손 씨 가쁜 숨소리가 들려요. 심장 박동소리도 들리고…….
이층남자   제법 잘 타는데!
이층여자   이젠 재미를 느낄 때가 됐죠!

이층남자 이런 광경을 시장님이 직접 보신다면, 이곳을 우리 도시에서 가장 아름다운 거리로 뽑으실 걸!

이층여자 당연히 그럴 거예요!

오두, 박두, 정두, 육손은 "야호! 야호!"를 연발하며 목마를 탄다. 어둠 속, 그들을 향해 박수치는 소리가 들려온다. "잘한다! 잘해!" 외치는 소리도 들린다. 이층집 남자와 여자도 박수를 친다. 무대조명, 밝아진다. 부녀회장과 부녀회원들, 형제가구점 형과 아우 등이 그들 주위에 둘러서 있다. 막이 서서히 내린다.

– 막 –

챙!

-어느 교향악단의 심벌즈 연주자 이야기-

· **등장인물**
　이자림
　박한종

· **시간**
　현대

· **장소**
　서울 그랜드 심포니 오케스트라 연습실

· **무대**
　무대 후면에 벽화처럼 대형 흑백 사진이 부착되어 있다. 서울 그랜드 심포니 오케스트라의 연주하는 모습이다. 그 앞에는 심벌즈가 하얀 천이 덮인 좌대 위에 놓여 있다. 무대 가운데에는 원탁과 등받이 의자 두 개가 있고, 무대 오른쪽에는 레코드 보관함, 앰프, 턴테이블, 스피커 등 음향 기기와 의자 하나가 자리 잡고 있다. 연습실에 가득했던 악기들과 보면대는 다른 곳으로 옮겼고, 의자들은 무대 앞쪽(관객석)으로 옮겨 놓았다.
　공연이 시작할 무렵, 오케스트라 연주자들(관객들)이 연습실(극장)에 들어와 의자에 앉는다. 오케스트라 지휘자 박한종, 등장한다.

박한종 어떻습니까, 여러분? 놀라셨죠? 우리 오케스트라 연습실이 꼭 아담한 소극장처럼 됐습니다. 물론 오늘 하루만 이렇게 바꾼 겁니다. 여러분도 알고 있듯이, 오늘은 특별한 손님이 오시거든요. 그래서 필요한 공간을 마련하기 위해 악기들과 보면대, 의자들은 옮겼습니다. 하지만 내일부터는 원상 복귀하여 다시 정상적인 연습실이 될 테니까 너무 놀라지 않기를 바랍니다.

오늘 우리가 특별히 모실 분은 이자림 씨입니다. (대형 사진 속의 한 인물을 가리키며) 바로 이분, 심벌즈 연주자 함석진 씨의 부인이시지요. 부인께선 깊은 슬픔 속에 계십니다. 우리도 마찬가지구요. 정말 뭐라고 해야 할지…… 가슴이 아픕니다. 함석진 씨는 우리 서울 그랜드 심포니 오케스트라에서 심벌즈만 20여 년 연주했습니다. (좌대 위에 놓여 있는 심벌즈를 가리키며) 여러분 눈에도 익숙하지요? 바로 이것이 함석진 씨가 사용했던 심벌즈입니다.

음…… 아직도 사고원인은 밝혀지지 않았습니다. 그날 함석진 씨가 탔던 경비행기는 왜 추락했는지…… 날씨는 맑았고, 지상 관제탑과 교신도 정상이었지요. 다만 우리가 아는 건 안산 경비행장의 활주로를 떠난 2인승 경비행기가 설악산 부근의 산악지대에서 추락했다는 것입니다. 비행기는 산기슭에 부딪쳐 산산조각 났고, 비행사의 시신은 깊은 계곡에서 찾았는데, 함석진 씨는…… 유감스럽게도 찾지 못했습니다.

오늘은 그 사고가 있은 지 일 년째 되는 날입니다. 그동안 우리는 함석진 씨의 생사가 확인되기만을 기다렸지요. 살아 돌아오면 환영잔치를 벌릴 수 있고, 혹시 그게 아니면 장례식을 치를 수 있는데…… 이러지도 못하고 저러지도 못한 채 일 년이 지났습니다. 하지만 이제는 뭔가 해야 할 것 같아서, 우리 단원들에게 무엇을 하면 좋을지 의견을 물었지요. 여러 의견이 나왔지만, 함석진 씨의 부인을 우리 오케스트라 연습실에 모시고 이야기를 듣자는 의견이 가장 많았습니다. 그러나 부인께서 오실지는 의문이었어요. 이런 자리에 오시는 것이 부담스러울 수도 있고…… 그래서 오케스트라 지휘자인 내가 직접 댁으로 찾아가 간청했습니다. 다행히, 부인께서는 승낙해 주셨습니다. 이제 이자림 씨가 나오십니다. 우리 모두 따뜻한 마음으로 맞이해 주십시오!

이자림, 등장. 관객석에 앉아 있는 오케스트라 단원들에게 정중히 인사한다.

이자림   안녕하세요……
박한종   고맙습니다, 이렇게 나와 주셔서.
이자림   오히려 감사는 내가 해야지요. 그동안 염려해주신 분들을 뵙게 되어서…… (좌대 위의 심벌즈를 바라보며) 그이 심벌즈가 있군요. 심벌즈는 그이의 분신과 같은데……

박한종의 호주머니 속에서 휴대전화기가 울린다. 그는 당황하면서 급히 휴대전화기를 꺼내 낮은 목소리로 통화한다.

박한종   빨리 오세요. 방금 시작했습니다. (휴대전화기의 전원을 끄며 이자림에게 사과한다.) 죄송합니다. 콘트라베이스 연주자 김재명 씨인데요, 지금 도로가 막혀 약간 늦는다고 하는군요.
이자림   김재명 씨는 나도 잘 알아요. 언제나 웃는 얼굴의 호인이시죠.
박한종   그 친구 항상 늦는 버릇이 있습니다. 별명이 느림보 거북이에요. (관객들에게) 여러분, 휴대전화기 전원을 끄시기 바랍니다. 전화벨이 울리면 나처럼 당황하게 될 테니까요.
이자림   (관객석을 둘러보며) 이렇게 보니까…… 모두 나에겐 친숙한 분들이군요. 저기 첼로 연주자 임숙경 씨, 오보에 연주자 유재도 씨, 또 저기 계신 바이올린 연주자 정미라 씨…… (박한종에게)

이런 자리를 마련해 주셔서 정말 감사합니다.

박한종　이 자리는 우리 오케스트라 단원 모두가 함석진 씨 이야기를 듣고 싶어 마련하였습니다. (무대 가운데 원탁의 등받이 의자를 권하며) 자, 편히 앉으십시오.

이자림, 의자에 앉는다. 박한종도 맞은편 의자에 앉는다.

박한종　그날 그러니까…… 비행기 사고가 있던 날부터 시작할까요?

이자림　그날 이상한 꿈을 꿨어요.

박한종　꿈이요……?

이자림　네.

박한종　어떤 꿈이죠?

이자림　그이가 비행기를 타고 날아다니면서 심벌즈를 쳤어요. '챙, 챙, 챙' 심벌즈를 칠 때마다 온갖 꽃들이 활짝활짝 폈죠. 개나리, 진달래, 벚꽃, 철쭉, 목련……

박한종　아주 좋은 꿈이군요!

이자림　그런데…… 그이의 심벌즈 치는 소리는 들리는데…… 비행기의 프로펠러 도는 소리가 들리지 않는 거예요. 왜 프로펠러 소리는 안 날까…… 고장 난 것일까…… 이상해서 꿈을 깼죠. 시계를 보니까 새벽 네 시였어요. 그날 아침 식사를 하다가 난 그이에게 참 이상한 꿈을 꿨다고 말했죠. 그이는 다 듣고는 웃더군요. 내가 괜히 걱정해서 그런 꿈을 꿨다구요. 잘 다녀올 테니 걱정 말라면서 그이는 서둘러 나가고…… 하루 종일 내 마음이 불안했는데…… 저녁 다섯 시 쯤 비행장에서 전화가 왔어요. 그이가 탄 비행기가 추락했다는……

이자림, 침묵. 박한종, 조심스럽게 말한다.

박한종　저어, 궁금한 걸 물어봐도 될까요?

이자림 네. 말씀하세요.

박한종 함석진 씨를 처음 어떻게 만나셨습니까?

이자림 내가 처음 그이를 만난 건…… 재수생이었던 때였어요.

박한종 재수생이라니요?

이자림 나는 지방의 조그만 도시에서 고등학교를 졸업했는데요, 부모님이 서울에 있는 미술대학에 입학하기를 바라셨죠. 경쟁률이 굉장해요. 실력이 정말 뛰어나야 합격할 수 있고…… 나는 불합격이었어요. 그래서 서울에 올라와 하숙하면서 입시 전문 미술학원을 다녔습니다. 하숙집이 3층이었는데요, 1층은 집주인 가족이 살았고, 2층은 여학생들이, 3층은 남학생들이 살았죠. 꼭 비둘기 집 같았어요. 수많은 비둘기들이 들어갔다가 나오고, 나왔다가 들어가고…… 누가 누구인지 몰라요. 서로 알려고 하지도 않고…… 그렇게 봄 여름 지나고 가을이었어요. 일요일과 국경일이 겹친 날이었죠. 그날은 미술 학원도 수업을 안 해서, 나는 내 방에 혼자 있었는데, 어딘가에서 '챙! 챙! 챙!' 시끄러운 소리가 나는 거예요.

박한종 무슨 소리인지 짐작이 갑니다.

박한종, 의자에서 일어나 심벌즈가 놓인 좌대로 간다. 그는 심벌즈를 들고 친다. 요란하고 시끄러운 소리가 난다.

박한종 바로 이런 소리였지요?

이자림 (귀를 막으며) 그렇죠. 도저히 견딜 수 없는 소리였어요.

박한종, 관객석을 둘러본다.

박한종 내가 심벌즈를 칠 때 비웃는 분이 있었습니다. 어린 아이도 그보다는 더 잘 치겠다, 그런 표정을 짓고 계셨는데…… (관객석의 한 남자 관객에게 다가가서 심벌즈를 내민다.) 클라리넷 연주자

이준하 씨, 한번 쳐 보세요.

한 남자 관객, 심벌즈를 친다. 시끄러운 소리가 난다.

박한종 어때요? 쉽지 않죠? 심벌즈는 아무나 칠 수 있다고 생각하지만 제대로 소리내기엔 어렵습니다.

박한종, 여자 관객에게 심벌즈를 치도록 권한다.

박한종 이번에는 바이올린 연주자 정미라 씨가 치실 겁니다. 자, 치시죠!

여자 관객, 심벌즈를 친다.

박한종 아이구, 이런! 언제나 아름다운 소리를 내는 정미라 씨도 안 되는군요!

박한종, 무대로 되돌아간다.

박한종 세상에서 가장 연주하기 어려운 악기입니다, 심벌즈는. 굉장히 숙련되지 않으면 듣기 싫은 소리가 나거든요. (심벌즈를 약하게 친다.) 피아니시모, 매우 작게 부터 (약간 강하게 치며) 메조 포르테, 조금 세게 (매우 강하게 친다.) 포르테시모, 매우 세게까지…… 여러 단계의 소리를 제대로 내려면 심벌즈 연주자는 섬세한 귀와 빠른 손을 가져야 합니다.

박한종, 좌대 위에 심벌즈를 올려놓는다. 그는 원탁의 의자에 다가오다가 귀를 막고 있는 이자림을 보며 놀란 표정이 된다.

박한종 지금까지 귀를 막고 계셨군요?

이자림 네. 참고, 참고, 또 참아도 계속 들려서…… 나중엔 머리가 깨질 듯이 아팠어요. 그래서 용기를 내 소리 나는 곳을 찾아다녔죠. 맨 아래층부터 위층까지요. (일어나서 주위를 돌아다닌다.) 아래층 집주인 가족들은 나들이 갔는지 없고, 2층 여학생들과 3층 남학생들도 친구 만나러 갔거나 영화 보러 갔는지, 집 안에는 아무도 없었어요.

박한종 하지만, 시끄러운 소리는 계속 들렸다면서요?

이자림 도대체 텅 빈 집 어디서 소리가 나는 걸까…… 3층 복도 끝에, 사다리처럼 놓인 계단이 있어서 올라갔어요. 그랬더니 지붕 위에 작은 옥탑 방이 있었는데요…… 어떤 더벅머리 총각이 커다란 냄비 뚜껑 두 개를 양손에 들고 부딪쳐서 요란한 소리를 내는 거예요.

박한종 (웃으며) 하하하, 냄비 뚜껑을요?

이자림 그땐 그렇게 보였어요. 더벅머리 총각은 내가 올라온 줄도 모르고 계속해서 시끄럽고 요란한 소리를 냈답니다.

박한종 심벌즈를 연습하는 사람은 하루에 수백 번 이상 쳐요. 젊은 시절 함석진 씨도 그랬을 겁니다.

이자림 난 화가 나서 외쳤어요. "제발 그 소리 좀 내지 말아요!"

박한종 그 광경이 눈에 보이는 것 같습니다. 함석진 씨는 누가 화를 내면 안절부절 못하거든요.

이자림 네, 그 총각…… 무슨 몹쓸 짓 하다가 들킨 듯이 쩔쩔 맸죠. "죄송합니다, 죄송합니다." 허리를 꾸벅꾸벅 굽히면서요.

박한종 내가 함석진 씨 흉내를 내겠습니다. (머리를 긁적이면서 허리 굽혀 사과한다.) "죄송합니다, 죄송해요. 모두 나간 줄 알고 연습했는데요……"

이자림 난 그 말 듣고 화가 더 났죠. 모두 휴일을 즐기려고 나갔는데, 너는 왜 집에 있느냐, 친구도 없고 애인도 없냐, 그렇게 들렸거든요. 그래서 더욱 화가 나 이렇게 말했어요. "또 시끄러운 소리를 내면 경찰에 알리겠어요!"

박한종 "죄송합니다! 죄송합니다!"

이자림, 의자에 가서 앉는다.

이자림 나는 옥탑 방에서 내려와 내 방으로 돌아왔어요. 그리고 바닥에 엎드려 울었죠.

박한종 왜요……?

이자림 처음 보는 총각에게 화를 낸 것도 부끄럽고…… 텅 빈 집에 외롭게 혼자 남아 있는 것도 속상하고…… 그랬어요, 그때 내 심정이……

박한종, 원탁 의자에 앉는다.

박한종 어쨌든 그 일로 함석진 씨와 친해지셨으니 잘 된 일입니다.

이자림 아뇨. 오히려 내가 그이를 피해 다녔죠.

박한종 피해 다녀요?

이자림 집에서는 그이와 마주치지 않도록 조심조심 하고, 길에서 우연히 보게 되면 일부러 구석진 곳으로 숨었답니다.

박한종 함석진 씨가 싫었군요, 처음에는?

이자림 그이가 싫다기보다는…… 부끄럽고 속상했던 내 심정이 들킨 것 같아 싫었죠. 그래도 관심은 있어서 집주인의 어린 아들에게 물었어요. 옥탑 방 총각이 어떤 사람이냐구요. 음악대학 학생이래요. 이름은 함석진…… 나는 그때 그이 이름을 처음 알았어요. 집주인의 어린 아들은 그이에 관한 재미있는 이야기를 해줬죠. 그이가 동네 놀이터에서 심벌즈를 연습했는데, 시끄러운 소리를 듣고 흥분한 개들이 컹컹 짖으면서 몰려왔대요.

박한종 혹시 광견병 걸린 개에게 물리면 큰일 납니다! 목숨이 위험해요!

이자림 그이는 간신히 도망쳐 물리지는 않았지만, 넘어져 심한 상처가 났다는군요. 그리고 또 뒷산에 올라가서 심벌즈를 치다가 약수터 어르신들께 야단맞고, 하수도 공사장의 커다란 맨홀 속에 심벌즈를 치려고 들어갔다가 인부들에게 붙잡혀 쫓겨나고…… 그런데 심벌즈는 오케스트라 연습실에서도 미움을 받는다면서요?

박한종 그렇죠. 심벌즈를 치면 시끄러워 다른 악기들은 연습을 못하거든요.

이자림 참 안 됐어요, 심벌즈 연주자는……

박한종 함석진 씨를 늘 피해 다니셨는데, 그럼 언제 다시 만난 겁니까?

이자림 가을 지나고…… 겨울이었어요. 밤늦게 미술 학원에서 돌아오는데 그이가 내 방 앞에서 기다리고 있었죠. 어떻게 피할 수도 없고…… 그이는 금박 찍힌 봉투를 나에게 줬어요. 방에 들어가 열어보니까, 음악대학 졸업연주회 초대장이더군요.

박한종 그 초대장을 받으신 기분은요?

이자림 글쎄요…… 입학시험은 점점 다가오고, 또 불합격하면 부모님이 얼마나 실망하실까 두렵던 때여서…… 졸업 연주회에 갈까 말까, 망설이다가 결국엔 갔어요.

박한종, 무대 왼쪽의 음향기기가 있는 곳으로 간다. 그는 그곳에 있던 의자를 무대 앞쪽으로 옮겨 놓는다.

박한종 자, 여기가 졸업연주회장입니다. 나는 좌석 안내원이구요.

이자림, 일어나서 박한종에게 간다.

박한종 어서 오세요. 초대장 있으십니까?

이자림 네.

박한종 좌석을 안내해 드리죠.

박한종, 이자림을 옮겨 놓은 의자로 안내한다.

박한종 이 좌석입니다. 즐거운 시간 되십시오.

이자림 감사합니다.

이자림, 의자에 앉아 정면을 바라본다. 무대조명, 서서히 어두워진다. 스포트라이트가 이자림을 비춘다.

이자림 오케스트라예요, 오케스트라! 음악대학 졸업연주회라고 해서 졸업생 한 사람씩 독주하는 줄 알았는데요, 각자 전공한 악기들로 오케스트라를 구성해서 합주하는 거였죠. 사진으로 보고, 영화로 봤지만, 오케스트라를 직접 본 건 처음이에요. 레코드로 듣고, 라디오로 들었던 오케스트라 연주를 직접 듣는 것도 처음이었구요. 나는 함석진 씨가 어디 있는지 찾아봤어요. 오케스트라 맨 뒤쪽에 그이는 앉아 있었습니다.

박한종, 이자림에게 묻는다.

박한종 그때 들었던 연주곡이 기억나십니까?

이자림 아뇨. 무슨 곡인지…… 오직 내 관심은, 함석진 씨가 언제 심벌즈를 치는지 그것뿐이었죠.

박한종, 보관함에서 레코드를 꺼내 턴테이블에 올려 놓고 작동시킨다. 베토벤 교향곡 7번 2악장이 스피커를 통해 울려 퍼진다.

박한종 지금 듣는 곡은 베토벤 교향곡 7번 2악장입니다. 우리 서울 그랜드 심포니 오케스트라의 연주를 레코드로 녹음한 것이지요.

이자림, 점점 실망하는 표정이다.

이자림   가만히 앉아만 있더군요, 그이는. 모두 열심히 연주하는데…… 그이는 가끔 탬버린을 흔들고, 트라이앵글, 캐스터네츠를 칠 뿐, 심벌즈는 건드리지도 않았죠.

박한종   심벌즈 연주자는 그렇습니다.

이자림   그렇다뇨……?

박한종   심벌즈가 한두 번 등장하거나 아예 등장하지 않는 곡들이 많기 때문입니다. 지금 우리가 듣고 있는 이 곡에도 심벌즈는 나오지 않습니다.

이자림   내가 갔던 졸업연주회, 거의 끝날 무렵에야 심벌즈가 딱 한 번 울렸어요. 저렇게 한번 치려고 그토록 많은 연습을 하다니…… 정말 실망했죠.

이자림, 의자에서 일어선다. 무대 조명, 밝아진다. 박한종, 정지 버튼을 누른다.

이자림   다음날이었어요. 눈보라가 휘날리고 몹시 추웠죠. 미술학원 수업을 마치고 덜덜 떨면서 나오는데, 그이가 기다리고 있었습니다. 나는 못 본 척 지나갔어요.

박한종   그랬더니 함석진 씨는요?

이자림   내 뒤를 따라왔죠.

이자림, 빠른 걸음으로 걷는다. 박한종, 뒤따라간다.

이자림   내가 계속 걸으니까 그이가 "잠깐만요." 하면서 나를 불렀어요.

박한종	"잠깐만요!"
이자림	"나를 따라오지 마세요!"
박한종	"죄송합니다! 죄송합니다! 할 말이 있습니다."

이자림, 멈춰 선다.

이자림	"할 말이 있거든 짧게 하세요!" 내가 그랬더니, 그이는 어제 연주가 어땠느냐고 묻더군요.
박한종	"어제 연주가 어땠습니까?"
이자림	"실망이에요, 실망! 동네 개들에게 물릴 뻔하고, 약수터 어르신들께 야단맞고, 공사장 인부들에게 쫓겨나고, 그렇게 연습해서 딱 한 번 쳐요?"
박한종	"죄송합니다. 그래도 그렇게 딱 한번 치는 것이 전체 연주의 클라이맥스죠."
이자림	"도대체 다른 사람들은 열심히 연주하는 동안, 고독하게 앉아서 뭘 하는 거예요?"
박한종	"기다리는 겁니다, 절정의 순간을요."
이자림	"안 기다려도 그 순간은 와요!"
박한종	"그렇지 않습니다. 정확하게 박자를 세면서 기다려야 합니다. 기다리는 시간이 긴만큼 박자를 놓치기 쉽고, 박자를 놓치면 쳐야할 절정의 그 순간을 놓칩니다."
이자림	"추워요. 나 먼저 집에 가요!"

이자림, 무대를 한 바퀴 돌아 원탁 의자에 가서 앉는다. 박한종, 겸연쩍은 표정으로 머리를 긁적이더니 좌대로 간다. 심벌즈를 들어서 관객에게 보여준다.

박한종	자, 심벌즈를 보세요. 두 개가 한 짝입니다. 우리나라 속담에 손바닥도 마주쳐야 소리가 난다고 했습니다. 남녀도 마찬가지

죠. 서로 마주쳐야 소리가 납니다. (심벌즈를 엇갈리게 쳐 보인다.) 이렇게 마주치지 않으면 아무 소리도 안 나요. 함석진 씨와 이자림 씨가 바로 이런 경우입니다.

박한종, 심벌즈를 좌대 위에 내려놓는다. 그리고 이자림에게 다가가서 묻는다.

박한종 서로 엇갈린 다음, 어떻게 됐습니까?
이자림 우린 그 후 4년 동안 못 만났어요.
박한종 (놀란 표정이 되며) 4년 동안이나요……?
이자림 네.
박한종 저런…… 그 이유가 뭡니까?
이자림 가장 큰 이유는요, 내가 하숙하던 집을 떠나 대학 기숙사로 들어간 거죠.
박한종 미술대학 시험에 합격하셨군요?
이자림 네. 또 다른 이유는…… 함석진 씨도 졸업하고 옥탑 방을 떠났어요.
박한종 그런 다음엔 서로 전화라든가 편지가 없었습니까?
이자림 한 번인가 두 번…… 그이가 편지를 보내왔지만…… 난 답장을 안 했어요.
박한종 왜요?
이자림 (침묵)
박한종 남자친구가 생기셨나요?
이자림 아뇨.
박한종 그럼 왜 답장도 안 하셨죠?
이자림 난 깊은 고민에 빠져 있었어요. 아무리 생각해도 해답이 없는……

박한종, 관객석 앞으로 다가온다.

박한종	여러분, 어떻게 할까요? 함석진 씨와 이자림 씨가 4년 동안이나 엇갈려 있는 동안 우리는 뭘 하고 있죠? 음…… 이렇게 합시다. 아까 듣다가 중단했던 베토벤 교향곡 7번 2악장을 마저 들읍시다. 아마 4분가량 남아있을 겁니다.

박한종, 음향기기의 작동 버튼을 누른다. 그는 2악장이 다 끝날 때까지 서서 듣는다. 사이. 박한종은 다시 관객석 앞쪽으로 나온다.

박한종	여러분이 잘 아시듯이, 이곡을 녹음할 때 함석진 씨도 함께 있었지요. 그래서인지 듣는 동안 함석진 씨 모습이 생생하게 떠오르는군요. 심벌즈를 단 한 번도 치지 않는데, 함석진 씨는 분명히 오케스트라 연주를 함께 하였습니다. 현악기, 관악기, 타악기, 모든 악기가 언제 어떻게 연주하는지 박자 하나하나를 세고 있었던 것입니다.

박한종, 원탁 의자에 와서 앉는다. 이자림, 심각한 표정으로 깊은 생각에 잠겨 있다. 박한종, 헛기침을 한다.

박한종	흠, 흠……
이자림	(침묵)
박한종	무슨 고민을 그토록 오래 하셨습니까?
이자림	(침묵)
박한종	궁금합니다, 말씀해주세요.
이자림	나 자신에 대한 고민이에요. 미술대학에 입학해서 4년이나 그림을 배웠지만…… 나에겐 그릴 것이 없었어요.
박한종	그릴 것이 없다니요……?
이자림	그릴 것이 없는 화가는 다른 화가의 그림을 모방할 뿐이죠. 졸업이 가까워질수록 나는 과연 진짜 화가가 될 수 있을까…… 그 의문이 나를 괴롭혔어요.

박한종　그럼 미대에는 왜 진학하셨습니까?

이자림　부모님 권유였죠. 특히 아버지의…… 어린 시절 글자를 배우기도 전에, 난 아버지의 얼굴을 그렸어요. 아버지는 굉장한 감동을 받으셨습니다. 색연필이나 크레용으로 비뚤비뚤 그린 동그라미에, 점 몇 개 찍고, 선 몇 개 그었을 뿐인데…… 아버지는 내가 당신 얼굴을 그릴 때마다 감탄하셨답니다. 친구들, 친척들, 동네 사람들에게 내 그림을 보여주면서, "우리 딸은 천재 화가다!" 자랑하셨죠. 그리고 그것이 내 장래를 결정했어요. 나 역시 화가로서 타고난 소질이 있다 믿었고, 화가가 되는 걸 당연하게 여겼죠. (잠시 침묵) 하지만 나 자신의 내부에서 점점 커지는 의문…… 나는 무엇을 그릴 것인가? 그림 그리는 기술과 방법은 나날이 늘어났으나, 정말 그려야 할 그 무엇이 없는 거예요.

박한종　그런 고민은 누구나 한번쯤은 하는 것 아닙니까?

이자림　그렇죠, 누구나…… 홍역처럼 일생에 한번은 앓는 병…… 하지만 어떤 사람은 그 병이 아무 탈 없이 지나가고, 또 어떤 사람은 그 병 때문에 목숨을 잃어요.

박한종　정말 심각한 고민이었군요!

이자림　네……

박한종　친구들이나 교수님께 그 고민을 의논해 보셨습니까?

이자림　의논하려고 해도 모두 같은 고민을 하고 있는 것 같아서…… 나 혼자 해답을 찾기 위해 화가들의 전시회를 보러 다녔죠. 그런데 전시회마다 억지로 그려놓은 그림들이 가득했어요. 아직 학생인 내 눈에도 그 그림이 어떤 작품의 모방인지, 어떤 화가를 흉내 냈는지 다 보였거든요.

박한종　하지만 그렇지 않는 전시회도 있을 텐데요?

이자림　물론이죠. 진짜 그릴 것이 있는 화가는 극소수예요. 그런 화가의 그림에는…… 뭐랄까요…… 지금까지 못 봤던 놀라운 신세계가 펼쳐져요.

박한종	무슨 말씀인지 알 것 같습니다.
이자림	난 전시회를 보러 다니면서 결심을 했죠. (잠시 침묵) 그래서 나는 전화를 했어요.
박한종	누구에게 전화를요?
이자림	고향에 계신 아버지께요. 내 결심을 편지로 쓰려고 했지만 손이 떨려서…… 전화를 했는데…… 목소리도 떨리더군요. 따르릉, 따르릉, 전화벨이 울리자 아버님이 수화기를 드셨죠. "아빠, 난 곧 미술대학을 졸업해요." 아버지는 축하한다고 하셨죠. "하지만 난 화가가 아니에요." 아버진 왜 화가가 아니냐고 물으셨어요. "난 아무것도 그릴 것이 없어요." 그러자 아버지는 웃으면서 이렇게 말씀하셨죠. "별 걱정 다한다. 넌 내 얼굴을 그려라!" 그 말씀을 듣고 나는 깨달았습니다. 아버지는 나를 이해 못하시는 분이구나…… 어린 딸이 그린 얼굴에 감동하신 아버지, 그걸 들고 다니면서 천재라고 자랑하신 아버지, 나에 대한 맹목적인 사랑 때문에 아버지는 실제 내 모습을 보실 수가 없었어요.

이자림, 의자에서 일어나 주위를 서성거린다.

이자림	난 가슴이 답답해서…… 발걸음 가는 대로 헤매다녔죠. 그러다가 어느 날 저녁, 세종문화회관 앞을 지나가는데 커다란 현수막을 봤어요. (걸음을 멈추고 바라본다.) 현수막엔 「서울 그랜드 심포니 오케스트라 정기연주회」라고 쓰여 있었고……
박한종	우리 오케스트라 연주회였군요!
이자림	드보르작 교향곡 「신세계로부터」라는 큼직한 제목이 나를 사로잡았죠.
박한종	그건 우리 오케스트라가 자주 연주하는 곡입니다.
이자림	나는 매표소에서 티켓을 사서 세종문화회관 대극장 안으로 들어갔어요.

이자림, 박한종이 옮겨놨던 무대 앞 의자에 앉는다. 박한종, 무대 왼쪽의 음향기기가 있는 곳으로 간다. 그는 보관함에서 「신세계로부터」가 녹음된 레코드를 찾는다.

박한종 음, 신세계 교향곡은 어디 있지……?

이자림 그런데 함석진 씨를 봤어요, 그곳에서! 오케스트라 연주자들이 무대에 나와 각자 악기를 조율하고 있었는데요, 낯익은 사람이 보였습니다. 4년 전에도 맨 뒷자리에 앉아 있더니, 지금도 그 자리…… 음악대학 졸업생이었던 그이가 오케스트라 단원이 된 것뿐, 맨 뒷자리는 달라지지 않았더군요.

박한종 여기, 찾았습니다!

박한종, 레코드를 턴테이블에 올려 놓고 작동 버튼을 누른다. 드보르작 교향곡 9번 1악장의 연주가 울려 퍼진다. 무대 조명, 어둠. 스포트라이트가 이자림을 비춘다.

이자림 오케스트라가 연주하는 동안, 나는 손목시계 한번 보고, 그이 한번 보고…… 자꾸만 번갈아 봤어요. 언제 심벌즈를 치려나…… 저렇게 가만히 앉아 있다가 치는 걸 잊는 건 아닐까? 문득 그이가 했던 말이 생각났죠. 박자 하나하나를 세면서 절정의 순간을 기다리고 있다고……

이자림, 긴장한 모습이다. 오케스트라 연주 소리가 계속 들린다.

이자림 연주를 시작한 지 오십 여 분이 지났습니다. 그때까지 앉아만 있던 함석진 씨가 심벌즈를 들고 일어났어요. 모든 청중들의 눈이 일제히 그이에게 쏠리더군요.

박한종 바로 이 부분입니다, 신세계 교향곡 마지막 4악장 64마디째!

심벌즈 치는 소리가 울려 퍼진다.

이자림 바로 그 순간, 심벌즈가 '챙!' '챙!' 울렸죠. 그러자 그 소리가 지금까지 연주했던 모든 소리에 생명력을 불어넣었어요. 그 모든 소리는 힘차게 극장 가득 퍼져 나갔고, 저 멀리 하늘 끝, 땅 끝까지 울려 퍼졌죠!

박한종 그렇습니다, 심벌즈는 그런 놀라운 악기예요! 모든 연주를 마무리하고, 또 긴 여운을 남깁니다!

무대 조명, 밝아진다. 박한종, 음향기기의 정지 버튼을 누른다. 이자림, 의자에서 일어나 박수를 친다.

이자림 오케스트라 연주가 끝나고 모든 청중들이 일어나 기립박수를 쳤어요!

이자림, 몇 걸음 옆으로 비켜서서 기다린다.

이자림 난 극장 문 앞에서 함석진 씨를 기다렸죠. 온 세상이 새롭게 보였습니다. 삭막했던 풍경이 아름답게 보이고 어둡던 내 마음도 밝아졌죠. 연주자들이 하나둘씩 문 밖으로 나왔어요. 그러다가 갑자기 여러 명이 뒤섞여 나오는 거예요. 난 그이를 놓칠까봐 이름을 불렀죠. "함석진 씨!" 우르르 지나가던 여러 사람들 중에 한 사람이 나를 향해 얼굴을 돌리더군요.

박한종 함석진 씨였습니까?

이자림 네. 난 뛰어가서 말했습니다. "심벌즈 소리가 참 멋있어요!"

박한종 꼭 영화 같습니다! (관객들에게) 우리 이 장면을 영화로 촬영할까요? (영화감독을 흉내 내며) 자, 레디 고우! 심벌즈 연주자 함석진 씨는 오케스트라 동료들과 함께 걸어가다가 자기 이름 부르는 소리를 듣고 멈춰섭니다. 그리고 고개를 돌립니다. 이자림 씨 눈에는, 함석진 씨의 얼굴이 클로즈업되어 보입니다. 환하게 웃는 얼굴이…… 이자림 씨가 뛰어갑니다. 그리고는 심벌즈 소리가 참 멋있다고 말합니다. (손바닥을 치며) 컷! 이 장면은 우리에게 영원히 기억될 것입니다. (이자림에게) 미안합니다, 서투른 영화감독 흉내를 내서. 그렇게 만나 두 분이 무엇을 하셨는지요?

이자림 커피 마셨어요. 광화문 근처 카페에서……

박한종 겨우 커피입니까?

이자림 그날 이후부터 우리는 거의 매일 만나 커피를 마셨어요.

박한종 다른 건 전혀 안 마셨어요?

이자림 가끔은……

박한종 가끔요?

이자림 소주도 마시고 맥주, 포도주도 마셨죠.

박한종 네. 술은 즐거운 인생의 윤활유입니다!

이자림 우린 손을 잡고 거리를 걷기도 하고, 공원 벤치에 앉아 이야기도 했죠. 난 그이에게 솔직히 내 고민을 말했어요. 4년 동안 미술대학에서 그림 공부를 했지만, 나에겐 꼭 그려야할 그 무엇이 없다고요. 그이는 내 고통과 슬픔을 이해했답니다. 아버지도 이해 못한 나를…… 가만히 껴안고 말없이 내 등을 다독였어요.

박한종 함석진 씨는 우리 오케스트라 단원들의 힐링 멘토였습니다. 누가 무슨 고민을 말하든지 진심으로 귀 기울여 들어주었지요. 이렇게 해라, 저렇게 해라, 충고 같은 건 안 하고 그저 묵묵히 들어만 주는데도, 그게 큰 위로가 됐습니다.

이자림 네…… 그이의 위로에는 이런 뜻이 담겨 있죠. 인생이란 오케스트라의 심벌즈 연주 같다, 박자를 세면서 기다려라, 반드시 '챙!' 하고 울릴 순간이 온다……

이자림, 고개 돌려 대형 사진 속의 함석진을 바라본다.

이자림   그이가 그립군요……
박한종   우리 모두 그렇습니다.

이자림, 원탁 의자에 가서 앉는다.

이자림   사랑하는 사람이 생기면 그 사람을 따라 하나 봐요. 생각도,
         행동도…… 내가 그랬어요, 그이를……
박한종   말씀해 주세요, 함석진 씨를 어떻게 따라 하셨는지?

박한종, 원탁 의자에 앉는다.

이자림   나는 마음속의 심벌즈를 치는 거예요, 박자를 세면서.
박한종   마음속의 심벌즈요?
이자림   네.
박한종   예를 들면 어떤 경우입니까?
이자림   그이와 만나기로 약속한 날, 나는 아침부터 기다리면서 박자
         를 세죠. 그러다가 그이가 오는 순간 내 마음속의 심벌즈가
         '챙!' 울려요.
박한종   (웃으며) 하하, 이젠 알겠습니다!
이자림   난 졸업한 후 고향으로 돌아가지 않았어요. 부모님께서 매달
         보내주시는 생활비도 더 이상 받지 않고, 출판사에서 아르바
         이트를 했죠.
박한종   출판사 아르바이트라면, 틀린 글자 바로 잡는 일이었나요?
이자림   책 표지를 만드는 일인데요, 출판할 책의 내용을 미리 읽고 그
         내용에 가장 적합한 색깔과 모양으로 표지를 만드는 거예요.
         내가 일하는 출판사는 주로 소설책과 시집을 냈죠. 나는 소설
         을 읽고, 시를 읽으면서, 나에게 없는 그 무엇이 있음을 느꼈
         어요. 가슴이 두근두근, 심장이 쿵쿵, 좋은 작품일수록 박자가
         뚜렷해요. 나는 그 박자를 놓치지 않으려고 집중하면서, 절정

에 도달하는 순간을 기다려요. 내 마음속 심벌즈가 "챙!" 울리는 순간, 내가 읽은 내용의 핵심이 한 눈에 색깔과 형태로 나타나죠. 난 바로 그것을 책 표지로 만들었어요!

박한종 멋집니다, 멋져요!

이자림 책을 쓰신 분들이 내가 만든 표지를 좋아했어요. 내용과 표지가 참 잘 어울린다구요. 그 덕분에 나는 출판사의 정식 직원이 됐습니다. 아르바이트 할 땐 궁핍했죠. 어두컴컴한 반지하방에 살았는데, 정식 직원이 되고는 여유가 있어서 햇볕 드는 방으로 옮겼어요. 비록 작은 방이었지만, 밝은 햇빛이 '챙! 챙!' 심벌즈를 쳐서 얼마나 행복했는지……

박한종 모든 걸 심벌즈와 연관시켜 말씀하시는군요!

이자림 네. 누구나 심벌즈 연주자를 사랑하면 그렇게 돼요.

박한종 부럽습니다, 함석진 씨가.

이자림 그런데 어느 날…… 아무 예고도 없이 어머니가 나를 찾아오셨죠.

박한종 어머니께서 왜요?

이자림 부모님은 외동딸인 내가 고향 집으로 내려오길 바라셨어요. 자기 그림은 그리지 않고, 남이 쓴 책의 표지나 만든다면서 못마땅하게 여기셨고…… 나를 찾아오신 어머니는 아버지의 명령이라면서, 나더러 결혼하라는 거예요.

박한종 결혼……?

이자림 네. 상대는 아버지 친구의 아들이었죠. 사진도 보여주고, 이력서도 보여줬어요. 외무고시를 합격한, 장래가 촉망되는 남자더군요.

박한종 외교관이 될 남자라면 아버님이 사윗감으로 탐낼만합니다.

이자림 난 어머니께 사랑하는 사람이 있다고 말했어요.

박한종 어머님이 놀라셨겠습니다.

이자림 너무 놀라 묻고 또 물으셨죠. 거짓말 아니냐구요. 난 사실이라고, 한번 만나보시면 좋은 사람이라는 걸 아실 거라고 했어요.

어머니는 마지못해 그럼 한번 보자고 하셨습니다. 난 함석진 씨에게, 시청 앞 프라자호텔 커피숍으로 나와 달라고 연락했죠.

박한종 잠깐만요, 이 장면은 흥미롭군요. 그래서 어머님과 함석진 씨가 만나는 장면은, 연극으로 재연해 보겠습니다.

박한종, 관객석 앞으로 나와서 관객들을 둘러본다. 그는 한 남자 관객에게 말한다.

박한종 마침 저기 있군요! 콘트라베이스 연주자 거북이 씨가 늦게 와서 저기 앉아 있습니다. (한 남자 관객에게 다가간다.) 자, 늦게 온 벌입니다. 어머님 역할을 하시지요!

박한종, 한 남자 관객을 무대로 데리고 나온다.

박한종 너무 걱정 마세요. 나에겐 마술가루가 있습니다. (호주머니에서 손을 넣었다가 마치 가루를 움켜쥔 것처럼 주먹 쥐고 꺼내며) 반짝반짝, 이 마술가루를 뿌리면요, 놀랍게도 거북이 씨는 이자림 씨의 어머니로 변신합니다. (움켜쥔 손을 펴서 한 남자 관객에게 뿌려준다.) 여러분, 어떻습니까? 우아한 중년 여성으로 보일 겁니다!

박한종, 무대 앞쪽 의자를 옮겨 이자림 옆에 놓는다. 그리고 한 남자 관객을 그 의자에 앉힌다.

박한종 어머님과 이자림 씨는 나란히 앉아 계시고, 그 앞에는 함석진 씨가 앉아 있습니다. 아참, 나에게도 마술가루를 뿌려야겠군요. (마술가루를 몸에 뿌리는 시늉을 한다.) 음…… 이제 나는 프라자호텔 커피숍 웨이터로 변신했습니다!

박한종, 웨이터 흉내를 내며 다가간다.

박한종   뭘 드릴까요?

이자림   커피 석 잔이요.

박한종   네.

박한종, 주문 받자마자 곧 커피 잔을 원탁 위에 내려놓는다.

박한종   주문하신 커피 나왔습니다.

이자림   고마워요.

박한종, 몇 걸음 뒤로 물러선다.

이자림   어머니는 억지로 끌려나온 사람처럼 굳게 입을 다물고 아무 말씀 안 하셨어요. 점점 분위기가 어색해지고…… 그래서 내가 먼저 말했어요. (옆 의자의 남자 관객에게) "엄마, 커피 드세요. 그래야 저희도 마시죠."

남자관객   (침묵)

이자림   내가 몇 번이나 권하니까 어머니는 이렇게 말씀하셨죠. "난 커피 싫다!"

박한종   (한 남자 관객에게 다가가서 귓속말로) 똑같이 말씀하시면 됩니다.

남자 관객   "난 커피 싫다!"

이자림   "그럼 엄마…… 뭐든지 궁금한 걸 물어보세요."

남자 관객   (침묵)

박한종   (한 남자 관객에게) 앞에 있는 함석진 씨에게 직업이 뭐냐고 물으시죠.

남자 관객   "직업이 뭐요?"

이자림   그이가 대답했어요. "음악가입니다." 어머니는 음악가를 노래 부르는 가수라고 아셨죠. 그래서 그이에게 레코드를 몇 장 냈느냐고 묻더군요. 내가 그이 대신 말했어요. "가수가 아니라 심벌즈를 연주해요." 어머니는 알 수 없다는 표정이었죠. "심벌즈가 뭐냐?"

남자 관객 "심벌즈가 뭐냐?"

이자림 "악기예요, 세상에서 가장 멋있는 악기!" 난 어머니께 심벌즈를 설명해 드렸어요. 하지만 어머니의 오해는 커졌죠. "이제 뭔가 알겠다. 무당이 굿할 때 치는 바라구나!"

박한종 (남자 관객에게) 어머님 말씀을 하세요.

남자 관객 "무당이 굿할 때 치는 바라구나!"

이자림 그러자 분위기가 더욱 어색해졌어요.

잠시 침묵.

박한종 커피 리필해 드릴까요?

이자림 아뇨.

박한종 싸늘히 식었는데요. 뜨거운 걸로 바꿔 드리겠습니다.

박한종, 친절하게 식은 커피잔을 치우고 뜨거운 커피가 담긴 잔으로 바꿔 놓는다. 이자림, 한 남자 관객의 팔에 손을 얹고 애원하듯 말한다.

이자림 "엄마, 또 궁금한 걸 물어보세요."

남자 관객 (침묵)

이자림 "어서요." 내가 애원하자 어머니는 그이에게 부모님은 계시냐고 물었어요.

남자 관객 "부모님은 계시나……?"

이자림 그이가 대답했죠. "아뇨. 부모님은 제가 어렸을 때 일찍 돌아가셨습니다." 어머니는 깜짝 놀란 표정으로 다시 물었죠. "형제와 자매는 있고……?"

남자 관객 "형제자매는 있고……?"

이자림 그이가 말했어요. "저 혼자입니다." 그러자 어머니의 입에서 불쑥 이런 말이 나왔어요. "그럼 고아군, 고아!" 어머니도 놀라셨지만, 나도 놀랐죠. 난 그이가 혼자라는 걸 몰랐거든요. "나는 간다!" 어머니는 벌떡 일어나 밖으로 나가셨어요.

남자 관객 (의자에서 일어나며) "나는 간다!"

박한종 (한 남자 관객에게) 이젠 제 자리로 가셔도 됩니다.

한 남자 관객, 관객석의 자기 자리로 돌아간다.

박한종 여러분, 박수를! 어머니 역할을 아주 잘 하셨습니다!

박한종, 자신의 몸에 묻은 마술가루를 털어낸다.

박한종 나도 이젠 커피숍 웨이터가 아닙니다. (원탁 의자에 가서 앉는다.) 예감이 안 좋습니다. 그때 어머니께서 나가신 다음 무슨 일이 있었지요?

이자림 네. 다음 날 아침, 나는 아버지의 전보를 받았어요.

박한종 아버님의……?

이자림 집으로 돌아가신 어머니 말씀을 듣고 아버지는 나에게 곧 전보를 치신 거예요. 아주 짤막하게 단 한 줄, 그 전보에는 아버지의 분노가 담겨있었죠. "당장 집으로 내려올 것" 난 급행열차를 타고 집에 가서 아버지를 만났어요.

박한종 아버님은 평소에 어떤 분이십니까?

이자림 평소에는 인자하십니다. 하지만 화 내시면 무척 무서워요. 그날도 그랬어요. 외교관 될 남자와 결혼하기 싫다고 했더니 몹시 화를 내셨죠. "세상을 두루 다니며 온갖 구경 다 할 텐데 얼마나 좋으냐?" 하시면서요. 그래도 내가 싫다고 하니까, 아버지는 다른 조건을 내놓으셨어요. 나더러 불란서 유학을 가라고 하시더군요.

박한종 불란서 유학을요?

이자림 네. 훌륭한 화가가 되려면 꼭 불란서 파리로 유학을 가야한다 구요. 모든 비용은 준비해 뒀으니 걱정마라 하셨죠. 어머니도 옆에서 거드셨답니다. "넌 아버지께 감사해라!"

박한종 그래서 어떻게 하셨습니까?

이자림 난 죽어도 유학은 안 간다고 했죠. 아버지와 어머니는 기막히 다는 표정으로, 그럼 뭘 할 거냐 물으셨어요. 난 함석진 씨와 결혼하겠다고 했죠. 아버지는 격노하시고 딱 잘라 말씀하셨어 요. "그렇다면 넌 내 딸이 아니다! 다시는 내 앞에 나타나지 마라!" 난 집에서 쫓겨나면서…… 울지 않으려고 애를 썼답니 다. 그런데도 어찌나 눈물이 쏟아지던지……

박한종 그런 사연이 있었군요, 함석진 씨와 결혼은……

이자림 그런데 야속하게도 그이는 나에게 청혼을 않는 거예요.

박한종 네.....? 청혼을 안 하다니요?

이자림 차일피일, 한 달 두 달, 세월만 보내고…… 정말 답답했죠. 그 이가 나를 사랑하는 건 틀림없는데, 왜 청혼을 안 할까, 온갖 생각을 다 하다가…… 아, 그거구나, 마음속에 집히는 게 있었 어요!

박한종 그게 뭡니까?

이자림 월급이요, 월급!

박한종 월급……?

이자림 월급이 너무 적어서 청혼을 못하는 거죠. 오케스트라의 연주 자들, 바이올린이나 첼로, 클라리넷, 그 어떤 악기든지 연주할 것이 많은데 심벌즈는 겨우 한두 번 치거나 아예 칠 때가 없잖 아요. 다른 연주자들이 월급을 백만 원 받으면 함석진 씨는 만 원도 못 받을 걸요? 월급이 고작 그 정도니까 어떻게 청혼할 용기가 나겠어요?

박한종 (웃음을 참으며) 하하…… 하……

이자림	그래서 내가 그이에게 물었죠. "심벌즈 연주자의 월급은 다른 연주자보다 얼마나 적게 받아요?"
박한종	(웃음을 못 참고 터뜨린다.) 하하하, 다 똑같이 받습니다!
이자림	그이 대답도 그랬어요. "오케스트라 연주자는 모두 다 똑같이 받아요." 그럼 망설이지 말고, 어서 나에게 청혼하라고 했죠.
박한종	결국은 그렇게 청혼을 받으셨군요!
이자림	네. 나중에 알았지만, 그이는 월급을 모아 집을 산 다음 청혼할 생각이었답니다. 아마 그때까지 기다렸다면, 난 늙어서 노파가 됐을 거예요!
박한종	맞는 말씀입니다. 함석진 씨는 돈 모으는 재주가 없어요. 동료들에게 술도 잘 사고, 밥값도 잘 내고, 씀씀이가 헤프거든요.
이자림	우린 곧 결혼식을 했죠. 아주 간소한 결혼식…… 부모님은 참석하지 않으셨어요. 오케스트라 단원들, 출판사 직원들이 축하해 주셔서 정말 고마웠습니다. 신혼여행은 제주도로 갔는데요, 서귀포 해변의 호텔이었죠. 그런데 그이가 심벌즈를 꺼내더니 '챙!' '챙!' 치는 거예요. 처음엔 매우 작게, 점점 커지면서, 나중엔 매우 크게……
박한종	역시 심벌즈 연주자답습니다!
이자림	호텔 지배인이 달려와서 말렸어요. 그이는 이건 신나는 음악이다, 라벨이 작곡한 「볼레로」라고 했죠. 하지만 지배인은 호텔 안에서는 안 된다, 밖으로 나가서 하라더군요. 우린 해변으로 나왔어요. 밤하늘엔 별들이 반짝반짝 빛나고, 바다에서는 너울너울 파도가 밀려오고…… 그이는 신이 나서 심벌즈를 치고, 나는 흥이 나서 춤을 췄어요. 그러자 신혼여행 온 신랑신부들이 해변으로 몰려왔답니다. 심벌즈의 「볼레로」에 맞춰 모두 다 손에 손을 잡고 둥글게, 둥글게, 돌아가며 원무를 췄어요!
박한종	자, 우리도 「볼레로」를 들어봅시다.

박한종, 보관함에 가서 「볼레로」가 녹음된 레코드를 찾아 꺼낸다.

박한종 이 레코드에는 「볼레로」가 녹음되어 있습니다. 잘 아시겠지만 「볼레로」는 유명한 무용곡이지요. 심벌즈 연주자에겐 이 곡이 가장 어렵습니다. 매우 여리게부터 매우 세게까지, 셈여림만 변화시키며 같은 리듬을 계속 반복해서 쳐야 하니까요. (레코드를 턴테이블 위에 올려놓으며) 물론 지금 들을 심벌즈 연주는 함석진 씨입니다.

박한종, 작동 버튼을 누른다. 무대 조명, 암전. 회전하는 원형 조명이 무대 한가운데를 비춘다. 이자림, 그 주위를 돌면서 「볼레로」에 맞춰 가상의 옆 사람들과 손을 잡고 원무를 춘다.

박한종 「볼레로」를 듣고 어떻습니까? 참 신이 나고 흥이 나죠? 아마 내 생각엔 그날 밤 함석진 씨의 심벌즈 연주에 춤을 췄던 신랑과 신부는 모두 허니문 베이비가 생겼을 겁니다!

박한종, 레코드의 정지 버튼을 누른다. 무대 조명, 밝아진다.

이자림 우리는 신혼여행을 다녀와서 박자를 세듯이 하루하루 기다렸어요. 아이가 태어나기를요. 그런데 해산날, 첫 출산 탓인지 진통이 너무 심했고, 아이는 나오지 않아서 의사도 간호사도 몹시 걱정했답니다. 그러자 그이가 심벌즈를 쳤어요. '챙!' 그 순간 아이가 태어났죠!

박한종 아, 그랬습니까?

이자림 둘째 아이도, 셋째 아이도 그이가 심벌즈를 쳐서 태어났어요.

박한종 (웃으며) 하하, 하하하! 그렇게 계속 치면 오케스트라 단원만큼 되겠는데요!

이자림 이 세상 모든 아이들이 그럴 걸요. '챙!' '챙!' '챙!' 심벌즈가 울릴 때마다 한 명씩 태어나요.

박한종, 좌대 위에 있는 심벌즈를 들고 몇 번 친다.

박한종 정말 그렇군요! 생명이 탄생하는 절정의 순간, 가장 잘 어울리는 소리가 있다면, 바로 심벌즈 치는 소리입니다!

박한종, 좌대 위에 심벌즈를 내려놓는다.

박한종 슬하에 자녀를 셋 두셨지요?
이자림 네. 벌써 첫째 아들은 청년이 다 됐고, 둘째, 셋째 딸들도 처녀 티가 나요. 그애들이 어렸을 때 그린 그림을 가져왔는데요, 보여드릴까요?
박한종 네, 보여주세요.

이자림, 원탁 의자에 간다. 들고 왔던 핸드백에서 어린 아이들이 도화지에 크레용으로 그린 얼굴 그림 석 장을 꺼내 차례대로 보여준다.

이자림 이건 첫째 아들 준수가 세 살 때 그린 그이의 얼굴입니다.
박한종 함석진 씨는 무척 감동하였겠습니다.
이자림 그럼요. 아버지란 다 그런가 봐요. 커다란 동그라미 얼굴에 눈 두 개, 코 하나, 짝짝이 귀, 비뚤어진 입…… 그이는 아들이 그린 자기 얼굴을 보며 웃다가 울고 울다가 웃었죠. (두 번째 그림을 보여주며) 이 그림은 둘째 딸 지혜가 그린 거예요. 피카소 그림처럼 보이죠? 코가 두 개, 눈은 세 개, 입은 턱 밑에 붙어 있죠. 그런데도 그이는 이 그림이 자기 얼굴과 똑같다는군요. (세 번째 그림을 보여준다.) 또 이건 셋째 딸 지선이 그린 거죠. 두 살도 안 될 때 그려서, 크레용으로 삐뚤삐뚤 선을 몇 개 그어 놓은 완전히 추상화예요. 그이는 이 그

림에도 감동해서 지선이가 천재화가라고 극찬했어요.

박한종 (웃으며) 우린 이미 이 그림들을 수십 번이나 봤습니다.

이자림 수십 번이나 보다니요?

박한종 함석진 씨가 가져와서 우리 오케스트라 단원들에게 자랑했거든요. (이자림이 가져온 그림 석 장을 들고 관객석 앞으로 가서 보여준다.) 모두 다 기억나실 겁니다. 어찌나 아들 딸 그림을 자랑하던지 우린 장난으로 벌칙을 정했지요. 한번 보여주고 자랑할 때마다 만 원씩 내라구요. 그런데도 함석진 씨는 자랑을 하고 또 해서, 십만 원 넘게 범칙금을 낸 날도 있었습니다.

이자림 그이가 자랑 안 할 수 없었겠지요!

박한종 그리고 이런 말도 꼭 했어요. 아이들이 엄마 닮아서 그림을 잘 그린다구요.

이자림 마지막 보여드릴 게 있어요.

박한종 뭡니까?

이자림 내가 어렸을 때 그린 아버지 얼굴이에요.

이자림, 자신이 그렸던 그림을 박한종에게 보여준다.

이자림 이게 바로 아버지가 딸을 천재화가라고 믿게 만든 그림이랍니다. 기막히죠? 내 그림이나 우리 애들 그림이나 다 똑같아요.

박한종 (이자림의 그림을 관객들에게 보여주며) 하하, 하하하…… 정말 기막힌 솜씨인데요!

이자림 난 아버지께 편지를 썼어요.

박한종 편지를요?

이자림 네. 이제야 아버지 마음을 알 수 있게 됐다구요. 그런 아버지의 마음을 내가 아프게 해드려서 정말 죄송하다고, 너그럽게 용서해 주시기를 간곡히 썼죠. 그리고 그 편지에 아이들의 그림도 동봉했어요. 아버지는 내 편지를 받으시고 곧 답장을 보내주셨죠. 아이들을 데리고 집으로 오라구요.

박한종　함석진 씨도 함께 갔습니까?

이자림　네. 부모님은 기꺼이 그이를 사위로 받아주셨어요.

박한종　좀 더 일찍 그랬어야 했습니다.

이자림　부모님이 아이들을 보고 얼마나 좋아하시는지…… 아이들도 기뻐했죠. 물론 가장 기뻐한 건 그이였답니다!

　　　　　박한종, 그림들을 이자림에게 돌려준다. 이자림, 그림들을 핸드백에 넣고 의자에 앉는다.

박한종　방금 우리는 함석진 씨의 가장 행복한 순간을 들었습니다. 그 렇다면, 함석진 씨의 가장 불행한 순간은 언제였을까요? 난 그때를 잘 압니다. 왜냐하면, 그 불행한 순간을 만든 장본인이 바로 나니까요!

　　　　　박한종, 관객 쪽으로 다가오며 말한다.

박한종　이제는 우리 오케스트라의 전설이 된 이야기입니다. 서울 그 랜드 심포니 오케스트라가 처음으로 해외 연주를 간 곳은 뉴 욕 카네기홀이었습니다. 연주곡은 우리가 자주 연주했던 신세 계 교향곡이었는데, 이 곡은 드보르작이 미국에서 작곡한 것 이기도 합니다. 처음 해외 연주여서 우리 단원들은 모두 마음 이 들뜬 상태였습니다. 더구나 신세계 교향곡 마지막 4악장은 매우 역동적입니다. 그래서 영화 「쥬라기의 공원」에서도, 애 니메이션 「메칸더 브이」에서도 이 음악이 쓰였고, 각종 운동 경기 응원가로도 애용되곤 하지요.

　　　　　박한종, 레코드를 찾아 턴테이블에 올려놓고 작동 버튼을 누른다. 드 보르작 「신세계로부터」 4악장이 울려 퍼진다. 무대 조명, 어둠. 스포 트라이트가 박한종을 비춘다. 그는 지휘봉을 꺼내들고 오케스트라를 지휘하는 동작을 한다.

박한종　저기, 오케스트라 뒷자리에 함석진 씨가 있습니다. 그는 연주 시작부터 박자를 세고 있죠. 4악장 64마디째, 심벌즈를 치기 위해서 기다리고 있는 겁니다.

음악, 계속된다.

박한종　아까 이자림 씨는 이렇게 말했습니다. 세종문화회관에서, 신세계 교향곡의 연주가 시작된 지 50여 분이 지나자 그때까지 앉아만 있던 함석진 씨가 심벌즈를 들고 일어났다구요. 그런데 뉴욕 카네기홀에서는, 함석진 씨가 일어났으나, 심벌즈를 치지 않았습니다. 뭔가 들뜬 상태에서 박자를 놓친 건 아닌가…… 그렇게 심벌즈를 치지 못한 채 신세계 교향곡 연주는 끝났습니다. 문제는 다음에 벌어졌지요. 뉴욕 특파원이 쓴 카네기홀 연주회 기사가 신문에 났는데, 심벌즈 연주자가 조는 바람에 심벌즈를 못 쳤다구요.

박한종, 지휘를 멈추고 레코드의 정지 버튼을 누른다. 무대 조명, 밝아진다.

박한종　"미국 뉴욕까지 왔던 서울 그랜드 심포니 오케스트라의 심벌즈 연주자는 단 한 번도 못 치고 돌아갔다……" 신문기사는 비난과 조롱으로 가득 찼지요. 우리 오케스트라 운영위원회는 발칵 뒤집혔습니다. 곧바로 징계회의를 열고, 함석진 씨를 불렀습니다.

박한종, 초조한 모습으로 무대를 서성거린다.

박한종 나는 회의실 밖 복도에서 함석진 씨가 나오기를 기다렸죠. 그리고 기다리는 동안 뉴욕 연주회 때 기억을 더듬었습니다. 함석진 씨는 분명히 일어났다…… 그런데 왜 심벌즈를 안 쳤을까…… 아아…… 지휘자인 내가 사인을 안 했구나…… 그래, 뭔가 착각한 건 나였습니다. 함석진 씨는 심벌즈를 쳐야 할 순간에, 지휘자의 사인이 없으니까 치지 못했던 것입니다. 얼마나 지났을까…… 회의실 문이 열리면서 함석진 씨가 나왔습니다.

박한종, 서성거림을 멈춘다. 그는 함석진과의 대화를 일인이역으로 재연한다.

박한종 함석진 씨, 결과가 어떻게 됐습니까?
"사표를 냈습니다."
사표를 내요?
"네. 연주 도중에 조는 건 중대한 실수여서……"
아닙니다, 아니에요. 실수는 지휘자인 내가 사인을 안 했던 겁니다!
"죄송합니다. 내 실수였어요."
왜 자꾸만 자신의 실수라고 하십니까?
"정말 죄송합니다. 서울 그랜드 심포니 오케스트라 명예를 위해서…… 지휘자는 결코 실수하지 않습니다."
함석진 씨, 자기 실수라고 주장하는 건 너무 큰 희생입니다!
난 가만히 있을 수 없었어요. 회의실로 들어가 운영위원들에게 사실을 말하고, 나 역시 지휘자 사표를 냈습니다. 그러자 우리 오케스트라 단원들이 한 명 두 명 사표를 내기 시작하더니, 마침내는 모두가 냈어요. 함석진 씨 사표가 부당하다는 항의 표시였습니다. 결국 운영위원회는 회의를 다시 열고, 사태가 더 악화되지 않도록 모든 사표를 반려했지요.

이자림 (의자에서 일어나 관객들에게) 고맙습니다, 고맙습니다…… 여러분 덕분에 그이는 계속 심벌즈를 연주할 수 있게 되었어요.

박한종 오히려 감사는 우리가 해야죠. 함석진 씨 덕분에 우리 오케스트라는 더욱 단결되었습니다. 당장 연습 태도가 달라졌고, 연주 수준이 높아졌어요. 국내는 물론 해외 연주도 많이 다녔습니다. 베이징, 도쿄, 싱가폴 등 가까운 아시아는 자주 다녔고, 런던, 파리, 로마, 베를린, 모스크바 등 멀리 유럽 연주를 다니면서 우리 서울 그랜드 심포니 오케스트라가 세계 수준급이라는 찬사를 받았지요. 그 뿐이 아닙니다. 샌프란시스코, 몬트리올, 뉴욕, 리오 데 자네이로 등 남북 아메리카, 그리고 아주 멀리 아프리카의 케냐도 다녀왔습니다. 음…… 케냐 하니까 저기 바이올린 연주자 정미라 씨가 흠칫 놀란 표정이 되는군요. 케냐 라이로비 호텔에서 불이 났는데, 모든 연주자들이 악기를 들고 나왔어요. 하지만 정미라 씨는 그냥 나와서 소중한 바이올린이 불에 탔죠. 누군가 이런 농담을 했습니다. "바이올린은 불에 타면 재가 되지만, 심벌즈는 불에 타도 재가 되지 않아 다시 쓸 수 있다."

이자림 정미라 씨, 농담이니까 마음 상하지 마세요!

박한종 해외 연주 중에 가장 기억에 남는 건 레바논 베이루트에서의 연주회입니다. 우리 오케스트라가 베이루트 국립 음악당에서 연주하고 있는데, 이슬람 헤즈볼라 민병대와 기독교 민병대 사이에 시가전이 벌어졌습니다.

박한종, 보관함에서 한 장의 레코드를 꺼낸다.

박한종 바로 이것이 그때의 실황 녹음을 레코드로 만든 것입니다. 소총 소리, 기관총 소리, 박격포탄 터지는 소리, 웅성대는 청중들…… 그리고 그 청중들을 진정시키는 세 번의 심벌즈 연주가 다 녹음되어 있습니다.

이자림   아주 희귀한 레코드군요?

박한종   네. 레코드 수집가들에겐 보물 같은 존재죠.

박한종, 레코드를 턴테이블 위에 올려놓고 동작 버튼을 누른다. 브람스 교향곡 1번 1악장이 울려 퍼진다.

박한종   지금 듣는 브람스 교향곡 1번은 베이루트 연주회를 위해 우리가 특별히 고른 겁니다. 평화적인 음악, 그러니까 평화를 음악으로 만든다면 이런 것이다 하는 곡이 브람스 교향곡 1번이거든요. 그런데 들어보세요. 조금 후에 요란한 총소리가 들립니다!

소총과 기관총을 난사하는 소리, 박격포 탄이 연이어 터지는 소리가 들린다.

박한종   청중들은 갑작스런 사태에 놀라고 당황했지요. 일어나는 사람, 뛰어나가는 사람…… 지휘자인 나도 연주를 중단하려고 했습니다. 그런데 그때, 함석진 씨가 곡에도 없는 심벌즈를 세 번 칩니다!

심벌즈 치는 소리, 세 번 들린다.

박한종   '챙!' '챙!' '챙!' 이 소리를 듣자 청중들이 진정하고 자리에 앉았습니다. 연주는 계속되었고, 무사히 마치자 모두 일어나 우레와 같은 박수를 쳤습니다!

이자림   (박수를 치며) 정말 감동적이네요.

박한종, 턴테이블의 정지 버튼을 누른다.

박한종   베이루트 연주회를 계기로 우리는 음악이란 무엇인가, 이 혼란스런 세상에서 음악이 무엇을 할 수 있는가를 생각하게 됐지요. 그때까지 우리는 음악이란 조용한 곳, 싸움 없는 평화로운 곳에서만 가능하다고 생각했었죠. 그런데 우리 생각이 완전히 달라졌습니다. 음악이 가장 필요한 곳은 전쟁터의 한복판, 첨예한 갈등이 맞부딪치는 아수라장, 바로 그곳임을 깨닫게 된 것입니다.

박한종, 보관함에서 또 한 장의 레코드를 꺼낸다. 그 레코드의 자켓에는 D.M.Z란 제목이 큼직하게 인쇄되어 있다.

박한종   우리 오케스트라는 D.M.Z에서 연주회를 가졌습니다. 우리 모두 잘 알고 있듯이 D.M.Z는 남북 분단의 상징 같은 곳입니다. 수십만의 군대가 총포를 겨눈 곳, 허리띠처럼 좁은 비무장 지대가 남북 사이에 가로놓여 있습니다. 그곳은 군인도 민간인도 출입금지죠. 우리 오케스트라 역시 예외는 아닙니다. D.M.Z 남쪽 경계선, 삼엄하게 철책이 쳐진 곳에서 연주를 했죠. 하지만 음악은 그 어떤 철책으로도 막을 수가 없어서, 북쪽과 남쪽, 모두에게 울려 퍼졌습니다.

박한종, 레코드 자켓에서 레코드를 꺼낸다.

박한종   우리는 D.M.Z의 봄, 여름, 가을, 겨울, 사계절을 생각했습니다. 그래서 각 계절에 어울리는 곡을 골랐지요. 봄은 스트라빈스키의 「봄의 제전」, 여름은 요한 스트라우스의 「천둥과 번개」, 가을은 라흐마니노프 교향곡 2번, 겨울은 비발디 바이올린 협주곡 사계 중에서 「겨울」이었습니다. 지금 우리가 들을 곡은 「천둥과 번개」입니다. 천둥은 큰북, 번개는 심벌즈죠. 물론 심벌즈는 함석진 씨가 연주했습니다.

박한종, 레코드를 턴테이블 위에 올려놓는다. 「천둥과 번개」의 연주 소리가 스피커를 통해 울려 퍼진다. 무대 조명, 어둠. 스포트라이트가 박한종을 비춘다. 박한종, 지휘봉을 들고 열정적으로 지휘한다. 사이. 연주가 끝나자 무대 조명이 밝아진다.

박한종   (이자림에게) 어떤가요? 한여름 번개가 치고, 천둥이 울리고, 시원한 소나기가 쏟아지는 상쾌한 기분이죠?

이자림   네, 꼭 그런 기분이에요.

박한종   우리 오케스트라의 연주를 들으면서 D.M.Z의 온갖 새들과 꽃들과 나무들도 상쾌했을 겁니다.

이자림   그이는 이 연주를 위해 연습을 참 많이 했어요. 하지만 집에서 연습하면 이웃 사람들이 시끄럽다고 할까봐 멀리 산으로 올라갔죠. 우리 아이들이 따라갔어요. 준수, 지혜, 지선이 셋 다 아빠를 따라 간 거예요.

박한종   연습하는 걸 보고는 뭐라고 하던가요?

이자림   아빠가 마법사래요. 산 위에 올라가 심벌즈를 칠 때마다 하늘이 번쩍번쩍 하면서 천둥이 울렸답니다. 이젠 어린애도 아닌데, 아빠를 마법사로 믿는다니 우습죠?

박한종   (웃는다.) 하하하, 천둥과 함께 소나기도 내렸습니까?

이자림   네. 그이도 아이들도 비를 흠뻑 맞고 왔어요.

박한종   하하, 하하하!

이자림   우연히 비가 내린 거죠, 우연히. 그이는 아이들에게 장난하기를 좋아했어요. 그이가 심벌즈를 치면, 갑자기 피자라든가 구운 통닭이 나타났죠.

박한종   우리 오케스트라 단원들도 심벌즈를 치면 나타나는 피자와 통닭을 자주 먹었습니다.

이자림   (미소를 짓고) 자주 그랬다면 우연한 일이 아니었군요!

박한종   기적입니다, 기적! 함석진 씨는 기적을 만들어서 우리를 놀라게 했지요. (창 밖을 가리키며) 저기, 보세요. 연습실 창 밖에 커다란 나무가 있습니다.

이자림 (박한종이 가리키는 곳을 바라본다.)

박한종 목련나무입니다. 그런데 어느 해 봄, 저 나무에 목련꽃이 안 폈어요. 너무 추운 겨울에 동사했는지 가지만 앙상하고…… 봄이 됐는데도 꽃이 안 피니까 우리 연습실 분위기는 침울했습니다. 함석진 씨가 심벌즈를 들고 나가더니 목련나무 주위를 돌면서 깊은 잠을 깨우듯이 '챙, 챙, 챙' 쳤어요. 이튿날 우리는 기적을 봤습니다. 목련나무 가지마다 봉오리가 돋아났거든요. 그리고 며칠 후엔 하얀 목련 꽃들이 피어나 우리 연습실이 환해졌습니다.

이자림 (눈시울을 적시며) 감사합니다, 그이를 그렇게 기억해 주셔서……

박한종 그 다음부터는 봄 되면 어김없이 목련꽃들이 피어났습니다. 우리 오케스트라 단원들은 해마다 그 광경을 바라보면서 이런 말을 해요. 목련꽃 한 송이 한 송이가 '챙!' '챙!' 심벌즈 소리를 내면서 피어난다구요. 함석진 씨는 아주 훌륭한 마법사입니다.

이자림 하지만 마법사도 자기 자신을 위한 기적은 만들지 못했어요. 망막 색소변성증, 꼭 낫고 싶었는데……

박한종 사실 우린 그게 무슨 병인지도 몰랐습니다. 함석진 씨의 눈에 뭔가 문제가 있지만, 곧 나으려니 생각했지요.

이자림 그이에겐 이 연습실이 익숙한 곳이죠. 어디에 무엇이 있는지 익숙한 곳에서는 행동이 자연스러워 시각 장애가 크게 안 나타나요. 집에서도 그랬어요. 그이가 가구와 물건들에 부딪치지 않고 잘 다녀서, 나 역시 큰 염려를 안 했는데…… 결국은…… 그이 눈을 정밀 검사한 대학병원 의사가 고칠 수 없는 불치병이라고 해서야 정말 심각한 걸 알았죠.

박한종 음…… 처음 증상은 어땠습니까?

이자림 처음은 어둔 밤에만 안 보였어요. 그러다가 낮에도 안개 낀 듯이 뿌옇게 보이고…… 시야가 점점 좁아져서, 터널 속에 들어간 것처럼 보였죠.

박한종 유감입니다, 그 정도 심각하다니……

이자림 정말 심각한 건 나중엔 완전히 실명상태가 되는 거예요. 그래서 그이는…… 실명이 되기 전에 많은 것을 보려고 했죠. 앉아 있는 사람보다 걷는 사람이, 걷는 사람보다 달리는 사람이, 달리는 사람보다 날아다니는 사람이 더 많은 것을 볼 수 있다면서, 그이는 비행기를 타려고 했어요.

박한종 함석진 씨가 갑자기 비행기에 관심을 가진 건 그때문이었군요?

이자림 네. 기억 속에 많은 것을 남겨두는 방법이 비행기였죠.

박한종 (고개를 끄덕이며) 그 심정 충분히 이해가 됩니다.

이자림 그이의 친구 중에 비행사가 있어요. 그분이 안산 바닷가에는 경비행장이 있는데, 적당한 비용을 내면 비행기를 탈 수 있다고 가르쳐줬습니다. 그이는 시간이 날 때마다 비행기를 탔어요. 2인승짜리 조그만 비행기를 타고 날아다니며 모든 걸 기억 속에 담았죠. 하늘, 산, 들, 강, 바다…… 그리고 사고가 났답니다. 마치 이 세상의 모든 걸 다 보았다는 듯이……

박한종 부인께선 사고를 미리 예감하신 것 같아요. 그날 꿈을 꾸셨는데, 함석진 씨의 심벌즈 치는 소리는 들렸지만, 비행기의 프로펠러 소리는 들리지 않았다고 하셨거든요.

이자림 네……

박한종 사고 소식을 듣고 우리 오케스트라 단원들은 큰 충격을 받았습니다. 도저히 믿을 수가 없었지요. 그래서 사고 현장에 직접 가려고 했지만…… 워낙 험준한 곳이어서 가지 못했습니다.

이자림 나도 직접 못 갔어요. 경찰 산악 수색대, 설악산 국립공원 조난 구조대, 그런 전문적인 분들만이 어렵게 접근할 수 있었죠. 정말 그분들의 수고가 컸어요. 몇 번이나 그이를 찾으려고 애써 주셔서…… 몇 개월이 지난 마지막 수색 때, 경찰 헬리콥터가 나를 태워 줬어요. 실종된 그이를 찾지 못해 미안하다면서, 사고 현장을 둘러보라는 배려였죠.

박한종 음, 그랬군요……

이자림 높이 치솟은 절벽, 깊게 갈라진 계곡, 울창한 숲…… 내가 꿨던 꿈 때문일까요…… 그이는 보이지 않는데 자꾸만 '챙!' '챙!' 심벌즈 소리가 들렸어요. 그날 집으로 돌아와서 아들과 딸들에게 말했죠. "너희 아빠는 없어도 있더라." 그러자 애들이 똑같은 말을 했답니다. "아빠는 없지만 있어요." 참 이상한 말을 나도 하고 애들도 하죠?

박한종 아뇨. 우리도 똑같은 말을 했습니다. 함석진 씨는 없는 것이 아니라 있다, 다만 우리가 보지 못할 뿐이라구요.

이자림 그이의 책상 서랍을 정리하다가…… 유서를 발견했어요.

박한종 유서요?

이자림 유서에 적힌 날짜를 보니까 오래전에 썼더군요. 가족에게 한 장, 오케스트라 단원들께 한 장…… 단원들께 쓴 유서는 여기 가져왔어요.

이자림, 핸드백에서 유서를 꺼내 박한종에게 준다.

박한종 지금 읽어도 되겠습니까?

이자림 네.

박한종 그럼 모두가 듣도록 큰 소리로 읽겠습니다. (관객석을 향해 유서를 읽는다.) "서울 그랜드 심포니 오케스트라 지휘자님 그리고 연주자 여러분, 나는 여러분과 함께 있었기에 행복했습니다. 여러분과 연습할 때 즐거웠고, 연주할 때 기뻤습니다. 그러나 이 세상의 모든 음악에 심벌즈가 등장하는 건 아닙니다. 거의 대부분 심벌즈는 침묵합니다. 그런데도 여러분은 내가 침묵 속에서 모든 음악의 연주를 함께 하고 있다는 것을 잘 아십니다.

사랑하는 오케스트라 여러분, 절정의 순간 '챙!' 울려 퍼지는 심벌즈 소리는 침묵이 만든 것입니다. 그리고 심벌즈가 울린 다음의 침묵은 '챙!' 소리가 만든 것이지요. 침묵이 없다면 소리도 없고, 소리가 없다면 침묵도 없습니다.

오케스트라 여러분, 언젠가 나는 영원히 침묵하겠지요. 그때는 내 분신이었던 심벌즈를 후임자에게 주십시오. 그가 절정의 순간, '챙!' 울리는 심벌즈 소리는 영원한 침묵도 하나의 오케스트라 음악임을 증명할 것입니다. "

박한종, 유서 읽기를 마친다. 그는 벅차오르는 감정을 억제하며 잠시 침묵한다.

이자림   그이 후임으로 심벌즈를 연주할 분이 누구신가요?

박한종   (관객석 뒤 쪽을 가리킨다.) 저기 맨 뒷자리, 남궁혁 씨입니다.

이자림   그이가 젊었을 때처럼 더벅머리 총각이네요!

박한종   최근에 들어온 신참단원이죠.

이자림   그이의 분신 같은 심벌즈는 내가 간직하고 싶었는데…… 나보다는 남궁혁 씨가 갖는 것이 좋겠어요.

박한종   남궁혁 씨 얼굴 좀 보세요. 너무 좋아서 웃음이 만발합니다!

박한종, 대형 흑백 사진 앞 좌대로 가서 심벌즈를 들고 한 번, 두 번, 세 번 친다.

박한종   지금까지 우리는 심벌즈 연주자 함석진 씨에 관한 많은 이야기를 들었습니다. (관객들에게) 오케스트라 단원 여러분, 이자림 씨에게 감사의 박수를 칩시다!

이자림, 관객들의 박수에 허리 숙여 절한다.

이자림	고맙습니다. 고맙습니다.
박한종	이건 작은 선물입니다. (웃옷 안에서 티켓이 든 봉투를 꺼내주며) 우리 오케스트라 평생회원 티켓입니다. 연주 때마다 오십시오.
이자림	평생 티켓, 정말 좋은 선물이군요!
박한종	자, 이젠 가실까요? 내가 집까지 모셔다 드리겠습니다.
이자림	(관객들에게) 안녕히, 오케스트라 여러분…… 오늘 나는 여러분의 따뜻한 위로를 담뿍 받고 갑니다!

이자림과 박한종, 퇴장한다. 무대 조명, 서서히 어두워진다. 그러나 심벌즈가 놓인 좌대를 비추는 조명은 여전히 밝다.

– 막 –

즐거운 복희

· **등장인물**

  김봉민

  남진구

  박이도

  백작

  화가

  조영욱

  유복희

· **시간**

  현대

· **장소**

  호숫가 펜션 타운

· **일러두기**

  이곳에는 커다란 호수가 있다.

  서울에서 멀리 떨어진 이곳에 한 건축업자가 비슷한 규모의 펜션 일곱 채를 짓고 분양 광고를 냈다. 각자 다른 곳에 살던 일곱 사람들이 펜션 한 채씩을 구입해 이곳에 왔다. 그러나 그들 중에서 퇴역 장군은 곧 사망하여 장군의 딸이 펜션을 상속받는다. 그들의 연령은 다양하다. 자칭 백작은 60대, 레스토랑을 경영했던 김봉민과 화가는 50대, 자서전 대필가 박이도와 전직 수학교사 남진구는 40대, 건달 총각 조영욱은 20대 중반, 장군의 딸 유복희는 갓 20대이다. 무대의 기본 바탕은 커다란 호수이다. 호수를 무대 위에 구체적으로 나타낼 필요는 없다. 몇몇 장면에서 깊은 물 속처럼 나타내기 바란다. 펜션들, 호숫가, 언덕으로 올라가는 길 등은 몇 가지 소품과 간략한 설치물로써 공간적 특성을 표현한다.

제1막. 장군의 펜션

장군 사망 첫째 날

장군의 펜션. 손님용 객실들과 격리된 주인의 주거 공간.
뒤쪽 벽에는 육군 대장 정복을 입은 장군과 앳된 소녀 모습의 딸을
함께 그린 대형 인물화가 걸려 있다.
인물화 앞에는 서류들이 수북하게 쌓인 책상이 놓여 있다.
박이도, 남진구, 침통한 모습으로 서성거린다.

박이도 아직 누가 안 왔죠?

남진구 음…… 3호 펜션 주인이요.

박이도 3호 펜션이면, 서울에서 고급 레스토랑을 운영했던 사람인
가요?

남진구 네. 굵직굵직한 단골손님들이 많았다고 합니다. 하지만 최근
이혼하면서 레스토랑은 전처에게 넘겨줬대요.

박이도 기다린 지 서너 시간 됐는데……

남진구 아마 읍내에 간 것 같습니다. 펜션 개업하면 일 할 사람이 필
요한데 여긴 아무도 없거든요.

김봉민, 들어온다.

김봉민 미안합니다, 늦어서. 무슨 급한 일이 생긴 겁니까?

박이도 장군께서 혼수상태이십니다.

김봉민 혼수상태요……?

남진구 (서류들이 쌓여 있는 책상을 가리키며) 오늘 아침 저 책상 앞에 쓰
러져 계신 걸 따님이 발견했다고 합니다.

김봉민   어서 병원으로 모셔가야죠!

박이도   조금 전 읍내 의사가 다녀갔습니다. 전혀 가망이 없다는군요.

박이도와 남진구, 책상으로 가서 김봉민에게 손짓한다.

박이도   여기 와서 이걸 보세요!

김봉민   (책상 위의 서류들을 본다.) 이게 다 뭡니까?

박이도   장군께서 직접 작성하신 명단과 주소입니다!

남진구   얼핏 봐도 수천 명이 넘어요! 우리도 처음엔 무엇인지 몰랐죠. 한참 살펴본 다음에야 알았는데요, 이건 장군의 휘하에 있던 군인들 중에서 퇴역한 군인들만 골라낸 겁니다.

김봉민   정말 엄청난데요!

남진구   그렇죠. 이 많은 퇴역 군인들이 장군 펜션의 고객일 테니까요!

박이도   아마 장군께선 밤새껏 펜션 개업의 안내장 보낼 작업을 하시다가, 과로 때문에 쓰러지신 것 같습니다.

남진구   하지만 목숨 잃으시면 이런 명단들이 무슨 소용 있겠어요!

김봉민   펜션 안내장을 장례식 부고장으로 바꿔 보내야겠지요. 그러나 결과는 마찬가지입니다.

박이도   무슨 말씀이신지……?

김봉민   장군께서 명단을 작성하신 엄청난 퇴역 군인들이 이곳 펜션으로 몰려올 것이다, 그런 뜻입니다.

장군의 침실에서 젊은 여자의 흐느끼는 울음소리가 들려온다. 박이도, 남진구, 김봉민, 장군의 침실 쪽을 바라본다.

남진구   장군의 따님이 안됐어요. 어찌할 바를 몰라 울기만 하고…….

박이도   우리가 힘껏 따님을 도와줍시다.

남진구   당연히 그래야죠.

김봉민   그런데 우리 셋만 온 겁니까?

박이도　아뇨. 다들 오셨습니다.

남진구　지금 장군의 침실에 들어가 계십니다. 제2호 펜션을 분양받은 화가, 제5호 펜션의 백작⋯⋯.

김봉민　(남진구의 말이 끝나기도 전에 웃음을 터뜨리며) 하하, 백작이 왔어요?

남진구　네. 그리고 맨 끝 7호 펜션의 총각도 왔는데요. 담배 피우려는지 저쪽 테라스로 나갔습니다.

김봉민, 웃음을 그치지 않는다.

김봉민　하하하, 요즘 세상에 백작이라니!

박이도　쉿, 웃음소리가 큽니다.

김봉민　(웃음을 억지로 참으며) 이런 실례가⋯⋯ 죄송합니다.

남진구　자부심이 대단해요, 백작은. 대한제국 고종 황제 시절 증조할아버지께서 받은 작위를 대대로 이어받았다면서, 그 증거로 서양식 긴 칼을 차고 다닙니다.

김봉민　(다시 크게 웃는다.) 우하하, 하하, 그런 허황된 소리를 믿습니까?

박이도　장군 침실까지 들리겠어요.

김봉민, 호주머니에서 박하사탕을 꺼내 입에 넣는다. 그러자 곧 웃음이 진정된다.

남진구　무슨 약을 드셨습니까?

김봉민　약이 아니라 박하사탕입니다.

장군의 침실, 울음소리가 들려온다.

박이도　(김봉민에게) 침실로 들어가서 따님에게 위로의 말씀을 하시지요.

김봉민 나 혼자요? 우리 셋이 같이 갑시다.

박이도 우린 이미 위로하고 나왔습니다.

김봉민 어떤 말씀을 하셨는데요?

박이도 장군께서는 반드시 쾌유하실 테니 걱정 말라고 했어요.

김봉민 너무 상투적이군요. 난 구체적으로 필요한 말을 하겠습니다. 장군의 책상에서 명단들을 봤다, 내가 책임지고 장례식 부고 장을 보내겠다…….

남진구 그런 말은 하지 마세요.

김봉민 왜요?

남진구 예의에 어긋나요.

김봉민 지금 예의를 따졌다간 아무것도 못해요. 장군께서 임종하시면 곧 해야할 일이 부고장 발송인데, 내가 그 일을 맡아서 하겠습니다!

김봉민, 장군의 침실로 들어간다.

남진구 저 사람 굉장히 경망스럽죠?

박이도 네. 하지만 방심하면 안 되겠어요. 자기가 꼭 부고장을 맡겠다는 건, 장군의 명단들을 독차지하려는 의도가 아닐까요?

남진구 나도 그걸 느꼈습니다.

박이도 혼자 맡기기엔 불안한데…….

남진구 내가 부고장 보내는 일을 함께 하죠.

박이도 좋습니다. 잘 지켜보세요.

남진구 저 사람이 나에게 큰 소리를 쳤어요. 자기가 운영했던 레스토 랑 단골들이 전화만 하면 곧 달려온다고요.

박이도   그래요?

남진구 장담은 백작도 했어요. 귀족들은 자기네끼리 모이는 속성이 있어서, 자신의 펜션으로 오라고 하면 우르르 몰려든다고요.

박이도	글쎄요, 단골이든 귀족이든 이 먼 곳까지 올지는…….
남진구	선생의 고객은요?
박이도	나요……?
남진구	네. 어떤 사람들을 불러 올 건가요?
박이도	선생부터 먼저 말씀하세요.
남진구	나는 전혀 대책 없이, 충동적으로 펜션을 구입했습니다.
박이도	충동적이라뇨……?
남진구	난 15년간 고등학교 교사였어요. 학생들이 제일 싫어하는 수학을 가르쳤죠. 다들 괴로워 죽겠다는 표정을 짓고 있으니, 나 역시 죽고 싶은 심정이었습니다. 그러다가 우연히 신문에서 펜션 분양 광고를 봤어요. 난 즉각 사표를 냈죠. 펜션 하나를 분양받아 운영하면 마음 편히 살겠구나, 그래서 퇴직금에 은행융자를 합쳐 구입한 겁니다. (한숨을 쉬며) 하지만 지금은 후회해요. 위층엔 큰 방이 다섯, 아래층에는 작은 방 일곱, 모두 열두 개의 방들을 어떻게 채워야 할지…… 아무도 불러올 사람이 없는데, 은행 빚은 갚아야 하고……
박이도	그러나 차츰차츰 이곳 펜션이 알려지면 스스로 찾아올 사람들도 있을 겁니다.
남진구	그때가 언제일까요?
박이도	아마 몇 년은 걸리겠지요.
남진구	몇 년이라…… 은행 빚 갚기는커녕 굶어 죽겠군요!
박이도	제자들에게 편지해서 오라고 하세요.
남진구	수학 교사 펜션에 오느니 차라리 지옥에 갈 걸요!
박이도	시련은 위대한 인물을 만듭니다.
남진구	난 결코 위대한 인물이 못 됩니다!
박이도	위대한 인물이라고 뭐 특별할 건 없어요. 난 자서전 대필가여서 그 점을 잘 압니다.
남진구	자서전 대필가요……?
박이도	네.

남진구　그런 직업이 있습니까?

박이도　공공연한 직업은 아니지만 제법 실속 있는 직업입니다. 내가 지금까지 대필한 인물이 50명쯤 될까요…… 대부분 권력을 가진 자와 돈 많은 부자들의 자서전이었지요. 내 수입도 꽤 좋았습니다. 그런데 곰곰이 생각해 보니까 이젠 내 자서전을 써야겠더군요. 그래서 이곳 펜션을 분양 받은 겁니다. 조용한 호숫가에 살면서 내 자서전을 쓰려구요.

남진구　부럽습니다, 부러워요.

박이도　하지만 정작 펜션을 분양받고 보니 난감합니다. 이걸 어떻게 운영해야 할지……

남진구　자서전 써 준 사람들을 오라고 하세요.

박이도　그들은 이곳 펜션보다 더 좋은 별장을 여러 채 갖고 있습니다.

조영욱, 테라스에서 실내로 뛰어 들어온다.

조영욱　내가 봤어요!

남진구　쉿……

조영욱　내 눈으로 똑똑히 봤어요!

남진구　낮춰, 목소리를.

박이도　도대체 뭘 봤는데?

조영욱　장군의 임종을요!

남진구　말도 안 돼. 장군 침실에는 들어가지 않고 임종을 봤다니……!

조영욱　아침 임종, 낮 임종, 저녁 임종, 밤 임종, 네 번이나 본 걸요!

남진구　(박이도에게) 환각 증세군요. 담배 피운다고 테라스에 나가서는 대마초를 피운 겁니다.

조영욱　난 담배도 대마초도 안 피워요.

박이도　그럼 혼자 뭘 했지?

조영욱　가만히 서서 호수를 바라보았죠. 호수는 커다란 거울 같아요. 바라보면 바라볼수록 흐릿했던 것이 또렷하게 보이거든요. 내가 처음 본 건 장군께서 아침에 임종하는 모습입니다. 호수의 동쪽에서 해가 솟아올라 새로운 날이 시작되는데, 장군께선 임종하셨죠. 앞으로 할 일이 많으신 분이 아쉽게도 숨을 거두셨구나, 그래서 아침의 임종은 안타까워요.

남진구   횡설수설, 환각 증세가 틀림없어요.

박이도   (수첩을 꺼내 조영욱의 말을 적는다.) 계속 하게, 계속.

조영욱   나는 장군의 두 번째 임종을 봤어요. 낮에는 모든 것이 밝고 환해요. 강렬한 햇빛 때문에 하늘도 눈부시고, 호수도 눈부시죠. 그래서 슬픈 감정이 생겼다가도 곧 사라집니다. 장군은 사람이다, 사람은 누구나 죽는다, 낮의 임종은 그저 죽음을 담담하게 하나의 사실로 받아들이게 하죠.

박이도   장군의 세 번째 임종은?

조영욱   해가 호수의 서쪽으로 뉘엿뉘엿 저물 때 장군께선 숨을 거두셨어요. 오랫동안 힘든 일을 하신 분이 이젠 편히 쉬게 되셨구나, 저녁 임종은 그렇게 평안한 느낌이 듭니다.

남진구   네 번째 임종은 밤이겠군!

조영욱   달도 없고 별도 없는 캄캄한 밤, 호수 저 멀리 어디에선가 댕그렁 댕그렁…… 자정을 알리는 종소리가 들려오는데 장군께서 숨을 거두십니다. 그리고는 곧 침대 뒤에서 장군의 유령이 나타납니다. 내 원통함을 풀어다오, 간절히 호소하면서요.

박이도   자넨 상상력이 풍부하군. 혹시 소설가인가?

조영욱   아뇨.

박이도   시인?

조영욱   아뇨.

박이도   그럼 뭐지?

조영욱   난 그냥 건달이에요.

남진구   건달……?

조영욱   네.

남진구   건달이 무슨 돈이 있다고 이곳 펜션을 샀나?

조영욱   아, 그건 아버지가 사줬어요. 어머니 죽자 새 장가 가려고 아들인 나를 멀리 쫓아낸 거죠. 어쨌든 나는 이곳이 좋아요! 모든 것을 보여주는 호수가 있거든요!

조영욱, 달음질치듯 테라스로 나간다.

남진구   쯧쯧, 또 버릇없이 테라스로 뛰어가는군요.
박이도   행동은 그렇지만 말은 잘합디다.
남진구   모두 쓸데없는 말이죠.
박이도   (수첩에 받아쓴 것을 살펴본다.) 나에겐 큰 도움이 됐습니다.
남진구   무슨 도움이요?
박이도   내 자서전에 장군의 임종을 쓰려구요.
남진구   네? 선생의 자서전에 장군의 임종을 쓴다구요?
박이도   가능하면 저녁 임종이 좋겠어요. 밤엔 장군의 유령이 나타날까 두려워서…….

장군의 침실에서 슬프게 흐느껴 우는 소리가 들린다. 백작, 화가, 김봉민, 침실 밖으로 나온다. 백작은 금실로 수놓은 조끼를 입고 허리에 기다란 서양식 칼을 찼다.

김봉민   장군께서 방금 임종하셨습니다.
박이도   오, 다행히 밤은 아니군요!
남진구   장군 침실로 갑시다!

백작, 허리에 찼던 칼을 빼들고 침실로 가려는 박이도와 남진구를 가로막는다.

백작   들어가지 마시오!
남진구   왜요?

백작	따님 부탁이요. 마지막 시간, 장군과 단 둘이 있고 싶다 하였소.
박이도	하지만 우린 장군을……
백작	기다리시오. 따님이 나올 때까지!

장군 펜션 지붕 위로 수많은 새들이 날아오른다. 요란하게 퍼득이는 날개소리가 들린다. 조영욱, 외친다.

조영욱	새떼다, 새떼!
남진구	갑자기 새떼라니……?
화가	장군의 영혼입니다.
조영욱	모두 나와 보세요. 지붕 위로 엄청난 새들이 날아가요!
백작	일동 차렷! 엄숙하고 경건하게, 장군의 명복을 빌며 묵념!

백작, 묵념한다. 사이. 하나 둘씩 백작을 따라 묵념한다.

백작	이젠 눈을 뜨시오.
화가	저기, 장군의 모습이 있습니다.

화가, 책상 뒤쪽에 걸린 인물화를 가리킨다.

화가	저 그림은 내가 그렸습니다. 십여 년 전 모습입니다. 장군께선 육군 대장 현역이셨고, 바로 옆은 장군 따님이지요. 지금은 눈부시게 어여쁜 처녀가 됐습니다만, 그때는 아직 앳된 소녀였어요.
백작	장군의 부인께선 어찌하여 그림에 없소?
화가	따님이 어렸을 때 일찍 돌아가셨습니다.
백작	저런, 유감이요!
김봉민	(화가에게) 혹시 장군과는 친척 되십니까?

화가	난 친척은 아닙니다. 그러나 저 그림을 그리면서 아주 친밀한 관계가 생겼지요. 이 호숫가는 장군의 부대가 야전 훈련할 때 잠시 주둔했던 곳입니다. 그래서 건축업자가 펜션들을 지어 분양하자 가장 먼저 구입하셨고, 나에게도 구입을 권유하셨어요. 나는 주저 없이 따랐습니다. 장군께선 그런 내가 미더웠던지 열쇠 하나를 주셨는데, 바로 이것입니다.

화가, 호주머니에서 작은 열쇠를 꺼내 보여준다.

화가	장군의 책상 서랍 열쇠지요. 무슨 일이 있거든 서랍을 열어라, 그 안에 유언장이 있다면서요.
백작	서랍을 여시오!

화가, 장군의 책상 서랍을 열고 유언장을 꺼낸다.

백작	장군의 유언장이 확실하오?
화가	네. 장군 필체가 확실합니다.
백작	이리 주시오! 내가 유언장을 낭독하겠소!

화가, 백작에게 장군의 유언장을 준다. 백작은 근엄한 목소리로 유언장을 낭독한다.

백작	'평생 동안 군대를 이끌고 세상 곳곳을 돌아다닌 내가 이곳 호숫가에 정착함은, 나를 따르던 군인들의 휴식처를 운영하기 위해서요. 하지만 내 여생이 얼마 남지 않았으니, 이곳 펜션 주인들께 간절한 부탁을 드리려 하오. 첫째는, 이곳을 세상에서 가장 안락한 낙원으로 만들어주시오. 둘째는, 하나뿐인 내 딸 복희를 친 가족처럼 보살펴 주시오. 내 딸이 이곳에서 행복하게 지낼 수 있다면, 나는 죽어서도 그 은혜를 잊지 않겠소.'

백작, 유언장 낭독을 마치고 주위 사람들을 둘러본다.

백작 왜 아무 반응이 없소?

사람들, 침묵.

백작 내 낭독이 신통하지 않은 거요?

박이도 아뇨. 장군의 유언에 감동이 되어서 그럽니다.

화가 장군께서 돌아가셨으니 이제 장례 문제가 남았는데, 장군들은 임종하면 서울 동작동의 현충원 장군 묘역에 안장됩니다. 국군 의장대가 엄숙하게 도열해서 조총을 쏘고⋯⋯

김봉민 (화가의 말을 가로채며) 잠깐만요. 방금 읽은 장군의 유언장에는, 현충원에 묻어달라는 내용이 없는데요?

화가 그거야 당연한 것이니까 유언장에 쓰지 않으셨지요.

김봉민 장군께서 현충원을 원하셨다면 반드시 쓰셨을 겁니다. 그런데 그 말씀은 없고, 우리에게 이곳과 따님을 간절히 부탁한다 하셨어요. 그 부탁은, 따님 있는 이곳 호숫가에 묻히고 싶다는 뜻이 분명합니다.

화가 글쎄요⋯⋯ 너무 확대해석한 것 같은데요?

김봉민 여러분, 이건 중대한 문제입니다. 장군의 묘소가 어디냐에 따라 우리 펜션들은 엄청난 영향을 받습니다. 만약 장군께서 서울 현충원에 묻힐 경우, 조문객들이 모두 그곳으로 가겠지요. 하지만 이곳에 묻히면 모두 이곳으로 오게 됩니다.

남진구 나는 그 의견을 적극 지지합니다. 굉장한 조문객들이 몰려오겠군요!

김봉민 장군의 책상 위에 있는 명단들을 보셨죠? 당장 보내야 할 부고장이 수천 장도 넘습니다.

남진구 혼자는 힘들 텐데 내가 거들죠!

김봉민 감사합니다, 도와주신다니. 다른 분들은 반대입니까?

박이도	따님을 위해서라도 장군의 묘소는 이곳이 좋겠습니다.
백작	나도 찬성이요! (화가에게) 아직도 현충원이 좋다고 생각하시오?
화가	모두 그렇다면…… 나 역시 이곳에 동의합니다.

조영욱, 테라스에서 불쑥 들어온다.

조영욱	그런데 그건 따님에게 먼저 물어봐야죠.
백작	지금 따님은 장군의 임종에 정신이 없네!
조영욱	내 의견은요?
남진구	자넨 호수나 바라보라구!

조영욱, 테라스로 나간다.

백작	(김봉민과 남진구에게) 우선 급한 부고장은 두 분이 맡아주시오. 자, 그럼 우리 모두 장군께 맹세합시다.

백작, 장군과 따님이 그려진 그림을 향하여 칼을 높이 쳐든다. 주위 사람들은 오른손을 가슴에 얹는다.

백작	장군, 염려 마시오! 우리는 명예와 목숨을 걸고, 장군의 유언을 굳게 지킬 것이오!

장군 침실, 따님의 울음소리가 높아진다.

막간극 (1)

무대 가득 일렁이는 푸른 빛. 호수를 연상시킨다.
유복희, 등장.
검은 상복을 입은 그녀의 모습이 젊고, 어여쁘고, 애처롭다.

유복희 고맙습니다, 감사합니다, 난 이 말밖엔 못 했어요. 아빠 장례식엔…… (목이 메어 잠시 침묵) 많은 분들이 오셨어요. 아빠와 함께 군대에 있었던 장교들과 병사들, 그리고 갓 제대한 나팔수도 왔어요. 고등학교 수학 선생님이셨던 펜션 주인이 정확히 계산을 했다는데요…… 장례 치른 닷새 동안…… (숫자가 기억나지 않는 듯 당황하며) 닷새 동안…… 모두…… (무대 분장실 쪽을 향해 묻는다.) 장례식에 오신 분이 몇 명이죠? (남진구, 분장실 쪽에서 몸을 반쯤 드러내며 "3,648명!"이라고 알려준다.) 아, 3,648명이나 오셨다는군요! 모두 나를 위로해 주었고, 조의금도 많이 주셨죠. 난 진심으로 그분들께 말했어요. 고맙습니다, 감사합니다…….

유복희, 감사의 표시로 관객석을 향해 허리 숙여 절한다.

음…… 죄송해요…… 아빠를 잃고 너무 정신없어서…… 대사를 잊었어요. (분장실 쪽을 향해) 누가 내 대사 좀 읊어주세요.

남진구, 무대 옆에 서서 대본을 들고 대사를 한 줄 한 줄 읽어준다.
유복희는 남진구가 읽는 대사를 따라 말한다.

이곳 펜션 주인들은 참 친절해요. 아빠 장례식에 오신 그 많은 분들로 펜션의 방마다 가득 차고 넘쳐서, 호숫가에 커다란 천막들을 세웠죠. 그리고 읍내에서 일꾼들을 데려와 가마솥에

밥도 짓고, 국도 끓여서 그 많은 분들의 식사를 마련했어요. 나 혼자는 그런 일 못해요. 정말 고맙고, 감사합니다. 그런데 어떤 분들은 나에게 물었죠. 장군 아빠를 영광스런 현충원의 장군 묘역에 묻지 않고, 왜 이런 외딴 곳에 묻느냐구요. 난 아빠가 원하셨던 거라고 대답했어요. (남진구를 향해 대사 읽기를 멈추라고 손짓한다.) 이젠 읽지 마세요. 그 다음은 나 혼자 하겠어요.

남진구, 무대 안으로 들어간다.

내 기억에는…… 아빠가 이곳에 묻어 달라고 하신 적이 없어요. 그런데도 이곳을 원하셨다고 대답한 건…… 읽어 준대로 따라한 거예요.

유복희, 정면을 바라본다.

저기, 보이죠? 호숫가의 언덕…… 아빠 무덤은 저 언덕 위에 있어요. 아빠는…… 늘 내 걱정을 하셨죠. 엄마도 없고, 아빠마저 없으면, 복희 혼자 이 세상을 어떻게 살까……. 하지만 아빠, 걱정 마세요. 아직은 내 힘이 약하고 뭘 할 줄 몰라 친절한 분들의 도움을 받고 있지만, 언제까지나 그분들에게 의존해서 살지는 않겠어요. (잠시 침묵) 그분들은 내가 날마다 아빠 무덤에 가기를 바래요. 아빠 무덤이 멀리 있지 않고 가까이 있으니까, 나도 그렇게 하고 싶어요. 매일 아침, 나는 언덕 위의 아빠에게 가겠어요. 그리고 살아계실 땐 단 한 번도 못했던 말…… 그 말을 아빠에게 할 거예요. 아빠, 정말 고마워요. 정말 정말 감사합니다……

제2막. 호숫가

장군 사망 395일째 날

화가, 이젤을 세우고 캔버스를 올려놓는다.
잠시 호수를 바라보더니 붓을 들고 그리기 시작한다.
사이.
조영욱, 작은 이파리가 양쪽 나란히 붙은 나뭇잎을 들고 등장한다.
그는 이파리를 하나씩 뜯어내며 점을 친다.

조영욱 사랑한다, 안 한다, 사랑한다……
화가 이봐, 자넨 호수를 바라보면 무엇이든 다 보인다고 했지?
조영욱 네.
화가 그럼 날 좀 도와주게. 지금 저 호수를 바라보면 뭐가 보이나?

조영욱, 호수를 바라본다.

조영욱 호수 속에 불타는 집이 있어요.
화가 뭐, 불타는 집?
조영욱 불타는 집 안에는 장군의 따님이 있죠. 불은 활활 타오르는데, 따님은 밖으로 나오지 않아요. (다시 나뭇잎 이파리를 뜯어내며) 사랑한다, 안 한다, 사랑한다, 안 한다……
화가 그 불은 자네가 지른 걸세.
조영욱 내가요?
화가 저 호수의 모든 물을 다 부어도 끌 수 없는 불, 그건 사랑의 불이지. 솔직히 말하게. 자넨 따님을 사랑하지?
조영욱 (침묵)

화가　　　남자들은 다 그렇지. 사랑하는 여자를 집 밖으로 끌어내려고 온갖 방법을 쓰거든. 창문 밑에서 노래를 부르고, 돌을 던지고, 사다리를 타고 올라가고, 심지어 집에 불을 지르는 미치광이도 있다네.

　　　　　트럼펫 소리가 들려온다. 화가, 손목시계를 본다.

화가　　　언제나 정확하군. 아침 9시, 군악병이었던 남자가 나팔을 불어. 이제 따님이 언덕 위의 장군 묘소에 가는 시간이니, 모두 나오라는 신호야.
조영욱　　퇴역 군인들은 장군에 대한 존경심이 대단해요. 다들 엄숙히 차렷하고 따님에게 경례를 합니다.
화가　　　동정심도 대단하지. 젊고 아리따운 따님이 눈물 흘리며 장군의 묘소로 가는 모습에 그들은 가슴을 치며 탄식한다네.
조영욱　　저기 지나가요!
화가　　　오늘도 따님은 검정 상복을 입었군.
조영욱　　매일 검정 옷이죠.
화가　　　하얀 꽃다발을 들었어.
조영욱　　하루도 빠짐없이 장군께 갖다드려요.
화가　　　검정 옷에 하얀 꽃……

　　　　　사이.

조영욱　　이젠 지나갔어요.
화가　　　그냥 지나가니까 아쉽지? 이쪽에 있는 우리를 쳐다보지도 않고, 언덕 위 장군 묘소만 바라보며 걸어갔네.
조영욱　　오히려 그게 낫죠.
화가　　　낫다니……?
조영욱　　따님이 나를 보면, 내 심장은 멎을 거예요.

호숫가 갈대밭 쪽에서 백작의 다급한 목소리가 들려온다.

백작 (소리) 거기, 누구 없소?

화가 이게 무슨 소리지?

백작 (소리) 나 좀 도와주시오!

조영욱 저쪽 갈대밭 속에서 누군가 외치는데요!

백작, 화가와 조영욱이 있는 곳으로 걸어온다.

화가 아니, 백작께서……?

백작 내가 갈대밭에서 배 한 척을 발견했소! 이쪽으로 끌어내고 싶은데 나를 좀 도와주시오!

조영욱 내가 도와드리죠!

백작과 조영욱, 갈대밭 쪽으로 걸어간다. 화가는 그림을 그린다. 박이도, 자전거를 타고 온다.

화가 안녕하십니까!

박이도 난 유감스럽게도 안녕 못 합니다. (자전거를 멈춘다.) 장군의 따님을 따라가다가 포기했습니다.

화가 왜요?

박이도 따라가는 사람들이 많아서요. (자전거에 실은 바구니를 가리키며) 과일 주스, 김밥, 샌드위치, 따님과 함께 먹으려고 음식까지 준비했는데…… 아쉽지만 돌아왔죠.

멀리 언덕 위에 있는 장군 묘소에서 트럼펫 소리가 들려온다.

화가 따님이 장군 묘소에 도착했군요. 나팔수가 묵념을 알리는 나팔을 붑니다.

박이도 저 나팔수, 도대체 정체를 알 수 없어요. 장군의 장례식 날 나타나 나팔을 불더니, 지금도 따님 곁을 붙어다니며 나팔을 불어댑니다. 현역병이면 벌써 군대로 돌아가야 했고, 제대병이면 자기 살던 곳으로 갔을 텐데……

화가 나팔수를 싫어하십니까?

박이도 뭔가 수상해요.

화가 젊은 남자가 키도 크고 훤칠하게 잘 생겼습다.

박이도 글쎄요…… 키는 내가 더 클 겁니다.

화가 나팔 부는 솜씨도 감탄할 만하구요.

박이도 난 이제 저 소리가 듣기 싫습니다.

　　　박이도, 화가의 이젤 앞으로 다가가서 그림을 바라본다.

박이도 화폭 가득히…… 호수를 그리셨군요?

화가 네.

박이도 왜 여러 번 덧칠을 하셨죠?

화가 인물화만 그리다가 풍경화를 그리려니까 잘 안 됩니다. 어떤 인물이든 확실한 표정이 있어요. 그런데 저 호수는 아무 표정도 없습니다.

박이도 나도 지금 같은 고민입니다. 내 자서전에 저 호수를 쓰고 싶은데…… 마치 백지상태처럼 텅 빈 것 같거든요.

　　　화가, 박이도, 호수를 바라본다.

화가 선생의 자서전이 궁금합니다. 언제쯤이면 완성됩니까?

박이도 열심히 쓰고 있습니다만…… 새로운 형식의 자서전이 되려고 그러는지, 쓰면 쓸수록 내가 중심인물이 아닙니다.

화가 선생의 자서전인데, 그럼 누가 중심인물입니까?

박이도 따님이죠.

화가	따님이요?
박이도	네. 나는 다만 객관적 입장에서 바라본다고 할까요…… 한가운데 중심인물이 있고, 그 중심을 여러 인물이 둘러싸고 있습니다. 그렇게 시작된 내 자서전이 어떻게 끝날지는 아직 나도 모릅니다.

백작과 조영욱, 갈대밭에서 보트를 힘겹게 끌고 나온다. 그들은 화가와 박이도를 향해 소리친다.

백작	이것 좀 끌어주시오!
조영욱	굉장히 무거워요!
박이도	여긴 사람이 살던 곳이 아닌데, 저런 보트가 있다니 이상하군요.
화가	호수 어딘가에서 떠밀려 왔겠지요. 아니면 누군가 타고 왔던 것일 수도 있고……
백작	도와달라는데 쳐다만 볼 거요?
화가	갑니다, 가요!

화가, 박이도, 백작과 조영욱에게 가서 보트를 끌어당긴다.

백작	힘을 내시오, 힘을!
화가	아! 작은 배가 꽤 무겁습니다!
백작	진흙이 잔뜩 담겨 그렇소!
박이도	도대체 이걸 끌고 어디로 가는 겁니까?
백작	저기, 호숫가 물 닿는 곳이요!

백작, 손을 들어 끌고 온 보트를 멈추게 한다.

백작	이젠 다 왔소!

박이도	이곳에서 뭘 하시려구요?
백작	우선 호수 물로 진흙을 깨끗이 씻어내고, 햇볕에 말린 다음, 하얀색 페인트를 칠할 거요.
박이도	설마…… 이 보트를 타시렵니까?
화가	너무 낡았어요. 사람이 탔다가는 금방 물속으로 가라앉을 겁니다.
백작	난 귀족이오! 그리고 귀족은 요트가 있어야 하오!
박이도	하지만 이 보트는……
백작	요트요, 요트! 하얗게 칠한 요트에 붉은 글씨로 멋진 이름을 쓸 거요. 「산타 마리아 호」라든가, 「산타 루치아 호」는 어떻소? 둘 중에 좋은 걸 하나 골라 주시오!
화가	둘 다 서양식 이름이군요.
조영욱	「산타 루치아」는 이태리 민요 이름이죠. (노래를 부른다.) 창공에 빛난 별 물 위에 비추고 내 배는 살같이 바다를 지난다. 산타 루치아! 산타 루치아!
백작	「산타 마리아」도 민요 이름인가?
조영욱	아마 그럴 걸요. 비슷한 이름 중에 「아베 마리아」는 아주 유명한 노래입니다.
백작	서로 혼동이 되겠군. (박이도에게) 선생이 요트의 이름을 지으시오!
박이도	내가요……?
백작	그렇소. 책을 많이 쓰셨으니 요트 이름 짓는 것도 잘하실 것이오! (조영욱에게) 그리고 자넨 내일 아침부터 세척 작업을 시작하게! 삽으로 진흙을 퍼내고, 호수 물로 말끔히 씻게!
조영욱	나는 못해요.
백작	왜 못하는가?
조영욱	배 안에 시체가 있거든요.
백작	(배 안을 들여다본다.) 노야, 노! 배 젓는 노가 두 개나 있네!
조영욱	내가 분명히 봤어요. 젊은 남자 시체를요…….

백작	헛소리 말고 깨끗이 씻어놓게. (화가에게) 배가 마르거든 하얀 색 페인트를 칠해주시오!
화가	글쎄요……
백작	우리 중에 예술적으로 칠할 사람은 화가선생 뿐이오.
화가	그렇다면 어쩔 수 없이 해야겠군요.
백작	고맙소!
박이도	아, 생각났습니다! 요트에 어울릴 이름이 생각났어요!
백작	어서 말하시오!
박이도	「복희 호」입니다.
백작	「복희 호」……?
화가	「복희 호」……
조영욱	「복희 호」……
박이도	장군의 따님 이름이 복희거든요!
백작	어떠시오?
화가	좋습니다.
조영욱	좋아요!
백작	그럼 내 요트는 「복희 호」요! 오랜만에 힘든 일을 했더니 목이 칼칼하구만.
박이도	마실 것 좀 드릴까요?
백작	준다면 고맙소!
조영욱	난 배가 고파요!
박이도	먹을 것도 있지. 좀 도와주게!

박이도, 자전거를 세워 놓은 곳으로 간다. 조영욱이 뒤 따른다. 그들은 음식 바구니를 보트로 가져온다.

백작	포도주나 맥주 있소?
박이도	아뇨. 과일주스는 있습니다만……
백작	아쉽구려, 술이 없다니.

박이도, 바구니에서 음식들을 꺼내 나눠준다. 그들은 함께 먹고 마신다. 김봉민과 남진구, 펜션들이 있는 쪽에서 걸어온다. 남진구는 두툼한 장부를 들고 있다.

김봉민 소풍 나오셨군요. 우리 둘만 빼놓고 참 즐거우십니다!
박이도 아닙니다!
남진구 우린 그런 줄도 모르고 펜션마다 찾아다녔습니다.
박이도 오해마세요. 소풍이 아니라……
조영욱 샌드위치 드세요.
김봉민 (박하사탕을 꺼내 입에 넣는다.) 난 박하사탕이면 돼.
남진구 (보트를 가리키며) 이 낡은 배는 뭡니까?
백작 내 요트요!
남진구 (어이없다는 듯 웃으며) 하하, 요트처럼 안 보이는데요?
백작 아직 하얀 색칠을 못하였소.
김봉민 제발 요트가 있으면 좋겠습니다. (호수 건너편을 가리키며) 호수 건너 저쪽이 읍내입니다. 배를 타고 곧장 건너가면 몇 십분도 안 걸리겠죠. 그런데 자동차는 호숫가를 빙 돌아가야 하고…… 이곳 펜션에 오는 사람들 불평이 대단해요. 읍내에서 택시 타면 기사들이 멀리 간다고 정상요금보다 더 많은 웃돈을 요구하거든요.
백작 내 요트는 펜션 손님들의 교통수단이 아니오!
김봉민 그럼 혼자만 타실 겁니까?
백작 나도 타지 않소. 「복희 호」는 영원히, 이 호숫가에 정박시켜 둘 거요!

조영욱, 나뭇잎 이파리를 뜯으면서 퇴장한다.

남진구 자넨 어딜 가나?
조영욱 사랑한다, 안 한다, 사랑한다……

화가	나뭇잎으로 사랑의 점을 칩니다.
남진구	저 건달 총각은 펜션 운영에는 전혀 관심이 없어요.
김봉민	관심 없기는 여기 계신 분들도 마찬가지죠. 모든 것을 우리 둘한테 맡겨놓고, 한가롭게 즐기십니다. (남진구를 가리키며) 이분이 수학교사였다는 건 알고 계시죠? 요즘 우리 펜션의 운영상황을 여러분께 정확한 숫자로서 설명해 드릴 겁니다.
백작	굳이 설명할 필요 없소. 두 분이 맡아서 잘하고 계시는데, 우린 그저 믿고 감사할 뿐이오.
남진구	(두툼한 장부를 펼친다.) 우리 펜션들은 장군의 장례식에 맞춰 운영을 시작했습니다. 시작은 아주 좋았어요. 무려 3,648명이 왔으니까요. 그런데 날이 갈수록 급격히 줄어들어서, 1년 2개월 지난 지금은 몇 명이냐…… 놀라지 마세요, 지난 주에는 하루 평균 152명 왔습니다. 152명을 7채의 펜션으로 나누면…… 7 2는 14에 7 1은 7, 소수점 찍고 7 7은 49, 무한 반복이죠. 21.714285714285…… 소수점 이하를 반올림해서 22명. 펜션한 채당 하루 22명의 숙박객이 배정됐다, 그겁니다.
백작	제발 부탁이오. 골치 아픈 숫자는 빼고 말하시오!
남진구	이번 주는 몇 명이냐, 지난 주 보다 하루 평균 18명이 줄어들어서 134명입니다. 134명을 펜션 7채로 나누면 이것도 무한 반복이죠. 19.1428 57142857…… 소수점 이하를 생략하면 겨우 19명입니다.
박이도	그럼 다음 주는요?
남진구	더 줄면 줄었지 늘어날 리는 없습니다. 이렇게 계속 줄어들면 머지않아 우리 펜션들은 숙박할 사람이 없어 문 닫게 됩니다!
박이도	사태가 심각하군요!
백작	대한제국이 멸망할 때 나의 증조부께서는 자결하셨소! 난 펜션이 망하면, 내 목숨을 끊을 것이오!
김봉민	진정하세요. 아직은 죽을 때가 아닙니다.
백작	어서 대책을 세우시오!

김봉민	물론 대책을 세워야지요. 한 가지 다행인 건 따님이 아직도 장군의 죽음을 슬퍼하고 있다는 것입니다. 비록 숫자는 줄어들고 있지만, 따님의 슬픔을 동정하는 퇴역 군인들이 계속 오고 있죠. 그들은 도착한 날 장군 묘소를 참배하고, 다음 날 아침 따님이 흐느껴 울면서 장군의 묘소에 가는 광경을 보고는 떠납니다. 호수가 그들을 붙잡아 두면 좋겠는데, 그저 물만 가득할 뿐, 즐길 것이 전혀 없어요. 이곳 펜션에 더 많은 사람들을 오게 하고, 더 오래 묵게 하려면, 따님의 슬픔만으로는 부족해요. 뭔가 즐거움이 있어야 합니다.
화가	즐거움…… 이젠 즐거움도 있어야 한다는 말씀 같은데……
김봉민	바로 그렇습니다.
화가	구체적으로 생각한 것이 있으십니까?
김봉민	내가 서울에서 운영했던 레스토랑은 밤마다 가수들이 노래를 불렀죠. 음악은 사람들을 즐겁게 합니다. (주위를 둘러보며) 내 생각에는 여기가 좋겠군요. 저 호수를 배경으로 야외무대를 설치하고, 오색 전등을 달아서 멋지게 꾸밉니다. 무대 앞 객석에는 간이용 의자들을 늘어 놓구요. 그리고 밤마다 음악회를 열면, 사람들이 즐거워할 겁니다.
화가	하지만 가수요? 가수가 없는데 음악회가 되겠습니까?
김봉민	이곳에 가수는 없지만 나팔수는 있습니다.
박이도	나팔수요……?
김봉민	네. 트럼펫도 잘 불고, 색소폰도 잘 불고, 그는 입으로 불어서 소리 내는 것이라면 뭐든 잘해요. 아직 정식 계약은 안 했지만, 넌지시 말은 해뒀어요. 호숫가에 무대를 만들 테니, 밤마다 나팔을 불어라! 퇴역 군인들이 좋아하는 군가도 불고, 유행가도 불고, 예술적인 클래식을 불어도 좋다! 낮에는 따님의 슬픔, 밤에는 음악의 즐거움, 슬픔과 즐거움이 상승 작용을 해서, 지금보다 더 많은 사람들이 이곳에 올 건 확실합니다!
백작	듣고 보니 명안이오!

남진구　뭣들 하십니까? 동의하실 분들은 박수치세요!

남진구, 백작, 박이도, 화가, 김봉민을 향해 박수친다. 김봉민 역시 박수로 답례한다. 조영욱, 나뭇잎 이파리를 하나씩 뜯어내며 등장. 그는 박수치는 사람들 옆을 지나간다.

조영욱　사랑한다, 안 한다, 사랑한다······
화가　어떤가, 점괘는?
조영욱　안 한다, 사랑한다, 안 한다······

언덕 위에서 나팔수의 트럼펫 소리가 들려온다. 모두 그쪽을 바라본다.

조영욱　따님은 나를 사랑하지 않는다는군요.

무대 조명, 암전한다.

막간극 (2)

허공에 보름달이 떠 있다.
호수 수면에도 똑같은 보름달이 떠 있다.
멀리서 들려오는 색소폰 소리, 슬픔과 기쁨이 절묘하게 뒤섞인 것 같다.
유복희, 등장. 그녀가 입은 하얀 옷이 달빛을 받아 화사하다.
그녀는 색소폰 소리에 귀 기울이며 미소 짓는다.

유복희　들리죠, 저 소리? 어찌 저렇게 잘 불까요? 듣는 사람 마음이 슬프기도 하고, 기쁘기도 하고······ 참 오묘하네요. 난 내 마음

속에 슬픔만 있는 줄 알았어요. 그런데 이제는 기쁨도 있다는 걸 알아요. '재섭 씨 덕분이죠.

색소폰 소리에 맞춰 랄─라라라─ 허밍한다.

재섭 씨는 매일 아침 아홉 시, 트럼펫을 불어요. 나는 그 소리를 듣고 일어나 호숫가 언덕 위로 걸어갑니다. 재섭 씨는 늘 나와 함께 동행해요. 그리고 사람들이 아빠 묘소에 와서 묵념할 때마다, 그이는 구슬프게 트럼펫을 불죠. 난 그 트럼펫 소리가 사람들의 그 어떤 위로의 말보다 좋아요. 저녁 다섯 시, 나는 언덕을 내려가 집으로 들어갑니다. 밤에는 그이가 창 밖에서 색소폰을 불어요. 클라리넷을 불 때도 있고, 플루트를 불때도 있어요. 낮과 밤, 그이의 위로 없었다면, 난 슬픔을 견디지 못했을 거예요.

색소폰 소리가 들리는 쪽을 향해 한 손을 입에 대고 낮게 말한다.

재섭 씨, 플루트를 불어주세요. 내가 이렇게 속삭이듯 말해도 그이는 내 마음을 다 알아요.

색소폰 연주가 멈추고, 플루트 연주 소리가 들려온다.

그렇죠? 플루트예요. 부드럽고 맑은 저 소리……

유복희, 행복한 표정을 짓고 플루트 소리를 듣는다.

그런데 몇 개월이 지난 어느 날, 그이가 말했어요. 이곳을 떠나겠다구요. 그이는 서울에 가서 음악 대학을 졸업한 다음 오케스트라 단원이 되고 싶대요. 난 못 가게 붙잡았어요. 그이가 떠나면, 내 위안도, 내 기쁨도, 내 사랑도 다 떠나요. 그리고 나에게 남는 건 오직 슬픔 뿐…… 내가 가도 된다고 할 때까지, 제발 이곳에 있어 달라 간절히 부탁했죠.

트럼펫, 군가를 연주한다.

요즘 그이는 밤마다 호숫가 무대에서 온갖 나팔을 분답니다. 특히 군가 연주는 이곳에 온 사람들에게 인기 최고죠! 행진곡을 불면 모두 신이 나고, 승전가를 불면 모두 흥이 나요! 나도 즐거워요! 어깨가 들썩들썩, 손발이 흔들흔들, 저절로 춤을 춰요!

경쾌한 군가 연주에 흥이 나서 춤을 춘다. 그러다가 중단한다.

하지만 난 슬픈 복희예요. 날마다 언덕 위 무덤에서 눈물 흘리는 복희…… 즐거워하거나 기뻐하면 안 된답니다. 펜션 주인들이 경고하듯 말했죠. 절대로 사람들에게 내 웃는 얼굴을 보이면 안 된다구요.

생각에 잠겨 침묵한다.

이곳에서는 난 즐거운 복희가 될 수 없어요. 그건 내 역할이 아니거든요. 슬픈 복희가 내 역할이죠. 처음엔 아빠 죽음이 진심으로 슬펐어요. 그런데 지금은…… 일부러 슬픈 표정을 짓고, 흐느껴 우는 시늉을 하고 있답니다.

잠시 침묵.

난 나 자신에게 묻죠. "어떻게 해야 할까? 내가 슬퍼야 울고,

내가 기쁘면 웃는 그런 진실한 삶을 살고 싶은데……" 나 자신은 이렇게 대답해요. "복희야, 망설이지 말고 이곳을 떠나렴!"

그래서 난 결심했어요. 이곳을 떠나기로요. 재섭 씨에게도 말하겠어요. 이젠 떠날 때가 됐다구요. 그이는 나의 위안, 나의 기쁨, 나의 사랑, 나는 그이와 함께 이곳을 떠날 거예요!

제3막. 김봉민의 펜션

장군 사망 427일째 날

김봉민은 펜션의 주거 공간을 사무실로 쓰고 있다.
장군의 펜션과 구조가 비슷하다. 다른 점은 대형 인물화가 걸려있던 뒤쪽 벽에 창문이 매달려 있다.

김봉민, 책상 앞에 앉아 통화중이다.
책상 위에는 장군이 작성했던 명단과 주소가 적힌 서류들이 쌓여 있다. 책상에서 조금 떨어진 곳에 흔들의자가 놓여 있다.

김봉민　박주원 예비역 대위님 계십니까? 여기는 호숫가 펜션입니다. 저는 운영 책임자구요. 이렇게 전화 드린 용건은, 저희 펜션의 특별 음악회를 알려드리기 위해서입니다. 매일 밤 호숫가 야외 무대에서 온갖 나팔을 연주하고, 군가도 연주합니다. 가족과 함께 꼭 한 번 오십시오. 즐거운 시간이 되실 겁니다. 네? 아…… 물론이죠. 따님은 요즈음도 슬픔에 잠겨 장군 묘소를 다닙니다. 우리 펜션에 2박3일 이상 숙박하는 경우 할인혜택이 있습니다. 곧 예약 전화 주십시오. 감사합니다.

김봉민, 다음 통화할 대상을 찾기 위해 명단을 살펴본다.
남진구, 몹시 지친 모습으로 들어온다.

남진구　오는 사람 맞이하고, 가는 사람 보내고…… 일은 점점 많아지는데, 쉴 틈이 없군요.
김봉민　오늘 숙박객들 방 배정은 끝났어요?

남진구 네……

김봉민 수고하셨습니다.

김봉민, 책상에서 일어선다. 그는 남진구를 흔들의자로 데려간다.

김봉민 앉으시죠, 이 흔들의자에.

남진구 (흔들의자에 앉는다.) 정말 피곤합니다.

김봉민 (호주머니에서 박하사탕을 꺼내주며) 박하사탕입니다.

남진구 (박하사탕을 받는다.)

김봉민 살살 녹여 드세요. 이리 흔들고, 저리 흔들면, 온몸에 상큼한 박하향이 퍼지면서 피로가 싹 풀립니다.

남진구, 박하사탕을 입에 넣고 흔들의자를 앞뒤로 흔든다.

김봉민 어떻습니까?

남진구 글쎄요……

김봉민 내가 서울에서 운영했던 레스토랑은 손님들에게 식후 입가심으로 박하사탕을 줬어요. 그런데 나도 많이 먹어서 박하사탕 중독자가 됐습니다. 우울하거나 피곤할 때, 박하사탕을 먹으면 기분 전환이 됩니다. 자, 하나 더. 이젠 어떤가요?

남진구 (침통한 표정으로 고개를 가로젓는다.)

김봉민 전혀 효과가 없습니까?

남진구 네. (깊은 한숨을 쉬며) 다들 빈둥빈둥 노는데, 어쩌다가 뼈 빠지도록 일하게 됐는지……

김봉민 그거야 잘 아실 텐데요? 우리 둘이 장군의 장례식 부고장을 맡으면서, 결국엔 펜션 운영까지 떠맡게 된 것이지요.

남진구 (침묵한다.)

김봉민 사실 나도 피곤해요. 아침부터 저녁까지, 장군의 명단을 펼쳐 놓고 수많은 사람들에게 전화를 하죠. 똑같은 말을 하고 또 하

남진구	고…… 저녁이 되면 입이 붓고 혀가 굳어요.
남진구	(침묵)
김봉민	하지만 나에겐 원대한 꿈이 있습니다.
남진구	원대한 꿈이라뇨……?
김봉민	투자가들을 이곳에 끌어들여서 대규모 레저 타운으로 만드는 겁니다! 큰돈을 벌려면 롯데월드나 디즈니랜드 같은 온갖 놀이기구와 유흥시설이 있어야 해요. 그래야 많은 사람들이 몰려와서 흥청망청 돈을 씁니다!
남진구	맞습니다, 맞아요. 지금처럼 조그만 펜션의 숙박비 받는 것으로는 별 소득이 없어요.
김봉민	나중에 두고 보세요. 그 꿈이 이루어졌을 때, 열심히 일한 우리는 엄청난 것을 갖게 됩니다. 하지만 빈둥빈둥 노는 자들은 아무것도 못 갖죠.
남진구	(흔들의자에서 일어나며) 죄송합니다.
김봉민	뭐가요?
남진구	난 그런 줄도 모르고 힘들다 불평했군요. (흔들의자를 가리키며) 여기 앉으세요!
김봉민	어, 그래도 될까요?
남진구	물론이죠!

김봉민, 박하사탕을 입에 넣고 흔들의자를 앞뒤로 흔들며 노래한다.

김봉민	"박하사탕 입에 넣고 이리 흔들 저리 흔들 아아, 온몸에 퍼진다 상쾌한 박하 향 아, 아, 아아아——— 기분 좋아 행복하네."
남진구	노래를 잘하십니다.

김봉민	아뇨. 즉흥적으로 아무렇게나 부른 겁니다.

호숫가 무대 있는 곳에서 트럼펫 연주와 함께 군가를 합창하는 소리가 들려온다.

김봉민	나팔수 인기가 대단해요! 군가를 연주하면 저렇게 열광적으로 합창을 합니다!
남진구	하루 묵고 떠나던 사람들이 이제는 이틀 사흘 묵죠!

조영욱, 창문을 열고 얼굴을 불쑥 안으로 들이민다.

조영욱	나팔수의 나팔은 열두 가지, 이 세상 나팔을 다 불어요!
김봉민	자네가 웬일이야?
조영욱	밤이 되면 장군의 따님도 그 소리를 들으려고 호숫가 무대에 옵니다!
김봉민	뭐? 장군의 따님이……?
조영욱	따님이 오면 나팔수는 더 신나게 나팔을 불고, 따님은 그런 나팔수에게 웃으면서 손을 흔들어요!
남진구	결코 그럴 리가 없어!
김봉민	따님에게 사람들이 보는 곳에서는 절대로 웃지 말라고 당부했거든!
조영욱	둘은 서로 사랑해요. 그 모습을 보는 내 마음은 달 없는 캄캄한 밤, 내 눈에서 흐르는 눈물은 밤비처럼 처량하죠. 오늘밤 나는 호숫가의 무대 밑에서 슬프게 울 겁니다. 온갖 나팔 소리를 들으며 모두 즐겁게 웃는데, 나만 슬퍼서 눈물 흘려요.
남진구	또 횡설수설 하고 있군!

조영욱, 창문에서 사라진다.
호숫가 무대, 트럼펫의 군가 연주와 합창이 끝나자 모두 열렬히 박수

치며 환호한다.

김봉민 도저히 믿어지지 않아요. 장군의 따님과 나팔수가 사랑한다
　　　　니……

남진구 건달 총각이 헛소리를 한 거죠.

화가, 안으로 들어온다.

화가 오늘 밤 나팔수가 고별 연주를 한다는군요.

김봉민 갑자기 그게 무슨 말씀입니까?

화가 조금 전 장군의 따님이 나에게 말했습니다. 오늘밤 호숫가의
　　　　무대에서 마지막 나팔을 분다구요. 그리고 연주가 끝나면 따
　　　　님은 나팔수와 함께 이곳을 떠난다고 합니다.

김봉민 (흔들의자에서 벌떡 일어선다.) 뭐, 둘이 함께 떠나요?

화가 네. 아무 말 않고 떠나려 했지만, 장군과 오랜 친분이 있는 나
　　　　에겐 작별인사를 한다면서요.

남진구 안됩니다, 안돼요! 장군의 따님이 떠나버리면 우리 펜션은 어
　　　　떻게 합니까?

김봉민 도대체 둘이서 어디로 가는 거죠?

화가 서울로 간다고 했습니다.

김봉민 서울은 왜요?

화가 나팔수가 서울에 있는 음악대학 학생이랍니다. 3학년 때 휴학
　　　　하고 군대에 갔었는데, 군악병이 되어 나팔을 불었다는군요.
　　　　제대하던 날이 장군의 장례식이어서 곧바로 이곳에 왔었고,
　　　　그러다가 이제는 복학하러 서울에 간다는 겁니다.

남진구 거짓말입니다, 거짓말! 지금까지 일 년 넘게 나팔수가 있었는
　　　　데, 음악대학 학생이라는 건 처음 들어요!

화가 따님은 거짓말을 못합니다.

남진구 순진한 따님이 속은 거죠!

김봉민   우리도 모두 속았습니다! 장군의 장례식이 끝난 후에도 가지 않기에, 우린 그를 먹여주고, 재워주고, 무대까지 만들어 일자리를 줬어요. 그런데 이게 뭡니까? 우리 은혜에 보답하기는커녕, 우리를 완전히 배신하는군요!

호숫가 무대에서 경쾌한 플루트 연주 소리가 들려온다.

김봉민   신났군, 신났어! 나팔수가 장군의 딸을 낚았으니 기분 좋겠지!
남진구   나팔수의 목적은 뻔해요. 돈입니다, 돈! 따님이 장군의 장례 때 받은 엄청난 부조금을 노리고 접근한 겁니다!
김봉민   가만있자…… 흥분 말고 생각해 봅시다. 서울 가려면 일단 읍내로 나가야 하는데…… 이 밤중에 읍내까지 걸어갈 리는 없고…….
남진구   택시요, 택시!
김봉민   빨리 택시 회사에 전화합시다.

김봉민, 책상으로 가서 전화한다.

김봉민   택시회사죠? 여기는 호숫가 펜션입니다. 오늘 밤 누가 택시 불러도 여기 오면 안 됩니다. 이미 예약한 것도요. 네? ……도난사고예요! 분명히 말하지만, 범인이 택시 타고 달아나면 그 책임은 택시 회사가 져야 합니다!

김봉민, 수화기를 내려놓는다.

김봉민   택시는 못 오게 했지만 안심할 수 없군요. 이곳엔 우리 자동차도 있고, 손님들의 자동차도 있어서, 나팔수가 훔쳐 따님을 태우고 가면 그만입니다.
남진구   읍내 가는 길을 완전히 막아버리죠!

김봉민   길을 막아요……?

남진구   네. 전기톱으로 길가의 나무들을 쓰러뜨려서, 사람도 자동차 도 못 다니게 막는 겁니다!

김봉민   우선 급하니까 오늘 밤은 그렇게 합시다! 그동안 나는 백작과 자서전 선생을 불러서 해결 방법을 찾겠습니다!

남진구, 밖으로 뛰어나간다. 김봉민, 전화기를 들고 통화한다.

김봉민   백작이십니까? 지금 뭘 하고 계시죠? 아…… 마침 잘 됐습니 다. 두 분은 내 펜션 사무실로 오세요. 급히 오셔야 합니다! (전 화를 끊는다.) 참 한가하시군. 자서전 선생과 둘이서 맥주 마시 고 있다니!

화가   이 방법은 어떨까요?

김봉민   뭡니까?

화가   나팔수가 서울에 가야할 이유가 음악대학 때문이라면, 따님은 이곳에 있고, 나팔수만 갔다가 졸업해서 돌아오라고 합시다. 만약 우리의 설득을 받아들이면, 우리도 따님과 나팔수의 사 랑을 인정해 줍시다.

김봉민   글쎄요…… 그건 좋은 방법이 아닌데요.

화가   왜 아닙니까?

김봉민   그 둘의 사랑을 인정한다는 건, 결혼해도 좋다는 거죠?

화가   그렇습니다.

김봉민   결혼하면 합법적 부부가 됩니다. 남편이 아내와 함께 떠나는 건 아무도 막지 못해요. 오히려 지금 당장 그 둘을 따로따로 떼어서, 나팔수는 완전히 쫓아버리고, 따님은 평생 이곳을 떠 날 수 없도록 해야 합니다.

화가   나팔수를 쫓아내면 우리 손해가 클 텐데요? 따님의 슬픔만으 로는 펜션 운영이 어려워서 나팔수의 즐거움을 제안하셨고, 그 결과가 어떤지는 제안하신 분이 더 잘 아십니다.

김봉민 물론 나팔수의 인기는 굉장하죠. 줄어들던 사람들이 늘어나 펜션 운영도 좋아졌습니다. 하지만 인기란 영원하지 않습니다. 꽃은 활짝 피었다가 시들고, 냄비는 펄펄 끓었다가 식어요. 나팔수가 아니어도 호숫가 무대에 설 사람은 많습니다. 노래 부르는 가수, 재담 잘하는 코미디언, 신기한 마술사, 내가 얼마든지 데려올 수 있어요.

백작, 박이도, 맥주병을 들고 취한 모습으로 들어온다.

백작 우리를 급히 오라니, 무슨 변고요?
김봉민 나팔수 때문입니다. 오늘밤 나팔수가 따님을 데리고 서울로 달아납니다!
박이도 나팔수가 따님을……?
백작 그게 사실이요?
김봉민 네!
백작 (허리에 찼던 칼을 뽑아든다.) 우리는 장군께 맹세하였소! 그 어떤 위급한 경우에도 목숨 걸고 따님을 지킬 것이오!
박이도 나팔수는 처음부터 수상했습니다! (화가에게) 내 말을 기억하시죠? 도대체 정체를 알 수 없다고 했더니, 전혀 믿지 않으셨어요.
김봉민 지금도 화가 선생은 나팔수를 편듭니다.
화가 오해마세요. 편든 건 아닙니다.
박이도 따님은 우리의 중심입니다! 그런데 중심을 잃으면 우리는 각자 뿔뿔이 흩어집니다!
백작 옳은 말씀이오! 우리는 굳게 뭉쳐 따님을 지켜야 하오!
김봉민 잠깐만요…… 나팔소리가 들리지 않아요……

김봉민, 창문으로 가서 호숫가 무대 쪽을 바라본다.

김봉민   조용합니다, 음악회가 끝났는지……

박이도   나갑시다, 밖으로! 나가서 상황을 파악하는 게 낫죠!

백작   동감이오!

남진구, 커다란 전기 톱을 들고 들어온다. 밖으로 나가던 백작과 박이도는 멈춰 선다.

김봉민   어떻게 됐습니까?

남진구   예상했던 그대로입니다! 읍내 가는 길목의 나무들을 쓰러뜨려 놓았는데, 장군의 따님과 나팔수가 나타났어요. 따님이 놀란 표정으로 말했죠. 택시를 불렀으니 나무들을 치워 달라…… 난 단호하게 안 된다고 거절했습니다!

김봉민   아주 잘 하셨어요!

남진구   따님과 나팔수는 몹시 당황하더니, 쓰러진 나무들을 넘어서 읍내까지 걸어가겠다고 하더군요. 그러나 그건 어림없는 짓이지요. 맨몸으로 넘어가기도 어려운데, 무거운 여행용 가방까지 들고는 못 넘어갑니다. 그래서 내가 충고했어요. 깨끗이 포기하는 게 좋다구요.

백작   고집이 대단하군! 이 밤중에 읍내까지 걸어가려했다니!

남진구   결국 따님과 나팔수는 되돌아갔어요.

김봉민   어디로요……?

남진구   호숫가 무대 쪽으로요.

박이도   그곳엔 왜 갔죠?

남진구   글쎄요…… 캄캄한 밤에도 그곳엔 오색전등이 켜져 있어서 간 것 아닐까요? 어쨌든 난 더 이상 읍내 가는 길목을 지킬 필요가 없어서 왔습니다.

김봉민   수고 많이 하셨습니다.

남진구   오늘은 정말 피곤한 날입니다.

김봉민, 남진구를 흔들의자로 데려가서 앉힌다.

김봉민　박하사탕 드시죠.
남진구　네.
김봉민　앞 뒤로 흔들어요.

김봉민, 남진구에게 박하사탕을 준다.
남진구, 박하사탕을 입에 넣고 흔들의자를 흔든다.

김봉민　우리 모두 나팔수를 만나러 갑시다. 그리고 이렇게 딱 잘라 말하는 겁니다. 내일 아침 혼자 떠나라! 떠난 다음 이곳에 다시는 돌아오지 마라!
박이도　좋습니다. 당장 갑시다!
백작　난 칼을 휘두르겠소!
김봉민　칼은 필요 없습니다. 나팔수는 이미 우리의 분노를 실감하고, 잔뜩 겁먹었을 테니까요!

조영욱, 들어온다. 온몸이 물에 흠뻑 젖어 있다.

조영욱　죽었어요…… 죽었어요……
김봉민　죽다니, 누가?
조영욱　나팔수요……
화가　그게 무슨 소린가?
조영욱　배를 타고 가다가 그만…… 호수 속에 빠졌어요……
백작　설마 내 요트는 아니겠지?
조영욱　「복희 호」예요.
백작　뭐, 「복희 호」!
조영욱　난 호숫가의 텅 빈 무대 앞에 앉아 있었어요. 가슴이 아팠죠. 자꾸만 눈물이 흘러내리고…… 그런데 떠났던 장군의 따님과 나팔수가 돌아왔어요. 난 얼른 무대 뒤로 숨었죠. 우는 모습을 보여주고 싶지 않았거든요. 그런데 내가 숨어 있는 동안…… 따님과 나팔수가 배를 탄 거예요.

남진구 (흔들의자에서 일어나며) 길이 막혔으니 배를 타고 읍내로 갈 작정이었군!

조영욱 내가 무대 뒤에서 나왔을 땐…… 이미 늦었어요. 나팔수가 노를 젓고 있었는데…… 배는 물속으로 가라앉고…… 난 호수로 뛰어들어 헤엄쳐 갔죠. 그리고는 온힘을 다해 따님을 구해냈어요. 그러나 나팔수는……

조영욱, 힘없이 주저앉는다.

화가 자네가 구해낸 따님은 어디 있나?

조영욱 야외 무대 호숫가요……

화가 분명 살아있겠지?

조영욱 네.

화가 천만다행일세!

조영욱, 먼 곳을 응시하며 소리를 지르더니 울기 시작한다.

김봉민 왜 울지?

조영욱 나팔수가 눈에 선해요. 물속에 가라앉으며 살려 달라 허우적거리던 그 모습이……

백작 울 것 없네. 자넨 잘못 없어.

박이도 잘못한 건 나팔수야! 따님을 빼앗아 가려다가 호수 속에 빠진 거라구!

김봉민 여기 앉게! (조영욱을 일으켜 흔들의자에 앉히고 호주머니에서 박하사탕을 꺼낸다.) 이걸 살살 녹여 먹어. 박하향이 온몸에 퍼져서, 울적한 기분이 사라져!

김봉민, 박하사탕을 조영욱의 입에 넣어준다. 남진구는 흔들의자를 잡고 앞뒤로 흔든다.

화가 아참, 이럴 때가 아닙니다. 따님이 있는 호숫가로 가야지요!
백작 내가 선두요!
박이도 어서 갑시다!
김봉민 (남진구에게) 우리도 함께 갑시다!

백작, 화가, 박이도, 김봉민, 남진구, 앞 다투며 밖으로 나간다.
조영욱, 혼자 남는다. 그는 울컥 토하듯이 박하사탕을 뱉어낸다. 흔들리던 흔들의자가 차츰차츰 멈춘다.

막간극 (3)

트럼펫, 색소폰, 클라리넷, 플루트 등 온갖 나팔 소리가 뒤섞여 들린다.
유복희, 등장.
그녀는 온몸이 떨리고 목소리가 떨린다.

유복희 나는 살았고, 재섭 씨는 죽었어요. 이렇게…… 이렇게…… 난 살아있는데…… 그는 죽어서…… 깊은 물 속에 잠겨 있어요……. 이곳 펜션 주인들은 그이가 아주 나쁜 사람이래요. 처음부터 나를 속였고…… 자기들 모두를 속였대요…… 왜 그런 말을 하는지 난 모르겠어요. 그이가 무슨 나쁜 짓을 했죠? 나와 함께 서울로 가려고 했던 것이 그렇게 나쁜 짓인가요?

유복희, 억울하고 답답한 듯 주먹 쥔 손으로 가슴을 친다.

그이는 혼자 떠나려 했어요. 그런데, 내가 이렇게 말했죠. "재섭 씨, 이제 나는 즐거운 복희가 되고 싶어요! 나를 사랑하면 함께 떠나고, 나를 사랑하지 않으면 혼자 떠나요! 언덕 위의 무덤에 계신 아빠도 내가 떠나기를 바랄 거예요! 아빠는 언제나 내 행복을 바라는 분이니까요!"

그이는 나를 사랑해요! 나도 그이를 사랑하구요! 우린 헤어질 수가 없었어요! 내 잘못이에요! 그이를 혼자 보냈어야 했는데…… 내가 함께 가자고 해서 그이를 죽게 했어요!

트럼펫, 색소폰, 클라리넷, 플루트의 소리가 점점 커다랗게 들려온다.

내 귀엔 들려요, 재섭 씨의 나팔 소리가……! 저 호수의 깊은 물속에서 그이는 나팔을 불어요! 낮에도 불고, 밤에도 불고, 하루 종일 쉬지 않고 온갖 나팔을 불어요!

흐느껴 울며 호소한다.

제발 그이를 꺼내 주세요! 마른 땅에서 편히 잠들 수 있도록, 저 호수 속의 그이를 꺼내 주세요! 어서요, 어서! 제발 부탁이에요! 단 한 시간이 급해요! 누구라도 그이를 꺼내 주신 분께, 내가 가진 모든 걸 드리겠어요!

제4막. 호숫가

장군 사망 458일째 날

비가 내리고 바람이 분다.
호숫가의 「복희 호」가 있던 곳.
박이도, 우산을 펼쳐들고 서서 호수를 바라본다.
사이.
화가, 우산을 들고 걸어온다. 그는 박이도의 옆에 선다.

화가 　오늘은 비가 내리는군요.

박이도 　(침묵)

화가 　바람도 불고…… 물결이 일렁거립니다.

박이도 　(침묵)

화가 　왜 그렇게 심각한 표정으로 호수를 바라보십니까?

박이도 　나팔수가 어디쯤 가라앉아 있는지 궁금해서요.

화가 　나도 그곳이 궁금합니다.

　　　　　박이도, 화가, 한동안 호수를 바라본다.

박이도 　벌써 한달이 지났습니다. 살아서도 말썽이더니 죽어서도 말썽
　　　　　이군요. 따님은 우리에게 나팔수의 시신을 건져 달라 재촉하
　　　　　지만, 어디에 있는지 모르는 걸 어떻게 건집니까?

화가 　따님의 애인입니다, 나팔수는. 사랑하는 사람을 물속에 그냥
　　　　　두고 싶지 않겠지요.

박이도 　그건 사랑이 아닙니다!

화가 　네……?

박이도 물에 빠진 자를 불쌍히 여기는 연민 같은 것이죠!

화가 분명한 건 따님이 나팔수를 죽기 전에도 사랑했으며, 죽은 후에도 사랑하고 있다는 것입니다.

박이도 천만에요! 따님은 우리의 중심입니다. 중심에서 빛나는 등불은 누구를 더 비추거나 누구를 덜 비추지 않아요. 따님의 사랑이 그렇죠. 누구를 더 사랑하거나, 누구를 덜 사랑하지 않습니다. 그런데 바보 같은 나팔수가 자기만 더 사랑한다고 착각한 거죠.

화가 선생께선 자서전에 따님을 그렇게 쓰셨습니까?

박이도 네.

화가 너무 과장해서 쓰셨군요.

박이도 과장이라뇨? 난 객관적 입장에서 공정하게 썼습니다!

김봉민, 남진구, 우산을 들고 빗속을 걸어온다.

김봉민 멀리서 두 분을 봤습니다. 뭔가 아주 진지한 토론을 하시던데요?

박이도 우린 만나면 나팔수 때문에 꼭 말다툼을 하게 됩니다.

김봉민 우리 둘도 그렇죠. 나팔수 빠진 곳을 두고 의견 차이가 너무 심합니다.

남진구 난 그곳이 호숫가에서 150미터쯤 떨어진 곳이라고 생각해요.

김봉민 300미터입니다, 300미터!

남진구 여러분은 어떻게 생각하십니까?

박이도 내 생각엔 500미터 이상입니다.

화가 500미터요? 워낙 낡은 배여서 곧 물이 스며들 텐데, 50미터도 못 갔습니다.

박이도 아뇨. 나팔수가 힘껏 노를 저었으니 500미터는 넘게 갔습니다!

남진구 백작은 뭐라고 말하는지 아세요?

박이도	알고말고요. 호수 한복판에 가라앉았다고 하더군요.
남진구	여기서 호수 한복판까지는 2,000미터 아니 3,000미터가 넘을 걸요.
화가	그건 믿을 게 못됩니다, 너무 허황돼서.
박이도	그럼 50미터를 믿으라는 겁니까?

조영욱, 헐렁한 비닐 비옷을 입고 다가온다.

화가	자넨 알겠군. 나팔수 탄 배가 어디에 있나?
조영욱	나도 정확히는 몰라요.
화가	모른다니……?
조영욱	그날 밤 나는…… 정신없이 헤엄쳤어요. 얼마나 갔는지는 모르지만 방향은 뚜렷이 기억해요. (호수 건너 읍내 쪽을 가리키며) 바로 저쪽입니다. 호수 저쪽에, 읍내의 불빛들이 보였거든요.
남진구	방향만 안다고 찾을 수는 없지.
김봉민	지금은 모든 것이 막연해. 나팔수 시신은 어디 있는지, 그리고 그 시신을 건져내려면 어떻게 해야 하는지, 우린 확실하게 아는 것이 없어.
조영욱	나는 알 지 못해도 건질 수 있어요.
남진구	모르는데 어떻게 건져?
조영욱	그날 밤처럼 호수로 뛰어드는 거죠. 그리고 읍내 쪽을 향해 헤엄치면 나팔수가 있을 겁니다!
남진구	말도 안 돼!
조영욱	(호수로 뛰어들려고 비옷을 벗는다.) 난 이미 그렇게 따님을 구했어요. 한 번 했으니까 두 번째는 더 잘할 자신도 있구요!

김봉민과 남진구, 조영욱을 붙잡는다.

| 김봉민 | 안 돼! 쓸데없는 짓 하지 마! |

남진구	그랬다간 목숨만 잃어!
조영욱	따님은 애가 타서 잠도 못 자고, 식사도 못해요!
남진구	애가 탄 건 우리도 마찬가지야!
김봉민	나팔수의 죽음 때문에 사람들이 안 오면 어찌할까, 걱정이 태산 같았지! (화가와 박이도에게) 그런데 오히려 이곳에 오는 사람들이 더 많아요. 장군의 죽음엔 퇴역 군인들뿐이었는데, 나팔수의 죽음에는 온갖 사람들이 다 오죠!
남진구	심지어 버스를 대절해서 오는 단체 손님들도 있어요.
박이도	뭣 때문입니까, 단체까지 온다니……?
김봉민	그들은 이곳 호수의 이야기를 듣고 몰려옵니다.
화가	이야기라뇨?
김봉민	무척 아름답고 감동적인 이야기죠. 물론 이야기란 사실과는 좀 달라요. 따님과 나팔수가 탔던 배는 돛이 세 개나 달린 요트이며, 폭풍우가 몰아치던 밤, 파도에 휩쓸려 침몰하였고, 칠흑 같은 어둠속에서 나팔수는 온힘을 다해 사랑하는 장군의 따님을 구하고 죽었다…… 그런데 그것만이 아닙니다. 나팔수가 죽은 다음부터, 호수를 향해 귀를 기울이면, 깊은 물속에서 나팔 소리가 들린다고 합니다. 죽어서도 따님을 못 잊는 나팔수가 호수 속에서 온종일 나팔을 부는 것이지요.
박이도	정말 어처구니없군요!
남진구	호숫가를 둘러보세요. 비 오는 날인데도, 호숫가 곳곳에 많은 사람들이 모여서, 나팔 소리를 듣습니다.

김봉민, 남진구, 박이도, 화가, 조영욱, 호숫가를 둘러본다.

박이도	미쳤어요, 저 사람들!
남진구	쉿, 감동 깨지 마세요.
박이도	도대체 누가 그런 이야기를 만든 겁니까?
김봉민	우리 모두가 만들었죠. 자서전 선생은 모르셨습니까?

박이도	난 몰랐어요!
김봉민	하긴 뭐 모를 수도 있죠. 각자 한 마디 씩 했던 말이 모여 이야기가 됐으니까요. 호수 속에서 나팔 소리가 들린다는 건 따님의 말입니다. 돛이 세 개나 달린 요트는 백작의 말이구요. 화가 선생은 따님과 나팔수가 서로 사랑한다고 말했어요. 폭풍우 몰아치는 밤은……
남진구	그건 내가 했던 말입니다. 읍내 가는 길목의 나무들을 쓰러뜨렸는데 폭풍우가 그랬다고 둘러댔거든요.
김봉민	건달 총각은 따님을 구했습니다. (조영욱에게) 하지만 자넨 억울할 걸. 사람들은 나팔수가 따님의 목숨을 구한 줄 알고 있거든.
조영욱	그렇게 알아도 난 괜찮아요.
김봉민	어쨌든 그 감동적 이야기를 나는 전화로, 인터넷으로, 전국에 퍼뜨렸구요. 자, 우리도 저 사람들처럼 호수를 향해 귀 기울입시다!
박이도	난 그런 미친 짓 안 해요!
남진구	나란히 서요, 나란히! 나란히 서서 호수를 바라봐요!
김봉민	맑은 날보다 흐린 날, 흐린 날보다는 비 오는 날에, 나팔 소리가 더 뚜렷하게 들린다고 합니다!

김봉민, 남진구, 화가, 조영욱, 나란히 서서 호수를 바라본다.
박이도는 어이없다는 표정이다.
박이도, 한 사람씩 앞을 지나가며 묻는다.

박이도	들립니까?
김봉민	(침묵)
박이도	들려요?
남진구	(침묵)
박이도	나팔 소리가 들리냐구요?

화가	(침묵)
박이도	들려? 안 들려?
조영욱	(침묵)
박이도	대답해!
조영욱	네, 들려요.

박이도, 역순으로 지나가며 묻는다.

박이도	정말 들려요, 나팔 소리?
화가	(고개를 끄덕인다.)
박이도	진짜 들립니까?
남진구	(고개를 끄덕인다.)
박이도	확실해요?
김봉민	들립니다, 뚜렷하게!
조영욱	내 눈엔 보여요.
박이도	뭐가 보여?
조영욱	나팔 소리요. 호수 밑에서 울려 퍼지는 나팔 소리가 수면 위로 올라와 큰 동그라미, 작은 동그라미를 겹겹이 그려요.
박이도	그건 쏟아지는 빗방울 때문이야!
김봉민	이걸 드세요.

김봉민, 호주머니에서 박하사탕을 꺼내 박이도에게 준다.

김봉민	박하사탕을 먹으면 나팔 소리가 잘 들립니다.
박이도	난 박하사탕 싫어합니다!
김봉민	어서 입에 넣어요!

박이도, 잔뜩 찌푸린 표정으로 박하사탕을 입에 넣는다.

김봉민 이젠 들리죠?

박이도 아뇨!

김봉민 잠깐 나 좀 봅시다. (박이도를 데리고 몇 걸음 떨어진 곳으로 간다.) 왜 이렇게 비협조적이십니까?

박이도 네……?

김봉민 선생께선 따님을 우리의 중심이라고 하셨습니다. 이야기의 주인공도 따님입니다. 그럼 적극 협조하셔야죠. 저 깊은 호수 속에서 나팔소리가 들린다, 이걸 선생 자서전에 쓰세요. 얼마나 좋은 얘깃거립니까?

박이도 (침묵)

김봉민 그래도 나팔 소리가 안 들린다고 고집하면, 나는 선생을 저 깊은 호수 속에 떠밀어 드릴 수 있습니다.

박이도 (침묵)

김봉민 아셨거든 제자리로 돌아가세요.

박이도, 제자리로 돌아간다.
심한 바람이 분다.
김봉민, 남진구, 화가, 박이도, 우산을 꼭잡고 비틀거리는 몸을 가누려고 애쓴다.

김봉민 이젠 들립니까?

박이도 (열정적으로 외친다.) 들려요, 들려! 나팔수가 모든 나팔을 한꺼번에 붑니다!

백작, 우산을 들고 바람에 떠밀리듯 들어온다.

백작 여러분, 축하해 주시오! 내가 훈장을 받게 되었소!

사람들 훈장을요……?

백작 그렇소! 내가 나팔수의 시신을 건져주면, 따님은 나에게 장군의 훈장을 주겠다고 각서를 썼소!

김봉민   각서라뇨?

백작   (품안에서 각서를 꺼낸다.) 바로 이것이오! 난 증조부님으로부터 작위를 물려받았지만 훈장은 받지 못했소. 대한제국 백작의 화려한 정복을 입어도, 가슴엔 훈장 하나 없으니 어찌 멋진 태가 나겠소? 장군은 평생 동안 많은 훈장을 받으셨으나, 세상 떠날 때 모두 놓고 가셨소. 이젠 주인 없는 물건이오. 나는 따님이 원하는 나팔수의 시신을, 따님은 내가 원하는 훈장을, 서로 주고받기로 한 것이오!

김봉민   좋습니다. 그런데 백작께서 나팔수의 시신을 건지겠다니, 헤엄이나 칠 줄 아십니까?

백작   나는 전문적인 잠수부를 고용할 거요.

김봉민   잠수부는 어디 있는데요?

백작   인천이나 부산 같은 큰 항구에 가서 데려오겠소.

조영욱   잠수부 없어도 돼요. 내가 할 수 있습니다!

남진구   자넨 입 다물고 가만히 있어!

김봉민   백작께선 왜 자신의 이익만 생각하십니까? 나팔수를 건져내면, 저 호수는 어떻게 될까요? 나팔 소리 들리지 않는 그저 커다란 침묵의 물구덩이가 됩니다! 그럼 사람들의 관심도 사라지고, 발길도 끊기겠죠!

남진구   우리 펜션들은 곧 망합니다!

김봉민   각서는 찢어버려요!

백작   으음……

남진구   왜 우물쭈물 하십니까?

백작   하지만…… 나팔 소리 안 들리던 때에도 사람들은 이곳에 왔었소.

김봉민   그건 이곳에 따님이 있기 때문이죠. 그런데 나팔수 시신을 건져내면 따님은 장례를 치른 후 미련 없이 이곳을 떠납니다!

백작   설마 그럴 리가 있겠소?

김봉민 이미 떠나려 했습니다, 따님은! 따님을 이곳에 붙잡아 두는 가
장 좋은 방법은, 나팔수를 호수 속에 그냥 두는 것입니다!

백작 음…… 그래도 나는 훈장이 필요하오!

김봉민 고집불통이군! (화가와 박이도에게) 가만있지 말고 설득 좀 하세
요!

화가 (백작을 향해) 백작께선 장군의 유언을 지키겠다고 맹세하셨습니
다. 그런 분이 따님 떠나기를 바라지는 않겠지요?

김봉민 그게 무슨 설득입니까? 아주 강하게, 적극적으로 하셔야죠!

박이도 내가 하겠습니다. (백작에게 다가간다.) 훈장이 필요하다 하셨지
요?

백작 그렇소!

박이도 대한제국 훈장은 골동품 가게에서 쉽게 살 수 있어요. 백작의
정복에는, 장군의 현대식 훈장보다 고풍스런 대한제국 훈장이
더 잘 어울립니다.

백작 정말이요?

박이도 물론이죠. 내일이라도 당장 사오겠습니다. (호숫가의 무대 있는
쪽을 가리키며) 그리고 매일 밤, 저 호숫가 무대 위에 올라 가세
요!

백작 나더러 무대 위에 올라가 무엇을 하라는 거요?

박이도 화려하게 수놓은 대한제국 백작의 정복을 입고, 가슴엔 큼직
한 훈장 달고, 허리에는 긴 칼 차고, 오색전등 반짝이는 무대
위에서, 사람들에게 아름답고 감동적인 이야기를 하는 겁니
다. 돛이 세 개 달린 요트, 사랑하는 청춘 남녀, 장군의 따님을
구하고 죽은 나팔수, 깊은 호수 속에서 들려오는 온갖 나팔 소
리…… 사람들은 한 마디, 한 마디, 백작께서 하시는 이야기를
심취해서 듣겠지요!

김봉민 아주 좋아요! 그 어떤 가수나 코미디언보다 더 반응이 좋겠어
요!

백작 (각서를 찢어서 허공에 던지며) 내가 멋지게 하겠소!

남진구 (김봉민에게) 백작이 잘 할까요?

김봉민 사람들의 반응을 두고 봅시다.

남진구 아무래도 허풍이 너무 심해서……

김봉민 염려 말아요. 신통치 않으면 바꾸죠.

백작 (두 팔을 벌리고 외친다.) 나팔수야, 나팔을 불어라! 바람 소리보다 더 크게, 천둥 소리보다 더 요란하게, 온갖 나팔을 불어라!

비가 쏟아지고 바람이 분다. 천둥이 울린다. 무대, 암전한다.

막간극 (4)

호수 밑바닥 같은 어둠과 침묵.
유복희, 등장. 창백한 얼굴, 야윈 몸.
그녀는 둥근 쟁반에 열두 개의 작은 촛불들을 담아들고 들어온다.

유복희 호수의 깊은 물속은 춥고 어둡겠죠…… 그이를 생각할수록…… 나도 점점 깊은 물속에 가라앉은 듯 춥고 어두워요…… (물끄러미 쟁반의 촛불들을 바라본다.) 참 밝군요, 촛불들이…… 작은 촛불들도 이렇게 아름다운데, 펜션의 모든 방들이 불붙어 타오르면 얼마나 황홀할까요……

쟁반의 촛불들을 바닥에 하나씩 내려놓는다. 촛불들이 원형을 이룬다.

내 펜션에는 방이 많아요. 위층에는 큰 방 다섯, 아래층엔 작은 방 일곱 …… 나는 방마다 하나씩 촛불을 켜 놓을 거예요. 방바닥과 벽과 천장에는 불이 잘 붙도록 기름을 뿌렸죠. 열두

개의 초들이 서서히 녹아내리면, 모든 방들은 불붙어 활활 타
오르고…… 나는 그 불 속에서 함께 타면서 따뜻하고 밝아지
겠죠.

원형 촛불 안에 움츠리고 앉는다.

난 그이를 호수 속에서 꺼내 달라 애원했지만, 그들은 친절하
게 말했죠. 자기들도 건져주고 싶은 마음 간절한데, 깊은 물속
어디에 있는지 몰라서 할 수가 없다구요.
나는 온종일 호수에서 들리는 나팔 소리가 괴로웠어요. 그런
데 그들은…… 그 나팔 소리가 많은 사람들을 이곳으로 몰려
오게 한다면서 기뻐했답니다.
하지만 나는 그들을 원망 안 해요. 살아서 원망하느니…… 차
라리 불에 타서 죽겠어요.

침묵.
일어나 주위를 둘러본다.

그런데 누구지? 나를 바라보는 이 시선은……?
"나야, 나!"
나?
"그래, 언제나 나를 지켜보는 나 자신."
난 너무 괴로워! 그들은 내가 이곳을 떠나지 못하게 호수 속의
그이를 꺼내주지 않아! 내 발목에 채워놓은 족쇄가 그이의 시
신이라니……!
"하지만 복희야, 이렇게 죽으면 안 돼!"
왜 안 돼?
"그들이 나를 슬픈 복희가 되도록 만든 거야. 그런데 나는 그
슬픔에 점점 빠져들어서, 이젠 오직 죽을 생각만 하고 있어!"

좋아, 슬픔은 그들이 만든 거라고 해. 그러나 죽음은 그들이 시킨 것이 아니라 내가 스스로 원하는 거야. 황홀하게 타오르는 불 속에서, 난 기쁘게 죽고 싶어!

"복희야! 정신 차려! 불에 타면 기쁘기는커녕 지독히 고통스러워!"

아냐! 자꾸만 그런 말로 내 마음을 흔들지 마!

"복희야, 재섭 씨를 생각해봐. 그이는 나를 진심으로 사랑해. 그이가 밤낮 쉬지 않고 나팔을 부는 건, 나더러 어서 이곳을 떠나라고 재촉하는 거야!"

난 못 떠나. 이미 내 손으로 펜션의 모든 문들을 굳게 닫았어!

바닥에 놓여있는 촛불들을 하나씩 집어서 쟁반에 담는다.

"복희야! 복희야!"

아…… 이젠 시간이 없어. 초들이 다 녹기 전에, 방마다 하나씩 갖다 놓아야 해.

"복희야, 아직도 늦지 않았어! 펜션이 불타기 전에, 닫힌 문을 열고 나가! 그럼 이곳을 떠나서, 나는 즐거운 복희가 되어 살 수 있다구!"

싫어! 난 불타는 펜션 안에 남아 있겠어!

유복희, 촛불들이 담긴 쟁반을 들고 한 걸음 한 걸음 걸어 나간다.

제5막. 화가의 펜션

장군 사망 512일째 날

화가의 펜션에 있는 화실.
양손에 나팔을 든 장군 따님의 대형 초상화가 정면 벽에 걸려 있다.
화가는 초상화 앞에 이젤과 작은 캔버스를 놓고, 대형 초상화를 보면서 빠른 붓질로 모사한다. 화실에는 똑같게 그려낸 작은 초상화들이 널려 있다.
백작, 등장. 대한제국 시절의 화려하게 수놓은 서양식 정복을 입고, 수술 달린 삼각 모자를 썼으며, 허리에는 긴 칼을 찼다. 그의 가슴에는 대한제국 훈장들이 주렁주렁 달려 있다.

백작	화가 선생, 내가 왔소!
화가	아니, 백작께서……

백작, 가슴에 달린 큼직한 훈장을 가리키며 어깨를 으쓱한다.

백작	이건 새로 구입했소. 대한제국 최고의 공로훈장이오!
화가	아주 잘 어울리십니다!
백작	오늘은 특별한 부탁이 있소.
화가	무슨 부탁이요……?
백작	내 초상화를 그려 주시오.
화가	영광입니다. 하지만 이미 주문받은 따님의 초상화들이 밀려 있어서 당장은 어렵습니다.
백작	당장 어렵다면, 언제쯤 되겠소?
화가	글쎄요…… 아마 몇 개월은……

백작　몇 개월이나……!

화가　네. 이곳에 온 사람들이 기념품으로 따님의 초상화를 원합니다. 하루 열두 시간씩 그려도 모자라서, 직업 화가들을 조수로 고용할 생각입니다.

백작　따님의 초상화로 떼돈을 버는구려!

화가　백작께서도 요즘은 수입이 많다면서요?

백작　무대 출연료요. 매일 밤 객석이 가득하오. 내가 이렇게 인기 있을 줄은 나도 몰랐소.

화가　백작께선 이야기하는 재능이 탁월하십니다!

백작　고맙소, 칭찬해 줘서. 난 나의 자랑스러운 모습을 예술작품으로 남기고 싶소. 다시 한 번 부탁이오. 몇 개월 뒤로 미루지 말고, 지금 곧 내 초상화를 그려주시오!

화가　사진은 어떠십니까?

백작　사진……?

화가　네. 급하시면 읍내 사진관에 가셔서 사진 촬영을 하는 겁니다.

백작　하지만 사진은 예술이 아니오.

화가　사진도 진정한 예술입니다.

백작　시골 읍내 사진관에서 찍은 사진이 무슨 예술이오?

화가　백작께서 백마 탄 모습을 원하신다면, 요즘은 읍내 사진관에서도 그렇게 해드립니다.

백작　나에겐 백마가 없소.

화가　염려마세요. 합성 사진으로 백마 탄 모습이 가능합니다.

백작　요트 탄 모습도 가능하오?

화가　그것도 가능하구요.

백작　파도가 산더미 같은 태평양에서 요트 타는 모습도……?

화가　물론 그것도요.

백작　좋소. 난 요트로 하겠소!

화가　잘 결정하셨습니다.

백작　요트가 나와서 하는 말인데…… 난 소중한 재산을 잃었소. 따님과 나팔수가 내 요트를 호수 속에 빠뜨렸기 때문이오. 하지만 바로 그것이 밤마다 하는 이야기의 가장 극적인 장면이 되었소.

화가 물론이지요. 그 장면이 없으면 이야기 자체가 성립 안 됩니다. (정면 벽에 걸린 따님의 대형 초상화를 가리킨다.) 보세요, 내 그림을! 나도 단순히 따님의 얼굴만 그리지 않습니다!

백작, 대형 초상화를 바라본다.

백작 따님이 양손에 나팔을 들고 있구려!

화가 네. 왼쪽 나팔은 따님이 사랑한 나팔수를 상징합니다! 그리고 오른쪽 나팔은 호수 속에서 들려오는 나팔 소리를 의미하지요! 처음엔 나팔 없이 그렸더니, 아무도 관심 갖지 않더군요. 그런데 나팔을 그린 다음부터 따님의 초상화가 폭발적으로 팔립니다!

백작 따님이 보았소, 나팔 든 자신의 초상화를?

화가 내가 선물로 줬습니다.

백작 어떤 반응이었소?

화가 몹시 감동하여 울더군요.

백작 그럴 것이오, 나팔을 두 개나 그려놨으니……

조영욱, 말쑥한 양복 차림에 꽃다발을 들고 주춤주춤 들어온다.

화가 오, 자네가 왔군!

조영욱 온몸이 뜨거워요, 불난 것처럼……

화가 뜨겁다구?

조영욱 네.

화가 감기 걸렸나?

조영욱 심장도 쿵쾅쿵쾅 곧 터질 것 같아요!

백작	자넨 나팔수 시신 때문에 잠을 못 잔다면서?
조영욱	아뇨. 따님에게 청혼할 생각하느라 잠을 못 자요.
화가	그러니까 생각만 말고 어서 청혼하게.
조영욱	오늘 할 거예요.
화가	잘 결정했네!
조영욱	난 따님을 사랑해요. 하지만 따님은……
화가	자신감을 갖게!
조영욱	내 청혼을 거절하겠죠.
화가	쓸데없는 소리 말고 어서 가!
조영욱	그런데 왜 이렇게 뜨겁죠? 온몸에서 열이 나고, 심장은 쿵쾅 쿵쾅 울리고……

조영욱, 나간다.

백작	쯧쯧, 저 총각은 뱃장이 없어.
화가	순진해서 그래요.

남진구, 두툼한 장부를 들고 활기 찬 모습으로 들어온다.

남진구	안녕하십니까! 안녕하십니까!
백작	마침 잘 만났소! (남진구에게 다가가서 살펴보며) 요즘 도대체 무슨 일이 있었기에 이렇게 신수가 훤해졌소?
남진구	신수가 훤하다뇨……?
백작	예전엔 근심 걱정 많은 사람처럼 표정이 어둡더니, 지금은 밝은 얼굴에 웃음이 가득하오!
남진구	은행 빚을 다 갚아서 기분 좋아 그렇습니다! (두툼한 장부를 펼쳐 끼워뒀던 주문서들을 화가에게 준다.) 오늘 받은 초상화 주문서입니다. 펜션의 숙박객들이 모두 주문했어요. (장부에서 수표 한 장을 꺼내주며) 이건 액수가 큽니다. 어떤 숙박객이 고액

수표를 주면서, 오늘 당장 따님의 초상화를 갖고 싶다는군요. (이젤 주변에 널려있는 초상화 중에서 하나를 집어 들며) 아, 이게 좋겠습니다!

화가   그건 미리 주문 받은 것인데……

남진구   그럼 난 이만 갑니다. 읍내 시장에 가서 구입할 물건들이 있거든요.

백작   그럼 나도 함께 가겠소!

남진구   함께요?

백작   난 읍내 사진관에서 사진을 찍어야 하오!

남진구   좋습니다. 문 밖에 자동차가 있어요. 내가 태워다 드릴 테니 얼른 가십시다.

백작과 남진구, 밖으로 나간다.
문 밖에서 사람들이 백작을 연호하며 환성을 지른다.
화가, 이젤 앞에 서서 따님의 초상화를 그린다.
자동차의 출발 소리가 들린다.
박이도, 들어온다.

박이도   백작이 스타가 됐습니다!

화가   (그림을 계속 그리며 대답한다.) 네……

박이도   사람들이 자동차 앞을 가로막고 사인해 달라 아우성입니다!

화가   (침묵)

박이도   지금 바쁘십니까?

화가   미안하지만 난 지금 일을 해야 합니다.

박이도   그럼 다음에 오죠.

박이도, 문 앞까지 갔다가 되돌아온다.

박이도　굉장히 중요한 용건이 있는데……

화가　그럼 말씀하세요.

박이도　마침내 나의 자서전을 출판하게 됐습니다.

화가　이런, 축하합니다! (박이도에게 손을 내밀며) 축하해요!

박이도　(악수한다.) 고맙습니다!

화가　출판은 언제 됩니까?

박이도　곧 인쇄되어 나올 겁니다. 그런데 선생께서 그린 따님의 초상화를 책 표지로 사용하고 싶군요.

화가　선생 자서전에 따님의 초상화를 표지로요?

박이도　네.

화가　그건 좀 이상하지 않을까요?

박이도　이상할 것 없어요. 내 자서전의 중심인물은 내가 아니라 따님이거든요.

화가　아…… 언젠가 그런 말씀을 하셨지요.

박이도　내 자서전은 형식도 새롭지만, 내용 또한 흥미롭습니다. 간단히 요약해서 말하면, 인간은 이야기를 만들고 이야기는 인간을 만든다는 것입니다.

화가　좀 어렵군요, 이해하기가……

박이도　쉽게 예를 들까요? 우리는 이곳에 모여 살면서 따님의 이야기를 만들었어요. 그런데 그 이야기가 우리를 만듭니다. 나에겐 따님 중심의 자서전을 쓰게 만들고, 백작에게는 매일 밤 무대에 올라가게 만들고, 선생에게는 나팔 든 따님의 초상화를 그리게 만들죠. 이젠 이해가 되십니까?

화가　네. (이젤 주변의 작은 초상화들을 가리키며) 자서전의 표지로 내 그림이 꼭 필요하면, 하나 골라 갖고 가세요.

박이도　(초상화 하나를 골라 들고) 이게 좋겠습니다.

화가　출판되어 나오거든 한 권 주셔야 합니다.

박이도　당연히 드리죠!

박이도, 따님의 초상화를 들고 밖으로 나간다.
화가, 계속 초상화를 그린다.
김봉민, 들어온다. 그는 박하사탕을 꺼내 화가에게 내민다.

김봉민 박하사탕입니다.

화가 괜찮습니다.

김봉민 사양 말고 드세요. 그래야 피로가 풀립니다.

화가 (박하사탕을 받아 입에 넣는다.)

김봉민 드디어 다음 주 목요일, 서울에서 돈 많은 투자가들이 옵니다. 내가 어렵게 섭외했어요. 이곳이 조그만 펜션 타운에 머무느냐, 아니면 대규모 레저타운으로 발전하느냐는 그들의 투자에 달렸습니다. 화가 선생께서도 그들이 올 때 마중 나오세요.

화가 내가 마중 나가 뭘 해야 합니까?

김봉민 환영한다고 웃는 얼굴로 손을 흔드세요. 따님도 그렇게 할 것입니다.

화가 따님도 투자가들 마중을요?

김봉민 난 장군의 유언으로 따님을 설득했습니다. 이곳을 세상에서 가장 안락한 낙원으로 만들어 달라, 장군의 유언이 그랬거든요. 투자가들이 오면, 따님이 직접 그들을 맞이해서 장군의 묘소에 안내합니다. 그리고 밤에는 투자가들을 위한 환영 만찬에 따님이 참석하구요. 화가 선생도 만찬에 참석하셔서 화기애애한 분위기를 조성해 주세요.

화가 만찬 장소는요?

김봉민 호숫가 무대입니다. 백작의 이야기를 식사 전에 듣습니다. 그리고 이건 비밀인데…… (화가의 귀에 대고 속삭인다.) 무대 밑에 녹음기를 설치해 놨어요. 백작의 이야기가 끝나면 녹음기를 작동시켜, 나팔수가 호수 속에서 나팔을 부는 효과를 낼 겁니다.

김봉민, 웃으면서 화실을 나간다.
화가는 다시 따님의 초상화를 그린다.
사이.
조영욱, 비틀거리며 들어온다.
화가, 뒤돌아보지 않은 채 묻는다.

화가　　또 누구요? 오늘은 일을 할 수가 없군!

조영욱　나예요……

화가　　청혼은 했나?

조영욱　네……

화가　　따님이 뭐라던가?

조영욱　따님은…… 내가 문을 두드려도 열어주지 않았어요.

화가　　청혼을 했다면서?

조영욱　닫힌 문 앞에 꽃다발을 내려놓고 크게 외쳤죠. "복희씨, 사랑
　　　　합니다. 결혼해 주세요!"

화가　　따님의 대답은?

조영욱　따님은 아무 대답 안 했어요.

화가　　아무 말도 안 해?

조영욱　네……

화가　　어쨌든 자넨 청혼했으니까 기다려.

조영욱　기다려요?

화가　　청혼하자마자 곧 대답 듣는 경우는 드물거든.

조영욱　내 몸이 불처럼 뜨거워요.

화가　　자넨 돌아가서 잠이나 푹 자게.

조영욱　쿵쾅쿵쾅, 심장은 터질 것 같고…… 그런데 여기 오다가……
　　　　호수를 봤어요…… 호수 속에 불타는 집이 있어요.

화가　　예전에도 봤었잖나?

조영욱　네…… 지금 또 봤어요. 따님이 불타는 집 안에 있어서…… 어
　　　　서 밖으로 나오라고 소리쳤지만…… 따님은 나오지 않아요.

조영욱, 털썩 주저앉는다.
멀지 않은 곳에서 외치는 소리가 들려온다.

사람들　불이야! 불!
화가　이게 무슨 소리지……?
사람들　장군의 펜션에 불났다! 불이야! 불!

사람들 외치는 소리가 더욱 요란해진다.
화가, 다급하게 뛰어나간다.
자욱한 연기가 바람을 타고 열린 문 안으로 밀려온다.

에필로그

호숫가에서 장군의 묘소가 있는 언덕으로 가는 길.
검은 상복을 입은 김봉민, 남진구, 박이도, 화가, 관을 좌우 양쪽에서
두 명씩 어깨에 얹고 '상여가'를 부르며 걸어온다.
관 앞에는 검은 띠를 두른 따님의 초상화 영정을 든 조영욱이 울면서
가고, 관 옆에는 백작이 긴 칼을 빼들고 호위하며 간다.
백작, 언덕 밑 벤치가 있는 곳에서 걸음을 멈춘다.

백작　　이쯤에서 쉬었다가 가는 것이 좋겠소.
김봉민　그럽시다.
백작　　조심조심 관을 내려놓으시오. 쏟아지지 않도록……

김봉민, 남진구, 박이도, 화가, 관을 내려놓고 벤치에 앉는다.
조영욱, 따님의 초상화 영정을 든 채 울며 서 있다.
백작은 벤치에 앉아 수술 달린 삼각 모자를 벗어 부채질 한다.

백작　　몹시 무덥구려. 하늘은 잔뜩 흐리고……
남진구　(하늘을 바라보며) 그래도 비가 오지 않아 다행이군요.
화가　　장군의 장례를 치른 우리가 따님의 장례까지 치르다니……
백작　　인생무상이오.
박이도　정말 순식간에 난 불이어서 어떻게 할 수가 없었어요.

벤치에 앉은 사람들, 잠시 침묵한다.

화가　　따님도 이 벤치에 앉아 쉬었을 겁니다. 장군 묘소에 올라갈 때
　　　　　나 내려올 때, 잠시 이곳에 앉아서 눈앞에 펼쳐진 풍경을 보았

겠지요.

백작   아마 그랬을 거요.

화가   한눈에 보입니다, 모든 것이. 언덕 위쪽엔 장군 묘소가 보이고, 저 아래쪽은 호수가 보이고……

김봉민   모든 것이 많이 변했죠. 처음 저 호수는 그저 커다란 물구덩이였는데, 지금은 나팔 소리가 들려오는 세상에서 가장 신비로운 곳이 됐습니다. 그리고 오늘은…… 언덕 위 장군 무덤 옆에, 따님 무덤이 새로 생깁니다.

조영욱, 큰 소리로 운다.

화가   자넨 그만 울게!

조영욱   내가 청혼해서…… 따님은 죽었어요.

화가   자네 탓이 아니야!

백작   내 탓일세! 내가 읍내 사진관에 갔던 탓에 불을 못 껐네!

남진구   그땐 나도 읍내에 있었습니다.

김봉민   도대체 이해할 수 없군요. 따님이 왜 그런 몹쓸 짓을 저질렀는지……

남진구   철부지예요, 세상 물정 전혀 모르는.

김봉민   이젠 어디를 가도 우리처럼 친절한 사람들을 만나지는 못 할 겁니다.

화가, 조영욱을 데려와서 벤치에 앉히고 어깨를 다독인다.
조영욱의 울음이 잦아든다.

백작   지금 펜션 운영은 어떠하오?

남진구   불난 것 때문에 큰 손해죠. 장군의 펜션이 잿더미가 됐으니……

김봉민   하지만 뭔가 예감이 좋습니다. 깊은 물속의 나팔수와 타오르

	는 불속의 따님이 합쳐지면서, 굉장히 흥미로운 이야기가 될 것 같아요.
백작	그럼 이곳에 더욱 많은 사람들이 몰려 오겠구려?
박이도	내 자서전이 출판됐으니 더 많이 오겠지요!
화가	벌써 나왔습니까?
박이도	네, 바로 이겁니다!

박이도, 자서전 책을 꺼내 보인다.

남진구	내가 좀 봐도 되죠? (책을 건네받고) 제 1장, 장군 사망 첫째 날…… 제 2장, 장군 사망 395일…… 제 3장, 장군 사망 427 일…… 장군이 자서전에 여러 번 등장 합니까?
박이도	아뇨. 사망한 장군은 한 번도 나오지 않습니다.
화가	(박이도에게) 선생께선 우리가 중심을 잃으면 흩어진다고 하셨는데, 이젠 따님이 없으니 우리는 각자 흩어지겠군요?
박이도	아마 우린 곧 그 빈자리를 채우겠지요.
화가	누군가요? 따님 대신 우리의 중심이 될 사람이……?
박이도	(화가의 귀에 대고 낮은 목소리로) 내 짐작엔 백작이 될 것 같아요.
화가	백작이…… 왜요?
박이도	저 희한한 꼴을 보세요. 흥미로운 이야깃거리가 되기에 충분한 사람입니다.
화가	선생은 또 자서전을 쓰시겠군요?
박이도	그럴 것 같습니다.
김봉민	(두 사람에게) 무슨 말을 은밀하게 하십니까?
화가	다음 자서전을 또 쓰실 거냐고 물었습니다.
김봉민	그래요?
박이도	네.
조영욱	(다시 흐느껴 운다.) 난 따님을 사랑해요.

남진구	지겹게도 울어대는군!
박이도	(화가의 귀에 대고) 저 건달 총각이 우리의 다음 중심이 될 가능성도 있어요.
화가	나는요?
박이도	선생 역시 예외는 아니죠.
백작	이제 그만 갑시다!

백작, 벗었던 삼각 모자를 쓰고 벤치에서 일어선다.
김봉민, 남진구, 박이도, 화가, 관을 들어 올려 어깨에 얹는다.
백작, 칼을 높이 든다.

백작	자, 언덕 위로!
김봉민	잠깐만요.
백작	왜 그러시오?
김봉민	알릴 말씀이 있습니다.

김봉민, 관을 다시 내려놓자는 몸짓을 한다.
남진구, 박이도, 화가, 관을 내려놓는다.

김봉민	혹시 잊은 것 같아 말씀 드립니다. 다음 주 목요일, 서울에서 투자가들이 옵니다.
화가	취소된 건 아니구요?
김봉민	장군의 펜션이 불타서 연기됐을 뿐입니다. 모두 그들을 환영해 주세요. 호숫가 무대 앞 만찬에도 한 분 빠짐없이 참석하시기 바랍니다.
박이도	어쨌든 지금까지는 모든 것이 따님 덕분입니다.
백작	그렇소. 따님에게 영광이 있기를!

조영욱, 관 앞에 무릎 꿇고 앉는다.

조영욱   이 관을 열어주세요.

남진구   열어……?

조영욱   네. 따님을 보면서 마지막 작별 인사를 하고 싶어요.

사람들, 당황한다. 남진구, 화가, 조영욱에게 다가온다.

남진구   따님은 없어!

화가   관을 열면 더 울 텐데?

조영욱   난 평생 울 거예요, 지금 못 보고 따님을 보내면……

백작   좋아, 관을 여시오!

김봉민   소원대로 열어주세요.

남진구, 화가, 관 뚜껑을 연다.
관 안에는 재가 가득 담겨 있다.
남진구, 두 손으로 재를 떠올린다.

남진구   똑바로 봐둬! 이건 따님의 재가 아냐! 불 탄 펜션에 따님은 없
었어!

조영욱   복희 씨는 분명히 있었어요…….

남진구   있었다면 불에 탄 뼈라도 남았겠지! 그런데 아무 흔적이 없어!
이 관 안에 있는 건 장군 펜션의 가구라든가 물건들이 불 타서
남긴 재라구!

백작   관을 닫으시오!

남진구   진실을 알았으니 이제 다시는 울지 않겠지!

백작   어서 닫으시오, 사람들이 보기 전에!

김봉민, 박이도, 화가, 관 뚜껑을 닫는다.
백작, 칼을 높이 들고 앞장선다.

백작	갑시다, 언덕 위로!
화가	(남진구에게) 왜 그렇게 심한 말씀을 하셨습니까?
남진구	충격요법이죠, 울음을 멈추게 하는.
화가	그래도 너무 심했습니다.
박이도	건달 총각을 보세요. 충격 때문에 넋이 빠진 것 같아요.
백작	(뒤돌아보며) 안 갈 거요?
김봉민	네, 갑니다!

김봉민, 남진구, 박이도, 화가, 관을 들어 어깨에 멘다.
그들은 상여가를 부르며 백작 뒤를 따라간다.
조영욱, 넋이 나간 듯 움직이지 않는다.
백작과 관을 멘 사람들의 행렬은 언덕 위로 사라진다.
무대 조명, 서서히 암전한다.
그러나 수직조명이 따님의 초상화를 든 조영욱을 비추고 있다.

– 막 –

날아다니는 돌

· **등장인물**
  낭독자
  이기두
  김혜란
  박석 선생
  숙부
  이웃 남자
  진행자들 (3명)

· **시간**
  현대

· **장소**
  원룸 하우스, 골목길, 강원도의 외딴집, 요양병원, 장례식
  장과 결혼식장 등

· **일러두기**
  무대 왼쪽에 사다리 모양의 높은 의자가 있다. 고정된 장
  치는 그 사다리 의자가 유일하다. 바퀴 달린 침대, 의자,
  나무, 바윗돌, 고속도로, 가로등, 고서적, 대도구와 소품이
  필요한 장면에는 진행자들이 그것을 무대로 옮겨 놓는다.
  그리고 장면이 바뀌면 사용했던 것은 무대 밖으로 옮겨 간
  다. 진행자들은 간단한 역할의 인물이 되기도 한다. 등장
  인물들 중에서 낭독자와 이웃 남자는 1인 2역이다.
  빠른 장면 전환을 위해 조명의 역할이 중요하다.
  원룸은 조명이 무대 바닥에 정사각형을 비춰 나타내고, 외
  딴집은 직삼각형, 요양병원은 타원형, 골목길은 좁고 기다
  란 직선으로 나타낸다.
  무대 뒷면은 대형 스크린처럼 활용한다. 골목길 풍경, 백
  화점 전광판, 반짝이는 별들이 가득한 밤 하늘 등을 영상

으로 표현한다.
낭독자 등장. 그는 사다리 의자 위에 앉아서 두툼한 일기
장을 펼쳐들고 읽는다.

낭독자 "일기는 그 날의 사건이나 생각을 바로 그 날에 쓰는 것이 원칙이다. 하지만 나는 그 원칙을 지킬 수가 없다. 나의 삶에는 단 하루 만에 시작했다가 끝나는 사건은 매우 드물다. 나의 생각 역시 그렇다. 생각이란 꼬리에 꼬리가 계속 이어진다. 그래서 나는 일기를 그날 그날 쓰지 않고 여러 날을 몰아서 쓴다. (잠시 침묵. 읽은 내용을 되짚어 생각하더니 공감한 듯 고개를 끄덕인다. 진행자들, 폭 좁은 양탄자처럼 둘둘 말린 고속도로를 무대 위에 펼친다. 이기두, 등장. 그는 제자리 뛰기를 한다. 고속도로를 달리는 자동차 소리가 요란하다.) 나는 요즘 똑같은 짓을 반복하고 있다. 경부 고속도로를 달리다가 중간에서 영동 고속도로 진입, 한참 더 달려 횡성 나들목을 빠져 나간다. 그 다음은 지방도로, 계속 이어져서 비포장도로, 마지막은 자동차가 다닐 수 없는 산길이다. 나는 차를 두고 가파른 산길을 걸어서 올라간다. 울창한 숲으로 가려진 산등성이, 굳게 문 닫힌 외딴 집 한 채가 있다."

자동차 달리는 소리 멈춘다.
진행자들, 고속도로를 둘둘 말아 무대 밖으로 나간다.
이기두, 가쁜 숨을 쉬면서 멈춘다.
조명, 무대 오른쪽 바닥에 직삼각형을 비춘다.
박석 선생의 집.
박석 선생, 집 안에 앉아 있다.
이기두, 박석 선생의 집 문을 두드린다.

이기두   계십니까?

박석 선생 (침묵)

이기두   계세요?

박석 선생 (침묵)

이기두   박석 선생님!

박석 선생 (침묵)

이기두   안 계십니까?

박석 선생 (침묵)

이기두   또 헛걸음인가……

낭독자, 일기를 읽는다.

낭독자   "문을 두드려도 반응이 없고, 이름을 불러도 대답이 없다. 나
는 뒤돌아선다. 가파른 산길을 내려간다. 자동차를 타고 돌아
가는 길은 역순이다. 비포장도로, 지방도로, 고속도로 …… 이
것을 나는 다시 반복한다. 고속도로, 지방도로, 비포장도로,
산길, 그리고 닫힌 문을 두드린다."

조명, 어두어졌다가 밝아진다.
이기두가 박석 선생의 집 문을 두드린다.

이기두   계십니까?

박석 선생 (침묵)

이기두   계세요?

박석 선생 (침묵)

이기두   박석 선생님!

박석 선생 (침묵)

이기두   안 계십니까?

박석 선생 (침묵)

이기두　아무 반응이 없군!

낭독자　"나는 뒤돌아섰다. 그 순간, 문이 열리면서 목소리가 들렸다."

　　　　　박석 선생, 문을 열고 내다본다.

박석 선생　거기 누가 왔소?

이기두　아, 계셨군요!

박석 선생　내가 박석이요. 그런데 나를 몇 번이나 찾아온 거요?

이기두　글쎄요 ……

박석 선생　정확한 횟수를 말해보구려.

이기두　열두 번인가, 열세 번인가……

박석 선생　틀렸소.

이기두　네?

박석 선생　오늘까지 열다섯 번째요.

이기두　어쨌든 올 때마다 안 계셨어요. 하지만 오늘은 운 좋게 선생님을 뵙습니다!

박석 선생　들어오시오.

이기두　감사합니다.

　　　　　이기두, 집 안으로 들어온다.

박석 선생　난 가끔 약초나 버섯 캐러 나갈 뿐 거의 집에 있소. 그런데 요즘 이상하오. 저 산 밑에서 자동차 소리가 들리더니, 누군지 모를 사람이 집 앞에 나타나 요란하게 문을 두드렸소.

이기두　죄송합니다. 전화번호를 알았더라면 미리 전화하고 왔을 겁니다.

박석 선생　내 집엔 전화가 없소.

이기두　주소를 몰라 편지도 못 했죠.

박석 선생 나 역시 내 집 주소를 모르오.

이기두 그럼 불편하실 텐데요. 전화도 없고, 편지도 안 오면 ……

박석 선생 나는 전혀 불편하지 않소.

이기두 선생님은 아주 단순한 삶을 즐기시는군요. (집 안을 둘러보며) 냉장고도 없고, 가구도 없고…….

이기두, 놀란 표정을 짓는다.

낭독자 "정말 의외였다. 아무 것도 없는 집에 피아노가 있다니……. 군데군데 칠이 벗겨진 낡은 피아노였지만 건반만은 온전하고 깨끗했다!"

박석 선생, 바닥에 앉는다.
그는 서 있는 이기두를 맞은편에 앉도록 권한다.

박석 선생 편히 앉구려.

이기두 고맙습니다. (명함을 꺼내 박석 선생에게 준다.) 제 명함입니다.

박석 선생 (명함을 받아 보면서) 이기두 씨……

이기두 네.

박석 선생 나를 이렇게 찾아오는 이유가 뭐요?

이기두 저는 돌 때문에 왔습니다.

박석 선생 돌……?

이기두 날아다니는 돌이죠.

박석 선생 뭐요……?

이기두 세상에서 가장 신기한 돌입니다. 그런데요…… 선생님께서 그 날아다니는 돌을 갖고 계신다고 하더군요.

박석 선생 (침묵)

이기두 정말 갖고 계십니까?

박석 선생 글쎄…… 그런 돌을 내가 갖고 있다면 어찌 할 거요?

이기두　제가 사려구요.

박석 선생　(침묵)

이기두　얼마에 파시렵니까?

박석 선생　(침묵)

이기두　선생님이 가격을 부르기 곤란하시면 제가 하죠. 자, 삼천만
원!

낭독자　(일기를 낭독한다.) "경매는 나의 직업이다. 법원에서 차압한 물
건들을 공개 매각할 때, 나는 싸게 샀다가 적당한 구매자를 찾
아내 비싸게 판다. 내가 삼천만 원을 부르자 박석 선생은 웃음
을 터트렸다."

박석 선생　하하, 하하하!

이기두　삼천 오백!

박석 선생　(더욱 크게 웃으며) 우하하하!

이기두　사천! 사천 오백! 오천!

박석 선생　(웃음을 뚝 그친다.)

이기두　오천만 원에 돌을 파실 겁니까?

박석 선생　아니오.

이기두　오천 오백! 육천!

박석 선생　성격이 원래 그렇소?

이기두　네……?

박석 선생　뭔가 생각은 않고 행동부터 하니 말이요.

박석 선생　제 성격이 어떤지는…… 저는 잘 모릅니다. 하지만 주변 사람
들은 저를 이렇게 말하죠. 물건을 사고파는데 탁월한 재능을
가졌다구요.

박석 선생　있는 것을 사고파는 건 탁월한 재능이 아니오.

이기두　네……?

박석 선생　없는 것을 사고팔아야 탁월한 재능이지.

이기두　무슨 말씀인지……?

박석 선생　날아다니는 돌이 정말 있느냐고 물었는데, 그 돌이 어떻게 날아다니는지 생각은 해 봤소?

이기두　그게 그러니까…… 중력이라든가 물리학적으로는…… 돌은 날아다닐 수 없죠.

박석 선생　전혀 생각을 안 했군.

이기두　어쨌든 저는…… 돌이 1 센치만 날아도 비싸게 살 겁니다.

박석 선생　이 세상엔 그런 돌은 없소. 만약 있다면 내가 먼저 사겠소. 아까 당신은 육천을 불렀는데, 나는 껑충 올려 일억이오!

이기두　일억……?

박석 선생　일억 일천!

이기두　(침묵)

박석 선생　일억 이천!

이기두　(침묵)

박석 선생　일억 삼천! 일억 사천! 일억 오천!

이기두　잠깐만요! 날아다니는 돌이 없다면서 값은 왜 자꾸만 올리십니까?

박석 선생　없으니까 무턱대고 올리는 거요.

이기두　값을 올리는 건 돌이 있다는 증거입니다! 경매장에 가보세요. 팔 사람은 값을 올리고, 살 사람은 낮춰서 불러요. 팔 것도 살 것도 없는 사람은 아예 값을 부르지 않죠. 일억 오천? 좋습니다. 선생님이 부르신 가격에 제가 그 돌을 사겠습니다. 보세요, 제 통장에 일억 오천만 원이 있습니다!

이기두, 웃옷의 안 호주머니에서 은행 통장을 꺼내 박석 선생에게 보여준다.

낭독자　"나는 은행 통장을 가슴에 품고 다닌다. 현금을 갖고 다니면 도난 위험이 있고, 수표는 분실 우려가 있다. 통장이 제일 안

전하다. 내 통장에는 150,000,000원. 동그라미가 무려 일곱 개나 찍혀 있다! 이것을 보는 사람은 충격을 받는다!"

박석 선생 (일어서며) 통장 구경 잘했소.

이기두 네……?

박석 선생 해질녘이오. 어두워지는 산길, 조심해서 내려가시오.

이기두, 머쓱한 표정으로 은행 통장을 호주머니에 넣는다.
그는 잠시 머뭇거리다가 일어나서 문을 향해 걸어간다.

이기두 그럼…… 안녕히 계십시오.

박석 선생 누구한테 들었소?

이기두, 걸음을 멈추고 뒤돌아선다.

박석 선생 내가 날아다니는 돌을 갖고 있다고 말한 사람이 누구요?

이기두 선생님께 그 돌을 팔았던 분입니다.

박석 선생 음……

이기두 그분 말씀이 이십육 년 전에, 삼천만 원 받고 돌을 팔았다고 하시더군요.

박석 선생 (침묵)

이기두 그동안 물가가 몇 배로 올랐죠. 일억 오천만 원을 부르신 건 당연합니다. (앉았던 자리를 가리키며) 다시 앉을까요?

박석 선생 아니오! 당장 돌아가서 그분께, 쓸데없는 말을 하면 안 된다고 전하시오!

이기두 네…… 그렇게 전하죠.

이기두, 집 밖으로 나간다.
직삼각형 조명이 꺼진다.

박석 선생, 퇴장.
낭독자, 일기장을 넘기며 읽는다.

낭독자 "내가 요즘 똑같은 짓을 반복할 때, 김혜란도 똑같은 짓을 반복했다. 하지만 각자 길은 다르다. 나는 고속도로, 지방도로, 비포장도로, 산길을 반복해서 오고갔지만, 김혜란은 시내 큰 도로, 작은 도로, 골목길을 오고갔다. 내가 산 속의 외딴집 문을 두드릴 때, 김혜란은 원룸 하우스의 내 방문을 두드렸다. 그러나 박석 선생은 집 안에 있어도 응답하지 않았고, 나는 방에 없었기에 응답 못했다."

조명, 무대 한가운데 바닥에 좁고 기다란 골목길을 나타낸다.
김혜란이 골목 저쪽에서 이쪽으로 걸어온다.

낭독자 "김혜란은 골목길이 싫다고 한다. 독신자용 원룸 하우스들이 양쪽에 즐비하게 늘어서 있는 좁고 기다란 골목길, 김혜란은 그 길이 싫다면서도 나를 찾아온다. 미리 전화해서 약속을 하고 오지 않는다. 애인이란 아무 연락 없이도 불쑥 찾아올 자격이 있다는 것이다."

김혜란, 이기두의 원룸 초인종을 누른다.
응답이 없다.
낭독자, 이웃 남자가 되어 김혜란을 지켜본다.
김혜란, 초인종을 다시 누른다.
여전히 무응답.
이웃 남자가 창문을 여는 동작을 하면서 고개를 내민다.

이웃 남자 그 사람 지금 없어요.
김혜란 (불쾌한 표정으로 이웃 남자를 바라본다.) 또 엿보고 있네!

이웃 남자 지금 없다구요.

김혜란 (이웃 남자를 외면하며) 상관마세요!

김혜란, 또 다시 초인종을 누른다.

김혜란 나야 나! 어서 문 열어!

이웃 남자 없다니까요.

김혜란, 계속 초인종을 누른다.

이웃 남자 어디 갔는지 알아요?

김혜란 몰라요!

이웃 남자 강원도 산속에 갔어요. 자동차를 타고 경부 고속도로를 달리다가, 영동 고속도로로 바꿔 달립니다. 그런 다음 횡성 나들목을 빠져나가 지방도로를 달리죠. 그 다음엔 험난한 비포장도로, 가파른 산길, 자동차를 세워놓고 산길을 걸어서 올라갑니다. 한참 올라가면, 산등성이에 외딴 집이 있습니다.

김혜란 당신 미쳤군요!

이웃 남자 친절하게 알려주는데 미쳤다고 하는 건, 고상한 숙녀의 매너가 아니죠.

이웃 남자, 창문을 닫는다.
그는 낭독자가 되어 일기를 읽는다.

낭독자 "밤이 되자 골목길에는 가로등이 켜졌다. 내 원룸 하우스 맞은편 원룸 하우스, 그곳에 사는 남자는 김혜란을 계속 괴롭혔다고 한다. 마치 뻐꾸기시계처럼, 매 시간마다 창문을 열고 외쳤다는 것이다."

낭독자, 이웃 남자가 된다.
그는 창문을 열고 김혜란에게 외친다.

이웃 남자 일곱 시!

이웃 남자, 창문을 닫는다.
사이.
이웃 남자, 다시 창문을 열고 외친다.

이웃 남자 여덟 시!

이웃 남자, 창문을 닫는다.
김혜란은 잔뜩 화난 모습이다.
이웃 남자, 다시 창문을 열고 외친다.

이웃 남자 아홉 시!

사이.

이웃 남자 열 시!

사이.

이웃 남자 열한 시!

사이.

이웃 남자 열두 시! 뻐꾹! 뻐꾹! 뻐꾹! 뻐꾹! 뻐꾹! 뻐꾹······!

이웃 남자, 낭독자가 되어 일기를 읽는다.

낭독자 "자정이 넘어 내가 왔다. 김혜란은 곧 울음을 터뜨릴 것 같았다."

이기두, 등장한다.

김혜란 왜 이렇게 늦게 와?

이기두 어……? 이 골목이 좁아서 주차할 수 없잖아. 저 큰길가에 차 대고 오느라 늦었지.

김혜란 말도 안 돼! 내가 얼마나 기다린 줄 알아? 저녁 일곱 시부터 지금까지 다섯 시간이나 기다렸어!

이기두 미안해, 미안.

김혜란 도대체 강원도는 왜 갔던 거야?

낭독자 "나는 깜짝 놀랐다. 내가 강원도 갔던 것을 어떻게 안 걸까?"

이기두 강원도? 난…… 강원도 안 갔어.

김혜란 정말?

이기두 누가 그래? 내가 거기 갔다고?

김혜란 (맞은 편 원룸 하우스를 가리키며) 저 남자! 나를 엿보는 저 남자가 말했어. 자기가 강원도 산 속에 갔다는 거야!

이기두 아냐, 아냐!

김혜란 내가 올 때마다 자긴 없었어. 어딜 갔다 오는지, 솔직히 말해 줘.

이기두 자기도 잘 알 텐데…….

김혜란 뭘……?

이기두 숙부님이 입원한 노인전문 요양병원. 요즘 건강이 안 좋으셔서, 난 숙부님께 갔다 오는 거야.

김혜란   지 남자, 나를 속였어!

조명, 무대 한가운데 바닥에 정사각형을 비춘다.
이기두, 열쇠를 꺼내 원룸의 잠긴 문을 연다.

이기두   들어가, 안으로.
김혜란   난 여기 싫어.

이기두, 김혜란, 원룸으로 들어간다.
김혜란, 주저앉는다.

김혜란   난 너무 오래 서 있었더니 다리 아파! 잔뜩 화도 나고! 우리 어
서 다른 곳으로 이사 가!
이기두   좀 참아. 내가 열쇠를 복사해 줄게.

낭독자, 일기장을 펼쳐들고 읽는다.

낭독자   "열쇠를 복사해 준다는 말을 듣고 김혜란의 화난 표정이 조금
풀어졌다."

김혜란   잘 살펴봐. 저 사람이 뭔가 훔쳐간 건 없는지⋯⋯
이기두   (방 안을 둘러보며) 글쎄, 다 있는데.
김혜란   은행 통장은?
이기두   (웃옷 안에서 통장을 꺼낸다.) 통장은 내가 늘 갖고 다녀.
김혜란   일억 오천 그대로 있어?
이기두   물론이지.
김혜란   다행이네!

낭독자   "나는 그녀에게 내 은행 통장을 보여준 적이 있다. 그녀가 내

통장에 찍힌 동그라미를 헤아리더니 환하게 웃었다. 그리고는 당장 넓은 집으로 이사 가자고 했다. 결혼을 하면 아이도 생길 텐데, 방 하나뿐인 원룸은 싫다는 것이다."

김혜란, 냉장고 문을 연다.

김혜란 냉장고에 계란 있어. 배가 고픈데……
이기두 나도 배고파.
김혜란 우리 계란 프라이 해서 먹을까?
이기두 그래, 좋아.
김혜란 자기 두 개! 나도 두 개!

김혜란, 냉장고에서 계란들을 꺼내 조리대로 간다.

낭독자 "자정 넘은 시간에 우리는 계란 프라이를 먹었다. 각자 두 개 씩 먹었다. 배가 고팠던지 참 맛있었다."

이기두와 김혜란, 나란히 앉아 접시에 담은 계란 프라이를 먹는다.
조명, 서서히 암전.
이기두와 김혜란 퇴장.
낭독자가 일기장을 넘기면서 읽는다.

낭독자 "며칠 후, 나는 다시 박석 선생에게 갔다. 경부 고속도로, 영동 고속도로, 지방도로, 비포장도로, 산길……. 나는 외딴 집의 닫힌 문을 두드렸다."

조명, 무대 오른쪽 바닥에 직삼각형을 비춘다.
진행자들, 박석 선생 집 옆에 나무 한 그루와 윗면이 평평한 바윗돌을 놓고 나간다.

이기두, 등장. 집 문을 두드린다.
박석 선생은 집 안에 없다.

이기두　박석 선생님, 계십니까!

사이.

이기두　박석 선생님!

박석 선생, 약초 망태기를 메고 등장한다.

이기두　집 안에 계시는 걸 다 알아요!
박석 선생　나 여기 있소.
이기두　(뒤돌아 보며) 안녕하세요, 선생님!
박석 선생　왜 다시 온 거요?
이기두　꼭 드릴 말씀이 있어서요.
박석 선생　우린 지난번에 다 끝났소.

박석 선생, 바윗돌에 앉아 망태기에서 약초 뿌리들을 꺼내 다듬는다.

이기두　아직 안 끝났습니다. 선생님께서 저에게 시키신 일이 있거든
　　　　　요.
박석 선생　내가 시킨 일……?
이기두　네. 날아다니는 돌을 팔았던 분에게 가서 전해라, 쓸데없는 말
　　　　　을 하면 안 된다, 그래서 저는 선생님이 시킨 대로 했죠. 그랬
　　　　　더니 그분 반응이……
박석 선생　그랬더니……?
이기두　그 다음은 집 안으로 들어가서 말씀드리고 싶군요.
박석 선생　음…… 이름이 뭐요?

이기두	제 이름은…… 아실 텐데요?
박석 선생	나에게 돌을 팔았다는 그분의 이름을 묻는 거요. 정확한 대답을 못 하면, 집 안에 들어갈 수 없소.
이기두	그분 이름은 이구열 씨입니다.
박석 선생	올해 연세는……?
이기두	여든일곱이시죠. 국립 도서관장을 지내시다 은퇴한 지 오래되셨구요.
박석 선생	(집 문을 연다.) 들어오구려!

박석 선생과 이기두, 집 안으로 들어가 앉는다.

박석 선생	이구열 선생을 어찌 그리 잘 아오?
이기두	그분은 저의 숙부님이십니다.
박석 선생	숙부……?
이기두	네. 저는 그분의 조카지요. 조카가 숙부에게 쓸데없는 말을 하면 안 된다고 했다가 아주 호되게 야단맞았습니다. 왈칵 눈물이 쏟아질 만큼요.
박석 선생	내가 존경하는 분이오, 이구열 선생은. 그분이 국립 도서관장이셨을 때, 나는 고문서 담당 사서였소. 요즘 그분 건강은 어떠시오?
이기두	연세가 많아 건강은 안 좋으시죠. 노인전문 요양병원에 입원해 계시고…… 기억력은 뚜렷한데, 조금 이상한 행동을 하십니다.

조명, 무대 왼쪽 바닥에 타원형을 비춘다.
진행자들, 바퀴 달린 침대를 무대 왼쪽에 옮겨 놓는다.
숙부, 등장. 환자복에 꽃무늬 원피스를 덧입었다.
숙부는 침대 위에 올라앉아 화장용품 상자에서 거울과 화장품을 꺼내 정성껏 얼굴 화장을 한다.

낭독자, 일기를 펼쳐 들고 읽는다.

낭독자 "나의 숙부님은 전생이 있다고 믿는다. 전생이 있기에 이생이 있고, 이생이 있기에 내생도 있다고 한다. 전생의 삶이 다 할 때, 이생의 문을 열고 나왔듯이, 이생의 시간이 끝날 때, 내생의 문을 열고 나가면 된다는 것이다. 그런데 이생에서 남자로 살았던 숙부는 내생에서는 여자로 살고 싶어 하신다. 그래서 여자 옷을 입고, 여자처럼 화장을 하신다. 숙부님은 그렇게 곧 다가올 자신의 죽음을 준비하고 있다."

이기두, 박석 선생이 있는 곳에서 숙부 침대가 있는 곳으로 걸어 간다.

이기두 저 왔습니다, 숙부님.
숙부 내 선물 갖고 왔냐?
이기두 그럼요.
숙부 또 립스틱?
이기두 이번엔 귀걸이입니다.

이기두, 귀걸이를 숙부에게 준다.
숙부, 자신의 귀에 걸고 거울로 비춰 본다.

숙부 예쁘구나!
이기두 네.
숙부 너, 강원도엔 계속 가야 한다. 열 번 찍어 안 넘어가는 나무 없다고, 계속 가다보면 반드시 박석 선생을 만날 거다.
이기두 만났습니다. 열다섯 번 찾아가서요. 그런데, 그 박석 선생이 숙부님께 꼭 이 말을 전해 달라고 하던데요?
숙부 그래, 어서 해봐.

이기두	날아다니는 돌을 팔았다, 그런 쓸데없는 말을 하지 말라구요.
숙부	도대체 너, 무슨 짓을 한 거냐?
이기두	무슨 짓이라뇨?
숙부	네가 얼마나 무례한 짓을 했길래 박석 선생이 그랬냐고!
이기두	무례한 짓 안 했어요. 그냥 점잖게, "날아다니는 돌 있거든 파십시오. 일억 오천만 원 드리겠습니다" 했죠.
숙부	기가 막힌다, 기가 막혀!
이기두	왜요?
숙부	그게 어떤 돌인데, 다짜고짜 팔라고 해? 당장 가서 사과해라! 잘못했다고 사과해!

숙부, 토라진 듯 침대에 누워 얼굴을 돌린다.
이기두, 박석 선생 있는 곳으로 되돌아간다.

낭독자	"일기를 여러 날 몰아서 한꺼번에 쓰는 건 쉽지가 않다. 시간과 공간이 뒤죽박죽 뒤섞이기 때문이다."

이기두, 박석 선생에게 정중히 사과한다.

이기두	제 잘못을 사과드립니다. 처음 뵙던 날 제 무례를 용서해 주십시오.
박석 선생	사과 안 해도 괜찮소.
이기두	저는 마음 깊이 반성했습니다. 날아다니는 돌을 아주 쉽게 사려고 하다니…… 이 세상엔 값비싼 돌은 많아요. 황금, 다이아몬드, 온갖 보석들…… 하지만 아무리 비싸도 날지 못하면 그냥 돌일 뿐이죠. 그런데 선생님, 저는 정말 궁금해요. 날아다니는 돌은 어떻게 생겼으며, 또 어떻게 날아다닙니까?
박석 선생	그건 음…… 숙부님께 묻구려.

이기두, 숙부가 누워 있는 침대로 간다.

이기두　숙부님.
숙부　너, 사과했냐?
이기두　네.
숙부　나 좀 일으켜 앉혀 다오.

이기두, 숙부를 부축해 앉힌다.

이기두　숙부님, 말씀해 주세요. 날아다니는 돌이 어떻게 생겼죠?
숙부　주먹같이 생겼다!
이기두　주먹이요……?
숙부　(손을 주먹 쥐어 불쑥 내밀며) 그래, 크기가 꼭 이 주먹만 해.
이기두　날개는요?
숙부　날개라니?
이기두　날개가 있어야 날아다닐 것 아닙니까?
숙부　날개는 없다.
이기두　네……?
숙부　날개 없어도 날아다니는 돌은 날아다녀.
이기두　정말 이해가 안 됩니다. 지구의 중력이 끌어당기는데, 어떻게 주먹만 한 돌이 날아다녀요?
숙부　생각을 해라, 생각을!
이기두　아무리 생각을 해도 이론적으로 불가능합니다.
숙부　저기 하늘의 새를 봐라! 중력이나 물리학 몰라도 새들은 저렇게 잘 날아다녀!

숙부, 침대에 눕는다.
이기두는 무대 가운데 서서 생각한다.

낭독자 "나는 생각하고 또 생각했다. 계속 생각하고 또 생각하고 또 생각했더니…… 허공에 붕 떠 있는 돌을 생각하게 되었다. (진행자들, 장대 끝에 달린 돌을 갖고 등장. 장대를 높게 세워 허공에 뜬 돌을 표현한다.) 하지만 그런 생각은 너무 단순해서 젖 먹는 어린애도 할 수 있을 것 같았다. 그래서 나는 좀 더 수준을 높여 생각했다. 그 결과 이번엔 돌이 새처럼 훨훨 날아다니는 모습을 생각하게 됐다. (진행자들, 돌 달린 장대를 휘둘려 날아다니는 새 모습을 표현한다.) 그러나 그건 문제가 있다. 넓은 벌판에서는 훨훨 날아다녀도 괜찮겠지만, 좁은 방에서 주먹만 한 돌이 새처럼 날았다간 곧 벽에 부딪히거나 유리창을 깰 것이다. (유리창이 깨지는 소리가 요란하게 들린다. 진행자들, 장대를 들고 나간다.) 그렇다면 좁은 방안에서 돌은 어떻게 날아야 할까……?"

이기두, 박석 선생이 있는 곳으로 달려간다.

이기두 바로 이겁니다! 박쥐요, 박쥐!
박석 선생 박쥐……?
이기두 네. 저는 돌이 박쥐처럼 날아다닌다고 생각합니다. (천장을 가리키며) 천장을 보세요. 주먹만한 돌이 천장에 매달려 있다가 휘-익 날아서, 저쪽 창문 위에 척 달라붙습니다. 그리고는 다시 휘-익 날아올라 이쪽 벽에 딱 매달립니다!
박석 선생 참 기발한 생각이군!
이기두 정말입니까?
박석 선생 새처럼 날아다닌다, 나비처럼 날아다닌다, 그런 생각은 평범해서 누구나 할 수 있지만, 박쥐처럼 날아다닌다는 건 특이해서 아무나 생각 못하오.
이기두 고맙습니다, 칭찬해주셔서!
박석 선생 그런데 어떤 천재적인 사람은 돌이 방안에서 잠자리처럼 날아다닌다고 생각했소. (주먹 쥔 손으로 흉내 내며) 이렇게 자유자재로 앞으로도 날고, 뒤로도 날고, 왼쪽 오른쪽 옆으로도 날고, 위로도 아래로도 날고, 심지어 허공에 뜬 채 가만히 멈출 수도 있다……. 어떻소? 잠자리가 박쥐보다 훨씬 낫지 않소?

이기두 네, 그렇군요.

박석 선생 더 천재적인 사람의 생각도 있소. 그 사람은 돌이 북을 연주한다고 생각했소. (주먹 쥔 손으로 북 두드리는 시늉을 한다.) 그러니까 바로 이렇게 북 위를 날아다니면서, 강하게도 부딪히고, 약하게도 부딪혀서, 강약 리듬을 만드는 거요. 쿵쿵 따닥, 쿵쿵 따닥, 쿵쿵 따닥…….

이기두 진짜 천재입니다, 천재! 어떻게 그런 생각을 했을까요!

박석 선생 하지만 돌이 북을 치는 건 피아노를 연주하는 것보다는 쉽소.

이기두 피아노요……?

박석 선생, 명상하는 자세를 취하고 지그시 눈을 감는다.
피아노 연주 소리가 들린다.

박석 선생 눈을 감고 생각해보구려. 피아노 건반 위를 날아다니며 연주하는 돌, 그 우아하고 섬세한 동작을……. 어젯밤, 이 방안에는 달빛이 가득한데, 날아다니는 돌이 황홀한 월광 소나타를 연주했소.

이기두 아, 진짜 기막힙니다! 선생님, 저에게 그 돌을 보여주세요!

박석 선생 쉿, 조용히.

이기두 네……?

박석 선생 아직도 그 감동이 내 가슴에서 사라지지 않는구려.

이기두 선생님…….

박석 선생, 눈을 감은 채 침묵한다.
이기두, 숙부의 침대로 되돌아간다.

숙부	또 강원도에 갔다 오냐?
이기두	네.
숙부	어째 목소리가 힘이 없다.
이기두	이제 저는 제 눈으로 날아다니는 돌을 보고 싶어요. 그런데 박석 선생님은 보여주려고 하지 않습니다.
숙부	내가 그랬지? 열 번 찍어 안 넘어가는 나무 없다고. 자꾸 가면 그 돌을 보게 될 거다.
이기두	숙부님이 편지를 써주세요.
숙부	편지를……?
이기두	이제 그만 애태우고 날아다니는 돌을 보여주라고요.
숙부	네가 진정 원하는 게 그거냐?
이기두	네.
숙부	좋다. 편지 쓰마.
이기두	고맙습니다, 숙부님.
숙부	그 대신 너도 내가 원하는 걸 다오.
이기두	뭡니까?
숙부	숄!
이기두	숄이라뇨……?

숙부, 침대에서 내려온다.
그는 서서 숄을 어깨에 두르는 시늉을 한다.

숙부	숄이 뭔지 알겠냐?
이기두	네, 날씨 추운 날 여자들이 외출할 때 사용하죠.
숙부	추운 날만이 아니다. 멋쟁이 여자들은 더운 날에도 숄을 둘러.
이기두	숙부님은 외출할 일도 없으면서 왜 숄이 필요해요?
숙부	내가 왜 없어? 내생으로 나갈 일이 있잖아. 짧은 숄은 싫다. 허리까지 길게 내려오는 게 좋아. 담요처럼 두터운 것도 싫어. 하늘하늘 엷은 숄이 훨씬 여성스럽지. 색도 신경 써야 한다.

직칙한 무채색보다는 곱고 밝은 색이 좋다. 그리고 동네 시장의 싸구려를 사오면 안 돼. 유명 백화점에서 최고급으로 사오너라!

이기두　네……?

무대 바닥을 비추던 조명, 암전한다.
숙부, 이기두, 박석 선생, 퇴장.
진행자들이 바퀴 달린 침대, 나무, 바윗돌을 무대 밖으로 옮긴다.
낭독자, 일기를 읽는다.

낭독자　"이 세상엔 공짜가 없다. 숙부와 조카 사이도 그렇다. 주는 것이 있어야 받는 것이 있다. 숙부님은 나에게 편지를, 나는 숙부님께 숄을, 서로 주고 받기로 했다. 공짜가 다 좋은 건 아니다. 원하지 않은 공짜는 부담스럽다. 오히려 서로 원하는 것을 주고 받는 것이 훨씬 낫다. 그런데 숄을 사러 백화점에 갈 생각을 하니 벌써부터 머리가 아파왔다."

조명, 무대 한가운데 바닥에 정사각형을 비춘다.
김혜란, 이기두의 원룸에 있다. 그녀는 샤워를 했다. 젖은 머리를 수건으로 터번처럼 둘렀고, 목욕가운을 입었다.
한 진행자, 커튼이 달린 창문을 들고 등장하여 부동자세가 된다.
이기두, 등장. 호주머니에서 열쇠를 꺼내 잠긴 문을 열고 들어온다.

이기두　어, 자기 있었네.
김혜란　이젠 이게 있잖아!

김혜란, 웃으면서 끈이 달린 열쇠를 손가락에 걸고 빙글빙글 돌린다.

낭독자　"김혜란은 내가 열쇠를 복사해 준 다음부터 마치 자기 집처럼 드나들었다."

이기두   열쇠가 그렇게 좋아?
김혜란   그럼 좋지. 잠긴 문 앞에서 기다리지 않으니까 좋구, 들어와서
        는 샤워할 수 있어서 좋아.

낭독자   "샤워를 한 김혜란은 상큼하게 예뻤다. 몰려오던 졸음이 확
        달아났다."

이기두, 김혜란에게 바짝 다가간다.

이기두   우리 뽀뽀하자.
김혜란   안 돼, 지금은.
이기두   왜……?
김혜란   길 건너 저 남자가 훔쳐보고 있잖아.
이기두   (창문의 커튼을 내리며) 커튼 내리고 하면 되지.
김혜란   저 남자 얼마나 뻔뻔스러운지 알아? 글쎄, 내가 샤워하는데
        느낌이 이상해서 휙 뒤돌아 봤지. 그랬더니 저 남자가 망원경
        으로 나를 바라보고 있는 거야.
이기두   즉각 커튼을 내려, 그럴 땐!
김혜란   몰라! 이젠 볼 테면 보라는 심정이야!
이기두   (창문의 커튼을 올리고 길 건너편을 바라본다.) 지금은 하늘을 보고
        있군.

낭독자, 이웃 남자가 된다.
그는 망원경으로 하늘을 바라본다.
이기두, 창문을 열고 이웃 남자를 향해 손을 흔든다.

이기두   안녕하십니까!

이웃 남자 안녕하세요!

이기두 망원경으로 뭘 그렇게 열심히 보십니까?

이웃 남자 보름달이요.

김혜란 거짓말! 보름달은커녕 초승달도 안 보여!

이기두 쉿! (이웃 남자에게 말한다.) 오늘 밤 보름달이 떴군요. 달빛이 참 밝습니다!

이웃 남자 달빛이 아니라 햇빛입니다.

이기두 햇빛이라뇨?

이웃 남자 달은 스스로 빛을 내지 못하죠. 그래서 달은 햇빛을 받아 반사합니다.

이기두 옳은 말씀입니다!

이웃 남자 캄캄한 밤, 밝은 햇빛이 한 여인을 비추고 있습니다. 그 여인의 모습이 이 세상에서 가장 아름답기 때문입니다.

이기두 그것도 옳은 말씀이군요!

김혜란 그만 해! 저 남자는 나를 놀리는 거야!

이기두, 창문을 닫고 커튼을 내린다.
한 진행자, 퇴장한다.
이기두와 김혜란은 나란히 앉는다.
이웃 남자는 낭독자가 되어 일기를 읽는다.

낭독자 "나는 직감적으로 느꼈다. 길 건너 저 남자는 김혜란을 사랑하고 있다! 어린 시절을 겪어 본 사람들은 다 안다. 사내아이는 좋아하는 계집아이를 가만두지 않는다. 짓궂게 머리채를 잡아당기고, 잘 놀고 있는 장난감을 빼앗아 울게 만든다. 어른이 되어서도 마찬가지다. 남자는 사랑하는 여자의 관심을 끌기 위해 온갖 못된 짓을 한다. 여자는 어떤가? 김혜란은 처음에는 나를 싫다고 했다. 내가 신사답지 못하다는 것이었다. 그런데 이젠 좋다고 한다. 지금은 저 남자가 싫다고 하지만, 나중엔 좋다고 할지 모른다.”

이기두, 침묵.
김혜란이 이기두를 힐끗 쳐다본다.

김혜란	자기 무슨 생각해?
이기두	아무 생각 안 해.
김혜란	얼굴 표정이 심각한데?
이기두	(침묵)
김혜란	배가 고파 그런 거야?
이기두	응…….
김혜란	조금만 기다려. 내가 라면 끓여줄게.
이기두	라면 싫어.
김혜란	싫다고 하면서도 끓여주면 좋다고 먹잖아.

김혜란, 냄비에 라면을 끓여서 젓가락과 함께 이기두에게 준다. 이기두는 라면을 맛있게 먹는다.
낭독자, 일기를 읽는다.

| 낭독자 | “나는 라면을 먹으면서 미안한 마음이 들었다. 김혜란을 의심하다니…… 하지만 길 건너 그 남자는 분명히 김혜란을 사랑하고 있다.” |

이기두, 침묵.
김혜란, 이기두를 쳐다본다.

김혜란	라면 다 먹고 왜 또 그래?
이기두	뭘……?
김혜란	심각하잖아, 표정이.

이기두 사실은…….

김혜란 사실은?

이기두 고민이 있어.

김혜란 말해봐, 뭐야?

이기두 (침묵)

김혜란 난 자기 애인이야. 무슨 고민인지 솔직히 말해. 내가 해결해
       줄게.

이기두 숙부님이…… 숄을 가져오래.

김혜란 숄……? 병원이 추워?

이기두 그렇진 않아.

김혜란 그런데 왜 숄이 필요할까?

이기두 글쎄…….

김혜란 숄 대신 이불이나 담요를 갖다 드려.

이기두 그건 안 돼. 숄도 보통 숄이 아냐. 색깔 예쁘고, 하늘하늘하고,
       기다랗고, 여성스러워야 해.

김혜란 점점 이상하네. 숙부님이 그런 숄을……?

이기두 생각할수록 고민이야. 백화점에서 사오라고 하셨는데, 난 남
       자라서 여자 물건 못 골라. 부탁이야. 돈은 내가 줄 테니까, 자
       기가 예쁘고 여성스런 숄 좀 사다 줘.

김혜란 좋아, 내 것도 하나 더 살 수 있다면.

이기두 하나 더…… 당연하지.

김혜란 (이기두의 뺨에 입 맞추며) 고마워!

이기두 고맙기는……

김혜란 우리 함께 백화점에 가.

이기두 함께?

김혜란 응. 그리고 병원에도 함께 가고, 나도 숙부님 뵙고 싶어.

이기두 언제……?

김혜란 바로 내일!

이기두 좋아, 내일 가자구.

김혜란 거봐, 나한테 고민을 말하니까 다 해결됐지?

이기두 응. 이젠 불 *끄고* 자자!

조명, 암전한다.
이기두와 김혜란, 퇴장.
낭독자, 일기장을 넘기며 읽는다.

낭독자 "고민이 다 해결된 건 아니다. 요양병원에 가서 여장을 한 숙부님을 보면 김혜란은 놀라 쓰러질 것이다. 그걸 미리 방지하려면, 병원에 가기 전에 숙부님의 생사관을 설명해 줘야 한다. 그러나 아무리 잘 설명해도 김혜란이 이해할지는 의문이다. 불을 껐는데도 김혜란의 얼굴이 환하게 보인다. 길 건너 남자는 말했다. 캄캄한 밤, 밝은 햇빛이 아름다운 김혜란을 비추고 있다고. 어쨌든 잠자기는 틀린 밤이다.

무대 뒷면, 백화점의 현란한 광고 전광판이 나타난다.
진행자들, 여러 가지 색깔과 모양의 숄들로 장식한 마네킹이 되어 등장.
박자 빠른 음악, 마네킹들이 춤을 춘다.
이기두와 김혜란, 등장.
김혜란은 마네킹 사이를 돌아다니며 숄을 고른다.
이기두, 점점 곤혹스런 모습이 된다.

낭독자 "다음날, 나는 김혜란과 함께 백화점에 갔다. 숄 사는데 무려 3시간 40분이 걸렸다. 내 눈엔 모두 똑같아 보이는 것을 김혜란의 눈에는 제각각 달라보였다. 하나하나를 꼼꼼히 살펴보고는, 다시 하나하나를 서로 대조시켜 본 다음에야, 숙부님 드릴 것과 자기 가질 것 두 개를 샀다. 내가 보기엔 둘 다 크기도 같았고, 색깔도 같았으며, 무늬도 같은 것이었다.

무대 뒷면, 백화점 전광판이 사라진다.

이기두, 김혜란, 진행자들, 퇴장.

조명, 무대 왼쪽 바닥에 타원형을 비춘다.

진행자들, 침대를 옮겨 놓는다.

숙부, 등장. 그는 침대에 걸터앉아 화장을 한다.

이기두와 김혜란, 등장. 이기두는 몹시 지친 모습이다. 김혜란은 화사한 숄을 걸치고, 손에는 백화점의 포장용 종이백을 들고 있다.

김혜란, 숙부를 보며 놀란 표정이다.

이기두	저희 왔습니다, 숙부님.
숙부	왔구나! (김혜란을 보며) 그런데 누구신가……?
이기두	제가 결혼하면 아내 될 사람입니다.
김혜란	안…… 안녕하세요…….
숙부	참 아름답소!
김혜란	네…….
숙부	(이기두에게) 넌 복도 많다. 어쩌다가 이렇게 아름다운 짝을 만났냐?
이기두	(김혜란을 가리키며) 제가 아니라 이쪽이 복 받은 거죠.
숙부	(김혜란에게) 그리고 숄도 참 멋있소! 그 숄을 나에게 주오!

김혜란, 이기두를 다급하게 이끌고 구석으로 간다.

김혜란	제 정신이 아니셔!
이기두	제 정신이야, 숙부님은.
김혜란	확실해?
이기두	내가 미리 말했지? 특이한 생사관을 갖고 계신 것뿐이라고.
김혜란	자긴 그걸 믿어? 남자가 내생엔 여자로 바뀔 수 있는 거야?
이기두	글쎄……
김혜란	난 못 믿어!

숙부	무슨 의논을 그리 길게 하냐?
이기두	숙부님께 자기 숄 드려.
김혜란	안 돼!
이기두	백화점에서 똑같은 걸 두 개 샀잖아.
김혜란	(손에 든 종이백을 흔들며) 이걸 드릴 거야!
이기두	똑같은데 왜 그래?
김혜란	아냐, 달라! 이 세상엔 똑같은 건 없어!
이기두	숙부님 기다리셔. 자기 것 드리면, 내가 옷 한 벌 사줄게.
김혜란	구두도 사줘!
이기두	알았어.

김혜란과 이기두, 숙부에게 간다.
김혜란은 두르고 있던 숄을 풀어 숙부에게 준다.
숙부는 반색하며 침대에서 일어나 숄을 받는다.

숙부	고맙소, 고마워! 내가 꼭 원했던 숄이 바로 이거야! (숄을 어깨에 두르고 이기두에게 묻는다.) 어떠냐? 잘 어울리지?
이기두	네, 숙부님.
숙부	넌 남자라서 모를 거다. 여자는 이것 하나로 다양하게 변신해. (숄을 목에 걸고) 어떠냐, 모습이 완전히 달라졌지? (숄을 허리에 두른다.) 봐라, 난 또 달라졌다!
김혜란	변신을 잘하시네요, 정말.
숙부	역시 여자는 여자를 아는구려!
이기두	어쨌든 저는 숙부님께 약속한 대로 숄을 드렸습니다. 이젠 날아다니는 돌을 보여주라고 편지를 써주세요.
숙부	오냐, 숄을 받았으니 나도 약속한 대로 편지를 써주마.

김혜란, 이기두를 끌고 다시 구석으로 간다.
숙부는 침대에 걸터앉아 편지를 쓴다.

김혜란	지금 둘이서 무슨 소리를 하는 거야?
이기두	무슨 소리라니?
김혜란	난 들어도 모르겠어! 날아다니는 돌, 그게 뭐야?
이기두	어…… 그런 돌이 있어.
김혜란	그런 돌이 뭐냐고?
이기두	내가 설명 안했었나?
김혜란	단 한마디도 안했어. 그 돌이 어디 있는데?
이기두	강원도…….
김혜란	강원도?
이기두	응.
김혜란	강원도에 갔었어?
이기두	응.
김혜란	우린 애인 관계야. 웬 비밀이 그렇게 많아?
이기두	미안해, 나중에 다 말할게.
숙부	(편지 쓰기를 마치고) 또 뭘 의논 하냐?
이기두	아무 것도 아닙니다!

이기두, 숙부에게 간다. 김혜란, 마지못해 따라간다.

숙부	서로 의논하는 건 좋은 거다. 결혼해서 행복하려면 모든 걸 솔직하게 털어놓아야 해.
김혜란	옳은 말씀이에요!
숙부	실례지만, 향수는 뭘 쓰오? 향기가 아주 좋은데……?
김혜란	(핸드백에서 향수병을 꺼내 주며) 제가 쓰는 걸 드리죠.
숙부	고맙소!

숙부, 김혜란이 준 향수를 자신의 몸에 뿌린다.

숙부	아, 매혹적인 이 향기! (이기두에게) 넌 남자라서 모를 거다.

이기두	편지 다 쓰셨어요?
숙부	그래.
이기두	제가 가져갑니다!

이기두, 침대 위의 편지를 집어들고 뛰어 나간다.
조명, 암전한다.
숙부, 김혜란 ,퇴장.
진행자들이 바퀴 달린 침대를 무대 밖으로 옮긴다.

낭독자	"나는 숙부님의 편지를 갖고 곧 강원도로 향했다. 고속도로, 지방도로, 비포장도로, 산길을 쉬지 않고 달려가 외딴 집의 문을 두드렸다."

조명, 무대 오른쪽 바닥에 직사각형을 비춘다,
박석 선생의 집.
이기두, 편지 봉투를 들고 문을 두드린다.

이기두	편지 왔습니다! 편지요!
박석 선생	편지……?

박석 선생, 문을 연다.
이기두, 집 안으로 들어오며 편지 봉투를 내민다.

이기두	선생님, 받으세요!
박석 선생	나에게 올 편지가 없는데……
이기두	숙부님이 쓰신 겁니다.

박석 선생, 봉투에서 편지를 꺼내 목독한다.

박석 선생 음……

이기두 어떻게 하시겠습니까?

박석 선생 여기 앉아 있구려. 내가 날아다니는 돌을 가져오겠소.

낭독자, 일기를 읽는다.

낭독자 "박석 선생은 벽장문을 열었다. 그리고 나무상자를 꺼내 두 손으로 조심스럽게 안아들고는, 마치 소중한 물건을 옮기듯 한 걸음 한 걸음 나에게 다가왔다."

박석 선생, 나무상자를 들고 와서 이기두 앞에 내려놓는다.

낭독자 "나무상자는 무척 오래된 것이었다. 어떤 나무로 만들었는지 철판보다 단단하였고, 청동으로 만든 큼직한 자물쇠가 달려 있었다."

박석 선생, 호주머니에서 열쇠를 꺼내 상자의 자물쇠를 푼다.

이기두 날아다니는 돌은 이 상자 속에 있습니까?

박석 선생 그렇소.

이기두 제가 꺼내 봐도 될까요?

박석 선생 물론이오.

이기두, 상자를 열고 돌을 꺼낸다.
그는 손바닥 위에 돌을 얹어 놓고 자세히 살펴본다.

낭독자 "숙부님이 말씀한 대로 날아다니는 돌 크기는 주먹만 했다. 그런데 자세하게 살펴봐도 특별한 것이 없었다. 보석처럼 아름답지도 않고 반짝반짝 빛나지도 않았다. 울퉁불퉁한 모양에

거무칙칙한 색깔……. 날개가 없다는 건 알고 있었지만……
실제로 보니까 실망이 컸다."

박석 선생, 이기두를 보며 미소 짓는다.

박석 선생 실망했군.

이기두 아뇨…….

박석 선생 얼굴에 실망한 기색이 역력하오.

이기두 너무 평범해서요…….

박석 선생 상자 속엔 날아다니는 돌을 소유했던 사람들의 기록이 있소.

박석 선생, 나무상자 속에서 고문집들을 꺼낸다.

박석 선생 매월당 김시습이 첫 번째 소유자요.

이기두 김시습? 우리나라 최초의 소설 『금오신화』를 쓴 분 아닌가요?

박석 선생 맞소, 바로 그분이오. 세조13년 그러니까 서기 1467년, 그분
은 자신의 일기에 이렇게 썼소. (고문집을 펼쳐 읽는다.) "날아다
니는 돌을 갖는 순간 내 인생은 놀랍게 바뀌었다. 나는 답답한
관습의 틀에서 벗어나 과거와 현재, 지옥과 용궁, 이승과 저승
을 자유롭게 넘나들면서 수많은 환상적인 인물들을 만났다.
날아다니는 돌을 갖지 못했다면, 나는 결코 『금오신화』를 쓰
지 못했을 것이다."

이기두 글쎄요……. (손바닥 위에 놓은 돌을 다시 살펴보며) 이런 돌이 인
생을 바꾸다니…… 믿어지지 않습니다.

박석 선생, 상자 속에서 다른 고문집을 꺼낸다.

박석 선생 이건 풍운아 허균의 문집이오.

이기두 허균도 이 돌을 가졌던가요?

박석 선생 그는 아홉 번째 소유자였소. (고문집을 펼쳐 읽는다.) "백미 오십 가마를 주고 날아다니는 돌을 샀다. 내 심장이 기쁨으로 충만하여 터질듯 하다." 허균은 광해군 치하 1618년 8월 24일 사형 당했는데, 그 마지막 날까지 날아다니는 돌을 갖고 있었소. (고문집의 뒷부분을 읽는다.) "애석하도다! 서얼철폐, 이상국가 건설을 부르짖어도 듣지는 않고, 오히려 나를 반역죄로 처형하는구나! 내 생애 마지막 밤, 가슴에 품었던 돌을 꺼냈더니, 전광석화처럼 저 하늘 높이 날아가 밝은 달을 돌고 되돌아온다. 일순간, 답답했던 내 가슴이 시원 통쾌하다!"

이기두 (돌을 슬쩍 허공 위로 던졌다가 받으며) 날아라, 날아……. 왜 안 날지?

박석 선생 연암 박지원의 기록도 있소.

박석 선생, 상자 속에서 또 다른 고문집을 꺼낸다.

박석 선생 연암 선생은 1868년에 열두 번째 소유자가 됐는데, 그 감회를 비망록에 이렇게 썼소. (고문집을 펼쳐 읽는다.) "나는 날아다니는 돌을 중국 북경에서 보았다. 왜 이 먼 곳까지 왔을까? 조선에 갔던 중국 황제의 사신이 강압으로 빼앗았거나, 도둑이 훔쳐 먼 이곳에 팔았을 것이다. 난 그 돌을 황금 백 돈을 주고 되찾았다. 하지만 그들이 모르는 사실이 하나 있다. 돌은 자격 없는 사람이 갖게 되면 날지 않는다." (상자 속에서 여러 권의 고문집들을 꺼낸다.) 이걸 보구려. 자격 없는 소유자들의 기록도 많소.

이기두 네? 자격이요?

박석 선생 열다섯 번째 소유자 전라감사 박동기는 아예 욕설을 썼지. (고문집을 펼쳐 읽는다.) "나는 완전히 속았다. 사흘 낮 사흘 밤을 꼼짝 않고 지켜보았는데, 날아다니기는커녕 기어 다니지도 않는다. 사람을 속이는 이런 돌은 개똥만도 못하고 소똥만도 못

하다. 당장 창밖으로 내던져 버리겠다!"

이기두 (돌을 허공 위로 던졌다가 받으며) 충분히 그 심정 이해됩니다!

박석 선생 박동기가 던져버린 돌을 우연히 주운 생원 윤조겸은 이렇게 썼소. (다른 고문집을 펼쳐 읽는다.) "횡재한 줄 알았더니 아니구나. 이 돌은 전혀 쓸모가 없다. 부싯돌로도 쓸 수 없고, 벽돌로도 쓸 수 없는 무용지물이다." 그런데, 열일곱 번째 소유자 평양기생 단향은 이렇게 썼소. (또 다른 고문집을 읽는다.) "아름다운 봄날 밤, 정든 님과 나란히 침상에 누웠다. 나비가 만발한 꽃밭을 날듯이, 날아다는 돌이 나풀나풀 춤을 추며 침상 위를 날았다."

이기두 (돌을 허공 위로 높이 던져 올리며) 날아라, 제발 좀 날아⋯⋯

이기두, 돌을 받지 못해 떨어뜨린다.

박석 선생 돌로 장난하면 안 되오. 다쳐.

이기두 죄송합니다⋯⋯

박석 선생, 상자 속에서 또 다른 고문집을 꺼낸다.

박석 선생 스물다섯 번째 소유자는 「매천야록」을 쓴 황현 선생이오. 그분은 1910년 대한제국이 멸망하자 자결하셨는데, 국가의 불행한 일이 생길 때마다 날아다니는 돌이 허공에서 울부짖으며 피눈물을 흘렸다고 했소.

이기두 돌이⋯⋯ 피눈물을 흘려요?

박석 선생, 상자 속에서 현대적인 노트를 꺼내 이기두에게 준다.

박석 선생 이 노트를 펼쳐보구려.

이기두 (노트를 받아 펼친다.) 이건 숙부님의 필체군요!

박석 선생 그렇소. 이구열 선생이 스물 아홉 번째 소유자요.

이기두 (노트의 뒷부분을 읽는다.) "날아다니는 돌은 한 개인의 독점물이 아니다. 가장 적합한 사람, 즉 지성과 감성을 아울러 갖춘 사람에게 반드시 넘겨주어야 한다. 다행히도 나는 그 사람을 찾아냈다. 국립도서관 고문서 담당 사서였다. 그는 육백 년에 걸쳐 쓰인 돌에 대한 기록을 해독할 지적능력이 있으며, 아울러 풍부한 감성을 갖고 있었다" 그러니까 선생님이 이 돌의 서른 번째 소유자가 되셨군요.

박석 선생 나는 서른한 번째의 소유자를 찾고 있소.

박석 선생, 꺼냈던 고문집들과 노트를 나무상자 속에 넣는다. 그리고 돌을 집어서 나무상자에 넣고 자물쇠로 잠근다.
조명, 암전한다.
박석 선생과 이기두, 퇴장.
낭독자, 일기를 읽는다.

낭독자 "너무 기대가 컸던 탓일까, 날아다니는 돌을 보고 실망했다. 아무리 살펴봐도 길바닥에 널려 있는 흔한 돌과 다름없다. 생긴 모양만 보고 실망하면 안 될 것 같아서, 나는 들고 있던 돌을 허공으로 던져 올렸다. 그것도 세 번이나 던져 올렸다. 그러나 돌은 날지 않고 아래로 떨어졌다. 나중엔 장난하면 다친다는 꾸중까지 들었다. 돌은 왜 날지 않은 것일까? 내가 자격 없는 사람이기에 돌이 날려고 안 한 것인지, 아니면 돌은 날지 못하는 것인지…… 나는 머리가 지끈지끈 아파왔다.

진행자들, 숙부가 누워 있는 침대를 무대 왼쪽에 옮겨 놓고 나간다.
조명, 침대 놓인 곳을 타원형으로 비춘다.
이기두, 등장한다.

이기두	저 왔습니다.
숙부	(침대에서 몸을 일으키며) 내가 쓴 편지 갖다 줬냐?
이기두	네.
숙부	날아다니는 돌은 봤어?
이기두	네.
숙부	엄청난 감동을 받았겠다, 너!
이기두	아뇨.
숙부	날아다니는 돌을 봤는데 감동이 없다고?
이기두	네, 실망했어요.
숙부	왜……?
이기두	모르겠어요. 돌 탓인 것 같기도 하고, 제 탓 같기도 하고…….
숙부	돌을 탓하지 마라!
이기두	(침묵)
숙부	돌 탓이라고 하는 건 비열한 짓이다!
이기두	그럼 제 탓이군요. 하긴 그렇죠, 제가 생각해도 저라는 인간은 지성도 없고 감성도 없어요.
숙부	너, 내가 쓴 일기를 봤구나?
이기두	(침묵)
숙부	너도 알고 있듯이, 나에게는 세 명의 아들과 일곱 명의 조카가 있다. 하지만 난 너한테만 날아다니는 돌을 말해줬다. 네가 감동을 못 받은 건 아직 준비가 안 된 것이지, 지성과 감성이 부족해서는 아니야!
이기두	하지만… 돌은 제 앞에서는 날지 않았어요.
숙부	나는 너를 가장 좋아한다. 그 돌을 포기하지 마라. 그 돌을 가져야 넌 새롭고 놀라운 삶을 살 것이다!

숙부, 침대를 무대 밖으로 힘겹게 밀면서 퇴장.
무대 뒷면에 경매장의 분주한 광경이 나타난다.
진행자들, 경매사들이 되어 등장.

이기두, 경매사들과 경쟁한다.

낭독자   "나는 몇 주 동안 강원도에 가지 않았다. 바쁜 일 때문이었다. 빚을 갚지 못해 차압당한 물건들이 경매로 쏟아져 나왔다. 대부분 은행 대출을 받아 샀던 아파트와 주택이었다.

경매는 타이밍이 중요하다. 소위 타이밍을 놓치면 아무것도 살 수가 없다. (이기두, 다른 경매자들을 물리치고 원했던 것을 차지한다.) 또한 경매는 사사로운 감정에 흔들리면 안 된다. (진행자들, 무대에 앉아 농성하는 사람이 된다.) 경매로 낙찰 받은 집은, 그 곳에 사는 사람들이 나가지 않고 버티는 경우가 많다. 그럴 때는 집달리를 시켜 그들을 강제로 쫓아내야 한다. (농성자들이 쫓겨 나간다. 그들은 숨어서 이기두를 향해 항의하는 고함을 지르더니 돌 하나를 던진다. 이기두, 자기 앞에 떨어진 돌을 주워 바라본다. 사이. 그는 돌을 바닥에 내려 놓고 발로 찬다. 돌이 무대 밖으로 굴러간다.) 몸도 피곤하고 마음도 피곤한 밤, 나는 원룸 하우스 골목 입구 편의점에서 캔 맥주 세 개를 샀다. 나는 그걸 비닐 봉지에 담아들고 골목 안으로 들어갔다. 그런데 꼭 누군가 뒤에서 날 따라오는 것 같았다. 내가 멈추면 누군가도 멈췄다. 내가 걸으면 그 누군가도 걸었다."

조명, 무대 한복판에 길고 좁은 골목길을 비춘다.
한 진행자가 골목길에 가로등을 세워 놓는다.
이기두, 캔 맥주들이 담긴 비닐봉지를 들고 골목 입구에서 걸어온다.
낭독자, 일기를 읽던 의자에서 내려온다. 그는 이웃 남자가 된다.
이웃 남자, 비닐봉지를 들고 이기두를 뒤따라온다.
이기두, 멈춰 선다.
이웃 남자, 멈춘다.
이기두가 뒤돌아본다.

이기두	왜 나를 따라 오십니까, 그림자처럼?
이웃 남자	저쪽에 가로등이 있거든요.
이기두	가로등이 무슨 상관이죠?
이웃 남자	가로등이 저쪽에서 빛을 비추니까 이쪽에 그림자가 생긴 겁니다.
이기두	나를 따라오는 이유가 그거예요?
이웃 남자	이유는 또 있어요.
이기두	뭡니까?
이웃 남자	우린 가는 방향이 같아요. 그리고 또……
이기두	그리고 또……?
이웃 남자	우린 맥주 마시는 것도 같습니다.
이기두	농담이겠죠!
이웃 남자	농담이 아닙니다. 우리는 방금 같은 편의점에서 같은 캔 맥주를 세 개씩 샀습니다. 오늘 밤은 애인도 오지 않고, 혼자 쓸쓸히 맥주 마시며 텔레비전이나 보다가 자려구요.
이기두	내 일기를 훔쳐봤군요!
이웃 남자	아뇨.
이기두	내 일기를 훔쳐보다가 이젠 아예 미행까지 하다니, 도대체 왜 이러는 겁니까?
이웃 남자	난 남의 일기를 훔쳐보지 않습니다.
이기두	거짓말!
이웃 남자	난 거짓말 안합니다. 내가 일기를 훔쳐본다는 확실한 증거 있습니까?
이기두	김혜란을 항상 엿보는 것이 그 증거입니다!
이웃 남자	난 혜란 씨를 엿보기는 합니다. 아름답고 매력있는 여자거든요. 하지만 난 결코 남자를 엿본 적은 없습니다.
이기두	내가 강원도에 자주 간다는 건 어떻게 알았죠? 그건 내 일기를 보지 않고는 모를 일입니다.
이웃 남자	요즘은 가지 않던데요? 경매 때문에 바빠서 가지 않는다지만,

사실은 날아다니는 돌에 실망해서 안 가는 것이죠. 다시 말해, 그런 돌은 개똥만도 못하고 소똥만도 못하다는 결론을 내린 겁니다.

이기두, 이웃 남자의 멱살을 움켜잡고 흔든다.
이기두가 들고 있던 비닐봉지에서 캔 맥주들이 쏟아진다.

이기두 이제야 내 일기를 훔쳐봤다고 실토하는군!
이웃 남자 실토라니요?
이기두 당신 입으로 방금 내 일기의 내용을 말했잖아!
이웃 남자 그게 무슨 증거입니까? 증거는 뚜렷한 물증이 있어야 합니다. 일기장에 내 지문이 묻었거나, 내 머리카락이 나왔거나, 그런 것이 있거든 맘껏 내 멱살을 잡으세요.

이기두, 이웃 남자의 멱살을 놓는다.

이기두 그땐 경찰에 고발할 거요!
이웃 남자 화 나셨습니까?
이기두 (침묵)
이웃 남자 화 푸세요.

이웃 남자, 바닥에 떨어진 캔 맥주들을 주워 이기두의 비닐 봉지에 담아 준다.

이웃 남자 그런데, 맥주 안주는 뭘 드십니까?
이기두 (침묵)
이웃 남자 나는 땅콩입니다.
이기두 …… 나도 땅콩이요.
이웃 남자 땅콩이 없으면요?

이기두	감자칩.
이웃 남자	나도 감자칩입니다. 그것마저 없으면요?
이기두	없으면…… 그냥 마셔요.
이웃 남자	난 고추를 먹습니다.
이기두	고추요?
이웃 남자	네. 맥주 마실 때, 지독히 매운 청양고추를 먹으면요, 억눌렸던 슬픔이 복받치면서 비 오듯 눈물이 쏟아집니다.
이기두	청양고추……?
이웃 남자	자, 먼저 가세요. 난 그림자니까 뒤따라가겠습니다.

이기두는 앞에서 걷고, 이웃 남자는 뒤에서 걷는다.
그들은 각자의 원룸으로 들어간다.
골목길을 비추던 조명, 암전한다.
이웃 남자는 낭독자가 되어 높다란 의자 위에 올라앉는다.
낭독자, 일기를 읽는다.

낭독자	"우리는 골목길을 걸어갔다. 그리고 나는 나의 원룸 하우스로 들어갔고, 내 뒤를 그림자처럼 따라온 남자는 그의 원룸 하우스로 들어갔다. 참 이상한 밤이었다. 나는 맥주를 마시면서 강원도에 가지 않는 나를 생각했다. 텔레비전을 켜놓았지만 내 시선은 나 자신을 향해 있었다."

조명, 무대 오른쪽에 직삼각형을 비춘다.
박석 선생의 집.
창문으로 들어오는 달빛.
희미하게 들리던 피아노 소리가 점점 뚜렷해진다.
박석 선생, 단정히 앉아서 피아노 연주 소리를 감상하고 있다.
사이.
이기두, 등장한다. 그는 문을 두드린다.

피아노 연주 소리가 멈춘다.

이기두　문 좀 열어주세요!
박석 선생　(놀라 일어나며) 누구요……?
이기두　접니다, 저예요!

박석 선생, 문을 열어 준다.
이기두, 큼직한 가방을 들고 안으로 들어온다.

박석 선생　웬일이요, 이 밤중에?
이기두　죄송합니다, 선생님.

박석 선생, 성냥을 그어 촛대에 꽂힌 양초에 불을 붙인다.

이기두　제가 술을 가져왔습니다. (가방을 열어 가져온 것들을 꺼낸다.) 24
　　　　년짜리 위스키 한 병, 술잔 두 개, 그리고 안주는 지독히 매운
　　　　청양고추입니다.
박석 선생　난 술을 마시지 않소.
이기두　그럼 저도 술 안 마시고 고추만 먹죠.

이기두, 고추를 씹어 삼킨다.
박석 선생, 몹시 당황한 표정으로 고추 먹는 이기두를 바라본다.
이기두는 신음소리를 지르며 눈물을 쏟는다.

이기두　으으흑…… 으흑…….
박석 선생　도대체 왜 이러는 거요?
이기두　오늘 밤은…… 흑흑…… 울고 싶어요…….
박석 선생　울고 싶다……?
이기두　네……. 으흐흑…… 김시습, 허균, 박지원, 황현 등 훌륭한 사

람들은 날아다니는 돌을 보고 감동했는데, 어째서 저는 그런 감동을 못할까요? (고추를 계속 먹으며) 저도 감동을 받고 싶어요! 으흐흑…… 운명이 달라지는…… 심장이 터질 듯한…… 흑흑…… 그런 놀라운 경험을 저도 하고 싶다고요!

박석 선생 고추가 그렇게 맵소?

이기두 네, 으흐흑…….

박석 선생 고추 먹지 말고 술이나 마시구려. 나도 한 잔 하겠소.

이기두, 술병의 마개를 따서 유리잔 두 개에 술을 따른다.
박석 선생과 이기두, 술잔을 부딪친 후 마신다.

이기두 으흐흑…… 감동이 없으니까 제 인생이 슬퍼요.

박석 선생 그건 그럴 거요.

이기두 흑흑, 으흐흑! 그런 슬픔 속에서도 저는 계산해 봤어요. 일억 오천을 주고 돌을 사면 이익일까 손해일까…… 돌이 든 상자 속에 희귀한 고문서들이 많은데…… 으흐흑…… 고서점에 팔면 칠, 팔억은 받겠지……. 어쩌면 십억도 넘을 거야……. 흑흑…… 으흐흑……. 하지만 선생님은 저에게 그 돌을 팔지 않겠죠!

박석 선생 그렇소. 날아다니는 돌은 아무한테나 파는 물건이 아니오.

이기두 저는 지성도 없고 감성도 없어요!

박석 선생 술이나 한 잔 더 마시구려.

이기두 네…….

박석 선생, 이기두의 빈 잔에 술을 따라준다.
이기두는 단숨에 술을 마신다.

이기두 선생님……. 한 가지 의문이 있습니다.

박석 선생 뭐요?

이기두   선생님은 돌을 가질 자격이 충분하셨는데, 왜 삼천만 원이나 돌 값을 내셨어요? 그때 삼천만 원은 황소 백 마리도 살 수 있는 엄청난 거액입니다!

박석 선생   이구열 선생이 그런 거액을 요구한 게 아니오. 날아다니는 돌은 그만한 가치가 있다고 나 스스로 정한 것이지. 난 나의 전 재산을 주고 그 돌을 받았소.

이기두, 빈 잔에 술을 따라 마신다.

이기두   의문이 더 있어요.

박석 선생   또 뭐요?

이기두   왜 이런 외딴 곳에 사십니까?

박석 선생   날아다니는 돌을 안전히 보존하기 위해서요.

이기두   외롭지 않으세요?

박석 선생   난 돌이 있어 행복하오.

이기두, 술잔을 비우고 고추를 집는다.

박석 선생   고추는 먹지 마오.

이기두   선생님, 말씀 낮추세요. 조카에게 하듯이요.

박석 선생   왜……?

이기두   그렇게 하셔야 제 마음이 편해집니다.

박석 선생   지금부터……

이기두   네.

박석 선생   연습하게, 열심히.

이기두   연습이라뇨?

박석 선생   감동받는 연습.

진행자들, 등장. 무대 곳곳에 돌들을 하나씩 천천히 놓는다.

박석 선생 자네 주변의 돌중에서 아무 돌이나 줍게. 그리고는 열심히, 마음을 집중해서 그 돌을 바라보게.

이기두 아무 돌이나 주워서 바라봐요?

박석 선생 만약 자네가 주운 돌이 용암이거든 활화산을 생각하게. 그 돌은 뜨겁게 들끓는 마그마였지. 자네 심장에도 똑같은 마그마, 끓어오르는 열정이 있네. 자네가 손에 들고 바라보는 돌은 활화산의 한 조각, 자네 심장의 한 조각일세.

이기두 제가 주운 돌이…… 용암이 아니면요?

박석 선생 용암이 아니면 수성암이지. 이 세상의 많은 돌들은 깊은 바다가 솟아올라 육지가 될 때 만들어진 것이라네.

이기두 그럼 돌을 보고…… 깊은 바다를 생각해야겠군요……

박석 선생 그렇지. 열심히 생각하면, 자네 내부의 깊은 바다가 높이 솟아오르는 것을 느낄 걸세.

이기두 하지만 선생님…… 제가 주운 돌이 수성암이 아닐 수도 있죠.

박석 선생 돌중에는 머나먼 우주에서 날아온 것들도 많네. 광대무변의 우주를 떠돌던 별, 지구와 부딪혀서 산산조각 난 돌이 됐지. 자네 역시 생각해보면 우주를 떠돌던 어느 별의 한 조각일세. 처음엔 감동이 없겠지. 우주와, 돌과, 내가, 무슨 상관이냐, 아무리 생각해봐도 모르겠다면서…… 그러나 연습하고 또 연습하면, 각각 따로따로였던 우주와 돌과 내가 하나로 합쳐지면서 엄청난 감동을 느낄 걸세.

이기두 따로따로였던 것이, 하나로 합쳐진다…… 그러니까 감동이란 일체가 되는 느낌입니까?

박석 선생 바로 그렇다네.

이기두 얼마나 연습해야 그런 일체감을 느낄 수 있을까요?

박석 선생 순식간에 느끼는 사람도 있고, 평생 걸쳐도 못 느끼는 사람이 있지.

이기두 (빈 술잔에 술을 따라 마신다.) 아, 저는 평생 못 느낄 겁니다!

박석 선생 자네 지난번 왔을 때 뭐라고 했지? 돌이 박쥐처럼 날아다닌다고 했어. 기발한 생각이었네.

이기두 선생님의 칭찬을 받았죠. 그럼 저에게도 가능성이 있을까요?

박석 선생 하지만 자넨 돌과 박쥐를 합쳐 놨을 뿐, 정작 합쳐야할 자기 자신은 따로였네. (불 켜진 촛대를 이기두에게 주며) 자, 촛불을 들고 이 방안을 둘러보게. 자넨 말했었네, 주먹만 한 돌이 박쥐처럼 천장에 매달려 있다고. 그랬다가 휘-익 저쪽 창문으로 날아가 붙더니, 다시 휘-익 이쪽 벽으로 날아온다 했네.

이기두, 촛대를 들고 비틀거리면서 방 안을 둘러본다.

이기두 아무 것도 안 보여요, 아무 것도…….

박석 선생 열심히 살펴보게. 돌과 박쥐와 자네가 하나로 보일 걸세.

이기두 제가 너무 취했는지…… 안 보입니다.

박석 선생 그래, 자넨 많이 마셨어.

이기두, 박석 선생에게 촛대를 넘겨준다.

이기두 안녕히 계십시오, 선생님…….

이기두, 나가려고 한다.

박석 선생 술 취해 운전하면 큰일 나네. 오늘 밤은 내 집에서 자고 가게.

이기두 선생님은요……?

박석 선생 난 밤새껏 피아노 연주를 듣고 있겠네.

조명, 암전한다.
촛대의 촛불은 켜져 있다.
창문 너머로 들어오는 달빛이 누워 있는 이기두와 앉아 있는 박석 선생을 비춘다.

피아노 연주소리가 들린다.
낭독자, 일기를 읽는다.

낭독자 "꿈인가, 생시인가……. 나는 들었다, 날아다니는 돌이 연주
하는 피아노 소리를. 그 어떤 피아니스트도 저렇게 황홀한 연
주는 못할 것이다. 날아다니는 돌이 건반 하나하나를 섬세하
게 건드릴 때마다 나의 오감 전체가 살아났다. 나는 활화산의
들끓는 마그마였고, 깊은 바다 밑에서 솟아오르는 대지였으
며, 광대무변한 우주의 빛나는 별이었다. 매운 고추 먹고 흘리
던 눈물과는 전혀 다른 눈물이 내 뺨을 타고 흘러내렸다."

조명, 서서히 암전한다.
박석 선생, 촛불을 들고 퇴장.
진행자들, 가방과 술병과 술잔을 치운다.
조명, 무대를 비춘다.
피아노 연주소리가 들리지 않는다.
긴 침묵.
누워 있던 이기두가 일어선다,
그는 이곳저곳을 다니며 돌들을 주워 모은다.
김혜란, 등장한다.

김혜란 자기, 지금 뭘 해?
이기두 돌 줍고 있어.
김혜란 돌은 주워 뭘 할 건데?
이기두 연습하려고.
김혜란 무슨 연습……?
이기두 응…… 돌을 보고 감동하는 연습.

이기두, 주운 돌들을 반원형으로 늘어놓는다.

그러고는 돌들 앞에 앉아 둘러본다.
김혜란, 그 광경을 의아하게 바라보더니 앙칼지게 말한다.

김혜란 알았다! 그 날아다니는 돌인가 뭔가 때문이지?

이기두 (침묵)

김혜란 강원도, 이제 다시는 안 간다더니 어제 또 갔다 왔구나?

이기두 (침묵)

김혜란 대답 좀 해!

이기두 응, 어제…….

김혜란 쓸데없는 짓 하지 마!

이기두 (침묵)

김혜란 이런 짓은 정상이 아냐!

이기두 정상이야, 나는.

김혜란 돌 하나를 일억 오천 주고 사겠다니, 그게 정상이야?

이기두 (침묵)

김혜란 일억 오천은 우리 결혼해서 큰 집으로 이사 갈 돈이라구!

이기두 (침묵)

김혜란 미리 경고하겠어. 자기가 그 돈으로 돌을 사면 우리 관계는 끝이야!

이기두 일억 오천에 사면 엄청난 이익이야. 그 돌만이 아니라 그 돌을 기록한 수십 권의 고서적들도 포함된 거라고.

김혜란 고서적……?

이기두 응. 김시습, 허균, 박지원, 황현 등 역사적으로 유명한 인물들이 쓴 것이지. 한 두 권도 아니고 수십 권, 그러니까 그걸 팔면 십억 이상 받을 수 있어.

김혜란 정말이야?

이기두 정말이지!

김혜란 내가 확인해 봐도 돼?

이기두 확인……?

김혜란   그 고서적 얼마 받을 수 있는지 내가 알아 봐야겠어.

이기두   그래, 그럼…….

김혜란   십억 이상 받으면 우리 당장 땅을 사서 단독주택 짓자!

김혜란, 웃으며 이기두에게 다가온다.

김혜란   자기야, 배고프지?

이기두   아니…….

김혜란   배고프면 연습이 안 돼. 내가 볶음밥 해줄 테니까 밥 먹고 연습하면 잘 될 거야!

김혜란, 퇴장.
이기두, 반원형으로 놓여있는 돌들을 바라본다.
사이.
졸음이 오는지 머리가 자꾸만 숙여진다.
그는 자세를 바꿔 옆으로 누워 바라본다.
사이.
엎드려서 바라본다.
사이.
이기두는 마침내 잠이 든다.
낭독자, 일기를 읽는다.

낭독자   "돌을 바라보면서 감동하는 연습, 쉬울 것 같지만 굉장히 어렵다. 배가 고파도 정신 집중이 안 되고, 배가 불러도 정신 집중이 안 된다. 연습할 때, 왜 엉뚱한 생각을 많이 하는지, 그리고 왜 졸음이 쏟아지는지, 난 도저히 그 이유를 알 수가 없다."

김혜란, 볶음밥을 들고 등장.
그녀는 잠든 이기두를 보고 웃더니 나간다.

진행자들, 등장. 돌들을 줏어 커다란 배낭에 담는다.
이기두, 깨어난다.
그는 돌이 담긴 무거운 배낭을 짊어지고 퇴장한다.
조명, 무대 오른 쪽을 직삼각형으로 비춘다.
박석 선생, 집 밖에서 솥단지 밑에 불을 붙이고 있다.
이기두, 등장한다.

이기두　선생님, 뭐 하세요?
박석 선생　어, 밥 짓네. 그건 뭔가? 또 술 가져왔나?
이기두　아뇨.

이기두, 짊어졌던 배낭을 내려놓는다.

이기두　돌입니다.
박석 선생　돌······?
이기두　제가 연습용으로 주운 돌이죠.

이기두, 배낭을 열고 돌들을 쏟아놓는다.

박석 선생　참 많이 주웠군.
이기두　어느 것이 용암인지, 수성암인지, 운석인지 몰라서요.

이기두, 돌 중에서 한 개를 집어든다.

이기두　이건 특별히 수석가게에서 샀습니다. 제가 주운 돌들이 흔한
것들인지 연습이 잘 안 돼요. 그래서 수석가게에 갔더니 온갖
진귀한 돌들이 많았습니다. 산처럼 생긴 돌, 화사한 꽃무늬가
있는 돌, 절벽에서 폭포가 쏟아지는 돌······ (박석 선생에게 돌을
내밀며) 보세요, 선생님. 이건 새처럼 생긴 돌입니다. 날개를

활짝 펼치고 날아가는 모양이 꼭 새 같죠?

박석 선생 (돌을 받아들고 바라본다.) 새가 아니라 물고기 같은데?

이기두 물고기요?

박석 선생 자세히 보니 고양이 같네.

이기두 고양이요?

박석 선생 음…… 더 자세히 보니까, 염소 같기도 하고 낙타 같기도 해. (돌을 되돌려주며) 이걸 수석가게에서 샀다고?

이기두 네.

박석 선생 왜?

이기두 연습을 잘 하려구요.

박석 선생 그런 특별한 것에 현혹되지 말게.

박석 선생, 집 안으로 들어가 나무상자를 가져온다.
그는 나무상자 안에서 돌을 꺼내, 이기두가 가져 온 돌들 앞에 놓는다.

박석 선생 여기, 날아다니는 돌이 있네. 자네가 주운 돌들과 비교해 보게.

이기두, 마주 놓인 돌들을 바라본다.

박석 선생 어떤가? 서로 비슷비슷해서 구별이 안 되지?

이기두 네, 선생님.

박석 선생 처음엔 자넨 무척 실망했네. 날아다니는 돌이 반짝반짝 빛나지도 않고, 모양이 기묘하지도 않고, 색깔도 아름답지 않아서 실망한 거지. 그래서 돌을 주워 연습하랬더니, 자넨 흔한 돌들은 무시하고, 수석가게의 특별한 돌을 택한 것일세.

이기두 (침묵)

박석 선생 특별한 건 매력 있지. 사람을 사로잡는 힘이 있어. 사람은 자기 자신이 사로잡힐 때, 이상하게도 감동을 느낀다네. 하지만 그런 감동은 속박이지 자유는 아닐세.

이기두 (침묵)

박석 선생 진정한 감동이란 모든 속박에서 벗어날 때 느끼는 것이라네.

이기두 조금은 알겠습니다, 무슨 말씀인지……

박석 선생 (놓여있는 돌들을 가리키며) 연습하기에는 이런 돌이 좋지. 이렇게 평범해야 사로잡히지 않거든. 자, 특별한 것의 매력에 빠지지 말고, 진정한 감동을 위해 부지런히 연습하게!

이기두 네, 선생님. 그런데 부지런히 연습은 하겠지만, 좀 더 빠른 방법은 없을까요?

박석 선생 빠른 방법이라니!

이기두 지금 사정이 다급해서요. 숙부님 건강이 무척 안 좋아지셨습니다. 의사 선생님은…… 이젠 작별의 준비를 하라는군요.

박석 선생 작별의 준비는 임종인가……?

이기두 네, 숙부님은 저에게 재촉하십니다. 어서 빨리 날아다니는 돌을 받아 오라구요.

박석 선생 자동차 어디 있나?

이기두 저 산 밑에요.

박석 선생 나를 병원으로 데려다 주게!

이기두, 박석 선생, 퇴장한다.
고속도로 달려가는 자동차 소리.
조명, 무대 왼쪽을 타원형으로 비춘다.
진행자들, 숙부가 누워 있는 침대를 옮겨 놓는다.
숙부는 간헐적으로 가쁜 숨을 쉰다.
낭독자, 일기를 읽는다.

낭독자 "의학적 전문지식이 없는 내가 봐도 숙부님의 건강은 이생에서 더 머물 상태가 아니었다. 그런데도 하루하루 버티고 계신 것은 나 때문이었다. 내가 날아다니는 돌을 갖게 되는 순간, 숙부님은 이생을 떠나 내생으로 가실 것이다."

이기두와 박석 선생, 등장한다.
박석 선생, 숙부에게 다가간다.

박석 선생 제가 왔습니다…….

숙부 오…… 오랜만일세…….

이기두 죄송합니다, 그동안 찾아 뵙지 못해서…….

숙부 잘 지냈는가?

박석 선생 네, 관장님.

숙부 자네를 보고 싶었네……

박석 선생, 품에서 날아다니는 돌을 꺼내 숙부의 손에 꼭 쥐어준다.

박석 선생 관장님, 날아다니는 돌을 가져 왔습니다.

숙부 (날아다니는 돌을 가슴에 얹고 두 손으로 쓰다듬는다.) 반갑구나…… 반가워……

박석 선생 저는 매일 밤, 돌이 연주하는 피아노 소리를 듣습니다.

숙부 피아노……?

박석 선생 연주 솜씨가 보통이 아닙니다.

숙부 그래……? 참 신통하군! 내가…… 국립도서관 관장으로 있을 땐…… 이 돌이 백과사전 읽었네. 서른두 권짜리…… 백과사전을…… 첫 페이지부터 마지막 페이지까지…… 한 줄도 빼놓지 않고 다 읽었어…….

이기두 이젠 아무도 백과사전 안 읽어요.

박석 선생 정말 걱정입니다. 세상이 어떻게 될까요?

숙부 상상력이 완전히 고갈되고…… 큰 재앙이 닥치겠지…….

박석 선생 이미 그런 징후가 나타나고 있습니다.

숙부	날아다니는 돌을…… 잘 보존해야 하네. 이 돌이 세상을 구할 걸세.
박석 선생	네, 관장님.
숙부	자넨 깊은 산 속…… 홀로 살며…… 잘 보존했어. 난…… 그런 자네가 물려줄 사람 못 찾을까봐…… 내 조카를 보냈네……. 자격이 충분해서…… 보낸 건 아닐세……. 하지만…… 요즘 젊은 세대 중에…… 그만한 사람도…… 드물 걸세…….
박석 선생	저도 그렇게 생각합니다.
숙부	고맙네…… (가슴에 얹고 쓰다듬던 돌을 박석 선생에게 주며) 오늘… 이 돌을…… 내 조카에게 넘겨주게.
박석 선생	네.

박석 선생, 엄숙한 의식을 치르듯 이기두에게 돌을 넘겨준다.
이기두, 엉겁결에 무릎 꿇고 두 손으로 받는다.

숙부	(이기두에게) 내 유언이다……. 넌 명심해라……. 날아다니는 돌을 잘 보존했다가…… 반드시…… 다음 세대로 전해야 한다…….
이기두	알겠습니다, 숙부님.

조명, 암전한다.
숙부, 박석 선생, 이기두, 퇴장.
진행자들이 들어와 침대를 무대 밖으로 옮긴다.
낭독자, 일기장을 펼쳐들고 읽는다.

| 낭독자 | "이건 갑자기 생긴 일이다. 숙부님은 나에게 유언까지 하셨다. 무엇인가 막중한 임무를 맡은 것 같기도 하고, 괜히 쓸데없는 것을 떠안은 것 같기도 하다. 어쨌든 이제 분명한 사실은, 내가 그 돌의 소유자가 됐다는 것이다. 물론 나는 그 돌을 |

받고 내 통장의 전액을 냈다.

내가 그런 일을 겪는 동안, 김혜란은 무엇을 하고 있었는가? 나중에 김혜란이 말해주었다. 바로 그날, 김혜란은 길 건너 남자가 훔쳐보지 못하게 양산을 쓰고, 원룸 하우스가 즐비한 골목길을 걸어왔다고 했다."

조명, 기다란 골목길을 비춘다.
김혜란, 하얀색 양산을 들고 골목길 입구에서 걸어온다.
낭독자, 이웃 남자가 되어 창문을 열고 말한다.

이웃 남자 혜란 씨!

김혜란 (양산으로 얼굴을 가린다.)

이웃 남자 혜란 씨! 혜란 씨!

김혜란 (침묵)

이웃 남자 혜란 씨 양산에 비둘기 똥 묻었어요!

김혜란 거짓말!

이웃 남자 정말입니다. 방금 비둘기가 양산 위로 날아가다가 똥을 쌌어요!

김혜란 (양산을 밑으로 내려 살펴본다.) 또 나를 속였잖아!

이웃 남자 (소리 내어 웃는다.) 하하하! 미안해요, 혜란 씨!

김혜란 왜 자꾸만 날 놀리는 거예요?

이웃 남자 만약 혜란 씨가 없다면, 내 인생은 외롭고 쓸쓸하겠지요. (의자에서 내려와 김혜란에게 다가간다.) 나를 언제나 즐겁게 하는 혜란 씨, 오늘은 내가 그 보답을 하겠습니다.

김혜란 보답이요……?

이웃 남자 뭐든지 고민을 말하세요. 내가 그 고민을 해결해 드리죠.

김혜란 나, 고민 없어요!

이웃 남자 아주 큰 고민이 있다는 걸 압니다.

김혜란 없으니까 비켜요!

김혜란, 앞을 가로막은 이웃 남자를 밀치고 걸어간다.
이웃 남자, 김혜란을 바짝 따라가며 말한다.

이웃 남자 고서적 값이 얼마인지 그걸 몰라 고민하시죠?

김혜란 (침묵)

이웃 남자 내 친구가 인사동에서 고서적 전문서점을 합니다. 그 친구에게 물어보면 정확한 가격을 알 수 있지요!

김혜란 (걸음을 멈추며) 그 말 어떻게 믿어요?

이웃 남자 인사동엔 고서점들이 많지만, 아주 친한 사이가 아니면, 정확한 값을 말해주지 않습니다. 이번엔 나를 믿어주세요. 우리 둘이 함께 가서 값을 물어 봅시다!

김혜란 함께 가요……?

이웃 남자 네. 나 혼자 갔다 오면 혜란 씨가 믿겠습니까?

김혜란 (침묵)

이웃 남자 인사동에는 고서점도 많고 전통찻집도 많아요. 먼저 내 친구 고서점에 갔다가 다음은 전통찻집에서 차 한 잔 하십시다.

김혜란 (침묵)

이웃 남자 망설이지 마세요. 수고한 나에게 차 한 잔 마실 기회는 주셔야죠.

김혜란 그럼 차 한 잔 만이에요.

이웃 남자 갑시다, 아름다운 혜란 씨!

김혜란과 이웃 남자, 퇴장한다.
조명, 무대 바닥을 정사각형으로 비춘다.
이기두, 등장. 나무상자를 조심스럽게 두 손으로 들고 와서 내려놓는다.
그는 나무상자 앞에 앉아서 생각에 잠긴다.
사이.
호주머니에서 열쇠를 꺼내 나무상자의 자물쇠를 연다.

상자 속의 돌과 고문집들을 꺼내 살펴본다.

사이.

돌과 고문집들을 상자 속에 모두 넣고 자물쇠를 잠근다.

사이.

김혜란, 화난 표정으로 등장한다.

김혜란　표정이 심각하네.

이기두　(침묵)

김혜란　배고픈 거야?

이기두　(고개를 가로젓는다.) 아니…….

김혜란　자긴 배고프면 심각해지더라.

이기두　배 안 고파.

김혜란　무슨 일 있었구나?

이기두　아니…….

김혜란　나는 무슨 일 있었어.

이기두　무슨 일?

김혜란　인사동 고서점에 갔었지. 자기가 십억 넘게 받을 거라고 해서 큰 기대를 했었는데, 실망이야, 실망. 고서적 전문가가 목록들을 다 뒤졌지만, 날아다니는 돌을 쓴 책은 단 한 권도 없었어.

이기두　(침묵)

김혜란　내가 인사동에 가길 잘 했지?

이기두　응…….

김혜란　자기야, 나한테 고맙다고 해.

이기두　응…….

김혜란　자기 쓸데없는 짓 않도록 내가 미리 막아줬잖아.

이기두　난…… 이미 샀어.

김혜란　샀다구……?

이기두　돌……. 고서적……. (나무상자를 가리키며) 이 안에 있어.

김혜란　일억 오천에?

이기두	응.
김혜란	난 못 믿겠어!
이기두	상자를 열어봐.
김혜란	은행통장을 보여줘!
이기두	그래, 그럼…….

이기두, 호주머니에서 은행통장을 꺼내 김혜란에게 준다.
김혜란, 통장을 펼쳐보더니 휙 내던진다.

김혜란	나, 지금 굉장히 배고파! 냉장고에 든 거 다 꺼내서 큰 양푼에 넣고 박박 비벼! 뭐해? 어서 비벼서 가져오라고!

이기두, 급히 비빔밥을 만들어서 김혜란에게 가져다준다.
김혜란, 흐느껴 울면서 우걱우걱 먹는다.

이기두	울지 말고 먹어.
김혜란	자기하곤 이제 끝이야!
이기두	설마……. 물 갖다 줄까?
김혜란	나, 결혼할 사람 생겼어!
이기두	누구……?
김혜란	저기, 길 건너 남자! 인사동 찻집에서 차를 함께 마셨지!
이기두	차 마셨다고 결혼해?
김혜란	그 남자가 예금통장 보여줬어. 난 그 남자와 결혼해서 큰 집으로 이사 갈 거야! (비빔밥이 담긴 양푼을 바닥에 내려놓는다.) 안녕! 자기 기억 속에서 나를 깨끗이 지워줘!

김혜란, 원룸 열쇠를 방 안에 내던지고 골목길을 뛰어간다.
이기두, 우두커니 앉아있다.
낭독자, 등장.

그는 사다리 의자에 올라앉아 일기를 읽는다.

낭독자   "김혜란은 내 기억에서 자기를 깨끗이 지워달라고 했지만, 나는 그럴 수가 없다. 사랑이란 묘한 것이다. 있을 때는 사랑의 소중함을 몰랐다가 떠난 후에야 안다. 마음이 쓰리고 아팠다. 하루 굶고, 이틀 굶었는데도, 식욕이 나지 않는다. 나는 주저앉은 채 나무상자를 바라보았다. 그 안에는 날아다니는 돌과 기록들이 들어 있다. 마음은 지독히 아픈데, 이상하게도 그것을 샀다는 후회는 없다.

김혜란이 떠난 사흘 째, 나는 일어났다. 그리고 골목 건너편 원룸 하우스로 가서 그 남자를 만났다."

조명, 사다리 의자가 있는 곳에 또 하나의 정사각형을 비춘다.
이기두, 이웃 남자의 원룸 문을 두드린다.
낭독자, 이웃 남자가 된다.

이웃 남자 누구십니까?
이기두   길 건너 사는 사람입니다.

이웃 남자, 사다리 의자에서 내려와 문을 열어준다.

이기두   몇 가지 물어볼 게 있어서 왔는데요.
이웃 남자 들어오세요.

이기두, 이웃 남자의 원룸 안으로 들어온다.

이기두   김혜란과 결혼한다는데 사실입니까?
이웃 남자 네, 사실입니다. 잘 아시겠지만, 나는 혜란 씨를 사랑해요.
이기두   내가 혜란 씨 사랑하는 거 아실 텐데요?

이웃 남자　물론 잘 알지요.

이기두　혜란 씨에게 은행통장을 보여줬습니까?

이웃 남자　네, 그랬습니다.

이기두　어떻게 그럴 수가 있어요?

이웃 남자　나도 통장이 있어서 보여준 겁니다. 혜란 씨가 통장의 액수를 확인하더니, 액수가 일억 오천 똑같다면서 깔깔대고 웃더군요.

이기두　도대체…… 그럴 수가! 내 일기를 훔쳐 읽고 철저히 모방했군요!

이웃 남자　저번에도 그런 말씀을 하셔서 대답했는데요, 난 내 일기를 읽을 뿐 남의 일기는 읽지 않습니다.

이기두　혜란 씨를 사랑하고, 똑같은 금액의 통장을 보여주고, 그게 내 일기를 훔쳐보는 확실한 증거 아닙니까?

이웃 남자　아뇨. 이 골목 안에 혜란 씨를 사랑하는 남자는 얼마든지 더 있을 테고, 같은 액수의 통장을 가진 남자도 많을 겁니다. 우린 같은 존재죠. 같은 사랑, 같은 은행통장, 같은 맥주, 뭔가 다를 것이 없어요. 내 말을 믿지 못하겠거든 이 원룸을 보세요. 네모반듯한 공간에 이쪽은 현관문, 구석에는 침대와 냉장고, 저쪽은 화장실……. 우린 이렇게 똑같은 곳에 살면서 각자 다른 일기를 쓴다고 생각하지만, 사실은 모두 똑같은 일기를 쓰는 것이죠.

이기두　제발 억지소리 그만 하세요!

이웃 남자　남자가 볼 때 남자들은 다 똑같습니다. 그런데 흥미로운 건, 여자가 볼 때는 남자들이 다 다르게 보인다는 겁니다. 다시 한번 말씀드리지만, 혜란 씨를 사랑한 우리 둘은 같습니다. 정말 아무 차이가 없어요. (호주머니에서 청첩장을 꺼내 준다.) 결혼 청첩장입니다. 바쁜 일이 있더라도 꼭 참석해 주시면 고맙겠습니다.

이기두　(청첩장을 받으며) 아니, 이렇게 빨리 결혼을 해요?

이웃 남자 나도 결혼은 빨리하고 싶지 않았어요. 내 인생에서 어떤 감동적인 순간, 나의 모든 것을 주고도 후회 않는 그 순간을 경험한 다음에 결혼할 생각이었죠. 이제 나는 그 순간을 포기해야 합니다. 결혼하면 아이들이 태어날 테고, 가족의 생계를 책임진 가장으로서 살아야 하니까요. 벌써 어깨가 무겁습니다.

진행자들, 의자 세 개를 무대 뒤쪽에 나란히 놓는다.
숙부, 박석 선생, 등장.
숙부는 기다란 가발을 쓰고, 화사한 여성복 차림에 숄을 둘렀다. 그는 자신의 영정사진을 들고 가운데 의자에 앉는다.
박석 선생은 검은 상복을 입었다. 그는 오른쪽 의자에 앉는다.
이기두, 침울한 모습으로 걸어가서 왼쪽 의자에 앉는다.
이웃 남자는 무대 밖으로 퇴장한다.

숙부 내 임종이 한 달이나 늦었다. 병원에서 쓸데없이 이것저것 생명 연장 장치를 달아놔서 그래.

이기두 더 오래 사셔야 했어요, 숙부님은······.

숙부 난 살만큼 살았어. (영정사진을 이기두에게 주며) 이건 네가 들어라.

이기두 네, 숙부님.

이기두, 영정사진을 품에 안고 흐느껴 운다.

숙부 넌 왜 우냐?

이기두 슬퍼서요.

숙부 뭐가 슬퍼?

이기두 장례식 끝나면 숙부님과 영원한 이별이라니······.

숙부 (박석 선생에게) 나에겐 세 명의 아들과 일곱 명의 조카들이 있는데, 글쎄 얘가 가장 슬퍼하는군.

박석 선생 심성이 착해서 그렇습니다.

숙부 착하긴 무척 착해. (이기두의 등을 두드리며) 울지 마라. 죽은 사람은 전혀 슬프지 않은데, 산 사람들이 장례식에 모여 슬퍼하는 건 참 이상하고 괴상한 짓이다.

박석 선생 옳은 말씀이십니다, 관장님.

숙부 (손으로 정면을 가리키며) 너, 저기 봐라!

이기두 어디요?

숙부 저기, 바로 눈앞에 문이 있다! 저 문을 열고 나가면 그곳이 내생이야!

이기두 제 눈엔 안 보여요. (박석 선생에게) 선생님은 보이십니까?

박석 선생 그럼, 잘 보이네!

숙부, 허리춤에서 손거울을 꺼내 비춰본다.

숙부 얼굴 화장 좀 고쳐야겠다. 내생에서는 미인이라는 말을 듣고 싶어.

박석 선생 관장님은 아름다우십니다.

숙부 역시 그런 말 들으니 기분 좋군!

숙부, 손거울을 보며 얼굴 화장을 다듬는다.

숙부 그런데 내 장례식에 네 짝은 왜 안 오냐?

이기두 다른 사람 짝이 됐어요.

숙부 다른 사람 짝……?

이기두 네, 오늘 결혼식 해요.

결혼 행진곡이 울려 퍼진다.
무대 앞쪽, 웨딩드레스를 입고 부케를 든 김혜란과 예복 차림의 이웃 남자가 팔짱을 끼고 나란히 걸어 나온다.

숙부, 이기두의 품에서 영정사진을 빼앗는다.

숙부　　　영정사진은 내가 들 테니, 넌 어서 결혼식에 가거라!
박석 선생 숙부님 말씀대로 하게!

이기두, 김혜란과 이웃 남자에게 주춤주춤 다가간다.

이기두　　결혼을 축하합니다.
이웃 남자 고맙습니다.
이기두　　(김혜란에게) 행복하게 잘 살아…….
김혜란　　응, 고마워.
이기두　　(어물쩍 돌아가려하며) 그럼 난 이만…….
김혜란　　아직 가지 마. 부케 던질 테니까 받고 가.
이기두　　부케는 여자가 받는 건데…….
김혜란　　어때, 뭐. 곧 결혼하라구!

김혜란, 뒤돌아선다. 그리고 등 뒤로 부케를 던진다.
이기두는 엉겁결에 부케를 받는다.
이웃 남자, 웃으며 박수 친다.

이웃 남자 청첩장 나오거든 주세요. 우리가 꼭 가겠습니다.
이기두　　네…….

무대 천장에서 오색 색종이가 쏟아진다.
김혜란과 이웃 남자, 결혼 행진곡에 맞춰 무대를 한바퀴 돌아서 퇴장
한다. 이기두, 우두커니 서 있다.
숙부, 이기두에게 다가간다.
숙부　　　그 부케 나를 다오.
이기두　　숙부님…….

숙부　그거 들고 내생으로 가려고 그런다.

이기두, 숙부에게 부케를 준다.

숙부　(이기두를 껴안으며) 잘 있거라.
이기두　네, 숙부님.
숙부　(박석 선생을 껴안는다.) 자네도 잘 있게.
박석 선생　부케가 잘 어울리십니다. 내생에서 좋은 짝 만나 결혼 하십시오.

부케를 든 숙부, 내생의 문을 열고 의기양양하게 나간다.
박석 선생, 숙부를 배웅하며 손을 흔든다.
숙부가 나간 쪽에서 환한 빛이 비치면서 "으앙! 으앙" 갓 태어난 아기의 울음소리가 들린다.
진행자들, 의자들을 무대 밖으로 옮긴다.
박석 선생, 퇴장.
낭독자, 등장한다.
그는 사다리 의자에 올라 앉아 일기를 읽는다.

낭독자　"장례식 날, 숙부님은 이생을 떠나 내생으로 가시면서 전혀 슬퍼하지 않았다. 결혼식 날, 김혜란은 나를 떠나 길 건너 남자에게 가면서 조금도 아쉬움이 없었다. 만약 이생과 내생이 다르다면 숙부님은 슬퍼했을 것이며, 나와 길 건너 남자가 다르다면 김혜란은 아쉬워했을 것이다. 그 남자가 나에게 남자들은 다 똑같다고 말할 때, 난 농담인 줄 알았다. 그런데 아니다. 진실이었다. 김혜란은 김혜란을 사랑하는 남자를 떠나 김혜란을 사랑하는 남자에게 갔다. 근본적으로 달라진 것이 없다. 난 숙부님이 내생을 말할 때 건성으로 들었다. 그러나 그것은 귀담아 들어야 할 진실이었다. 생은 영원히 계속되는 것,

다만 이곳에서 저곳으로 생의 자리를 옮길 뿐이다.

그렇다. 장례식과 결혼식이 내 인생의 전환점이 되었다. (한 진행자, 날아다니는 돌을 이기두에게 갖다 준다.) 그리고 그 전환점에서 가장 결정적인 역할을 한 것은 날아다니는 돌이다. (이기두, 돌을 들고 바라본다.) 나는 궁금했다. 나에게 날아다니는 돌을 넘겨준 박석 선생은 어떻게 지내실까…… 아직도 강원도의 산속 외딴집에 계신지, 아니면 어디로 떠나셨는지, 직접 가서 보고 싶었다.

이기두, 제자리 걸음을 걷기 시작한다.
자동차 달리는 소리.
이기두의 걸음이 빨라진다.

이기두   나는 강원도에 갔다. 길은 언제나 같은 길이다. 경부 고속도로 달리다가 영동 고속도로 진입, 한참 달려 횡성 나들목, 그 다음은 지방도로, 이어지는 비포장도로, 그 끝은 자동차가 다닐 수 없는 산길이다." 나는 차에서 내려 가파른 산길을 걸어 올라갔다.

자동차 소리 멈춘다.
이기두, 제자리 걸음이 느려진다.

이기두   나는 차에서 내려 가파른 산길을 걸어 올라갔다. 어둔 밤이었다. 밤의 산속은 깊은 바다속처럼 고요했다. 오직 나의 가쁜 숨소리, 심장 뛰는 소리가 들렸다. 나는 걸으면서 하늘을 올려봤다. 내 머리 위에 펼쳐진 밤하늘에는 수많은 별들이 반짝였다.

무대 뒷면, 별들이 가득한 밤하늘이 나타난다.

피아노 연주 소리가 들려온다.

이기두 　그런데 내가 잘못 들었는가? 한 걸음 한 걸음 올라갈수록, 내 숨소리와 심장 뛰는 소리가 피아노 치는 소리로 들렸다. 그리고 산등성이의 외딴집은 마치 나를 기다렸다는 듯 문이 열려 있었다.

조명, 무대 오른쪽을 비춘다.
박석 선생, 집 안에 앉아 있다.
그는 떠날 준비를 한 듯이 두루마기를 입고 중절모를 쓴 모습이다.
이기두, 박석 선생에게 다가간다.

이기두 　내가 지금 무엇을 보고 있는가?

이기두, 멈춰 선다.

이기두 　나는 보았다. 박석 선생이 피아노 연주를 듣고 있었다. 나에게 분명히 날아다니는 돌을 팔았는데, 피아노를 연주하는 돌이 또 있다니……. 아, 나는 속았다! 분노의 고함을 지르려는 순간……

낭독자, 일기를 읽는다.

낭독자 　"번갯불처럼 번쩍, 나는 깨달았다! 이 세상의 모든 돌은 똑같다. 이 돌이 피아노를 연주한다면, 저 돌도 피아노를 연주한다. 이 돌이 날아다닌다면 저 돌도 날아다닌다. 그런데도 오직 내가 가진 돌 하나만이 날아다니며 피아노를 연주한다는 건 얼마나 어리석은 생각인가……!"

이기두 　좁았던 내 마음이, 광대무변의 우주처럼 툭, 터졌다!

피아노 연주 소리, 더욱 커진다.
이기두, 박석 선생 옆으로 다가와서 눈을 감고 앉는다.

낭독자 "그렇다. 눈을 감아야 들리는 소리가 있다. 눈을 감고도 보이는 광경이 있다. 황홀한 피아노 연주 소리에, 이 세상의 모든 돌들이 허공 위로 떠올라 날아다니고 있다!"

낭독자, 높다란 의자에서 내려온다.
그는 읽었던 일기장을 들고 퇴장한다.
박석 선생, 일어선다. 그는 손을 들어 허공을 가리킨다.

박석 선생 자네도 저 광경을 보고 있군?
이기두 네, 선생님…….
박석 선생 어떤가?
이기두 (미소를 짓고) 참 좋습니다!
박석 선생 그럼 됐네.

박석 선생, 퇴장한다.
이기두는 앉아 있다.
피아노 연주 소리, 계속된다.
밤하늘의 가득한 별들이 날아다닌다.
사이.
조명, 서서히 암전한다.

– 막 –

이강백 희곡전집 8

초판 1쇄 인쇄일   2015년 12월 18일
초판 2쇄 발행일   2022년 7월 12일

지 은 이   이강백
만 든 이   이정옥
만 든 곳   평민사
          서울시 은평구 수색로 340 〈202호〉
          전화 : 02) 375-8571
          팩스 : 02) 375-8573
          http://blog.naver.com/pyung1976
          이메일   pyung1976@naver.com
등록번호   25100-2015-000102호
ISBN   978-89-7115-616-2 04680
          978-89-7115-020-3   (set)
정   가   21,000원